VERLOREN WASSER

DAS SCHATTENKOMMANDO

ROLF SAKULOWSKI

VERLOREN WASSER

DAS SCHATTENKOMMANDO

ROMAN

emons:

Bibliografische Information der Deutschen Nationalbibliothek
Die Deutsche Nationalbibliothek verzeichnet diese Publikation in der Deutschen Nationalbibliografie; detaillierte bibliografische Daten sind im Internet über http://dnb.d-nb.de abrufbar.

MIX
Papier aus verantwortungsvollen Quellen
FSC® C014496

Umschlaggestaltung: Nina Schäfer
Gestaltung Innenteil: DÜDE Satz und Grafik, Odenthal
Lektorat: Lothar Strüh
Druck und Bindung: GGP Media GmbH, Pößneck
Printed in Germany 2023
ISBN 978-3-7408-1444-1
Roman
Originalausgabe

Für meine Frau Yvonne,
die mich jeden Tag inspiriert und bezaubert

PROLOG

Wald bei Nerownaja Poljana, Sowjetunion, 1974

Die Wölfe waren noch da. Irgendwo, unsichtbar, aber nicht sehr fern. Das wusste Lina genau. Auch wenn sie im Moment keinen von ihnen ausmachen konnte. Sie kannte die Wölfe. Sie verschwanden nicht einfach. Wenn sie einmal hier herübergekommen waren, dann hungerten sie, sonst hätten sie sich nicht so weit herangetraut. Aber das war noch nicht das Schlimmste. Ihr kleiner Bruder war verschwunden. Sie hatten die Zeit vergessen im Wald. Und dann war von einem Augenblick auf den anderen alles durcheinandergeraten, und sie hatten sich verloren. Obwohl Lina nun schon eine Weile wie von Sinnen nach ihm suchte, konnte sie ihn nirgendwo entdecken.

»Alexej!« Mit Tränen in den Augen kämpfte sich das elfjährige Mädchen durch den morastigen Birkenwald. Die Nachmittagssonne hatte sich schon vor einer Weile verzogen, und der graublaue Himmel wurde immer schwerer. Fahrig wischte sich Lina über das Gesicht. Sie war die große Schwester. Sie musste ihren Bruder finden. Er war doch erst sieben. »Wo bist du?«, schrie sie immer wieder verzweifelt heraus. »Alexej!«

Sie erhielt keine Antwort. Nur das Pfeifen des Windes war zu hören. Obwohl die heftigsten Böen von den Baumkronen aufgefangen wurden, stob ihr ein boshafter Luftzug entgegen.

»Alexej!«

Während sie voranstürmte, fluteten die Bilder der letzten halben Stunde durch ihren Kopf. Sie war mit ihrem Bruder zwischen den Bäumen herumgetobt. Und so hatte sie die Anzeichen zu spät bemerkt. Das ferne Hecheln und Fauchen. Es war in ihrem Lachen und im Rauschen der Blätter untergegangen. Nur durch puren Zufall hatte ihr Blick die graubraunen Schemen gestreift, die ein ganzes Stück hinter ihnen durch das Unterholz schnellten. Immer hin und her, nie direkt voran, aber trotzdem zielstrebig.

Als wollten sie eine Linie markieren, hinter die es kein Zurück gab. Wölfe, das wusste sie sofort. Nur dass Lina hier keine erwartet hatte, nicht um diese Zeit. Es waren vier oder fünf, wahrscheinlich das Elternpaar und einige Jährlinge.

Lange hinzuschauen hatte sie nicht gewagt. Alexej war sofort losgerannt und Lina auch. Nur fort, ehe das Rudel sie einkreiste. Noch war der Abstand einigermaßen groß gewesen. Vielleicht, hatte Lina gedacht, konnten sie ihnen entwischen. Zu spät hatten sie ihren Fehler entdeckt. Sie waren in die falsche Richtung gelaufen.

Plötzlich war überall Wasser gewesen. Schwarze Gräben und Tümpel, die sich zwischen den Bäumen ausbreiteten und mit Linsen und fauligem Laub tarnten. Großvater Timofej hatte sie vor diesem Teil des Waldes gewarnt. Hier begann das Reich der Plutowka. Der heimtückische Strom hatte von den Menschen, die hier lebten, nicht umsonst den Namen »Die Schwindlerin« erhalten. Mit ihren verborgenen Zuflüssen und Nebenarmen griff sie wie mit Spinnenhänden in die Wälder hinein. Tauchte hier auf und verschwand dort. Wechselte und täuschte. Niemand wusste, wo ihre Finger gerade entlangschlichen. Den kleinen Bach, der sich so unschuldig zwischen sie und ihren Bruder geschoben hatte, hatte Lina erst bemerkt, als er zu einem sumpfigen Graben angewachsen war. Nicht so schlimm, hatte sie gedacht, nur weiterlaufen und ihren Verfolgern entkommen. Der Graben würde bald enden, dann wären sie wieder vereint. Doch der Graben endete nicht. Stattdessen teilte er sich und teilte sich erneut, und seine Abkömmlinge strebten gierig auseinander. Der Abstand zwischen Lina und Alexej hatte sich immer weiter vergrößert, bis er schließlich unüberwindbar gewesen war. Auf einmal hatte sie ihren Bruder hinter einer Wand aus Bäumen und Sträuchern aus den Augen verloren, und die Rufe des Jungen waren vom Rauschen des Waldes verschluckt worden. Da hatte sie haltgemacht und war wie wild zurückgerannt.

Vor Furcht und Anstrengung zitternd, erreichte Lina schließlich die Stelle, an der der Bach ihre Wege geschieden hatte. Ihr Atem ging noch immer stoßweise, während sie sich mehrmals um sich selbst drehte und ins dämmrige Unterholz spähte. Die Wölfe waren nicht zu sehen. Sie blieben auf Abstand. Bestimmt hatte ihr feiner Instinkt die Tiere gewarnt. Die Plutowka fürchteten selbst sie.

Lina sprang über den Bachlauf, der hier vorn noch ganz schmal war, und folgte der Richtung, die ihr Bruder nach ihrer Trennung genommen hatte.

»Alexej!«

Unbeirrbar stapfte sie vorwärts. Die Sorge um ihren Bruder nahm sie vollends gefangen. Wo war er nur? Sie hätte ihn längst einholen müssen …

Es wurde dunkler und dunkler. Die Büsche verschwammen zu menschlichen Konturen und gaukelten ihr falsche Hoffnungen vor. Sie kam immer langsamer voran. Zudem stahl ihr die Dämmerung die Zeit.

Was sollte sie tun? Zurück ins Dorf laufen? Den Großeltern sagen, was geschehen war? Großvater Timofej würde die Nachbarn zusammenrufen. Alle würden kommen und bei der Suche helfen. Sie wäre nicht mehr allein. Aber das würde viel zu lange dauern. Bis dahin hätte der Wald ihren kleinen Bruder ganz verschlungen. Oder die Plutowka würde ihn holen. Oder die Wölfe. Nein, sie konnte jetzt nicht umkehren. »Du bist stark, Lina!«, sagte ihr Großvater immer. Vor allem dann, wenn die Traurigkeit wiederkam. Wenn sie an Mama und Papa dachte.

Ja, sie war stark. Sie würde ihren Bruder wiederfinden.

Sie durfte nur nicht aufgeben.

»Alexej! Wo bist du?« Die Birken leuchteten im letzten Licht. Die weißen Linien verschwammen vor ihren Augen, und die Erschöpfung drohte sie zu überwältigen.

Geh weiter!

Plötzlich geriet der Boden unter ihren Füßen ins Wanken. Es war, als stünde sie auf einem riesigen Teppich, der auf Brei schwamm. Etwas zog an ihren Füßen. Lina taumelte nach links. Verzweifelt schlang sie ihre dünnen Arme um den Stamm einer Birke, zog sich ganz dicht an den Baum heran und drückte ihre Wange fest an die Rinde. Um sich herum hörte sie ein tiefes

Glucksen, während ihr ein fauliger Geruch in die Nase stieg. Eine Weile verharrte sie unbeweglich und hielt die Augen fest geschlossenen. *Nicht bewegen. Der Baum hält dich.*

Dann gab sie sich einen Ruck, hob den Kopf und schaute sich um. Was sie sah, ließ ihr Herz aufgeregt schlagen. Beim Vorwärtsstürmen war ihr eine gefährliche Veränderung entgangen. Die Wassergräben um sie herum hatten sich zu einer geschlossenen Fläche vereint.

Sie stand mitten im Sumpf!

Linas Blick irrte fieberhaft hin und her. Wie sollte sie jetzt weiterkommen? Ein unüberlegter Schritt, und sie würde in die Tiefe gezogen. Jäh drängte sich ein schreckliches Bild in ihre Gedanken. War ihr kleiner Bruder etwa …

Der Weinkrampf brach so schlagartig los, dass er ihr fast die Kehle zuschnürte. Nein, nein, das durfte nicht sein! Bitte nicht! »Mama«, presste sie hervor. Dabei wusste sie doch, dass sie umsonst flehte, dass ihre Mama nicht kommen würde und dass sie auch nicht im Dorf wartete und auch ihr Papa nicht. Sie fühlte sich unendlich einsam.

In ihrem Kopf blitzte das schmale Gesicht ihres Bruders auf. Seine wissbegierigen braunen Augen. Sein spitzbübisches Lächeln. Nein, ihm war nichts Schlimmes passiert! Daran wollte sie jetzt fest glauben.

Tapfer blinzelte Lina ihre Tränen weg. Nicht mehr lange, dann war es vollkommen dunkel. Sie musste etwas unternehmen. »Ich bin stark!«, rief sie so laut, dass sie selbst erschrak, und sie wiederholte es so lange, bis ihre Stimme an Festigkeit gewann. Trotzig suchte sie die schwarzgrüne Fläche ab, die sich zwischen Bäumen und Stümpfen im Unterholz verlor. Gab es hier wirklich kein Weiterkommen? Sie konzentrierte sich auf jede Einzelheit. Nun, wo der Abend nahte, wurden auch die Geräusche des Waldes düster. Der Wind verlieh den Baumkronen flüsternde Stimmen. Sterbendes Gehölz ächzte in den Fängen des Sumpfes. Und von der Ferne schickte der Plutowka-Strom sein unheilvolles Donnern herüber. Doch plötzlich vernahm Lina noch etwas anderes. Von irgendwoher drang ein vertrauter

Ton an ihr Ohr. Zuerst glaubte sie, ihre Sinne hätten ihr einen Streich gespielt. Dann hörte sie ihn wieder. Und aus dem Ton wurde ein Name: »Lina!«

Als sie die Stimme ihres Bruders erkannte, durchströmte sie neue Zuversicht. Der Ruf war schwach gewesen, aber sie hatte keinen Zweifel mehr. Angestrengt lauschte sie in die Richtung, aus der er gekommen war. Da, noch einmal: »Lina!«

Alexej musste irgendwo schräg hinter ihr sein. Dort, auf der rechten Seite, wo ein abgestorbener Baum mit kahlen Ästen im Wasser lag. »Alexej!«, antwortete Lina, so laut sie konnte. »Ich bin hier!«

Sie versuchte, sich zu besinnen, wo genau sie vorhin angekommen war. Bis dahin schien der Weg unbedenklich. Behutsam streckte sie einen Fuß aus und prüfte, ob der Boden sie trug. Ja, einen Schritt konnte sie wagen. Ganz langsam verlagerte sie das Gewicht ihres Körpers nach vorn, und als sie sicher war, dass sie nicht versank, nahm sie die Hand vom Stamm der Birke. Der schwankende Grund ließ sie straucheln, und sie benötigte einige Sekunden, um wieder ins Gleichgewicht zu kommen. Die nächsten drei Schritte machte sie ganz schnell hintereinander, und endlich fasste sie festen Tritt.

»Ich bin gleich da«, rief sie in die Tiefe des Waldes hinein und tastete sich weiter vor, bis sie die wüst nach oben ragenden Wurzeln des umgestürzten Baumes erreichte.

»Alexej?« Lina starrte ins Halbdunkel, dorthin, wo der gefallene Stamm bis in die Mitte eines Tümpels führte. Angestrengt versuchte sie, das Gewirr aus Ästen und Sumpfpflanzen zu durchdringen. »Wo bist du?«

»Lina«, kam es dünn zurück. Einige Meter entfernt konnte sie ein braunes Stoffbündel erahnen, aus dem drei helle Flecken hervorleuchteten. Lina erkannte Alexejs blasses Gesicht und die beiden Hände, mit denen er sich in einer Astgabel festhielt. Sein restlicher Körper hing beinahe vollständig im Wasser, und er schien seinen Kopf nur mit einer unglaublichen Anstrengung noch über der Oberfläche halten zu können.

Trotz der bedrohlichen Lage, in der sich ihr kleiner Bruder

befand, durchflutete Lina ein unbeschreibliches Glücksgefühl. Sie hatte Alexej gefunden! Jetzt würde alles gut werden. Ohne zu zögern, schlüpfte sie aus ihren Stiefeln und watete vorsichtig in den Tümpel. Der Boden unter ihren Füßen verlor sich in einer schlierigen Masse. Lina griff in das Geäst des Baumes und hangelte sich so dicht wie möglich am Stamm entlang. Bald reichte ihr das Wasser bis zur Brust. Ein kühler Druck umklammerte ihre Lungen und raubte ihr die Luft. Abgeknickte Zweige bohrten sich wie Dornen in ihre Haut. Aber der Blick auf Alexej, dessen Durchhaltevermögen zu schwinden drohte, trieb sie voran. Stück für Stück näherte sie sich ihm.

»Hab keine Angst«, stieß sie mühevoll hervor. »Ich bin gleich bei dir.« Noch einen Meter, dann war sie neben ihm und griff nach seinem Arm. »Ich hole dich hier raus.«

»Lina, ich kann nicht. Ich gehe unter«, schluchzte ihr Bruder, und sie hörte, wie seine Zähne vor Kälte und Schrecken wild aufeinanderschlugen. Ihn so verzweifelt zu sehen brach ihr fast das Herz.

»Alexej! Schau mich an! Du gehst nicht unter. Du schaffst das«, versuchte sie ihn zu beruhigen, obwohl auch ihre eigenen Kräfte zusehends schwanden. »Halte dich einfach an mir fest.«

Lina musste ihrem Bruder eine Weile gut zureden, bis er genug Mut gefasst hatte, dass sie seine Finger von den Ästen lösen konnte, an die er sich schon wer weiß wie lange klammerte. Dann schlang sie ihren linken Arm fest um seinen Rücken und zog Alexej Stück für Stück mit sich. Gemeinsam überwanden sie die Strecke bis zum Rand des Wasserlochs. Lina schob Alexej auf den festen Waldboden und schleppte sich mit einer allerletzten Anstrengung selbst hinauf.

Sie half ihrem zitternden Bruder auf die Beine und umarmte ihn ganz fest. Ein neuerlicher Schwall von Tränen ließ sie erbeben, aber diesmal waren es Tränen der Erleichterung. Einen Moment lang hielten sie sich gegenseitig. Dann erinnerte sich Lina daran, dass sie es noch lange nicht geschafft hatten. »Wir müssen gehen. Jetzt gleich«, entschied sie. »Sonst finden wir den Weg nicht mehr. Komm.«

Ihr Bruder rührte sich nicht von der Stelle. Er stand stocksteif da und vergrub sein Gesicht in den Händen.

»Alexej, was hast du?«, fragte Lina beunruhigt.

»Die Wölfe ...«, flüsterte er.

Lina erschrak. Die Wölfe. Die hatte sie ganz vergessen. Ein Schauder jagte ihr über den Rücken. Wenn sie am Nachhauseweg lauerten ...

Lina blickte in die Richtung, die sie jetzt einschlagen mussten. Doch bevor die neu aufkeimende Furcht gänzlich Besitz von ihr ergreifen konnte, sah sie eine lange Reihe Lichter durch den Wald tanzen. Gleich darauf hallten vielstimmige Rufe herüber, die schnell lauter wurden und unter denen sie die aufgewühlte Stimme ihres Großvaters erkannte: »Lina! Alexej!«

Eine riesige Last fiel von ihr ab. Sie atmete tief ein. Dann schrie sie mit aller ihr verbliebenen Kraft: »Wir sind hier!«

Sie hockten erschöpft nebeneinander und drückten ihre Rücken an die Wand des Ziegelofens. Die Ofenbank war Linas liebster Platz in der Wohnstube. Sie war ihr Heim im Heim, ihr Ort vollkommener Geborgenheit. Über ihren und Alexejs Knien lag eine Decke gebreitet, und ihre nassen Kleidungsstücke hingen links und rechts wie Fahnen aufgereiht. Die Wärme tat gut. Großmutter Polina hatte gerade neue Birkenscheite aufgelegt. Das Feuer prasselte kraftvoll, und die aufsteigende Hitze ließ die Balken des Holzhauses behaglich knarren.

Sie waren der Plutowka und den Wölfen entkommen.

Linas laute Rufe hatten den Suchtrupp auf sie aufmerksam gemacht. Der war bereits bei Einbruch der Dunkelheit losgezogen. Lina und Alexej hatten die Leute aus dem Dorf mit ihren Lampen und entschlossenen Gesichtern auf sich zukommen gesehen. Großvater war als Erster bei ihnen gewesen. Er hatte sie geschüttelt und dann umarmt, so als wäre er zornig und glücklich zugleich, und ihnen dann zwei übergroße Joppen umgehängt, die ihm jemand gereicht hatte. »Jetzt seid ihr in Sicherheit«, hatte er dabei gemurmelt. »Gehen wir nach Hause.« Seine Worte waren mild gewesen, doch in seinen Augen hatte Lina bittere Vorwürfe gesehen. Jedenfalls bildete sie sich das ein. Nein, eigentlich war sie sich ganz sicher. Wie konnte das passieren, hatte sie in diesen Augen gelesen, ihr kennt doch den Wald und auch die Sümpfe, wie konntet ihr euch so in Gefahr bringen?

Sofort hatte Lina ein schlechtes Gewissen erfüllt, obwohl ihr nicht einfiel, was sie hätte besser machen können, außer den Wald überhaupt zu meiden. Daran war jedoch nicht zu denken; sie lebten hier alle mit diesem Wald, ja, sie gehörten irgendwie zu ihm. Wer könnte das besser wissen als Großvater? Aber es half nichts. Sie war die große Schwester. Sie hatte die Verantwortung für ihren kleinen Bruder getragen, und um ein Haar wäre er ertrunken. Diese Erkenntnis lastete wie ein Felsbrocken auf ihrem Gemüt.

Schließlich hatten die Nachbarn sie mit Fragen bestürmt und für ihren Mut gelobt, und Großvater war nur noch still neben ihnen hergelaufen, bis sie das Dorf erreicht hatten.

Nun saßen Lina und Alexej erschöpft und gedankenversunken auf der Ofenbank. Nach einer Weile brachte Großmutter Polina einen Schemel, auf dem zwei Gläser mit Tee und ein Teller Plinsen standen, dazu Schalen mit Honig und Marmelade. Sie lächelte den Kindern aufmunternd zu und setzte das improvisierte Tischchen direkt vor ihnen ab. Eine besondere Ausnahme, das war den Geschwistern klar, denn sonst durften sie nur am großen Tisch essen. In der Familie Niroskin musste alles seine Ordnung haben. Ohnehin wurden sie, wie Lina fand, von ihren Großeltern ziemlich streng erzogen.

Gedämpftes Topfklappern aus dem Nebenraum verriet, dass sich Polina wieder der Hausarbeit widmete. Großvater Timofej war gleich nach ihrer Rückkehr nach draußen verschwunden, um Holz zu hacken. Das tat er um diese späte Stunde sonst nie. Von ihrem Platz aus konnte Lina nur seinen sich bewegenden Schatten sehen, den die Hoflampe zum stoischen Takt der Schläge in den Fensterrahmen zeichnete. Das Mädchen wusste nicht genau, was in Großvater vorging. Auf dem Weg hinaus hatte er den Kopf gesenkt gehalten, aber ihr war aufgefallen, dass er einen verstohlenen Blick zu dem gerahmten Foto an der Wand gegenüber geworfen hatte. Zu dem Bild, das Mama und Papa zeigte, als sie noch alle zusammen gewesen waren. Als sie sich gar nichts anderes vorstellen konnten. Bevor das schlimme Unglück im Kolchos passiert war.

Und wenn es heute wieder ein Unglück gegeben hätte?

Lina schielte zu Alexej, der mit eingezogenen Schultern neben ihr saß und ins Nichts starrte. Sein Gesicht war bleich, und Lina glaubte, dass sich ein Teil von ihm noch immer im Wald befand und an dem gefallenen Baum festklammerte. Sie strich ihrem Bruder sanft über die verstrubbelten Haare.

»Ich bin gleich wieder da«, sagte sie und schob die Decke zur Seite.

»Bitte geh nicht«, bat der Junge erschrocken.

»Ich gehe nicht weg«, erklärte Lina. »Ich muss nur etwas suchen, gleich nebenan. Es ist wichtig.«

Alexej schluckte hörbar und nickte.

»Ich bin gleich wieder bei dir«, versicherte Lina noch einmal, dann rutschte sie behutsam von der Ofenbank und ging hinüber in die Schlafkammer.

In dem Raum war es kühl und finster. Lina schlängelte sich am Bett der Großeltern vorbei zu ihrer eigenen Liege, zog die dicke Decke zur Seite und zwängte ihre Hand unter die Matratze. Nach einer Weile ertasteten ihre Finger den zusammengefalteten Umschlag, den sie hier vor zwei Wochen versteckt hatte. Sie zog ihn hervor und setzte sich neben der Tür auf den Boden, wo ihr der gedämpfte Lichtschein aus dem Wohnzimmer etwas Helligkeit spendete. Dann öffnete sie das Kuvert und ließ seinen Inhalt sachte herausgleiten.

In ihrer Handfläche lag ein Medaillon aus einfachem Aluminiumblech. Es hatte eine glatte und schmucklose Oberfläche, und seine ovale Form war nicht ganz gleichmäßig, aber Lina fand es wunderschön. Es war ihr Geschenk für Alexejs achten Geburtstag. Im Inneren der flachen Kapsel befanden sich zwei Bilder. Eins von ihr selbst und eins von ihrem Bruder. Ihre Gesichter hatte Lina aus einem Foto ausgeschnitten, das vom letzten Kinderfest in der Kolchosschule stammte. Den Anhänger hatte sie sich vom alten Semjon anfertigen lassen, der auf seinem Hof eine kleine Werkstatt betrieb. Weil sie kein Geld besaß, um ihn zu bezahlen, war Lina fast zwei Monate lang tagtäglich in den Schuppen hinter dem Haus geschlichen und hatte jedes Mal eine winzige Menge von dem hochprozentigen Samogon abgefüllt, den Großvater Timofej dort vor Großmutter Polina versteckt hielt und von dem er sich allabendlich ein Becherchen genehmigte. So hatte sie allmählich eine ganze Flasche zusammenbekommen, und Semjon war damit zufrieden gewesen.

Lina strich mit ihren Fingern über den matt glänzenden Anhänger. Alexej hatte erst in drei Wochen Geburtstag, aber das war jetzt egal. Sie kehrte in die Wohnstube zurück und schob sich wieder auf die Ofenbank.

»Hier. Das ist für dich.« Behutsam nahm sie die rechte Hand ihres Bruders und legte das Medaillon hinein.

»Was ist das?«, fragte Alexej.

»Man kann es aufmachen.«

Etwas linkisch drückte der Junge an dem Oval aus Aluminium herum, bis es sich öffnete. »Das sind ja wir«, entfuhr es ihm überrascht, als er ihre Gesichter auf den Fotos erkannte.

»Wehe, du verlierst es.« Lina versuchte, die strenge, aber nicht ganz ernst gemeinte Große-Schwester-Miene aufzusetzen, mit der sie ihren Bruder manchmal neckte.

»Mach ich nicht«, sagte Alexej fast tonlos, während er das kleine Schmuckstück betrachtete. Dann drehte er sich zu seiner Schwester um. »Wirklich für mich?« In seinem Gesicht meinte Lina eine Spur von Stolz auszumachen, bevor die Befangenheit zurückkehrte.

»Wirklich«, versicherte sie ihm. Dann ergriff sie die Hand ihres Bruders und schloss sie um die metallene Kapsel. »Zu dem Medaillon gehört noch etwas dazu. Etwas Wichtiges.«

»Was denn, Lina?« Alexej sah seine Schwester mit großen Augen an.

»Ein Versprechen«, flüsterte sie. Dann bekam ihre Stimme einen eindrücklichen Klang. »Alexej, ich verspreche dir, dass du nie wieder Angst haben musst. Nie wieder. Ich werde immer auf dich aufpassen.«

Alexej senkte den Kopf und schwieg. Dann, nach einer Weile, wisperte er: »Für immer?«

»Ja.« Lina nickte heftig. »Für immer.«

Auf den Lippen des Jungen zeigte sich ein zaghaftes Lächeln. Das erste Mal, seit sie es aus dem Wald geschafft hatten, schien er seine Furcht zu vergessen.

Lina zog ihnen die Decke über die Schultern und drückte ihren kleinen Bruder fest an sich. Als ihre Großmutter keine fünf Minuten später mit einer neuen Kanne Tee in die Stube trat, waren die beiden Kinder fest eingeschlafen.

1

Potsdam, 2005

Die Steigung lag jetzt genau vor ihm, und er zog die Geschwindigkeit noch einmal an. Es war seine fünfte Runde durch den Park. Der Schlussspurt des Morgenlaufes, den er bei jedem Wetter und in jeder Gemütslage absolvierte. Sein ganzes Leben lang war Werner Holland gelaufen, so wie sein ganzes Leben aus Disziplin und hartem Training bestanden hatte. Anders konnte er es sich gar nicht vorstellen, auch wenn es seit Langem niemanden mehr gab außer ihm selbst, dem er eine sportliche Hochleistung schuldete. Mit seinen fünfundfünfzig Jahren war er noch immer bestens in Form, bis auf die kleinen Boshaftigkeiten des Körpers, die ihm von Zeit zu Zeit sein zunehmendes Alter ins Gedächtnis riefen und die er so gut wie möglich ignorierte.

Holland hielt seinen hohen Lauftakt bei, obwohl die Luft an diesem Augustmorgen bereits drückend warm war und ihm jede Erfrischung versagte. Der Pfad führte in ein Waldstück und stieg noch einmal an, bis er auf der Kuppe des Hügels auf einen breiten Asphaltweg mündete. Seine Ziellinie. Er beendete seinen Spurt und verfiel in ein leichtes Traben. Dabei bog er nach rechts, wo die Piste geradewegs aus dem Park hinausführte.

Auf halber Strecke zum Ausgangstor kam ihm die Shih-Tzu-Dame entgegen. So nannte er insgeheim die ältere Frau, die er noch nie ohne ihren zerzausten kleinen Hund gesehen hatte. Sie war mindestens siebzig Jahre alt, und er kannte weder ihren Namen, noch wusste er, wo sie wohnte. Nur, dass sie ihm an jedem Morgen genau zu dieser Zeit und genau an dieser Stelle begegnete. Auf die Shih-Tzu-Dame war Verlass. Nach ihr konnte man die Uhr stellen, dachte er wieder einmal, und sie dachte vermutlich dasselbe von ihm. Er hob seine Hand zu einem knappen Gruß. Sie winkte freundlich zurück. Schon war er an ihr vorbeigezogen und passierte nur Sekunden später das Tor.

Holland überquerte die Alleestraße, die den Park entlang des Hügels begrenzte und auf deren anderer Seite sich ein Dutzend Einfamilienhäuser hinter Hecken und wilden Sträuchern versteckten. Seit neun Jahren lebte er hier. Seit er in das graugelbe Haus mit dem spitzen Giebel zurückgekehrt war, in dem er seine Kindheit verbracht hatte.

Er atmete tief durch. Genoss die wohlige Hitze, die seinen Körper nach der Anstrengung des Lauftrainings durchströmte. Die Daten seiner Sportuhr zeigten, dass er seine selbst auferlegte Zeitnorm knapp unterboten hatte. Jetzt konnte er sich entspannen. Der Rest seines Tages würde bedeutungsloser sein.

Das glaubte er.

Dann sah er das Auto.

Einen VW Passat. Mattes Anthrazitgrau. Berliner Kennzeichen. Abgestellt im Schatten der alten Linde, ein Stück unterhalb seines Hauses. Manchmal waren Parkbesucher so dreist, ihren Wagen direkt vor den Privatgrundstücken stehen zu lassen. Aber sein Gefühl sagte ihm, dass es sich diesmal anders verhielt. Zumal er auf dem Fahrersitz die Umrisse einer Person auszumachen glaubte.

Ein Klient? Die waren selten geworden in letzter Zeit. Und ein Besuch ohne Anmeldung war zumindest ungewöhnlich.

Jemand von einer Behörde? Ebenfalls nicht sehr wahrscheinlich.

Doch nur ein Ausflügler, der im Auto döste?

Äußerlich gelassen schlenderte Holland zu seinem Gartentor, zog den Schlüsselbund aus der Tasche seines kurzen Jogginganzugs und schloss die Pforte auf.

Hinter sich hörte er das Geräusch einer sich öffnenden Wagentür. Aha. Da hatte also tatsächlich jemand auf ihn gewartet.

»Herr Holland?«

Er drehte sich um. Neben dem Passat stand eine zierliche Frau in einem stilvollen marineblauen Hosenanzug. Er schätzte ihr Alter auf vierzig, vielleicht ein wenig darüber. Ihre schmalen, kantigen Gesichtszüge wirkten attraktiv und selbstbewusst, und das halblange dunkle Haar verriet sorgfältige Pflege.

»Ja?« Holland versuchte, sich seine Überraschung nicht anmerken zu lassen.

Die Frau schloss die Autotür und kam auf ihn zu. Für einen flüchtigen Augenblick musterte sie ihn. Holland kam es vor, als würde sie ihn unter einer ihm unbekannten Maßgabe taxieren. Dann erschien ein Lächeln auf ihrem Gesicht, und sie streckte ihm die Hand entgegen. »Alina Janowa. Hätten sie vielleicht einen Moment Zeit für mich?« Ein dezenter osteuropäischer Akzent. Russland oder Ukraine, vermutete Holland. Und ein fester Händedruck.

»Entschuldigung.« Er deutete auf seine durchgeschwitzte Sportkleidung und gab ein vorsichtiges Lächeln zurück. »Ich habe keinen Besuch erwartet. Worum geht es denn?«

»*Ich* muss mich entschuldigen«, sagte die Frau mit einer winzigen Spur von Verlegenheit, die nicht so recht zu ihrem perfekten Äußeren passen wollte und die Holland sehr sympathisch fand. Dann wurde sie ernst. »Ich benötige Ihre Hilfe.«

»Meine Hilfe?«

»Ihre Dienste.« Sie wies auf das kleine Messingschild, das über dem Klingelknopf am Torpfosten angeschraubt war:

WERNER HOLLAND
PRIVATE ERMITTLUNGEN

»Ah.« Also doch eine Klientin. Ihr Anliegen schien von einiger Wichtigkeit zu sein, wenn sie extra vor seinem Haus ausgeharrt hatte, um ihn abzupassen. Er öffnete die Gartentür. »Dann kommen Sie am besten mal mit.«

Er geleitete seine Besucherin zwischen Haus und Garage hindurch auf eine Terrasse, von der sich über die angrenzende Gartenanlage hinweg ein weiter Blick über Babelsberg eröffnete, den beschaulichen Potsdamer Stadtteil, den er sich zu seinem Refugium erwählt hatte.

»Was für eine Aussicht!«, stieß die Frau unvermittelt aus. »Und mitten im Grünen. Sie leben an einem schönen Ort.«

»Ich weiß.« Holland nickte langsam.

Nach dem Tod seiner Eltern war er um ein Haar der Versuchung erlegen, das Grundstück zu Geld zu machen, zumal sich die Immobilienpreise in der gesamten Gegend in einem abnormen Höhenflug befanden. Aber dann hatte er sich daran erinnert, welches Privileg es war, hier oben zu wohnen, zurückgezogen vom Alltagstrubel und nur wenige Schritte vom Park entfernt. So hatte er den Verkauf nicht übers Herz gebracht und diese Entscheidung nie bereut. Zumal das unauffällige Quartier den Erfordernissen seiner Profession durchaus entgegenkam.

»Ich muss Sie um etwas Geduld bitten. Ich ziehe mich schnell um«, meinte er und wies auf einen Holztisch mit einer Reihe rustikaler Gartenstühle. »Nehmen Sie doch so lange Platz. Möchten Sie einen Kaffee?«

»Nur, wenn es Ihnen keine Umstände macht.«

»Tut es nicht. Ich koche ohnehin welchen.«

Die Frau neigte ihren Kopf und schmunzelte. »In dem Fall gern.« Sie zog sich einen Stuhl zurecht und setzte sich. Holland mochte ihre Ausstrahlung, die irgendwo zwischen Selbstgewissheit und wacher Aufmerksamkeit lag, und er fand, der Tag hätte durchaus schlechter beginnen können.

»Dann bis gleich«, sagte er, kehrte zur Vorderseite des Hauses zurück, schloss die Eingangstür auf und ging als Erstes in die Küche. Durch das einzige Fenster drang hartes Sonnenlicht herein und zeichnete ein gleißendes Trapez auf die Fliesen. Er schaltete die Kaffeemaschine ein, die er wie immer vor Beginn seines Lauftrainings befüllt hatte und neben der schon eine Tasse samt Zuckerdose und einem Glas Orangensaft bereitstanden. Eine Angewohnheit, die für ihn zu einem festen Ritual geworden war und mit der er sich täglich selbst ein kleines Willkommen bereitete. Holland lebte allein. Die Ehe mit seiner Frau Christiane war vor vielen Jahren zerbrochen, und seine erwachsene Tochter wohnte sechshundert Kilometer entfernt. In der letzten Zeit fragte er sich häufiger, warum er nicht noch einmal eine Familie gegründet hatte. Nach seiner Scheidung war er, von ein paar oberflächlichen Abenteuern abgesehen, nie wieder eine Beziehung eingegangen; immer fehlte ihm das letzte Stück Gewissheit, das letzte Stück Vertrauen. Aber vielleicht wollte er auch gar nicht mehr vertrauen.

Als die Kaffeemaschine ihr geschäftiges Gurgeln begann, ging er hinüber ins Badezimmer und nahm eine Dusche. Dann schlüpfte er in eine bequeme Kombination aus heller Leinenhose und einem beigen Sommerhemd. Er drehte sich zum Spiegel und fuhr sich mit der Hand durch die dichten braunen Haare, die an den Schläfen von kleinen weißen Spitzen durchsetzt waren. Für einige Sekunden begutachtete er sein Spiegelbild. Ja, so konnte er der potenziellen Klientin schon eher entgegentreten als in seinem ausgewaschenen Jogginganzug.

Ein kräftiges Fauchen aus der Küche signalisierte ihm, dass der Kaffee durchgelaufen war. Er ging hinüber, stellte Geschirr und Kanne auf ein Tablett und kehrte zurück auf die Terrasse.

»Oh, das ist wirklich nett von Ihnen«, empfing ihn seine Besucherin.

Trotz der freundlichen Worte registrierte Holland im Klang ihrer Stimme jetzt eine unterschwellige Anspannung. Er stellte das Tablett ab und rückte die Kaffeetassen auf der Tischplatte zurecht. Dann setzte er sich der Frau gegenüber.

Zeit, der unerwarteten Stippvisite auf den Grund zu gehen.

»Also. Frau … Janowa, richtig?«, begann er.

»Ja. Aber nennen Sie mich doch bitte Alina.« Diesmal war das Lächeln beiläufig, beinahe so, als solle es den Beginn des Gesprächs nicht behindern.

»Alina. Gut.« Er nickte. »Sie suchen einen Privatermittler?«

»Na ja … Eigentlich suche ich keinen Ermittler. Ich benötige einen Leibwächter.«

»Einen Leibwächter?« Holland blickte erstaunt auf.

»Sie bieten auch Personenschutz an. Das ist doch richtig, oder?« Für einen Moment wirkte seine Besucherin verunsichert.

»Ja, das ist korrekt«, bestätigte er. Auch wenn der letzte Auftrag in diese Richtung schon eine ganze Weile zurücklag. »Wie sind Sie auf mich gekommen?«

»Ihre Internetseite. Ich wollte niemanden aus Berlin engagieren, sondern jemanden, der sich in Brandenburg auskennt.«

»Und warum brauchen Sie Schutz? Werden Sie bedroht?«

»Nein. Ich benötige Ihre Dienste nur für einen einzigen Tag. Dafür verdopple ich Ihr Honorar.«

Holland hob die Augenbrauen. »Das ist sehr großzügig. Wie kann ich diese Aufstockung verstehen?«

»Ich verlange absolute Diskretion.«

»Diskretion ist selbstverständlich«, versicherte er und versuchte, seine Worte nicht gekränkt klingen zu lassen. Einige Sekunden verstrichen, und sie beide tranken ein paar Schlucke von ihrem Kaffee, so als wollten sie diese Übereinkunft auf stille Weise besiegeln. Dann kam Holland auf Alinas Anliegen zurück. »Wie stellen Sie sich meinen Einsatz konkret vor?«

»Ich werde einen Mann treffen. Und ich möchte dabei nicht allein sein. Ich brauche jemanden, der mich im Falle eines Falles beschützt.«

»Vor diesem Mann?«

»Ja.«

»Ein gefährlicher Mann?«

»Nein, eigentlich nicht … Ich will nur ganz sichergehen. Sozusagen einen doppelten Boden einziehen.«

»Okay.« Auf diese Einschätzung würde er sich nicht so ohne Weiteres verlassen. »Was ist das für ein Mann?«

»Er ist Finanzbuchhalter. Dreiundsechzig Jahre alt. Nicht sehr groß. Dafür ziemlich korpulent. Für Sie kein Problem, denke ich.« Dabei betrachtete sie Hollands durchtrainierten Körper, was ihn einen Wimpernschlag lang befangen machte.

»Ein Buchhalter …«

»Ja.«

»Sein Name?«

»Der tut nichts zur Sache.«

»Hmmm.« Holland sah Alina ernst an. »Das könnte aber wichtig sein. Es kann nicht schaden, wenn ich mich vorher ein wenig über den Mann informiere.«

»Das möchte ich nicht.« Bevor Holland etwas erwidern konnte, fügte sie hinzu: »Ich habe meine Gründe, glauben Sie mir. Und er ist sehr … misstrauisch.«

»Er wird nichts davon merken.«

»Kein Name.«

»Okay.« Langsam wurde es interessant. »Und weshalb wollen Sie den Mann treffen?«

»Ich will ihn zur Rede stellen.«

»Zur Rede stellen? Wofür?«

Seine Besucherin senkte den Kopf. Einige Sekunden verstrichen. Dann hob sie den Blick und sagte: »Er hat meinen Bruder umgebracht.«

Eine Weile schwiegen sie. Der leichte Sommerwind ließ die umliegenden Büsche rauschen, und von den Gärten drang entferntes Vogelzwitschern herüber.

Schließlich forschte Holland vorsichtig nach: »Was ist mit Ihrem Bruder geschehen?«

»Das ist sehr persönlich.« Alina zog die Schultern zusammen, als würde sie trotz der Augusthitze frösteln. »Er ist gestorben. Mehr ist dazu nicht zu sagen.«

Holland spürte, dass er sich hier auf sensiblem Terrain bewegte, und er verzichtete zunächst darauf, weiter nachzubohren. Stattdessen fragte er nur: »Und Sie sind sich sicher, dass dieser Finanzbuchhalter dafür die Verantwortung trägt?«

»Ja.«

»Kennen Sie sich? Sie und dieser Mann?«

»Nein. Das heißt, ich weiß, wer er ist. Was er macht. Und ich habe Fotos gesehen. Aber wir sind uns noch nie persönlich begegnet. Die Sache mit meinem Bruder ist schon viele Jahre her. Die Zusammenhänge habe ich jetzt erst erkannt.« Alinas Stimme bekam einen kühlen Ton. »Ich will den Mann damit bei unserem Treffen überraschen.«

»Haben Sie schon Kontakt zu ihm aufgenommen?«

»Ja. Telefonisch. Ich habe mich mit ihm verabredet. Unter einem Vorwand.«

»Wann und wo?«

»Sonntag. Auf einem Waldparkplatz bei Belzig. Ungefähr eine Autostunde von hier.«

»So weit draußen?«

»So ist es besprochen.«

»Seine Idee?«

»Meine.«

»Warum sollte er kommen?«

»Wegen seines ›Nebenjobs‹. Er verkauft Insiderinformationen für Anlagegeschäfte. Nicht ganz legal, aber sehr lukrativ. Ich habe Interesse signalisiert.« Alina zuckte die Schultern. »Außerdem hat er eine Datsche in der Nähe. Ich mache es ihm ganz bequem.«

Holland dachte kurz über das Gehörte nach. Dann fragte er: »Und dann? Wenn er merkt, dass der Finanzdeal nur eine Finte war? Wenn er alles abstreitet? Oder gar nicht mehr mit Ihnen reden will?«

»Er wird«, entgegnete Alina. »Da bin ich mir sicher.«

»Sie müssen es wissen.« Holland runzelte die Stirn. »Ich will mir ja nicht meinen eigenen Job verderben, aber … haben Sie schon mal darüber nachgedacht, die Polizei einzuschalten?«

»Ich muss etwas wissen, was ich nur von ihm erfahren kann. Das geht nicht, ohne ihn selbst zu sprechen. Danach gehe ich zur Polizei.«

»Aha.« Hatte sie das wirklich vor? Streng genommen war das nicht sein Problem. Trotzdem … Falls er den Job annahm, würde er die Angelegenheit im Blick behalten.

Eine wichtige Information brauchte er noch. Behutsam begann er: »Wie hat er das damals gemacht? Ich meine, wie hat er Ihren Bruder getötet?«

Die Frau gegenüber antwortete nicht.

»Alina?«

»Ich habe Ihnen schon gesagt, das ist meine persönliche Angelegenheit. Er ist für seinen Tod verantwortlich. Das ist alles, was zählt.«

»Die Frage habe ich nicht zum Spaß gestellt. Was ich meine, ist: Muss ich damit rechnen, dass er bewaffnet ist? Mit einer Pistole? Oder mit einem Messer?«

»Das halte ich für ausgeschlossen. Dafür ist er nicht der Typ.«

»Was für ein Typ ist er denn? Ein Schreibtischtäter?«

»So was in der Art …«

»Na gut.« Holland schenkte Kaffee nach. Dann nahm er den Faden wieder auf. »Wie haben Sie sich das genau vorgestellt? Was ist meine Legende, wenn wir den Mann treffen?«

»Ihre Legende?«

»Meine offizielle Rolle. Ich nehme an, er erwartet Sie eigentlich allein.«

»Ja, sicher.«

»Wenn ich Sie beschützen soll, muss ich in Ihrer Nähe sein. Ganz in Ihrer Nähe. Sie werden meine Anwesenheit also erklären müssen.«

Alina sann einen Moment nach. Mit dieser Frage hatte sie sich offenbar noch nicht befasst. Dann schlug sie vor: »Ganz einfach. Sie sind mein Ehemann.«

»Ihr …« Holland hustete.

Unversehens platzte ein Lachen aus Alina heraus. Augenscheinlich war sie selbst davon überrascht, denn sie gab sich alle Mühe, den kurzen Ausbruch umgehend in den Griff zu bekommen.

»Was ist los?«, erkundigte sich Holland irritiert.

»Sie hätten Ihr Gesicht sehen sollen!« Dann winkte sie ab. »Vergessen Sie's. Der Ehemann war nur eine spontane Idee.«

»Warum nicht? Die Idee ist gar nicht so schlecht.«

»Dann übernehmen Sie den Auftrag?«

Holland überlegte. Ein Tag Arbeit. Der Aufwand war überschaubar. Das Risiko auch. Und es gab doppeltes Honorar. Geld, das er zweifellos gut gebrauchen konnte. Außer seinem Haus hatte er wenig Reserven, und die Auftragslage war, wenn er es realistisch betrachtete, schon seit Längerem mehr als dürftig.

»Sind wir im Geschäft?« Seine Besucherin fixierte ihn erwartungsvoll.

»In Ordnung.« Holland reichte ihr die Hand. »Wir sind im Geschäft.«

»Das freut mich. Ehrlich.« Alina schlug ein. »Übrigens, eine Frage hätte ich noch. Werden Sie bewaffnet sein, wenn Sie mich begleiten?«

»Sie haben einen Personenschützer gebucht.«

»Ist das ein Ja?«

»Warum wollen Sie das wissen?«

»Ich bin nur neugierig.«

»Machen Sie sich um Ihre Sicherheit keine Sorgen.« Holland straffte den Rücken. »Wo wir einmal dabei sind: Ich gehe davon aus, dass Sie mich dem Mann gegenüber nicht als Druckmittel einsetzen wollen …«

»Seien Sie ganz beruhigt.« Alina schob ihren Stuhl zurück. »Das wird nicht notwendig sein.« Sie stand auf und strich den Stoff ihres Hosenanzugs glatt.

Holland erhob sich ebenfalls. »Warten Sie. Ich hole Ihnen noch eine Visitenkarte. Dann haben Sie auch meine Handynummer. Die steht nämlich nicht im Internet.«

»Ja. Das wäre gut.«

Holland ließ Alina auf der Terrasse zurück und ging zu dem kleinen Anbau hinter seiner Garage, den sein Vater seinerzeit als Hobbyraum eingerichtet hatte und den er jetzt als Büro nutzte. In dem niedrigen Zimmer herrschte Schlichtheit. Ein altmodischer Schreibtisch mit Drehstuhl und zwei grüne Blechschränke waren die einzigen Möbel darin, und die Wände hatten nichts zu bieten außer einer angegrauten Raufasertapete. Doch was andere als trostlos empfinden mochten, folgte lediglich Hollands ausgeprägtem Pragmatismus, denn bei seiner Tätigkeit zog er Zweckdienlichkeit jeglichem Luxus vor.

Aus der untersten Schublade seines Schreibtischs angelte er die kleine gelbe Box heraus, in der er seine Visitenkarten aufbewahrte. Er benötigte sie nicht sehr oft, da er seine Aufträge fast ausschließlich durch persönliche Kontakte oder Empfehlungen erhielt. Laufkundschaft kam selten. Öffentlichkeit war nicht Hollands Sache, und auch seine Website besaß, wenn man es freundlich ausdrückte, wenig Marktschreierisches. Aber immerhin hatte sie ihm gerade einen neuen Job eingebracht.

Er kehrte auf die Terrasse zurück, wo Alina in die Ferne blickte oder in sich selbst hinein; das konnte er nicht genau feststellen. Jedenfalls machte sie einen abwesenden Eindruck und zuckte erschrocken zusammen, als er mit der Visitenkarte voran neben sie trat. »Bitte, da steht alles drauf.«

»Oh. Danke.« Alina nahm das Kärtchen entgegen und studierte es beiläufig. »Ich hole Sie am Sonntag um acht Uhr morgens ab. Ist das für Sie in Ordnung?«

»Natürlich. Wir können von hier aus meinen Wagen nehmen, wenn Sie möchten.«

»Das ist sehr freundlich, aber ich denke, das müssen wir nicht.« Sie ließ die Geschäftskarte in einer Tasche ihres Anzugs verschwinden. »Ich stehe dann um acht Uhr draußen vor dem Haus.«

»Einverstanden.«

»Jetzt muss ich auch los.«

Während sie nach vorn zur Straße gingen, fragte Holland: »Was machen Sie eigentlich beruflich?«

»Ich arbeite im Kulturmanagement. Künstleraustausch, Ausstellungen, Stipendien, solche Sachen. Nicht so spannend wie Ihr Metier, aber es füllt mich aus.«

»Ah … interessant.« Das waren Dinge, von denen er wenig verstand.

Er folgte Alina hinaus vor das Gartentor.

»Bis Sonntag dann«, verabschiedete sich seine neue Klientin.

»Ja, bis Sonntag.« Holland blieb stehen. Er wusste nicht, ob es sein erwachender Beschützerinstinkt war, aber aus einem spontanen Impuls heraus fragte er: »Alina? Sind Sie sich auch wirklich sicher?«

»Wie bitte?«

»Sind Sie sich sicher, dass Sie das wollen? Einen Mann in Ihr Leben lassen, der Ihren Bruder auf dem Gewissen hat?«

»Ich werde nicht allein sein. Sie passen auf mich auf.«

Er sah sie an, und einige Sekunden verstrichen. »Ihren Körper kann ich schützen. Ihren Seelenfrieden nicht.«

Alina nickte kaum merklich. »Danke für den Kaffee. Wir sehen uns Sonntag.«

Damit drehte sie sich um und ging zu ihrem Wagen. Ohne noch einmal zurückzublicken, stieg sie ein und fuhr davon.

Holland blieb noch eine Weile an seinem Gartentor stehen. Er musste sich eingestehen, dass diese Frau ihn beeindruckt hatte und dass ihn der Gedanke, einen Tag an ihrer Seite zu verbringen, mit einer gewissen Vorfreude erfüllte. Auch wenn er diesen Auftrag mehr als seltsam fand.

Eine Verabredung mit einem Mörder.

2

Der Sonntagmorgen war frisch, aber der wolkenlose Himmel versprach baldige Hitze. Genau fünf Minuten vor acht Uhr trat Werner Holland aus seiner Haustür. Die Straße lag verwaist vor ihm, und von den Nachbargrundstücken drang kein einziges Geräusch herüber. Der Tag konnte nicht friedlicher beginnen.

Alina Janowa hatte sich seit ihrem Treffen nicht noch einmal bei ihm gemeldet. Holland zweifelte jedoch in keiner Weise daran, dass es bei ihrer Vereinbarung geblieben war. Dass er heute einen Schutzauftrag hatte. Er trug ein dunkles Jackett über einem weißen Hemd, dazu eine graue Jeanshose und Sportschuhe, und er hoffte, mit seiner Wahl einen guten Kompromiss zwischen zweckmäßiger Einsatzkleidung und seiner Rolle als Alinas Ehemann gefunden zu haben.

Gerade als der große Zeiger seiner Armbanduhr auf die volle Stunde vorrückte, vernahm er am Fuß des Hügels ein Motorengeräusch, das schnell anwuchs. Ein schwarzer Mitsubishi Pajero rauschte die Alleestraße herauf und stoppte vor ihm am Straßenrand. Durch die getönten Glasfenster konnte er nicht ins Innere blicken, aber einen Atemzug nach dem Anhalten senkte sich die Scheibe in der Beifahrertür, und Alina Janowa nickte ihm zu.

»Guten Morgen, Herr Holland! Sind Sie bereit?«

»Bin ich.« Holland öffnete die Autotür und ließ sich auf den Beifahrersitz gleiten. »Hallo. Ich hoffe, es geht Ihnen gut!«

»Es könnte nicht besser gehen.«

Sobald er die Tür zugezogen hatte, gab seine Klientin Gas. Beim Anschnallen ließ Holland die Augen über die luxuriöse Innenausstattung des Geländewagens wandern. »Neues Auto?«

»Gemietet. Etwas robuster als der VW. Und zum Image einer verwöhnten Investmentkundin passt er auch besser.« Alina lächelte hintersinnig. »Finden Sie nicht?«

»Zweifellos.« Er staunte. Offenbar hatte sich die Frau sehr

kalkuliert auf ihren heutigen Auftritt vorbereitet. Sie trug ein beiges Hemd mit cremefarbener Steppweste darüber, eine olivgrüne Stretchhose und Lederstiefel. Ihre Kleidung sah sportlich und zugleich teuer aus und erinnerte an Hochglanzkataloge für gehobene Jagdmode.

Holland strich prüfend über sein einfaches Jackett und drehte sich zu Alina. »Sie hätten mir sagen können, dass Sie stilistisch aufrüsten. Da kann ich nicht ganz mithalten.«

Alina warf ihm einen spöttischen Blick zu. »Kommen Sie, so schlecht passt das gar nicht. Sie sind der entspannte Ehemann mit der fetten Kreditkarte. Da ist ein bisschen Understatement erlaubt.«

Obwohl sie sich locker, ja fast übermütig gab, erspürte Holland in ihrer Stimme eine schlecht kaschierte Nervosität. Kein Wunder, dachte er, die Verabredung mit dem vorgeblichen Mörder ihres Bruders war nichts, was sie kaltlassen konnte.

»Wann sind wir mit dem Buchhalter verabredet?«, lenkte er das Gespräch auf das bevorstehende Treffen.

»Neun Uhr. Nach dem Navigationsgerät werden wir es genau schaffen.«

»Gibt es seit Montag etwas Neues? Etwas, das ich wissen muss?«

»Nein, alles ist so, wie ich es Ihnen erzählt habe. Es hat sich nichts geändert.«

»Das heißt, Sie wollen den Mann wirklich mit dem Tod Ihres Bruders konfrontieren …«

»Sonst säßen wir nicht in diesem Auto.«

»Wie stellen Sie sich den Ablauf vor?«

»Wir finden den Mann, begrüßen ihn freundlich, ich präsentiere Sie als meinen Mann, und dann geht's los.«

»Wann wollen Sie ihm sagen, weshalb Sie wirklich gekommen sind? Gleich am Anfang? Oder spielen wir erst eine Runde Investment-Poker?«

»Das wird sich ergeben.« Alina zuckte mit den Schultern. »Keine Sorge. Sie müssen nichts machen. Nur dabei sein und aufpassen.«

»Sie scheinen sich Ihrer Sache verdammt sicher zu sein.«

»Darauf können Sie wetten.«

Wusste sie tatsächlich, worauf sie sich einließ? Holland blieb nichts anderes übrig, als dieses ungewöhnliche Abenteuer auf sich zukommen zu lassen. Die Erfahrung hatte ihm mehr als einmal gezeigt, wie emotional und unberechenbar Menschen reagieren konnten. Oft überraschend für andere, aber manchmal auch für sich selbst. Er war sich bewusst, dass er bei dem heutigen Einsatz eine doppelte Verantwortung trug. Wenn das Treffen aus dem Ruder lief, musste er möglicherweise nicht nur Alina vor ihrem Gesprächspartner schützen, sondern diesen Mann auch vor Alina.

Potsdam lag schon lange hinter ihnen, und sie folgten der Autobahn stoisch in westlicher Richtung. Die meiste Zeit saßen sie schweigend nebeneinander. Links und rechts zogen weite Felder und Waldgebiete vorbei, während die Sonne ihr gleißendes Licht über der flachen Landschaft ausschüttete.

Holland warf einen Blick auf seine attraktive Schutzperson und überlegte, was er eigentlich über sie wusste. Viel war es nicht, aber etwas mehr, als sie ihm bei ihrer ersten Unterredung anvertraut hatte. In den vergangenen Tagen hatte er den Namen seiner Klientin durch die gängigen Suchmaschinen geschickt. »Alina Janowa, Wohnung oder Arbeitsstelle in Berlin, Tätigkeit im Kulturbereich«. Drei Personen hatte das Netz daraufhin preisgegeben. Eine Kindergärtnerin. Eine Blumenhändlerin. Und eine Angestellte in der Botschaft der Russischen Föderation. Die Erzieherin konnte er relativ schnell ausschließen. Sie war auf der Website des Kindergartens abgebildet und besaß keinerlei Ähnlichkeit mit der Frau, die ihn aufgesucht hatte. Die Blumenhändlerin schied ebenso aus. Zwar fand sich von ihr kein Foto, aber in einer Zeitungsnotiz wurde erwähnt, dass sie ihren kleinen Laden noch immer mit Herzblut führte, obwohl sie bereits dreiundsiebzig Jahre alt war. Blieb die Botschaftsangestellte. Sie tauchte in einer Übersicht der diplomatischen Vertretungen in Berlin auf und wurde als Mitarbeiterin der russischen Kulturabteilung geführt. Nach dieser Liste arbeitete in derselben Botschaft ein gewisser Grigorij Janow als stellvertretender Militärattaché. Interessant. Der echte Ehemann? Eine zufällige Namensgleichheit?

In den Botschaftsnachrichten war Holland schließlich auf ein Foto vom Eröffnungskonzert eines deutsch-russischen Klassikfestivals gestoßen und hatte Alina eindeutig wiedererkannt. Auf dem Schnappschuss strahlte sie über das ganze Gesicht und schien die Veranstaltung zu genießen. Neben ihr saß ein schlanker Fünfzigjähriger in einer dunkelgrünen Paradeuniform, dessen strenges, beherrschtes Gesicht wenig von seinen Emotionen preisgab. Grigorij Janow. Laut der Bildunterschrift war er tatsächlich Alinas Mann.

Wenn seine Klientin im diplomatischen Dienst arbeitete, so stellte sich die Frage, ob diese Erkenntnis Auswirkungen auf den bevorstehenden Einsatz hatte. War Alina etwa im Auftrag der Botschaft unterwegs? Doch wozu hätte sie dann ausgerechnet ihn als Personenschützer engagieren sollen? Die Vertretung in der Hauptstadt hatte da zweifellos die besseren Ressourcen. Und warum bestand Alina auf strikte Vertraulichkeit? Auf jemanden, der ausdrücklich nicht aus Berlin stammte. Nein, Holland war sich sicher – das hier war keine Angelegenheit der russischen Botschaft. Das war persönlich.

»Es ist jetzt nicht mehr sehr weit«, riss ihn Alina aus seinen Gedanken. »Ungefähr fünfzehn Kilometer, dann sind wir am Treffpunkt.« Sie fuhren von der Autobahn ab und setzten ihre Fahrt auf engen Landstraßen fort, die nach und nach immer einsamer wurden. Die ausgedehnten Kiefernwälder, die sie jetzt durchquerten, rückten von beiden Seiten dicht an die Fahrbahn heran und ließen nur gebrochenes Licht zu ihnen durch. Minutenlang begegnete ihnen kein einziges Fahrzeug.

Dann beschrieb die Straße eine lange Linkskurve.

»Was ist denn das?«, stieß Alina plötzlich aus. Im selben Moment entdeckte Holland die improvisierte Straßensperre. Eine Holzstange auf zwei Dreibeinen aus Kiefernästen. In der Mitte ein Stoppschild. Darunter ein gelbes Licht, das periodisch aufblitzte.

»Anhalten!«, rief er. Alina trat die Bremse durch und brachte den Wagen schlitternd zum Stehen.

Hollands rechte Hand zuckte instinktiv in Richtung seiner Hüfte, wo in einem verdeckten Holster seine Waffe steckte.

Fünfzehn Meter Abstand bis zur Sperre.

Er sah sich hektisch nach allen Seiten um. Nichts. Weit und breit niemand zu sehen. Nur dichter Wald und das blitzende Licht in der Mitte der grauen Asphaltpiste.

»Alina? Alles in Ordnung?«, fragte er.

»Ja.« Sie atmete hörbar aus. »Haben Sie eine Ahnung, was das hier soll?«

Bevor Holland etwas sagen konnte, trat die Antwort in Gestalt eines dürren Forstarbeiters zwischen den Bäumen hervor. Der Mann trug eine orangegelbe Warnweste und war mit einem langen Reisigbesen ausgestattet, den er wie ein ungeliebtes Kind neben sich herzog. Er ging bis zur Mitte der Fahrbahn und schaute gelangweilt zu ihnen herüber. Dann streckte er den Arm in die Höhe. Irgendwo erhob sich ein voluminöses Schnaufen, und wenig später schob sich ein Stück weiter vorn ein monströser Forsttraktor aus dem Wald. Im Stahlgreifer seines Hydraulikarms pendelte ein Bündel Baumstämme hin und her, und ihr Gewicht schien den Koloss fast aus den Angeln zu heben. Im Schritttempo überquerte er die Straße und wurde schließlich auf der anderen Seite wieder vom Wald verschluckt. Nachdem das Fauchen des eisernen Dinosauriers verstummt war, begann der Forstarbeiter gemächlich damit, verlorene Zweige und Rindenstücke von der Straße zu fegen.

Holland schüttelte den Kopf und schielte zu Alina, die nur stur geradeaus blickte. Verstohlen mogelte er seine Hand von seiner Waffe weg. Er ärgerte sich über sich selbst. Fast hätte er überreagiert. Sah er jetzt schon Gespenster? Es war doch klar, dass unterwegs keine Gefahr drohte. Immerhin ahnte der Buchhalter nichts von Alinas wahren Motiven. Und er war gewiss nicht auf die Idee gekommen, sie auf freier Strecke in einen Hinterhalt zu locken.

Rhythmisch, aber keineswegs eilig kratzte der Besen des

Forstarbeiters über den Asphalt. Der Mann versah seine Arbeit mit stoischer Ruhe, gerade so, als wolle er ein ärgerliches Hupen provozieren, um sich dann noch mehr Zeit zu lassen. Holland griente säuerlich. Die Situation war gleichermaßen absurd wie aussichtslos. Sie erinnerte ihn an die Sommer bei seinen Großeltern auf dem Dorf. An die gemeinsamen Ausflüge im überhitzten Trabant. Wenn der Melker es wieder einmal geschafft hatte, genau vor ihnen die fleckige Leine mit dem Schild »Vorsicht Viehaustrieb« über die Straße zu spannen, hinter der dann minutenlang teilnahmslose Kühe von der linken Weide auf die rechte schlichen oder umgekehrt. Da hatte Fluchen auch nie geholfen, sondern nur Gelassenheit. Oder wenigstens Selbstbeherrschung.

»Endlich«, vernahm er Alinas Stimme. Der Waldarbeiter räumte die Straßensperre zur Seite.

Der Weg war frei.

»Wurde auch Zeit.« Holland sah auf die Uhr. Sie hatten fast eine Viertelstunde verloren. Inzwischen war es vier Minuten nach neun Uhr. Vier Minuten nach ihrer Verabredung. Und sie hatten ihr Ziel noch nicht erreicht. Hoffentlich kamen sie nicht zu spät.

»Er wird warten«, sagte Alina, die seine Überlegungen zu erraten schien. »Wir sind gleich da.« Sie ließ den Pajero anrollen und beschleunigte zügig. Wie ein ungestümer Eindringling fegte der Geländewagen durch das abgelegene Revier. Niemand folgte ihnen, und niemand kam ihnen entgegen. Hier gab es nur den allumfassenden Wald und das schmale Asphaltband vor ihnen, von dem hin und wieder unbefestigte Forstwege abzweigten und in ein noch tieferes Nichts führten. Holland versuchte sich zu orientieren. Sie mussten sich jetzt irgendwo nordwestlich von Belzig bewegen. In dieser Gegend kannte er sich eigentlich ziemlich gut aus, zumindest hatte er das früher einmal. Allerdings war er schon etliche Jahre nicht mehr hier gewesen. Aber sie hatten ja das Navi, das Alina immer im Blick behielt.

Tatsächlich dauerte die Fahrt nicht mehr sehr lange.

»Da vorn ist es!«, verkündete seine Begleiterin, als vor ihnen am Fahrbahnrand ein grünlich verwittertes Parkplatzschild auftauchte. Ein darunter montierter Holzpfeil wies nach links. »Das ist unser Treffpunkt.«

Alina bog von der Straße auf einen Schotterweg, der von kräftigen Grasbüscheln durchsetzt war. Die Zufahrt wurde offensichtlich wenig frequentiert. Nach etwa zehn Metern eröffnete sich eine mehr oder weniger ebene Fläche. Sie war kaum als Parkplatz zu erkennen, sondern wirkte eher wie eine gewöhnliche Lichtung. Alina gab vorsichtig Gas, und der Geländewagen schaukelte in die Mitte des kleinen Platzes, wo sie anhielt und den Motor ausschaltete.

Holland spähte in die Runde. Der Pajero war das einzige Fahrzeug. Vom Buchhalter keine Spur.

Der Ort wirkte völlig verlassen.

»Sind wir hier richtig?«, fragte er.

»Ja. Das ist die vereinbarte Stelle.«

Holland sah auf die Uhr. »Neun Uhr fünfzehn. Eine Viertelstunde zu spät.«

»Ich glaube nicht, dass er schon da war und wieder gegangen ist.«

»Gut. Warten wir.«

Sie stiegen aus dem Geländewagen. Nach der Fahrt tat es gut, sich ein wenig die Füße zu vertreten. Der Parkplatz war von hohen Kiefern umgeben. Die Luft stand warm und bewegungslos zwischen den Bäumen. Außer Insektenbrummen und gelegentlichen Vogelrufen war nichts zu hören.

Eine Weile schlenderten sie auf und ab. Die Minuten verstrichen. Holland nutzte die Zeit, um das Terrain noch etwas gründlicher in Augenschein zu nehmen, aber er konnte nichts Verdächtiges ausmachen. Ihm fiel auf, dass auch Alina ihre Umgebung aufmerksam inspizierte.

Irgendwann blieb er stehen. »Sieht so aus, als ob Ihr Buchhalter kneift.«

»Warum sollte er?« Alina hob die Hände. »Er ist nicht mehr der Jüngste. Vielleicht braucht er einfach länger.« Sie grinste schief.

»Glauben Sie wirklich? Sie haben gesagt, er habe eine Datsche in der Nähe. Da sollte es ihm nicht schwerfallen, pünktlich zu sein. Nein, ich befürchte, er hat es sich anders überlegt.«

»Er steht zu seinem Wort. Vertrauen Sie mir.«

»Wenn er sich nur verspäten würde, hätte er Sie längst angerufen.«

»Nicht unbedingt.« Alina hielt ihr Mobiltelefon hoch. »Hier gibt es keinen Empfang.«

»Hmmm.«

Sie schwiegen.

»Es tut mir leid, Alina«, erklärte Holland dann. »Aber ich bin sicher, der Mann hat Sie versetzt.« Er drehte sich noch einmal zur Straßenzufahrt. Nein, da war nichts. Kein Auto. Kein Motorrad. Kein Fahrrad. Kein Fußgänger. Niemand. Er sah zu Alina und schüttelte den Kopf. »Lassen Sie uns nach Hause fahren.«

In diesem Moment fiel sein Blick auf ihre Hand.

Auf die Pistole, die sie hielt. Und die mitten auf seine Brust gerichtet war.

»Sie haben recht. Er kommt nicht mehr«, sagte Alina kalt. »Er ist längst da. Der Mörder meines Bruders steht genau vor mir.«

Holland war so perplex, dass er die Bedeutung der Worte kaum erfasste. Seine ganze Aufmerksamkeit wurde von der mattschwarzen Waffe beansprucht, die auf ihn zielte. Eine Jarygin, russische Produktion, neun Millimeter, registrierte sein Unterbewusstsein nutzloserweise, denn Pistole war Pistole, und mehr war jetzt nicht interessant.

Mit einem winzigen Verzug reagierte sein Körper, und seine Muskeln spannten sich.

»Halt!«, rief Alina mit schneidender Stimme. »Keine Bewegung!« Katzenhaft wich sie einige Meter zurück und brachte sich damit aus der Zone, in der Holland vielleicht noch eine Chance gehabt hätte, sie zu entwaffnen.

»Sind Sie wahnsinnig?«, brüllte er, nachdem er den ersten Schreck überwunden hatte. »Nehmen Sie die Waffe runter!«

»Bleiben Sie, wo Sie sind«, konterte Alina unbeeindruckt.

»Heben Sie langsam die Hände und machen Sie nacheinander genau das, was ich sage.«

»Was soll das Ganze? Das ist kein Spaß!«

»Richtig. Sie ziehen jetzt mit zwei Fingern Ihrer rechten Hand vorsichtig Ihre Pistole aus dem Holster und lassen sie auf den Boden fallen.«

»Ich habe keine Waffe bei mir.« Ein wenig aussichtsreicher Versuch, dachte Holland, aber etwas Besseres fiel ihm spontan nicht ein.

»Dann haben Sie Pech. Wenn ich nicht gleich eine Pistole zwischen Ihren Fingern sehe, sind Sie Geschichte. Also ...«

Er nestelte die kompakte Glock 19 aus ihrer Halterung, was mit zwei Fingern ein kleines Kunststück war, und warf die Waffe vor sich ins Gras. »Bitte sehr.«

»Gut. Jetzt das Telefon!«

Innerhalb weniger Sekunden landete Hollands Mobiltelefon neben der Glock. Dann sein Jackett, sein Gürtel mit den zwei Reservemagazinen und der Inhalt seiner Hosentaschen.

»Sechs Schritte nach hinten und stehen bleiben!«, befahl Alina. Sie rückte nach, sammelte die Gegenstände auf und warf sie ins Auto. Bei allem, was sie tat, ließ sie ihn keinen Moment aus den Augen. Allmählich begriff er, dass sich hier etwas völlig Verrücktes abspielte. Seine Schutzperson verwandelte sich in seine Gegnerin.

Aber, zum Teufel, warum?

Alina schloss den Wagen ab und kam auf ihn zu. »Na, haben Sie sich etwas beruhigt?«, fragte sie spitz.

»Ich weiß nicht, was Sie von mir wollen. Ich habe niemanden umgebracht. Weder Ihren Bruder noch sonst jemanden. Wie kommen Sie überhaupt darauf?«

»Alles zu seiner Zeit.« Sie deutete mit der Pistole in Richtung Wald. »Wir machen jetzt einen kleinen Spaziergang.«

Holland sah in die angedeutete Richtung. Zwischen den Bäumen entdeckte er einen unscheinbaren Weg.

»Genau dort geht es lang.« Alina trat hinter ihn, achtete aber offenbar auf einen sicheren Abstand. »Abmarsch.«

Sie betraten den Wald und folgten dem engen Steig.

Holland ließ die letzten Minuten noch einmal Revue passieren und lachte freudlos auf. »Finanzbuchhalter. Dreiundsechzig Jahre. Klein und korpulent? Wirklich eine tolle Geschichte.«

»Sie haben sie mir abgekauft. Das allein zählt«, gab Alina trocken zurück.

»Das teure Auto, Ihr schickes Outfit, mein Schutzauftrag – nichts als ein einziges großes Ablenkungsmanöver. Stattdessen hatten Sie es von Anfang an auf mich abgesehen?«

»Exakt erfasst.«

»Eins zu null für Sie«, stellte Holland bitter fest. Er stoppte und drehte sich zu Alina um. »Aber verraten Sie mir auch, was wir hier eigentlich spielen?«

»Das ist kein Spiel.«

»Sondern?«

»Sie erfahren es früh genug. Jetzt halten Sie den Mund und gehen Sie weiter!«

Holland tat es. Aber er verstand es nicht. Was geschah hier gerade?

Es konnte sich bloß um eine Verwechslung handeln! Um ein Missverständnis, das sich im Handumdrehen aufklären würde. Alles andere ergab überhaupt keinen Sinn. Doch das Verstörende war – die Frau hinter ihm wirkte nicht im Geringsten so, als würde sie zweifeln.

Es half nichts. Er musste sich fügen.

Erst einmal.

Sie marschierten zügig voran. Auf Pfaden, die sich kaum vom Untergrund abhoben, die Alina aber augenscheinlich kannte. Es war eine entlegene und menschenverlassene Gegend, durch die sie sich bewegten. Ein nicht enden wollendes Meer aus Kiefern, Fichten und versprengten Laubbäumen. Was auch immer sie vorhatte – hier musste Alina nicht befürchten, gestört zu werden.

Nach etwa dreißig Minuten stießen sie auf eine aufgegebene Forststraße. In regelmäßigen Abständen kreuzte sie weitere Trassen, die rechtwinklig und schnurgerade durch das Unterholz schnitten. An den Ecken ragten verrostete Stromkästen aus dem

Boden, und durch das Moos zogen sich erodierende Wegeinfassungen. Allem wohnte eine zweckgerichtete Struktur inne, auch wenn die Natur längst dabei war, die alte Ordnung zu verwischen.

Holland sah sich überrascht um. Das Bild erschien ihm auf einmal merkwürdig vertraut. Aber das konnte doch nicht –

»Kommt Ihnen etwas bekannt vor?«, kam es von Alina, die sein Stutzen bemerkt hatte. »Folgen Sie dem Mittelweg. Wir haben es gleich geschafft.«

Holland schwieg und ging weiter.

Nach zweihundert Metern schälte sich plötzlich ein umzäuntes Gelände aus dem Dämmer des Waldes. Hinter einer Palisade aus Stacheldraht und einem Filz aus wilden Büschen lugten weißgraue Baracken hervor. Dazwischen Plattenwege, Laternenmasten und brüchige Terrassen. Das Anwesen war lange verlassen, die Anlagen waren von Gestrüpp überwuchert.

Das hatte nichts mehr mit Zufall zu tun! Jetzt wusste er, wohin ihn Alina gelotst hatte. Er wurde langsamer und ließ seinen Blick über das abgesperrte Areal schweifen, das in dieser Abgeschiedenheit wie eine entrückte Insel anmutete.

Verlorenwasser.

Das alte Trainingscamp seiner Gruppe.

Er war mehr als einmal hier gewesen. In einer anderen Zeit. In einem anderen Leben.

»Gehen Sie zum Tor und bleiben Sie da stehen!«, riss ihn Alina aus seiner Betrachtung.

Er befolgte die Anweisung. Vor dem Maschendrahtgatter drehte er sich um. »Und nun?«

»Jetzt schließen Sie auf.« Sie warf ihm einen Schlüsselbund vor die Füße. »Der Kleine ist für das Vorhängeschloss.«

Holland bückte sich und hob den Bund auf. Alina hielt weiterhin Abstand, bestimmt verfolgte sie jede seiner Bewegungen. Keine Chance, sie zu überwältigen.

Er suchte den kleinsten Schlüssel aus. Registrierte das nagelneue Vorhängeschloss. Öffnete es und zog den Sperrriegel zurück.

Die Torflügel quietschten, als er sie aufzog, aber sie bewegten sich erstaunlich leichtgängig.

Dann trat er zur Seite und wartete.

»Nach Ihnen.« Alina machte eine schroffe Armbewegung. »Zu der linken Baracke dort.«

Er atmete tief aus. Dann passierte er das Tor. Arbeitete sich durch kniehohes Unkraut und dornige Ranken. Ein aufwühlendes Gefühl ergriff von ihm Besitz.

Der Ort sog ihn förmlich auf. Gab sich gleichermaßen bizarr wie familiär. Holland erkannte alles wieder. Die steinerne Tischtennisplatte neben dem Volleyballplatz. Das Heizhaus mit dem Schornstein. Die Garagenzeile. Den kleinen Kultursaal, der auch als Kantine gedient hatte. Und natürlich *ihre* Baracke.

Da stand er nun wieder. Nach wie viel Jahren?

»Jetzt den eckigen Sicherheitsschlüssel!«, drang Alina in sein Bewusstsein. »Die Barackentür öffnen und den Schlüssel stecken lassen.«

Er tat wie geheißen. Auch hier war das Schloss neu. Hatte Alina es eingebaut?

Das Türblatt schwang auf. Vor ihm lag ein dunkler Gang, der durch die gesamte Länge des Gebäudes führte. Links und rechts befanden sich Räume. Einige waren verschlossen, aus anderen dämmerte fahles Tageslicht in den Flur. Abgestandene Luft drückte ihm entgegen. Es roch nach Staub und altem Linoleum.

»Geradeaus, bis ich ›Halt‹ sage.« Alinas Stimme bekam einen warnenden Klang. »Und keine Experimente. Ich schieße sofort.«

Holland wusste, warum seine Begleiterin jetzt misstrauisch wurde. Das düstere Interieur eröffnete ihm Vorteile. Er traute sich zu, Alina mit einem Sprung in eines der seitlichen Zimmer zu entwischen. Aber dann? Wie weiter? Dort gab es keinen separaten Ausgang, wie er wusste. Spätestens nach drei Schritten hätte sie ihn wieder im Visier. Also blieb er ruhig und folgte dem Flur, bis Alina ihn aufforderte, erneut stehen zu bleiben.

»Sehr gut«, lobte sie ihn. »Und nun bitte in den linken Raum.«

Holland zögerte und bemerkte den Türrahmen, der sich deutlich von allen anderen unterschied. Es war eine Einfassung aus solidem Eisen, und statt eines Türblatts gab es hier ein massives Gitter.

In diesem Moment erkannte er Alinas Absicht. Aber es war zu spät.

»Bitte eintreten und weitergehen bis zur gegenüberliegenden Wand«, hörte er sie sagen.

Er tat es.

Hinter ihm schlug das Eisengitter zu, und ein sattes Schließgeräusch beraubte ihn jeder Hoffnung auf ein schnelles Entkommen. Es brauchte nicht viel, um zu erkennen, dass er endgültig festsaß. Denn er wusste, wo er sich befand. Im sichersten Raum des ganzen Camps. In der ehemaligen Waffenkammer.

»Ein bisschen karg, das Quartier. Aber was tut man nicht alles für ein doppeltes Honorar«, stellte er bissig fest.

Alina reagierte nicht. Sie stand im Gang hinter dem Türgitter und sah ihn einfach nur an. Nicht hämisch, nicht triumphierend, sondern auf beängstigende Weise gefasst.

»Können Sie mir jetzt bitte sagen, was das alles soll?«, fragte er.

»Sie wissen, worum es geht.«

»Sie möchten den Mörder Ihres Bruders zur Rede stellen.«

»Richtig. Zur Rede stellen …« Alinas Ton wurde frostig. »Und bestrafen!«

»Sie wollen Rache. Ich verstehe.« Holland schluckte. »Aber ich sage es Ihnen noch einmal: Sie haben den Falschen. Ich bin nicht Ihr Mann. Ich kenne Ihren Bruder nicht.«

Alina kniff die Augen zusammen. »Sie waren nicht immer Privatermittler, nicht wahr?«

Woher …?

»Nein. Das war ich nicht.«

»Sie waren Polizist.«

»Stimmt.«

»Damals. In der DDR.«

»So ist es.«

»Ein besonderer Polizist …«

»Nicht mehr als andere.« Holland zuckte die Schultern. »Ich

habe bei den Versorgungsdiensten gearbeitet. Technikbeschaffung, Fahrzeuge, Gebäude, Bewaffnung. Ein stressiger Job, ohne Frage. Aber besonders? Eher nicht.« Er winkte lustlos ab. »Ist alles lange her.«

»Aha.« Alina betrachtete ihn für einige Sekunden. Dann wandte sie sich abrupt um und betrat das gegenüberliegende Zimmer. Erst jetzt fiel Holland auf, dass jener Raum nicht so verwaist war wie die anderen. Er sah einen Campingtisch, verschiedene Transportkisten, eine große Kühlbox. Alles ladenneu. Eingerichtet für einen längeren Aufenthalt.

Wo war er da hineingeraten?

Alina kehrte mit einer Wasserflasche zurück und schob sie durch das Gitter in seine Kammer. Dann hob sie den Kopf. »Herr Holland, ich lasse Sie jetzt für eine Weile allein. Nutzen Sie die Zeit zum Nachdenken. Dann beginnen wir dieses Gespräch noch einmal von vorn.«

Damit verschwand sie. Holland hörte das Klappern ihrer Lederstiefel auf dem Gang, dann das Schlagen der Eingangstür. Sie hatte die Baracke verlassen.

Um was zu tun? Er versuchte, seine Eindrücke zu ordnen. Alina war ausgesprochen zielstrebig vorgegangen. Sie hatte diese Aktion offenkundig von langer Hand geplant. Hatte über ihn recherchiert, genau wie er über sie recherchiert hatte. Sie kannte seine Tätigkeit als Privatermittler. Und sie wusste von seinem früheren Leben als Polizist. Aber Verlorenwasser? Wie zur Hölle war sie auf diesen Ort gestoßen?

Egal. Jetzt musste er einen Weg finden, um hier herauszukommen. Irgendwie.

Er wich leise zurück in den Raum und untersuchte sein Verlies. Das einzige Fenster war ebenso massiv vergittert wie die Tür. Die Wände erwiesen sich als stabil, desgleichen die Decke. Der Boden unter dem Kunststoffbelag bestand aus gegossenem Beton. Kein Keller, keine Versorgungsklappen, keine Lüftungsschächte.

Keine Schwachstellen.

Und nichts, was er als Werkzeug oder Waffe benutzen konnte.

Frustriert musste sich Holland eingestehen, was er intuitiv

schon gewusst hatte. Dieser Raum war sicher, auch nach so vielen Jahren noch. Eine Flucht – unmöglich.

Er schritt unruhig auf und ab.

Da fiel sein Blick auf die Wand links neben dem Fenster. Auf das Blatt Papier, das dort jemand angeheftet hatte. Der Bogen war ihm bisher noch nicht aufgefallen. Er trat näher. Es handelte sich um die Kopie eines Schwarz-Weiß-Fotos. Das Bild zeigte einen durchtrainierten, vielleicht fünfundzwanzigjährigen Mann. Er trug einen militärischen Kampfanzug und einen Helm. In seinem Arm ruhte ein Kalaschnikow-Sturmgewehr, das mit einem Zielfernrohr ausgestattet war und an dessen Laufende ein klobiger Schalldämpfer saß.

Das Gesicht des Mannes strahlte einen für sein junges Alter ungewöhnlichen Ernst aus.

Holland erstarrte. Er kannte dieses Gesicht.

Es war sein eigenes.

3

Lina, geliebte Schwester,

heute finde ich zum ersten Mal seit meiner Ankunft etwas Zeit, um Dir ein paar Zeilen zu schreiben. Inzwischen ist schon fast eine Woche vergangen, seit wir uns auf dem Bahnhof von Saratow verabschiedet haben, und für mich hat sich seither viel verändert. Die Fahrt mit dem Truppenzug war länger, als ich erwartet hatte. Insgesamt waren wir drei ganze Tage unterwegs. Es gab immer wieder Unterbrechungen an Stationen, von denen ich noch nie gehört hatte. Die Waggons waren zum Bersten voll, und ich habe nur in fremde Gesichter geblickt. Die meisten in den Abteilen waren so alt wie ich. Achtzehn. Manche vielleicht neunzehn. Aber älter nicht. Es herrschte eine schwermütige Stimmung, gerade so, als hätte man das Lachen erst gar nicht in den Zug hineingelassen. Obwohl alle dicht gedrängt saßen, blieb jeder mit seinen Gedanken für sich allein. Stunde um Stunde rückte unsere Heimat weiter fort. Wenn ich die Augen geschlossen hielt, dann sah ich unser Dorf, den Kolchos, den Wald und sogar die Plutowka. Doch sie waren so undeutlich und verwaschen wie der Blick durch die alte Glasscheibe in Großvater Timofejs Schuppen.

Gleich nach der Ankunft in Deutschland wurden wir von einem echten General begrüßt, und eine Kapelle hat gespielt. Unsere Vorgesetzten haben uns erklärt, dass wir nun als Wehrpflichtige in einem der größten Militärstützpunkte der Sowjetarmee an der Grenze zum imperialistischen Staatenblock dienen und dass das eine besondere Verpflichtung ist. Mein Bataillon trägt den Ehrennamen »Ilja Schirjajew« und gehört zum Zweiten Sworodiner Garde-Panzerregiment. Aber Panzer habe ich bisher nur von Weitem gesehen, denn zuerst sollen wir das Soldatsein von Grund auf lernen. Unser Tagesablauf ist fest vorgeschrieben und muss auf die Minute genau eingehalten werden. Um sechs Uhr weckt man uns. Dann marschieren wir zum Frühsport, zum

Waschen und zurück zum Bettenmachen. Um sieben Uhr halten wir Morgenappell, um sieben Uhr zwanzig gibt es Frühstück, und um acht beginnt die Ausbildung. Wir müssen sehr viel üben. Exerzieren, Schießen, das Aufsagen der Dienstvorschriften. Um dreizehn Uhr bekommen wir Mittagessen. Meist gibt es Brei oder Kohlsuppe, die wir alle gemeinsam in einer großen Speisehalle einnehmen. Die Wände dort sind bunt bemalt, mit Sowjethelden, Dorflandschaften, Birkenwäldern und einer großen Baba Jaga. Ja, Du hast richtig gelesen – da prangt wirklich eine bucklige Hexe an der Wand, eine wie in den Geschichten, die uns Großmutter Polina immer erzählt hat, als wir noch Kinder waren. Das Essen schmeckt lange nicht so gut wie zu Hause bei Großmutter, aber es müssen viele Bäuche satt werden, und ich will mich nicht beklagen. Zweimal im Monat erhält jeder von uns hundertachtzig Zigaretten zugeteilt, und gleich nach dem Mittagessen ist ein günstiger Moment, um eine oder, wenn man schnell ist, auch zwei davon zu rauchen. Am Nachmittag putzen wir unsere Ausrüstung und hören Vorträge über Politik. Nach dem Abendessen sehen wir die Nachrichten des Soldatenrundfunks. Darauf freue ich mich jeden Tag, denn manchmal werden dort auch Berichte aus unserem Oblast Saratow gezeigt, und dann fühle ich mich euch ganz nahe. Das Ende jedes Tages bilden ein kurzer Spaziergang mit Gesang und der Abendappell. Um zehn Uhr beginnt die Nachtruhe. Wir schlafen im dritten Stock einer großen Backsteinkaserne, achtzig Kameraden in einem Saal, immer zwei Betten nebeneinander. Am Fußende jeder Pritsche steht ein Hocker, auf dem wir unsere Uniform ablegen, die wir vorher zu einem quadratischen Stapel falten müssen. Den Nachttisch teilen wir uns zu zweit, das ist der einzige Ort, an dem ich einige persönliche Dinge aufbewahren kann.

Liebe Lina, Du siehst, die Tage hier sind anstrengend, ich habe immer zu tun und bin fast nie für mich allein. Freunde habe ich noch keine gefunden, und es fällt mir ein wenig schwer, mich einzugewöhnen. Aber das werde ich ganz gewiss bald schaffen, mache Dir darüber keine Sorgen.

Grüße auch Großvater und Großmutter von mir und sage

ihnen, dass es mir gut geht und dass ich mich jeden Tag bemühe, ein guter Soldat zu sein. Ich werde sie nicht enttäuschen, das sollen sie wissen.

So, die kostbare Zeit ist um, ich muss zurück zu den anderen. Lina, liebste Schwester, sei ganz fest umarmt und vergiss bitte nicht, ab und zu an mich zu denken. Das bedeutet mir sehr viel.

Dein Bruder Alexej

4

Potsdam, 1974

Er erwischte Silvio, als es in die vorletzte Runde ging. Kurz nach der Kurve scherte Werner Holland nach rechts, drückte den Rücken durch und arbeite sich Zentimeter für Zentimeter an seinem Freund vorbei. Er wagte nicht, ihm während des Wettlaufs auch nur einen kurzen Seitenblick zuzuwerfen, obwohl ihn dieser kleine Triumph gereizt hätte. Stattdessen mobilisierte er all seine Kräfte, um noch etwas an Geschwindigkeit zuzulegen. Die steife Brise, die von der Havelseite her durch das Stadion blies, kam jetzt direkt von vorn, aber das betraf sie beide gleichermaßen und brachte keinem von ihnen einen Vor- oder Nachteil. Stattdessen raubte ihnen der Wind nur zusätzliche Kondition. Die Sekunden dehnten sich. Die nächste Kurve flog unerbittlich heran, und erst im letzten Moment gelang es Holland, Silvio so weit hinter sich zu lassen, dass er sicher auf die Innenbahn zurückwechseln und so seinen Coup besiegeln konnte.

Er rannte weiter.

Sein Kompagnon würde die kleine Schlappe verkraften, da war sich Holland sicher. Zumal Silvio die letzten beiden Zweikämpfe für sich entschieden hatte. So war es immer bei ihnen, seit sie im Alter von zwölf Jahren begonnen hatten, regelmäßig gemeinsam zu trainieren. Es machte ihnen einfach Spaß, sich aneinander zu messen und sich dabei nicht das Geringste zu schenken. Das hatte ihre Freundschaft eher gefestigt als beschädigt, und jetzt, wo sie beide vierundzwanzig und leidenschaftliche Langstreckenläufer waren, reizten sie die sportlichen Scharmützel umso mehr aus.

»Letzte Runde! Jetzt noch mal ziehen! Los, los, los!«, schrie Kallischek vom Rand der Aschenbahn herüber. Die Stimme des Trainers überschlug sich fast. Holland versuchte, das Brennen in seinen Lungen zu ignorieren. Vierhundert Meter bis zum Ziel.

Jetzt blieben nur noch zwei Gegner. Janko Adeberg, der seit kurz nach dem Start an der Spitze lief. Und die Uhr.

Janko war ein arroganter Schnösel, aber das war Holland im Moment egal. Sollte er heute ruhig gewinnen. Viel wichtiger war die Zeit. Um seinen Traum vom Wechsel in ein Leistungssportzentrum doch noch zu verwirklichen, musste er auf der Fünftausend-Meter-Distanz möglichst unter vierzehn Minuten dreißig bleiben. Vor drei Wochen hatte er diese Marke sogar einmal um vierundzwanzig Sekunden unterschritten. Aber er wusste, dass Tagesresultate nichts galten, auch wenn sie noch so bemerkenswert waren. Um wirklich weiterzukommen, zählte nur eines – erbarmungslose Kontinuität. Das, was ihr Trainer verniedlichend als »stabile Leistung« bezeichnete.

Irgendwo hinter sich hörte er Kallischek wieder Anfeuerungsrufe schmettern. Sie waren insgesamt sechs Läufer im Stadion – und alle waren von dem Ehrgeiz getrieben, sich für die nächsthöhere Förderungsstufe zu empfehlen. Der heutige Testlauf war eine der letzten Möglichkeiten, in die engere Auswahl zu kommen, das war Holland bewusst. Denn ihre Betreuer wollten sich noch in diesem Monat auf ihre Beurteilungen festlegen.

Noch eine Dreiviertelrunde.

Kurz bevor er in die nächste Kurve bog, bemerkte er den Mann, der allein im Schatten der überdachten Zuschauertribüne saß. Der war ihm zuvor nicht aufgefallen, und er hatte ihn auch noch nie hier gesehen. Der Fremde schien ihn zu beobachten. Oder bildete er sich das nur ein? Heute trainierte nur ihre Gruppe im Stadion. Gehörte der einsame Gast zu den einflussreichen Sportfunktionären? Zu einer Auswahlkommission?

Holland spürte, dass es jetzt darauf ankam. Er aktivierte seine letzten Reserven. Stürmte voran.

In diesem Moment geschah es.

Sein Fuß rutschte seitlich weg. Zermahlene Schlacke stiebte auf. Holland geriet aus dem Gleichgewicht, strauchelte, ruderte mit den Armen. Nur seiner langen Lauferfahrung verdankte er es, dass er nicht stürzte.

Er stieß den Atem aus und hastete weiter. Versuchte, sich neu zu konzentrieren. Viel Zeit hatte er nicht verloren. Aber plötzlich spürte er ein heftiges Stechen in seinem rechten Oberschenkel. Er zuckte instinktiv zusammen. Da ist etwas mit dem Muskel, schoss es ihm durch den Kopf. Der Schmerz zog sich bis hinauf in die Hüfte, war jäh und unerbittlich.

Reiß dich zusammen! Lauf!

Holland bemühte sich, das Stechen, so gut es ging, zu ertragen. Seine Schritte wieder in ein Gleichmaß zu bringen. Die Atmung zu kontrollieren.

Lauf! Weiter!

Auf der Nachbarbahn schloss Silvio zu ihm auf und versah ihn mit einem besorgten Seitenblick. Statt ihn zu überholen, lief er neben ihm her. Auch dann noch, als Holland weiter an Tempo verlor.

Noch einhundertfünfzig Meter.

Holland wurde vor Schmerz übel. Aber aufgeben wollte er keinesfalls. Nicht so dicht vor dem Ziel.

Rechts von ihnen zogen nacheinander zwei Läufer vorbei, die zuvor weit hinten gelegen hatten. Sie drückten gehörig aufs Gas und gewannen schnell an Vorsprung.

Noch einhundert Meter.

Silvio blieb an seiner Seite, passte seine Geschwindigkeit Hollands Schrittmaß an.

Nicht nachlassen!

»Du packst das!«, hörte er Silvios gepresste Stimme.

Fünfzig Meter.

Noch ein paar Sekunden. Ein paar peinigende Muskelstiche. Und endlich – geschafft. Holland stolperte über die Ziellinie, riss die Arme nach oben. Atmete tief ein und aus.

Erschöpft taumelte er gegen das Tribünengeländer.

Hinter ihm kam der letzte Läufer an.

»Holland, Mensch, was war denn das eben?«, hörte er Kalischek rufen. *Holland.* Alle nannten ihn nur bei seinem Nachnamen. Seine Freunde, seine Kollegen. Selbst Christiane, seine Frau. Er wusste selbst nicht, warum. Irgendjemand hatte einmal damit angefangen, und dann war er es nie wieder losgeworden.

»Danke!«, raunte er Silvio zu, der seinetwegen auf eine gute Wertungszeit verzichtet hatte.

Unterdessen war der Trainer heran. »Was hast du denn da wieder gemacht, Holland?«, brabbelte Kallischek. »Zeig mal her. Kannst du überhaupt richtig auftreten?«

»Ist nicht so wild«, gab er zurück. »Zieht nur ein bisschen im Oberschenkel. Es wird schon weniger.« Er richtete sich auf, wie um vorzuführen, dass er in Ordnung war. Vor dem Trainer wollte er sich keine Blöße geben. Und tatsächlich hatte er das Gefühl, dass der Schmerz nicht mehr ganz so heftig war. Zumindest, wenn er still stehen blieb. Vielleicht hatte er Glück im Unglück gehabt.

»Markier nicht den Helden!«, blaffte Kallischek ihn in seinem preußischen Charme an. »Für heute ist Schluss mit dem Training. Du schonst dich jetzt, und wenn das mit dem Bein nicht besser wird, gibst du Bescheid. Dann mache ich einen Termin beim Sportarzt. Haben wir uns verstanden?«

»Ist gut.«

»Ich verlasse mich auf dein Wort. Und jetzt ab!« Kallischek wirbelte mit seiner Hand durch die Luft, eine Geste zwischen Winken und Scheuchen. Dann drehte er sich um. Im Davongehen stieß der klein gewachsene Mann in seine Trillerpfeife und brüllte: »Die anderen zu mir!«

Holland war entlassen.

Er spähte hinüber zu den Tribünenrängen. Überall gähnende Leere. Der Fremde war verschwunden.

Frustriert humpelte er in Richtung Ausgang. Sein rechtes Bein schmerzte, sodass er ab und zu stehen bleiben und einige Atemzüge lang ausruhen musste. *Verdammt! Was für ein bescheuerter Tag.* Jetzt würde er sich erst mal umziehen und einen großen Kaffee trinken. Weit brauchte er dafür zum Glück nicht zu laufen. Gleich nebenan befand sich das Gelände der BDVP, der Bezirksbehörde der Deutschen Volkspolizei. Seine Arbeitsstelle.

Vor sechs Jahren war Holland in die Polizei eingetreten. Dass er einen Teil seiner Dienstzeit hier im Ernst-Thälmann-Stadion verbringen konnte, verdankte er der Tatsache, dass er seit seinem

Berufsbeginn bei der SG Dynamo Potsdam trainierte. Die offizielle Sportgemeinschaft seiner Behörde schickte ihre Athleten regelmäßig zu Wettkämpfen. Das hatte zur Folge, dass Holland im Moment beinahe mehr Zeit im Trainingsanzug verbrachte als in Uniform. Ginge es nach ihm, konnte das gern so bleiben.

»Genosse Holland?«

Gerade als er das Stadiontor erreichte, kam ihm ein Uniformierter entgegengeeilt und grüßte steif.

»Ja?«, antwortete er.

»Sie werden in zwanzig Minuten im kleinen Konferenzsaal erwartet.« Der Mann warf einen prüfenden Blick auf seine Armbanduhr und korrigierte sich: »In achtzehn Minuten.«

»Jetzt? Weswegen denn?«, entfuhr es Holland erstaunt. An Trainingstagen blieb er normalerweise von dienstlichen Belangen unbehelligt.

»Das entzieht sich meiner Kenntnis.« Der Polizist räusperte sich missmutig. Er war schon etwas älter, bekleidete aber laut seiner Schulterstücke noch immer einen recht niedrigen Rang, und es war ihm anzusehen, dass ihm der saloppe Ton des Jüngeren missfiel.

»Ich muss unter die Dusche«, meinte Holland. »Und außerdem habe ich mich vorhin beim Laufen ziemlich blöd verletzt. Können Sie mir nicht wenigstens sagen, wer das angeordnet hat?«

Statt zu antworten, zeigte der Uniformierte auf seine Uhr. »Siebzehn Minuten.« Dann machte er auf dem Absatz kehrt und marschierte zurück.

Holland schüttelte den Kopf. Ohne Vorwarnung einbestellt. Was hatte das zu bedeuten? Etwas Gutes? Etwas Schlechtes? Bei der Polizei wusste man das nie. Auf jeden Fall schien es dringend zu sein. Er sah noch einmal auf seine eigene Uhr.

Sechzehn Minuten.

Jetzt musste er sich wirklich beeilen.

Der Gang war erfüllt vom Widerhall diffuser Geschäftigkeit. Holland sammelte sich und strich seine Uniform glatt. Dann zählte er in Gedanken bis drei, hob den Arm und klopfte an die hohe Flügeltür.

»Ja bitte!«, drang es gedämpft von innen heraus.

Er trat ein und zog die Tür hinter sich zu. Nach dem düsteren Flur benötigten seine Augen einen winzigen Moment, um sich an die Helligkeit zu gewöhnen, die ihm von der breiten Fensterfront entgegenflutete. Der Konferenzsaal wurde von einer langen Tafel dominiert. Sie bot Platz für mindestens zwanzig Personen, im Moment saßen dort jedoch nur zwei Männer. Einen von ihnen kannte er. Oberst Ulrich Malycha, Stellvertreter des Behördenchefs und Leiter der Politischen Abteilung. Dass der Oberst persönlich ihn zu einem Gespräch zitierte, war höchst ungewöhnlich. Die Anwesenheit des zweiten Mannes überraschte Holland aber fast noch mehr. Es war der Fremde, den er vorhin beim Training auf der Stadiontribüne gesehen hatte. Er trug jetzt ebenfalls eine Uniform. Ein Major, registrierte Holland.

Er salutierte. »Genosse Oberst, Genosse Major. Oberwachtmeister Holland meldet sich wie befohlen zur Stelle.«

Einige Sekunden verstrichen. Die beiden Männer fixierten ihn mit unergründlichen Mienen.

»Stehen Sie bequem und treten Sie näher«, antwortete Malycha schließlich und wies mit einer knappen Handbewegung auf einen einzelnen Stuhl, der mit einigem Abstand vor dem Tisch aufgestellt war.

Holland folgte der Aufforderung und bemühte sich, das Hinken zu unterdrücken, obwohl sein Oberschenkel wieder heftiger zu schmerzen begonnen hatte. Neben dem Stuhl angekommen, verharrte er kurz und nahm auf ein Nicken des Vorgesetzten hin Platz.

Auch wenn er die distanzierte Atmosphäre zwischen den höheren und niederen Diensträngen in der Vergangenheit schon ausgiebig kennengelernt hatte, fühlte er nun eine besondere Spannung im Raum. Die beiden Offiziere hielten ihn mit ihren Blicken gefangen, jedenfalls konnte er sich dieses Eindrucks nicht erwehren. Er vermochte jedoch nicht zu ermessen, ob darin Anerkennung oder Tadel mitschwang. Es war eher so, als würden sie ein exotisches Tier betrachten und seinen möglichen Nutzen abschätzen.

»Genosse Holland, wir möchten uns heute mit Ihnen über Ihre berufliche Entwicklung unterhalten«, begann Malycha endlich.

Holland wusste nichts Besseres, als folgsam zu nicken. Ihm fiel auf, dass der Oberst ihm den Mann aus dem Stadion nicht vorgestellt hatte.

»Wie gefällt es Ihnen in der Volkspolizei?«, fragte der Politoffizier stattdessen.

»Gut.« Holland schürzte die Lippen. »Ja. Es gefällt mir gut.«

»Sie sind jetzt sechs Jahre bei uns?« Malycha schlug eine Aktenmappe auf, die vor ihm auf dem Tisch lag.

»Jawohl.«

»Bewerbung nach dem Abitur«, las er ab, »Grundwehrdienst in der VP-Bereitschaft, Ausbildung in unserer Polizeischule. Praktikum. Seitdem hier im Objekt im Wachdienst.«

»Das ist richtig.«

Malycha blickte auf. »Viel haben wir aber in der letzten Zeit nicht von Ihnen gehabt.« Er musterte Holland streng, dann verzog er das Gesicht zu einem gönnerhaften Lächeln. »Sie sind eine Sportskanone, was?«

»Ich trainiere bei der SG Dynamo«, erklärte Holland. »Langstreckenlauf, fünftausend Meter.«

»Das ist uns bekannt. Genosse Kallischek hat Ihren hohen Leistungswillen bereits hinreichend gelobt.«

»Danke. Meine Trainingseinheiten sind auch alle mit der Abteilung abgestimmt. Oberleutnant Lötsch hat –«

»Schon gut. Auch das ist uns bekannt.« Malycha winkte unwillig ab. »Wie lange laufen Sie schon? Insgesamt, meine ich?«

»Begonnen habe ich als Kind. Erst nur für mich allein, dann mit Freunden, später in der Betriebssportgruppe vom Karl-Marx-Werk. Meine Eltern arbeiten da.«

»Dort haben Sie auch eine Weile Judo gemacht, nicht wahr?«

»In der Jugendgruppe, das stimmt. Aber nicht sehr lange.«

»Sie waren talentiert, was man so hört. Warum haben Sie aufgehört? Hat es Ihnen keinen Spaß mehr gemacht?«

»Doch.« Holland wunderte sich, was sie hier alles über ihn wussten. Stand das auch in seiner Akte? »Am Ende war mir der Langstreckenlauf wichtiger. Ich wollte lieber ein Ding richtig machen als zwei Sachen halb.«

»Verstehe.« Malycha warf dem schweigsamen Major neben sich einen bedeutungsvollen Blick zu. Der Mann aus dem Stadion verzog unterdessen keine Miene und beschränkte sich weiter aufs Zuhören.

»Genosse Holland, ich möchte jetzt auf einen wichtigen Punkt zu sprechen kommen«, nahm der Politoffizier das Gespräch wieder auf. »Wie würden Sie sich denn selbst einschätzen? Ihr Engagement.«

Holland wiegte den Kopf. Er bewertete seine Leistungen ungern vor anderen, das hatte er noch nie gemocht, auch wenn seine Trainingsresultate gut waren. Andererseits schien Malycha an seiner sportlichen Laufbahn interessiert zu sein.

War das hier eine letzte Prüfung? Das Vorgespräch zu einer Einladung in ein Leistungszentrum?

»Ich denke, meine Zeiten haben sich deutlich verbessert«, meinte Holland. »Und die Schwankungen in der Kondition sind auch nicht mehr so stark. Wenn ich noch etwas mehr –«

»Halt, halt, halt …« Malycha schüttelte tadelnd den Kopf. »Genosse Holland, da haben wir uns, glaube ich, missverstanden.« Er deutete mit dem Zeigefinger auf Hollands Kopf. »Ich meine, wie es dadrinnen aussieht. In dem Menschen Werner Holland. Ihre Haltung interessiert mich.«

Seine Haltung? Was sollte das? Holland war überrumpelt. Aber dann wurde ihm klar, wem er gegenübersaß. Malycha war der Leiter der Politischen Abteilung.

»Meine Haltung …«, stammelte er. »Sie meinen, politisch?«

»Natürlich.« Malycha lächelte hintergründig. »Die Einstellung zu unserem sozialistischen Staat sollte bei einem jungen Mitarbeiter der bewaffneten Organe immer an erster Stelle stehen, das meinen Sie doch sicher auch. Schließlich sind Sie ein Vorbild für andere.«

»Ja, also … klar.« Holland legte so viel Überzeugungskraft in seine Stimme, wie er nur vermochte. »Ich bin mir vollkommen sicher, dass der Sozialismus das Beste für die Menschen ist, was es gibt. Dass unser Land bei der Entwicklung der Gesellschaft große Erfolge erzielt. Und dass es eine ehrenhafte Aufgabe ist, einen Teil dazu beizutragen. Danach richte ich auch mein tägliches Handeln aus.«

»Ich habe mich erkundigt.« Malycha sah wieder in die Akte. »Sie genießen einen guten Ruf in Ihrem Kollektiv, übernehmen bereitwillig Aufgaben in der gesellschaftlichen Arbeit. Sie sind aktiv in ihrer FDJ-Grundorganisation, in der Gesellschaft für Deutsch-Sowjetische Freundschaft … Da gibt es keine Beanstandungen.« Malycha hob den Kopf. »Aber, jetzt mal Hand aufs Herz, Genosse Holland, von einem jungen Polizisten und Sportler verlange ich mehr!«

»Was –«

»Sie sind jetzt vierundzwanzig Jahre alt. Leisten schon sechs Jahre Dienst in der Volkspolizei. Warum sind Sie eigentlich noch immer kein Mitglied unserer Partei?«

»Also, ich wollte … Ich meine, ich habe natürlich schon darüber nachgedacht«, versuchte sich Holland aus der beklemmenden Situation zu retten. »Ich habe den Aufnahmeantrag nur bisher nicht –«

»Sie sind doch sonst so ein entschlossener junger Mann. Warum auf einmal so wankelmütig? Trauen Sie sich nicht zu, mehr Verantwortung zu übernehmen?« Malycha beugte sich nach vorn. »Oder gibt es da irgendwelche Vorbehalte?« Seine Stimme bekam einen vertraulichen Tonfall. »Sehen Sie, Zweifel sind nicht immer schlimm. Widersprüche sind eine Triebfeder der marxistischen Dialektik. Solange man den Fragen der Zeit offen und ehrlich gegenübersteht. Hegen Sie denn Zweifel, Genosse Holland?«

»Nein.« Holland fuhr erschrocken auf. »Überhaupt nicht. Ich habe keine Zweifel.«

»Genosse Holland?« Malycha sah ihn durchdringend an.

»Wirklich nicht. Ganz sicher!«

Es entstand eine Pause.

»Prima!«, sagte der Politoffizier dann. »Ich wusste, dass ich Sie richtig eingeschätzt habe. Mit Ihrem sportlichen Elan werden Sie einen guten Kandidaten unserer Sozialistischen Einheitspartei abgeben, da bin ich vollkommen überzeugt.«

Aha.

Holland fühlte sich vor Enttäuschung wie betäubt. Also war das hier kein Gespräch über seine Zukunft im Trainingskader. Über eine Karriere im Leistungssport. Nichts von alledem. Sie wollten ihn für die Partei. »Haben Sie mich deswegen sprechen wollen?«, fragte er, und es gelang ihm nur schwer, seine Ernüchterung zu verbergen. »Wegen meines Aufnahmeantrags?«

Der Oberst lächelte sibyllinisch und schwieg.

»Nein«, kam es stattdessen von dem Mann neben Malycha. »Es geht noch um etwas anderes.«

Holland blickte ihn neugierig an.

Der Major zog Hollands Akte zu sich herüber. »Wie Genosse Malycha eingangs festgestellt hat, unterhalten wir uns heute über Ihre weitere berufliche Entwicklung. Aber zuvor habe ich noch einige kurze Fragen. Sie brauchen nur ganz knapp zu antworten.«

»Jawohl.«

»Sie sind verheiratet?«

»Das stimmt. Seit einem Jahr.«

»Ihre Frau ist Lehrerin?«

»Ja. Russisch und Deutsch.«

»Ihre Meldeadresse ist Babelsberg, Allee nach Glienicke, richtig? Wohnen Sie beide dort allein?«

»Nein, das ist das Haus meiner Eltern. Meine Frau und ich sind da vorübergehend eingezogen. Mit einer eigenen Wohnung hat es noch nicht geklappt. Sie wissen ja, wie das ist ...«

»Keine Kinder?«

»Nein, bisher nicht.«

»Haben Sie oder Ihre Frau Verwandte oder Bekannte in Westdeutschland?«

»Nein.«

»Unterhalten Sie oder jemand aus Ihrer Familie sonstige Verbindungen in die BRD oder in ein anderes Land des nicht sozialistischen Wirtschaftsgebiets?«

»Nein, das tun wir nicht.« Holland wunderte sich. Erst die Fragen nach seinen privaten Lebensumständen und nun auch noch nach Beziehungen in den Westen. Ging es etwa doch um seine sportliche Zukunft? Um Wettkämpfe im Ausland?

»Gut.« Der Major schob die Akte ein Stück zurück. »Kommen wir noch einmal auf Ihre aktuellen Laufresultate zurück. Ihre Trainingsbestzeit auf der Fünftausend-Meter-Distanz liegt bei vierzehn Minuten null sechs, korrekt?«

»Ja. Woher wissen Sie …«, rutschte es Holland ungewollt heraus. Dann hielt er inne. »Entschuldigung.«

»Ich habe Sie schon eine Weile im Blick«, entgegnete der Major mit nachsichtiger Miene und tippte spielerisch auf die Akte.

»Waren Sie deshalb heute im Stadion?«, erkundigte sich Holland vorsichtig.

»Das haben Sie bemerkt?« Jetzt war der Major erstaunt.

»Sie saßen auf der Tribüne. Oben, unter dem Dach, ganz links an der Balustrade.«

»Sieh einer an …« Der Major schmunzelte. »Nicht nur ein guter Läufer, sondern auch ein guter Beobachter.«

»Heute war ich ein schlechter Läufer.« Holland senkte missmutig den Kopf. »Vorletzter Platz, das ist keine Glanzleistung.«

»Stimmt.«

»Ich habe Sie sicher enttäuscht. Wenn Sie extra gekommen sind, um meine Form einzuschätzen …«

»Was ich sehen wollte, habe ich gesehen«, erwiderte der Major. »Sie hatten Probleme mit Ihrem Bein. Die Schmerzen waren Ihnen anzusehen. Aber Sie haben gekämpft. Durchgehalten, bis Sie im Ziel waren. Das hat für mich den letzten Ausschlag gegeben.«

»Den letzten Ausschlag? Wofür?«

»Um Ihnen ein Angebot zu machen.«

Holland spürte, dass die Unterhaltung einen wichtigen Punkt erreichte. Er war angespannt. Was würde jetzt kommen?

Der Major ließ einen kurzen Augenblick verstreichen, dann

sprach er weiter. »Vorab möchte ich Sie darauf hinweisen, dass der Inhalt dieses Gesprächs streng vertraulich ist.«

»Jawohl.« Holland straffte den Rücken.

»Gut. Dann hören Sie mir jetzt bitte genau zu. In der Volkspolizei finden seit einer Weile gewisse Veränderungen statt, um angemessen auf die Herausforderungen der Gegenwart zu reagieren. Dazu gehört auch die Zusammenstellung einer kleinen Gruppe von Genossen, die, sagen wir es einmal so, ›besondere Qualifikationen‹ aufweisen. Ein spezieller Kader zur Lösung spezieller Aufgaben.« Der Major lächelte knapp, wurde aber sofort wieder ernst. »Eine wichtige Voraussetzung für die Aufnahme in diese Gruppe ist eine überdurchschnittlich hohe körperliche Leistungsfähigkeit. Dazu kommen ein gutes technisches Verständnis, Entscheidungsfähigkeit und Mut. Und …«, dabei wechselte er einen Blick mit dem neben ihm sitzenden Oberst, »… ein unverrückbarer Klassenstandpunkt.«

Der Leiter der Politischen Abteilung nickte beifällig.

Der Major fuhr fort: »Genosse Holland, wir schlagen Ihnen vor, in dieser neuen Arbeitsrichtung mitzuwirken. Sollten Sie in die Gruppe aufgenommen werden, kommen Sie in den Genuss zahlreicher Vorzüge. Unter anderem sind das eine erstklassige sportmedizinische Betreuung, Prämienzahlungen bei guten Leistungen, und – das wird Sie möglicherweise besonders interessieren – Hilfe bei der Beschaffung von angemessenem Wohnraum.« Er musterte Holland durchdringend. »Wir sind bereit, viel in Sie zu investieren, doch dafür erwarten wir ebenso viel zurück. Die Tätigkeit wird Ihnen Außergewöhnliches abverlangen. Aber, um das auch gleich zu sagen: Wir sitzen deswegen hier, weil wir es Ihnen auch zutrauen.«

»Danke.« Holland brummte der Kopf. »Und diese speziellen Aufgaben – worum handelt es sich dabei genau?«

»Hier liegt das Problem.« Der Major schlug die Aktenmappe zu. »Die Antwort auf diese Frage kann ich Ihnen erst geben, wenn Sie verbindlich zugesagt haben.«

Eine Weile war es still im Raum.

Dann fragte Holland: »Falls ich der Gruppe beitrete – was

wird dann aus meinem Wettkampftraining bei der SG Dynamo? Kann ich das trotzdem fortsetzen?«

»Nein. Das wird leider nicht möglich sein.« Der Major schüttelte den Kopf. »Das neue Wirkungsfeld wird Sie voll und ganz beanspruchen. Laufen werden Sie dort nicht weniger als bisher, ganz im Gegenteil. Aber auf den Applaus im Stadion müssen Sie verzichten.«

Hollands Stimme wurde trocken. »Und wenn ich mich dagegen entscheide?«

»Das würde ich persönlich sehr bedauern. Aber in diesem Falle entsteht Ihnen kein Nachteil, das sichern wir Ihnen zu.«

»Und ich erfahre dann nicht, um welche Aufgabe es sich gehandelt hätte ...«

»Nein. Dieses Angebot gibt es nur ein einziges Mal. Lehnen Sie ab, werden Sie nie wieder etwas über diese Gruppe hören. So, als hätte diese Unterhaltung nie stattgefunden.«

»Ich bin mir bewusst, dass der Vorschlag eine große Ehre ist.« Hollands Geist arbeitete auf Hochtouren, um das zu verarbeiten, was der Major gesagt hatte. Er versuchte, die richtigen Worte zu finden. »Das kommt nur alles sehr ... überraschend. Ich muss darüber nachdenken. Und es ist etwas, was ich nicht ohne meine Frau entscheiden möchte. Darf ich ihr überhaupt davon erzählen?«

»Können wir davon ausgehen, dass sie diese Information absolut vertraulich behandelt?«, fragte der Major.

»Ja, selbstverständlich. Aber wenn ich demnächst nicht mehr bei Dynamo trainiere, muss ich ihr erklären, warum.«

»Da sehe ich kein Problem«, schaltete sich Oberst Malycha ein. »Ihre Frau Christiane gilt als zuverlässige und vertrauenswürdige Bürgerin, dessen hat sich meine Abteilung im Vorfeld versichert. Solange Sie die Informationen, die Sie Ihrer Gattin geben, auf das Allgemeine beschränken, sollten Sie die Sache ruhig mit ihr besprechen. Ein gefestigtes persönliches Umfeld setzen wir ohnehin voraus, wenn Sie unser Angebot annehmen. Über Ihre Ehepartnerin hinaus unterhalten Sie sich aber mit absolut niemandem darüber!«

»Jawohl.« Holland presste seinen Rücken gegen die Lehne, um seine Unruhe zu kaschieren. »Wie lange habe ich Zeit für eine Antwort?«

Oberst Malycha und der Major erhoben sich.

»Am Freitag finden Sie sich pünktlich um acht Uhr wieder hier ein«, befahl Malycha. »Dann erwarten wir Ihre Entscheidung.«

5

Als Werner Holland an diesem Tag nach Hause fuhr, spürte er eine Last, die ihn sein schmerzendes Bein fast vollkommen vergessen ließ. Es war die Last, mit seinen vierundzwanzig Jahren plötzlich an einem Scheideweg zu stehen und nun die richtige Richtung herausfinden zu müssen. Denn nicht weniger als das hatte das Angebot zu bedeuten, das man ihm vor zwei Stunden in dem lichtdurchfluteten Konferenzraum gemacht hatte, darüber gab er sich keinen Illusionen hin. Da stand nicht nur der Wechsel von einer Abteilung in eine andere zur Diskussion. Nein, das war ein weit folgenreicherer Tausch. Seine sportliche Wettkampfkarriere gegen eine sehr auserlesene, wenngleich unbekannte Tätigkeit innerhalb der Polizei. Der Major, dessen Namen Holland noch immer nicht kannte, hatte in ihm einen aufwühlenden Enthusiasmus angestoßen, gleichzeitig aber fast genauso starke Skepsis ausgelöst. Seine Vorgesetzten gewährten ihm nur wenige Tage Bedenkzeit, um diesen Zwiespalt zu überwinden und seinen zukünftigen Weg zu wählen. Er konnte sich lediglich mit dem Gedanken trösten, dass er diese Entscheidung nicht ganz allein treffen musste.

Er gab noch einmal Gas, um seine MZ den Babelsberger Berg hinauffegen zu lassen, dann bremste er das Motorrad ab und bog auf das Grundstück seiner Eltern ein. Das Gartentor war bereits geöffnet, und so ließ er die Maschine bis neben die Garage rollen.

Am Ende des Plattenweges stand sein Vater in der Tür seiner Werkstatt. Er besaß ein geradezu unheimliches Gespür dafür, ihn nach der Arbeit abzupassen. Wie fast immer trug Arno Holland einen sauberen blauen Arbeitskittel über Hemd und Schlips; das war seine Art der Freizeituniform, wenn er in seinem Hobbyraum hinter der Garage werkelte. Nie würde er sich in eine speckige Feierabendkluft hüllen wie viele seiner Kollegen. Er, der im Betrieb höchsten Wert auf Anzug und Krawatte legte und täglich ein frisch gestärktes Hemd trug, blieb auch zu Hause immer ein klein wenig der Abteilungsleiter, zu dem er sich in langen Jahren hochgearbeitet hatte.

Holland stieg vom Motorrad und ging zu ihm.

»Na, Junge, wie war der Dienst?«, fragte sein Vater.

»Normal.« Holland winkte ab. »Ein Tag wie jeder andere.«

»Du hattest Training?«

»Ja, wieso?«

»Du hinkst.«

»Bin weggerutscht. Doofe Situation.« Holland zuckte mit den Schultern. »Ist wohl eine Zerrung im Oberschenkel.«

»Musstest du abbrechen?«

»Nein, ich hab mich durchgequält.«

»Schön.« Sein Vater nickte kaum merklich und fügte hinzu: »Dann kann es ja nicht so schlimm gewesen sein.«

»Die Wertungszeit ist leider zum Vergessen.«

»Das ist schlecht. Und die Qualifikation für das Leistungszentrum? Haben sie dir schon was gesagt?«

»Nein, da ist noch nichts entschieden.«

»Junge, streng dich ein bisschen an!« Arno Holland fixierte seinen Sohn, und eine Spur von Missbilligung lag in seiner Miene. »Das muss doch langsam mal klappen.«

Holland ging nicht darauf ein. Die in den Worten mitschwingende Kritik wurmte ihn. Stattdessen fragte er: »Ist Christiane da?«

»Sie ist oben. Wenigstens deine Frau hat heute einen schönen Erfolg zu vermelden.« Sein Vater deutete mit dem Kopf zu dem graugelben Hausgiebel hinauf. »Aber das kann sie dir selbst berichten.«

Holland betrat das Haus. Vom Flur aus konnte er einen Blick durch das Küchenfenster auf die Terrasse werfen, wo seine Mutter gerade damit beschäftigt war, Topfpflanzen in eine Stiege zu räumen. Er würde sie später begrüßen. Jetzt brannte er darauf, Christiane von dem Gespräch in seiner Dienststelle zu erzählen.

Er ließ Motorradstiefel, Helm und Jacke an der Garderobe zurück und stieg nach oben. Für die Treppe, die er sonst immer ungestüm hinaufspurtete, musste er sich heute etwas mehr Zeit lassen. Während er von einer knarrenden Holzstiege zur nächsten humpelte, ärgerte er sich noch immer über die Bemerkungen seines Vaters. Ging es denn immer nur um messbare Erfolge?

Vater meinte es gut, daran bestand kein Zweifel. Er wollte, dass Holland alles, was er tat, »vernünftig« machte. Darin war er immer auf eine bestimmte Art unnachgiebig gewesen. Holland hatte schon oft darüber nachgedacht, warum das so war. Vielleicht lag es daran, dass sein Vater einer Generation angehörte, die nach dem Krieg in einem unendlichen Kraftakt aus dem Chaos eine Ordnung geschaffen hatte; eine Ordnung, in der er nun gefangen war.

Von Kindesbeinen an hatte Holland versucht, diesem Korsett zu entwischen. Nicht durch Verweigerung, sondern durch Zielsetzungen, die er selbst definierte. Der Sport war solch eine frühe Form der Opposition gewesen. Aber sein Vater hatte das niemals so begriffen, sondern die Leidenschaft seines Sohnes wiederum unter dem Aspekt des Nutzens betrachtet und aus Leibeskräften befördert. Und nun fühlte sich Holland, wenn er lief, auch irgendwie bei seinem Vater in der Pflicht. Manchmal jedenfalls.

Er erreichte die obere Etage, in der sie seit dem Sommer des vergangenen Jahres zwei beengte Zimmer bewohnten. Es war eine Notlösung, bis sie irgendwann eine eigene Wohnung zugeteilt bekamen, aber sie hatten sich arrangiert.

»Holland!«, rief Christiane und kam in den Flur getänzelt, sichtlich gut gelaunt und mit einem breiten Lächeln auf den Lippen.

»Chrissi!« Er nahm seine Frau in den Arm, und einen Moment lang pressten sie sich fest aneinander. Dann wich Christiane einen Schritt zurück, stemmte ihre Arme kess in die Hüften und verkündete: »Es gibt Neuigkeiten in der Schule!«

»Vater hat schon so eine Andeutung gemacht«, entgegnete Holland neugierig. »Was gibt's denn zu feiern?«

»Sie haben mir die Leitung des Zirkels übertragen! Ich war bis zuletzt nicht sicher, ob es wirklich klappt.« Sie strahlte. »Aber jetzt ist es amtlich. Im nächsten Monat geht's los.«

»Das ist toll!«, sagte Holland erfreut. Er wusste, wie lange Christiane darum gekämpft hatte, die klassenübergreifende Arbeitsgemeinschaft für russische Sprache und sowjetische Kultur zu übernehmen. Die Fremdsprache war ein Schwerpunkt an ihrer Schule und der Zirkel ein entsprechendes Prestigeprojekt. Als die Position der Leiterin vakant geworden war, hatte sich Christiane sofort darum beworben, denn Russisch war nicht nur ihr Lehrfach, sondern auch ihr persönliches Steckenpferd. Doch es hatte keineswegs festgestanden, dass man ihr die AG-Leitung wirklich anvertrauen würde. Schließlich war sie erst knapp zwei Jahre im aktiven Schuldienst. Aber Holland wusste auch, wie sehr sich seine Frau ins Zeug legen konnte, wenn sie sich einmal etwas in den Kopf gesetzt hatte.

»Ich wusste, dass du das schaffst!« Er drückte ihr einen dicken Kuss auf die Lippen. »Gegen deinen Dickschädel müssen die erst mal ankommen.« Er grinste. »Aber lass uns reingehen. Ich habe nämlich auch wichtige Neuigkeiten.«

Sie betraten den engen quadratischen Raum, der die Bezeichnung Wohnzimmer kaum verdiente, und setzten sich an den Furniertisch am Fenster.

»Willst du einen Kaffee?«, fragte Christiane.

»Hatte ich reichlich in der Kantine«, entgegnete Holland. »Lieber eine Selters.«

»Die nehme ich auch.« Christiane öffnete eine Flasche Mineralwasser, die schon an der Stirnseite des Tisches bereitstand, und füllte zwei Gläser. »Bitte schön, der Herr.«

»Auf die neue AG-Leiterin!«, erklärte Holland und griff nach einem Wasserglas.

»Sa sdarówje!«, prostete Christiane ihm auf Russisch zu. Sie lächelte übermütig.

Die beiden stießen an, und seine Frau stürzte das lauwarme Mineralwasser auf ex hinunter. Dann sagte sie: »So, nun lass mich nicht vor Ungeduld platzen! Was wolltest du mir denn unbedingt erzählen?«

»Ich habe heute ein Angebot erhalten. Für eine neue Arbeit in der Polizei.«

»Oh, schön. Was denn für eine Arbeit?«

»Tja, wie soll ich das sagen? Ich weiß es selbst nicht so genau.«

Christiane hob halb belustigt, halb fragend die Augenbrauen. Holland goss ihnen noch etwas Mineralwasser nach. Dann lehnte er sich zurück und berichtete ihr von der Offerte, die Oberst Malycha und der unbekannte Major ihm heute unterbreitet hatten. Anschließend fügte er hinzu: »Wenn ich mitmache, bekomme ich eine Menge Vergünstigungen. Und bei der Wohnung wollen sie uns auch helfen.«

»Das ist doch phantastisch! Hast du es deinem Vater schon gesagt?«

»Nein, das darf ich nicht.«

»Wieso denn das?«

»Die Besprechung war vertraulich. Es ist mir untersagt, mit jemandem darüber zu sprechen. Du bist eine Ausnahme. Also bitte nicht weitererzählen.«

»Klar.« Sie nickte. »Und, was ist dein Eindruck bei der Sache? Würde es dich interessieren?«

»Ja, interessieren würde es mich. Das scheint ein unglaublich exklusiver Verein zu sein, in den ich da gebeten werde.«

»Aber?« Christiane schielte forschend zu ihm herüber. »Holland, diesen Gesichtsausdruck kenne ich. Da ist doch noch was. Raus mit der Sprache – wo ist der Haken?«

»Wenn ich zusage, bin ich bei Dynamo raus.«

»Wie ›raus‹? Was heißt das?«

»Ich kann dort nicht mehr trainieren. Keine Wettkämpfe mehr. Gar nichts. Und die Qualifikation für ein Leistungssportzentrum hat sich gleich mit erledigt.«

»Ich verstehe.« Christiane sah nach unten und schwieg. Nach einer Weile meinte sie: »Aber in dieser neuen Gruppe ist Sport doch auch ganz wichtig, oder? Deswegen wollen sie dich ja überhaupt haben …«

»Das stimmt. Aber es ist etwas anderes als im Stadion. Das Training bei Dynamo hat mir immer viel gebracht. Außerdem – was wird Silvio von mir denken, wenn ich die Sportgemeinschaft Hals über Kopf verlasse?«

»Ihr könnt doch in eurer Freizeit weiter zusammen laufen, so, wie ihr es früher gemacht habt. Das kann euch niemand verbieten.«

»Schon, aber das ist etwas anderes.«

»Wirklich? Worum geht es denn bei eurer Freundschaft? Ist es allein der Kampf ums Siegertreppchen, der euch verbindet?«

»Quatsch, das weißt du ganz genau.«

»Na also.«

»Er wird fragen, warum ich aufgebe. Ich muss ihn belügen.«

»Dir fällt schon etwas ein.« Christiane sah Holland an. »Außerdem gibst du nicht auf. Die Plackerei bleibt dir erhalten. Möglicherweise verlierst du weniger, als du denkst.«

»Wie meinst du das?«

»Schau mal … Du bist ein super Läufer, das ist unbenommen. Aber was, wenn sich der Traum vom Sprung in den absoluten Leistungssport nicht erfüllt? Du bist jetzt fast fünfundzwanzig. Die Spitzenläufer in den großen Sportclubs sind viel früher eingestiegen. Auch wenn du dir das insgeheim immer gewünscht hast: Du bist kein Olympiakader.«

Für eine Weile blieb Holland still. Was Christiane gesagt hatte, war bitter. Doch sie sprach die Wahrheit aus. Der Langstreckenlauf nahm zweifellos einen großen Raum in seinem Leben ein. Aber er hatte nie eine Sportschule besucht. Er war nicht wie andere schon als Jugendlicher an eines der großen Leistungszentren delegiert worden. Seine Bemühungen, sich als Quereinsteiger für einen Platz im Club der »Großen« zu qualifizieren, waren bislang ohne Erfolg geblieben. Trotz der stetigen Fortschritte. Letzten Endes war er ein Polizist mit sportlichem Talent. Kein Weltklassesportler in Polizeiuniform. Und vielleicht bot ihm seine Behörde nun die einmalige Gelegenheit, seinen Willen und seine Fähigkeiten an einer Stelle zu beweisen, die genau auf ihn zugeschnitten war.

»Ja, Chrissi, du hast recht. Ich sollte die Chance sehen und nicht den Verlust.« Er wiegte den Kopf. »Es behagt mir nur nicht so recht, dass ich die Katze im Sack kaufen muss.«

»Ein bisschen Budenzauber erhöht die Spannung.« Christiane grinste. »Außerdem – wenn das stimmt, dass wir dadurch eine eigene Wohnung bekommen, dann köpfe ich eine Flasche Rotkäppchen. Wir müssten unsere Beine nicht mehr bei deinen Eltern unter den Tisch stecken und könnten uns endlich was Eigenes aufbauen.«

»Fast zu schön, um wahr zu sein.«

»Dann wirst du zusagen?«

»Ich weiß es nicht. Ist 'ne schwierige Angelegenheit.«

»Ich denke, du brauchst vor allem ein bisschen Abstand. Am besten schläfst du erst mal eine Nacht drüber, und dann sehen wir weiter.« Sie drückte seine Hand. »Egal, welche Wahl du triffst – ich werde dich immer unterstützen. Aber ich kann dir diese Last nicht abnehmen. Am Ende ist es eine Entscheidung, die du selbst treffen musst.«

6

Der Flur war genauso finster wie beim letzten Mal, und auch das Lautgemisch aus Schreibmaschinenanschlägen und gedämpften Stimmen hatte nichts von seinem stoischen Gleichmaß verloren. Es war Freitagmorgen. Holland starrte gegen die braune Flügeltür und atmete tief durch. Dann klopfte er an. Die Aufforderung zum Eintreten erfolgte prompt, und er schob sich in den Konferenzraum.

Die große Uhr an der holzgetäfelten Wand zeigte exakt acht Uhr. Wie bei der ersten Unterredung erwarteten ihn Oberst Malycha und der Major aus dem Stadion. Die Offiziere trugen ernste Mienen zur Schau, und sie wirkten ungeduldig. Als wollten sie endlich vorankommen.

Er salutierte, und auch diesmal wies Malycha ihm den einzelnen Polsterstuhl vor dem Tisch zu.

»Nun, Genosse Holland?«, kam der Oberst ohne Umschweife zur Sache. »Haben Sie über unseren Vorschlag nachgedacht?«

»Jawohl.«

»Dann sind wir jetzt ganz Ohr. Wie ist Ihre Entscheidung ausgefallen?«

Holland hoffte, dass seine Stimme frei von jeglicher Schwäche war, als er antwortete: »Genosse Oberst, ich nehme das Angebot an. Ich bin stolz, in der neuen Arbeitsgruppe dienen zu dürfen. Und ich verspreche, mein Bestes zur Erfüllung der damit verknüpften Pflichten zu geben.«

Es blieb still.

Die beiden Offiziere tauschten kurze Blicke aus.

Dann wandte sich der Oberst wieder Holland zu. »Nichts anderes haben wir von Ihnen erwartet.« Er fixierte ihn. »Können wir davon ausgehen, dass Ihre Entscheidung freimütig und vorbehaltlos gefallen ist?«

»Absolut und ohne jeden Zweifel.« Holland wunderte sich, wie leicht ihm die Worte jetzt über die Lippen kamen. Tatsächlich hatte er noch eine Weile mit sich gerungen, welchen Weg er zukünftig einschlagen sollte. Aber je mehr er die Argumente gegeneinander abgewogen hatte, desto deutlicher war ihm geworden, dass er diese Chance ergreifen wollte. Es war nicht der Spatz in der Hand, der mit der Taube auf dem Dach konkurrierte. Es war eine zweite Taube, die er nun in seinen Fingern hielt, und sie war so geheimnisumwittert wie vielversprechend.

»Gut.« Der Oberst nickte gemessen. »Sie haben den richtigen Entschluss gefasst.« Er lehnte sich zurück und sah Holland durchdringend an. »Mit Ihrer heutigen Entscheidung wird sich einiges für Sie ändern. Der Dienst, den Sie ab jetzt versehen werden, ist in nichts mit Ihrem bisherigen Berufsalltag vergleichbar. Alles, was Sie künftig hören, sehen oder tun, unterliegt strengster Geheimhaltung. Die Formation, für die Sie arbeiten, ist selbst innerhalb unserer Behörde nur wenigen Menschen bekannt.« Der Oberst ließ eine Pause entstehen. »Sie werden Aufgaben lösen, für deren Bewältigung Sie höchste physische und psychische Fähigkeiten entwickeln müssen«, fuhr er dann fort. »Aber es ist ein Einsatz im Schatten. Auch wenn Sie sich bei Ihrer Arbeit auszeichnen – niemand wird je davon erfahren.«

Holland wusste nicht, was er darauf erwidern sollte. Also schwieg er. Dass die neue Arbeitsstelle sehr speziell war, hatten sie ihm bei dem vorangegangenen Treffen schon angedeutet. Nach dem, was er jetzt hörte, handelte es sich selbst in den Mauern seiner Behörde um ein absolut geheimes Unternehmen. Das beeindruckte und beunruhigte ihn gleichermaßen. Doch er hatte sich entschieden, und jetzt gab es nur den Weg nach vorn. Schließlich sagte er: »Genosse Oberst, gestatten Sie eine Frage?«

»Bitte.«

»Jetzt, nachdem ich zugesagt habe … Diese Aufgaben, von denen Sie sprechen – worum handelt es sich dabei genau?«

»Lassen Sie mich ein wenig ausholen.« Malycha zog die Augenbrauen zusammen. »Ich nehme an, dass Sie als engagierter Sportler im vorletzten Jahr die Berichterstattung über die Olympischen Spiele verfolgt haben. Die Spiele in München.«

»Ja«, antwortete Holland verwundert. »Selbstverständlich.«

»Dann sind Ihnen auch die Ereignisse bekannt, die dort am 5. September um kurz nach vier Uhr morgens ihren Anfang nahmen?«

»Ja.« Holland schluckte. »Das Attentat …«

»Richtig.« Der Oberst senkte den Kopf und spielte mit seinem Kugelschreiber. »Der heimtückische Überfall, bei dem acht Freischärler im Olympischen Dorf fast ein Dutzend Sportler in ihre Gewalt brachten.«

Holland wurde von einer merkwürdigen Unruhe ergriffen. Sofort waren die Bilder wieder da. München. Der 5. September 1972. Der unheilvolle Dienstag. Noch immer erinnerte er sich an dieses Datum, als wäre es gestern gewesen. Zusammen mit Silvio, der nicht nur sein bester Freund, sondern auch sein Polizeikollege war, hatte er nach dem Dienst voller Vorfreude den Fernsehraum aufgesucht, um wie an den Tagen zuvor die Olympiaübertragung zu verfolgen. Aber anstelle der Wettbewerbsberichte verkündete ein Reporter mit Grabesstimme, dass sich eine Gruppe Bewaffneter im Morgengrauen Zutritt zum Quartier der israelischen Mannschaft verschafft und die Sportler als Geiseln genommen hatte. Das Gebäude, in dem sich die dramatischen Ereignisse abspielten, lag der Unterkunft der DDR-Athleten genau gegenüber. Hinter dem Berichterstatter konnte man durch das Glasfenster des Studios verfolgen, wie Sicherheitskräfte das Gelände um einen terrassenförmigen Wohnkomplex abriegelten. Die Situation war bedrückend und unübersichtlich gewesen. Erst viele Stunden später hatte sich das ganze Ausmaß der Tragödie offenbart, als ein improvisierter Befreiungsversuch der Polizei auf dem Flugplatz Fürstenfeldbruck in einem furchtbaren Blutbad endete.

»Das war grauenhaft«, presste Holland mit trockener Stimme hervor.

»Siebzehn Todesopfer. Die Spiele unterbrochen. Das Ansehen des größten internationalen Festivals des Sports von einer Gewaltorgie überschattet.« Die Worte des Obersts waren kühl und emotionslos.

Holland fiel auf, dass Malycha nicht von dem palästinensischen Terrorkommando sprach, das den Anschlag verübt hatte, oder von den israelischen Geiseln, sondern nur von Freischärlern und Todesopfern. Ihn selbst hatte damals das Attentat gerade wegen der Beteiligten sehr verwirrt. Im Polituntericht war immer betont worden, wie sehr das palästinensische Brudervolk unter der Aggression Israels litt. Zweifellos verdiente es in seinem gerechten Verteidigungskampf all ihre Sympathie und Solidarität. Auch Holland empfand so. Der Anschlag in München jedoch war kein gerechter Kampf gewesen, keine Auseinandersetzung mit Aggressoren. Hier hatte ein schwer bewaffnetes Kommando unschuldige Sportler ermordet. Doch in der öffentlichen Diskussion wurde dieser Umstand seither gänzlich vermieden, und auch im Kollegenkreis unterhielt sich niemand darüber. Beinahe so, als wolle man so schnell wie möglich ein Tuch des Vergessens über die Ereignisse breiten.

Und nun hatte der Oberst das Attentat wieder ans Licht geholt. Holland wartete gespannt, worauf das Gespräch hinauslief.

»Genosse Holland«, sprach Malycha weiter. »Was, meinen Sie, war die Ursache für dieses sinnlose Blutvergießen?« Er blickte lauernd über den Konferenztisch, der wie eine Barriere zwischen ihnen stand.

»Ähm ... das brutale Vorgehen der ... Freischärler?«, stammelte Holland unsicher. Er befürchtete schon, sich in dem verqueren politischen Konflikt doch noch positionieren zu müssen, als der Oberst ihm die Antwort abnahm.

»Die eigentliche Ursache für dieses Blutvergießen war das komplette Versagen der westdeutschen Polizei! Die vollkommene Überforderung der Sicherheitskräfte. Ein Fest des Dilettantismus. Hier standen einem Trupp kaltblütiger Mörder von Anfang an Tür und Tor offen. Und selbst als sie ihr wahres Gesicht gezeigt hatten, gab es niemanden, der in der Lage gewesen wäre, ihnen in den Arm zu fallen.« Malycha hielt inne, um seine Worte wirken zu lassen. Dann beugte er sich nach vorn und sprach weiter, wobei er jeden Satz betonte: »Weil so etwas in unserer Republik niemals passieren darf, müssen wir uns auf alle Eventualitäten vorbereiten. Das, Genosse Holland, wird Ihre zukünftige Aufgabe sein.

Krisen zu bereinigen, die uns von gewalttätigen Elementen aufgezwungen werden. Menschen zu retten, wenn der gewöhnliche Sicherheitsapparat an seine Grenzen kommt. Und die Angreifer schnell und effektiv unschädlich zu machen.«

»Jawohl«, entgegnete Holland. Obwohl er diese Ankündigung erst einmal verdauen musste, bemühte er sich, stark und entschlossen zu wirken. Er drückte den Rücken durch und schickte schnell ein klares »Zu Befehl!« hinterher.

»Ab jetzt erhalten Sie Ihre Anweisungen von Major Zacharias«, erklärte Malycha und deutete auf den Mann neben sich. »Er leitet Ihre Einsatzgruppe.«

Zacharias. So hieß der Mann aus dem Stadion also.

Der Major stand auf. Jetzt erst war zu erkennen, wie durchtrainiert der Offizier war. Er streckte Holland die Hand entgegen. »Genosse Holland«, sagte er, und in seinen Zügen lag ein feierlicher Ernst. »Willkommen in der Diensteinheit IX!«

Holland erhob sich ebenfalls und schlug ein. Zacharias' Händedruck glich einer Schraubzwinge.

Der Zeiger der Wanduhr rückte hörbar vor und hinterließ einen spitzen Hall. Wie eine Weiche, die sich soeben neu gestellt hatte, schoss es Holland durch den Kopf. Oder ein Hammerschlag, der ein Geschäft besiegelte. Für einen kurzen Augenblick verharrte er in Gedanken.

Diensteinheit IX.

Ein Kommando, das offiziell nicht existierte.

Wohin würde ihn dieser neue Weg führen?

»Unterzeichnen Sie zuerst die Geheimhaltungsverpflichtung«, befahl der Major und schob ihm eine blassrote Mappe zu. »Dann lernen Sie Ihre Kameraden kennen.«

Die unscheinbare Tür, vor der sie nun standen, war Holland noch nie aufgefallen, allerdings hatte er in dem mächtigen gelben Gebäuderiegel auf dem Gelände der BDVP bisher auch kaum zu tun gehabt. Sie befanden sich in einem schmucklosen Eingangsflur im Erdgeschoss des kasernenartigen Blocks, der die schlichte Bezeichnung »Haus L« trug. Nach dem Ende der Unterredung im

Konferenzraum hatte ihn Major Zacharias direkt hierhergeführt. Nun legte er den Finger auf ein kleines blechernes Tastenfeld und gab einen Zahlencode ein. Es piepte kurz, dann sprang die Tür mit einem rasselnden Geräusch auf.

»Folgen Sie mir«, sagte Zacharias. »Hinter dieser Mauer liegen unsere Diensträume. Die gesamte Abteilung ist Sperrbereich.«

Holland ließ den Major vorangehen und betrat zum ersten Mal das Domizil der geheimnisumwobenen Einsatzgruppe, zu der er nun auch bald gehören würde. Hinter ihm fiel die Sicherheitstür mit einem metallischen Schmatzen ins Schloss.

Die Zimmer links und rechts waren verschlossen, aber Zacharias zählte im Vorbeigehen ihre Funktionen auf: Schreibstube. Unterkünfte für die Einsatzkräfte. Waschraum. Waffendepot. Alles in allem ein überschaubares Quartier. »Das dort ist mein Büro«, beendete der Major seine kurze Führung. Dann wies er auf die einzige Tür, die nur angelehnt war. »Und hier ist der Aufenthaltsraum. Unsere ›Wohnstube‹.«

Zacharias deutete eine einladende Armbewegung an, und sie gingen in das längliche Zimmer, dessen Hauptmöbel ein Sprelacart-Tisch mit einer Handvoll Stühlen war, während sich die Wohnaccessoires auf einen Fernseher und eine schmächtige Zierstaude im Hydrotopf beschränkten.

»Genosse Major!«, erschallte es unvermittelt, und zwei Männer schnellten von ihren Sitzen hoch. Einer von ihnen war ein Hüne von mindestens einem Meter neunzig. Der andere hatte eine kleine und sehnige Statur.

Zacharias nickte ihnen kurz zu, und die stramme Haltung der beiden löste sich um eine kaum spürbare Nuance. Dabei strahlten sie ein respektvolles, aber unmissverständliches Selbstbewusstsein aus. Sie trugen Trainingsanzüge, und schon auf den ersten Blick erkannte Holland ihre athletische Konstitution.

Der Major sah zu ihm herüber. »Ich möchte Sie mit unseren Einsatzkräften bekannt machen. Das dort sind die Genossen Babeck und Ferchow.« Dann wies er auf ihn und wandte sich an die zwei gegenüber. »Und das ist Genosse Holland. Unser Neuzugang.«

»Hallo!«, kam es unisono von den Männern im Sportanzug. Ihre Mienen ließen weder Sympathie noch Misstrauen erkennen. Nacheinander gaben sie Holland die Hand und stellten sich noch einmal mit vollem Namen vor.

Volker Babeck. Der Riese.

Und Hannes Ferchow. Der Drahtige.

»Sind die anderen unterwegs?«, fragte Holland.

»Nein.« Der Major sah ihn spöttisch an. »Weiter gibt es niemanden. ›Die anderen‹ sind Sie. Und ein Genosse, der ebenfalls neu dazukommt. Er wird in wenigen Minuten eintreffen.«

»So klein ist die Gruppe?«, entfuhr es Holland.

»Die Menge sagt nichts über die Qualität«, entgegnete der Major scharf, und die wenigen Worte schienen Vorwurf und Credo in einem zu sein. »Unsere Sollstärke beträgt eins zu vier. Ein Kommandeur und vier Kämpfer. Fünf entschlossene Spezialisten. Das ist mehr, als Sie vielleicht glauben.«

Holland staunte, aber er sagte lieber nichts. Ein Häuptling und vier Indianer. Sollte das die Faust der Behörde sein? Die Antwort auf Schwerverbrecher und Terroristen?

»In anderen Bezirken gibt es weitere Gruppen wie uns«, erläuterte Zacharias, der Hollands Gedanken zu erraten schien. »Wir können einzeln agieren oder als gemeinsamer Verband. Flexibel und den jeweiligen Erfordernissen angepasst. Aber das werden Sie alles noch früh genug mitbekommen.«

»Wird die Potsdamer Einheit jetzt erst aufgestellt?«, erkundigte sich Holland.

»Nein. Unsere Gruppe gibt es schon eine kleine Weile. Aber zwei Kollegen sind kürzlich ausgeschieden.« Der Major fixierte ihn mit unergründlicher Miene. »Sie waren ihrer Aufgabe nicht gewachsen.«

»Aha.« Holland musste schlucken. Der Wink mit dem Zaunpfahl war unmissverständlich.

Babeck und Ferchow schwiegen und sahen zu Boden. Für einige Augenblicke herrschte eine betretene Stille. Plötzlich schepperte ein Telefonklingeln durch die Räume, und Holland erschien es wie eine Erlösung. Der Major verschwand in seinem

Dienstzimmer, nur um kurz darauf wieder herauszukommen und in Richtung Sicherheitstür am Eingang zu gehen. Man konnte ein zaghaftes Klopfen vernehmen, gefolgt von einigen unverständlichen Worten. Dann kehrte Zacharias ins Besprechungszimmer zurück und blieb neben Holland stehen.

»Kommen Sie herein«, sagte er laut.

Ein sportlicher junger Mann trat hinter ihm ins Zimmer.

Aber … Das ist doch nicht möglich!

Holland traute seinen Augen nicht.

Vor ihm stand Silvio. Sein Freund und Trainingspartner.

»Meine Herren, darf ich vorstellen – Silvio Fröhlich. Unser fünfter Mann«, verkündete Major Zacharias, und alle nannten noch einmal ihre Namen und schüttelten sich die Hände. »Jetzt sind wir vollständig«, meinte der Kommandeur dann. »Vertragen Sie sich gut! Sie verbringen demnächst viel Zeit miteinander.«

Silvio warf Holland einen flüchtigen Blick zu. »Lass uns nachher reden«, schien der zu bedeuten.

»Eine Sache noch.« Zacharias musterte abwechselnd Holland und Silvio. »Sie werden feststellen, dass wir hier einen sehr kameradschaftlichen Umgangston pflegen. Aber eines möchte ich gleich von Beginn an klarstellen: Ein Befehl ist ein Befehl. Was ich anordne, wird umgehend ausgeführt. Auch wenn es manchmal wehtut. In der Diensteinheit IX gibt es keine Ausreden. Wenn Sie das verinnerlichen, dann kommen wir gut miteinander aus.«

Ohne ein weiteres Wort machte der Major kehrt und verschwand in seinem Büro.

Einige Sekunden sprach niemand. Dann unterbrach Volker Babeck die entstandene Pause. »Untereinander sagen wir ›Du‹.« Er deutete in den Flur. »Kommt mit. Ich zeige euch euer Zimmer.«

Sie folgten dem Hünen, der zielstrebig auf eine Tür auf der gegenüberliegenden Seite zuhielt und sie geräuschvoll aufschwingen ließ. »Voilà. Euer Salon.«

Holland und Silvio verharrten im Türrahmen und blickten in den Raum. Er war schlicht und schmucklos gehalten, die Wände leuchteten weißlich gelb und besaßen einen umlaufenden Ölsockel. Alle Einrichtungsgegenstände gab es genau zweimal. Zwei Schränke. Zwei kleine Schreibtische. Zwei Stühle. Zwei Feldbetten.

»Gemütlich«, entfuhr es Silvio, und er lächelte schief.

»Nicht wahr?« Babeck grinste zurück. »Macht es euch bequem. Die neue Bekleidung liegt in den Schränken; eure Konfektionsgrößen wurden schon durchgestellt. Linker Spind Holland, rechter Spind Fröhlich.« Er tippte sich mit zwei Fingern grüßend an die Schläfe. »In dreißig Minuten haben wir Krafttraining. Bis nachher.«

Damit verschwand er.

»Die lassen ja nichts anbrennen«, stellte Holland fest.

»Nein. Lassen sie nicht«, sagte Silvio. Er blieb einen Moment still, dann sah er Holland an und erklärte mit betretener Stimme: »Du, wegen dieser Stelle hier ... Es tut mir leid. Ich konnte dir vorher nicht Bescheid sagen. Die haben mich zum Schweigen verdonnert. Und ich wusste bis eben nicht einmal, dass du auch dabei bist.«

»Kein Problem.« Holland zuckte mit den Schultern. Dennoch verspürte er ein Gefühl tiefer Enttäuschung, weil Silvio ihn nicht in seine Pläne eingeweiht hatte. Gleichzeitig wurde ihm schmerzlich bewusst, wie ungerecht dieser Gedanke war, denn auch er hatte seinem Trainingspartner keinen reinen Wein eingeschenkt. War das der erste Effekt der neuen Arbeit? Dass man seinen Freunden nicht mehr die Wahrheit sagen konnte? Holland schüttelte unmerklich den Kopf. »Jetzt sind wir ja hier«, meinte er dann und boxte Silvio kumpelhaft gegen den Oberarm. »Schauen wir mal, was uns in diesem Laden erwartet.«

7

Verlorenwasser, 2005

Am Anfang drang das Geräusch nur ganz gedämpft an sein Ohr. Da war ein Brummen, extrem leise, kaum mehr als eine Ahnung. Ein unmerkliches Auf- und Abschwellen, das man leicht für eine Täuschung halten konnte. Dennoch waren Hollands Sinne sofort geschärft. Er schob sich an das Gitterfenster der ehemaligen Waffenkammer, in der er seit einer Stunde gefangen war. Dann hielt er den Atem an, sodass sein Körper keinen Laut von sich gab. Er konzentrierte sich. Lauschte.

Ja. Da war es wieder! Ein Brummen. Das Geräusch kam von draußen. Diesmal ertönte es sogar ein klein wenig lauter. Das war bestimmt keine Einbildung. Nein, da näherte sich etwas.

Ein Fahrzeug?

Holland spähte angestrengt durch die Scheibe. Aber außer dem verrosteten Stacheldrahtzaun, der das verlassene Anwesen einschloss, und den Bäumen und Büschen des Waldes vermochte er nichts zu erkennen.

Trotzdem keimte eine vage Hoffnung in ihm auf. Waren da Forstarbeiter unterwegs? Oder ein Jäger? Wenn sich jemand von denen nahe genug am Barackengelände aufhielt, konnte er sich vielleicht irgendwie bemerkbar machen. Holland erinnerte sich, dass sich in einiger Entfernung von hier, am südlichen Rand des Waldgebietes, ein kleines Dorf befand. Es hieß Verlorenwasser. Eine entlegene Ansiedlung, benannt nach dem verwunschenen Verlorenwasserbach, der in dieser Gegend sein Quellgebiet hatte und dem sowohl das Dorf als auch ihr ehemaliges Trainingscamp den Namen verdankte. Die Siedlung lag an einer Landstraße. Vielleicht war jemand von dort aus in den Wald gefahren …

Da hörte er es wieder. Diesmal viel näher.

Jetzt gab es keinen Zweifel mehr. Das war eindeutig der Motor eines Fahrzeugs. Noch einmal wurde das Geräusch lauter, dann erstarb es plötzlich. Ganz in der Nähe der Baracke. Dort, wo sich nach Hollands Orientierung das Eingangstor der Anlage befand.

Es ertönte ein gedämpftes Klappern und Quietschen. Offenbar wurde das Torgatter bewegt. Dann schlug eine Wagentür zu, und das Motorengeräusch setzte wieder ein.

Jemand kam in das umfriedete Areal gefahren!

Mit wenigen Schritten durchquerte Holland die Kammer, drückte sich gegen das eiserne Türgitter und sah über den Flur hinweg zu dem Fenster im gegenüberliegenden Raum. Für einen Moment konnte er dahinter einen Geländewagen ausmachen, der forsch durch das Camp fegte. Schon war das Fahrzeug wieder aus seinem Sichtwinkel verschwunden, aber der kurze Augenblick hatte ausgereicht, um seine sämtlichen Hoffnungen zunichtezumachen. Er hatte den Wagen erkannt. Es war der Pajero, mit dem ihn Alina am Morgen abgeholt hatte.

Holland presste die Lippen aufeinander. Seine Kidnapperin kehrte zurück. Jetzt wusste er auch, warum sie vorhin noch einmal verschwunden war. Sie hatte das Auto vom Waldparkplatz geholt. Von dem vermeintlichen Treffpunkt mit dem Buchhalter, der Teil ihrer Scharade gewesen war, um ihn ohne Erregen seines Argwohns hierherzulocken.

Es vergingen einige Minuten, dann konnte er hören, wie die Barackentür geöffnet wurde. Schnelle, zielstrebige Schritte näherten sich, dann erschien Alina Janowa vor der Tür seines Verlieses. Instinktiv wich Holland ein Stück vom Gitter zurück. Nicht nur wegen der Waffe, mit der sie nun wieder auf ihn zielte. Mit einer Mischung aus Erstaunen und Frösteln registrierte er, dass die Frau ihr gesamtes Äußeres verändert hatte. Anstelle des eleganten Jagdkostüms trug sie jetzt ein schwarzes Kapuzenshirt, abgetragene Jeans und Sportschuhe. Ihre dunklen Haare hatte sie streng nach hinten zusammengerafft, was den entschlossenen Ausdruck auf ihrem Gesicht noch verstärkte. In ihrer linken Hand hielt sie einen mattschwarz glänzenden Aktenkoffer, und unter ihrem Arm klemmte sein Jackett, aus dessen Tasche die Pistole hervorlugte, die sie ihm auf dem Parkplatz abgenommen hatte.

Einige Sekunden lang sah Alina ihm in die Augen, dann warf

sie einen prüfenden Blick auf das Schloss in der Gittertür. Sie nickte knapp, als wolle sie sich selbst bestätigen, dass alles bestens und unter ihrer Kontrolle war. Ohne ein Wort zu sagen, drehte sie sich um und betrat den Raum, der Hollands Zelle gegenüberlag und der ihr offenkundig als Basis diente. Sie ging bis zu dem Campingtisch in der Mitte des Zimmers, stellte den Koffer behutsam, fast feierlich, daneben ab und hängte das Jackett über den dahinterstehenden Stuhl.

»Alina«, unterbrach Holland das bedrückende Schweigen, und er bemühte sich um einen ruhigen und festen Tonfall. »Was wird das Ganze? Was haben Sie mit mir vor?«

Alina gab ihm keine Antwort, sondern verschwand in einem Winkel des jenseitigen Raumes, der für Holland nicht einsehbar war. Dort hörte er sie leise hantieren.

Minuten vergingen, ohne dass etwas Nennenswertes passierte. Aber Holland konnte die bedrohliche Energie, die die Baracke ausfüllte, fast mit Händen greifen.

Bereitete seine Kidnapperin etwas vor? Oder ließ sie ihn absichtlich schmoren?

Schließlich erschien sie wieder im Flur und blieb in sicherem Abstand vor der Gittertür stehen, die Pistole drohend in ihrer Hand. Sie fixierte ihn durchdringend, bevor sie sich erkundigte: »Nun, Herr Holland, ist Ihre Erinnerung inzwischen zurückgekehrt?«

Holland ignorierte die Frage und erwiderte unwillig: »Sie halten mich jetzt schon über eine Stunde hier fest. Erklären Sie mir endlich, was Sie von mir wollen!«

»Das habe ich Ihnen bereits gesagt. Sie befinden sich hier, weil Sie ein Mörder sind. Und weil nun die Zeit gekommen ist, sich dafür zu verantworten.«

»Und ich habe Ihnen gesagt, dass ich niemanden umgebracht habe. Das ist alles vollkommen absurd.«

Alina nickte, doch ihr Ausdruck verriet keine Zustimmung. Vielmehr wirkte es, als wolle sie einem uneinsichtigen Kind signalisieren, dass sie seinen Einwand vernommen, nicht aber ernsthaft in Erwägung gezogen habe. »Wir werden die nächsten

Stunden dafür nutzen, der Angelegenheit in Ruhe auf den Grund zu gehen.«

»Was soll das heißen?«

»Wir führen ein Gespräch. Ein Gespräch über Ihre Vergangenheit. Bis zu dem Punkt, an dem Sie mir meinen Bruder genommen haben.«

Habe ich nicht, verdammt, wollte Holland herausschreien. Stattdessen fragte er: »Wie ist sein Name?«

»Das wissen Sie nicht?« Alina grinste freudlos. »Wie viele Menschen haben Sie denn getötet?«

»Wie ist sein Name?«, wiederholte Holland gereizt.

Alina schüttelte den Kopf. »Ich werde dem Angeklagten doch nicht seine Aussage soufflieren.«

»Wir sind hier nicht bei Gericht.«

»Ich finde das Bild gar nicht so schlecht.«

»Sie wollen hier allen Ernstes ein Tribunal veranstalten? Und Sie sind die Richterin?«

»Wenn Sie so wollen ...«

»Warum sollte ich überhaupt mit Ihnen sprechen?«, platzte es aus Holland heraus. »Ich habe Ihnen nichts zu sagen. Sie suchen Vergeltung für eine Tat, mit der ich nichts zu tun habe. Aber ganz offenbar sind Sie bereits von meiner Schuld überzeugt. Wenn Sie mich erschießen wollen, werde ich Sie nicht davon abhalten können. Warum also reden, wenn Ihr Urteil schon feststeht?«

»Weil Sie eine Wahl haben werden. Eine Wahl unter drei Optionen, wie diese Sache hier für Sie enden wird.«

»Sehr großzügig.« Holland hatte Mühe, den Sarkasmus in seinen Worten zu unterdrücken. »Und die wären ...?«

»Möglichkeit eins: Sie entschließen sich zu schweigen. Dann sterben Sie sofort.« Alina musterte Holland abschätzend. »Ich glaube jedoch nicht, dass Sie diese Option bevorzugen werden.« Sie neigte den Kopf ein wenig zur Seite. »Jeder will leben, nicht wahr? Und wenn es nur ein paar zusätzliche Stunden sind.«

Holland antwortete nicht.

»Möglichkeit zwei«, fuhr Alina fort. »Sie entschließen sich zu reden – und ich ertappe Sie bei einer Lüge. Dann sterben Sie auch. Aber langsam und schmerzvoll. Über Stunden hinweg. Ein verunglückter Bauchschuss, ein zerfetzter Oberschenkel ... Wer weiß?« Alina schenkte Holland ein hartes Lächeln. »Sie kennen sich ja aus. Ich muss Ihnen nicht ausmalen, was eine Kugel im Körper eines Menschen anrichten kann.«

Holland schluckte. »Und die dritte Option?«

»Die Wahrheit. Ein umfassendes Geständnis.«

»Ein Geständnis ...« Holland blies hörbar die Luft aus. Die Frau forderte etwas Unmögliches von ihm. »Wie soll ich –«

»Ich möchte aus Ihrem Mund hören, was Sie getan haben. Und *warum* Sie es getan haben. Die ganze Geschichte. Lückenlos und ohne jede Beschönigung.«

»Und dann?« Holland trat einen Schritt nach vorn, bis er ganz dicht vor der Gittertür stand. Er blitzte Alina zornig an. »Was erwartet mich dann? Ein Tod über Tage?«

»Dann lasse ich Sie gehen.«

Ein paar Atemzüge lang herrschte Stille.

»Sie lassen mich gehen?«

»Das ist mein Angebot.« Alina hob den Kopf. »Sie machen reinen Tisch und verlassen diesen Ort als freier Mann.«

Holland lachte ungläubig auf. »Eben wollten Sie mich noch bestrafen.«

»Die Strafe wird Ihre Angst sein. Die Angst, die Sie ab jetzt immer begleiten wird. Das Wissen darum, dass ich Ihr Geheimnis kenne und dass ich Sie jederzeit auffliegen lassen kann. Nächste Woche. In einem Jahr. In zehn Jahren. Noch aus meiner fernen Heimat.« Alina beugte sich ein Stück nach vorn. »Jeden Morgen werden Sie mit der quälenden Frage aufstehen, was Sie wohl erwartet. Die Kriminalpolizei vor der Tür? Eine Vorladung von der Staatsanwaltschaft im Briefkasten? Oder doch nur ein weiterer belangloser Tag ... Sie werden auf einer Zeitbombe sitzen. Auf einer Zeitbombe ohne Ziffernblatt. Tick, tack. Tick, tack. Sie wissen ja – Mord verjährt nie.«

»Das ist doch Unsinn! Sie wollen mich nicht wirklich laufen lassen. Warum sollte ich Ihnen das glauben?«

»Ich schätze, Sie haben keine andere Wahl.«

»Und wenn ich danach schnurstracks zur Polizei gehe? Ich bin ein unbescholtener Bürger. Sie haben mich entführt.«

»Ich weiß, dass Sie das nicht tun werden.«

»Warum sind Sie sich da so sicher?«

Alina hielt einen Moment inne. Dann sah sie Holland unverwandt in die Augen und sagte: »Weil Sie das nicht tun können, ohne sich selbst zu belasten.«

Die vollkommene Abgeklärtheit der Frau irritierte Holland, und seine eigene Ohnmacht ließ eine hilflose Wut in ihm aufsteigen. »Weiß Ihr Mann eigentlich, was Sie hier machen?«, wagte er einen Schuss ins Blaue. »Ich kann mir nicht vorstellen, dass ein stellvertretender Militärattaché der Botschaft der Russischen Föderation es gutheißt, wenn seine Frau deutsche Staatsbürger kidnappt!«

»Ah, bravo! Ich sehe, Sie haben Ihre Hausaufgaben gemacht. Sie wissen, mit wem ich verheiratet bin.« Alina blieb völlig beherrscht. »Ich hatte tatsächlich eine Weile überlegt, ob ich Ihnen in Potsdam meinen richtigen Namen verschweigen soll. Doch dann habe ich mich dagegen entschieden. Sie sind ein Ex-Polizist. Ich war unsicher, ob Sie nicht vielleicht meine Identität überprüfen wollen, bevor Sie mich als Klientin akzeptieren.«

»Als Schutzperson«, ergänzte Holland bitter. Sein Blick glitt unversehens über das eiserne Gitter, das ihn von Alina trennte.

»Ja. Sehen Sie, so schnell kann sich die Perspektive ändern.«

»Grigorij. So heißt doch Ihr Mann«, versuchte es Holland noch einmal. »Er wäre sicher ein wenig ... *irritiert*, wenn er Sie jetzt sehen könnte. Oder täusche ich mich da?«

»Da haben Sie zweifellos recht. Aber keine Sorge. Mein Mann ahnt nichts von unserem kleinen Ausflug. Denn, wissen Sie, eigentlich bin ich gar nicht hier. Sondern auf einer viertägigen Fototour im nördlichen Brandenburg. Mehr als einhundertfünfzig Kilometer entfernt. Dort habe ich seit gestern ganz offiziell einen Bungalow gemietet. Idyllische Lage. Eigenes Grundstück. Niemand kann prüfen, wann ich da ein und aus gehe. Und ob ich mich dort wirklich die ganze Zeit aufhalte.« Alina hob die Arme. »Naturfotografie kann eine sehr zeitintensive Beschäftigung sein.

Grigorij gönnt mir mein Steckenpferd. Wir haben keine Kinder, da ist er froh, wenn ich wenigstens mit meinem Hobby glücklich bin. Aber es interessiert ihn nicht, was ich dabei genau mache. Er findet die Bilder schön. Und davon habe ich mehr als genug. Auch aus Nordbrandenburg.« Sie lächelte kühl. »Seien Sie sich also gewiss: Kein Mensch bringt mich mit Ihnen oder diesem Ort hier in Verbindung. Mein Mann nicht. Und auch sonst niemand.«

»Sie haben mich in Potsdam besucht.«

»Und? Wer kann das bezeugen? Sie leben allein. Das hatte ich vorher genau recherchiert. Von den Nachbarn hat mich niemand gesehen, darauf habe ich geachtet. Es gibt keinerlei elektronische Spuren, denn wir haben nie telefoniert oder gemailt. Und für Ihren Auftrag hatten wir absolute Diskretion vereinbart, erinnern Sie sich? Ich gehe mal davon aus, dass Sie sich daran gehalten haben. Diesbezüglich vertraue ich voll und ganz auf Ihre Berufsehre.« Sie zwinkerte Holland zu, aber in der kleinen Geste lag keine Freundlichkeit.

Etwas schloss sich wie unsichtbare Klammern um Hollands Brustkorb und nahm ihm für einen Moment den Atem. Bislang hatte er seine Lage mit einer gewissen fatalistischen Neugier betrachtet. Aber jetzt ergriff zum ersten Mal wirkliche Angst von ihm Besitz. Alina wusste offenbar genau, was sie tat. Und sie hatte sich vorsorglich ein Alibi organisiert. Noch einmal drang ihm der denkwürdige Wandel in ihrem Erscheinungsbild ins Bewusstsein. Die unauffällige dunkle Kleidung, die nun ihre gepflegte Garderobe ersetzte und die sie offenbar für diese Phase ihres Plans bereitgehalten hatte. War das nur ein Ausdruck von Pragmatismus? Fast schien es ihm, als hätte sich die zierliche Frau für das, was sie hier beabsichtigte, bewusst verwandelt. Als wäre sie in eine neue Haut geschlüpft. In eine neue Rolle. Weit entfernt von der sympathischen und um Schutz bittenden Alina, die er vor nicht ganz einer Woche auf seiner Terrasse kennengelernt hatte.

Er suchte in ihren Augen nach etwas Verbindlichem, einem Ansatz für eine Annäherung, aber er erkannte darin nur eine tiefe Aversion. Eine Abscheu, die auf so erschreckende Weise ehrlich war, dass sie ihn bis ins Mark traf.

»Überlegen Sie sich, was Sie tun möchten«, sagte sie. »Ob Sie schweigen wollen oder doch lieber reden. Die Konsequenzen habe ich Ihnen genannt. Ich komme gleich zurück. Bis dahin sollten Sie sich entschieden haben.« Mit einer fließenden Bewegung ließ sie die Pistole im Hosenbund verschwinden und verschwand in dem Zimmer gegenüber, das Holland inzwischen insgeheim »ihr Büro« nannte.

Er war überzeugt, dass Alina ihn trotz ihrer Ankündigung nicht freilassen würde, egal, was er ihr erzählte. Der Wunsch nach Rache schien sie völlig zu vereinnahmen. Wer auch immer ihr Bruder war – wenn sie ihn, Holland, für dessen Tod verantwortlich machte, dann rechnete er sich keine Chancen aus, dass sie ihn freiwillig wieder ziehen ließ. Doch warum dieser Aufwand? Sie hätte ihn einfach töten können. Mit dem Kidnapping und dessen Vorbereitung hatte sie sich viel Mühe gemacht. War Risiken eingegangen. Wozu? Was hatte sie mit ihm vor? Wollte sie ihn auf besondere Weise quälen? Ihn über Stunden, vielleicht Tage leiden sehen? Sich an seiner Angst weiden? Erhoffte sie sich dadurch Genugtuung? Oder gab es noch einen ganz anderen Grund für ihre Unternehmung? Wie viel wusste sie wirklich über den Tod ihres Bruders? Wollte sie hier etwas in Erfahrung bringen, was nur der Mörder ihr liefern konnte?

Holland wich langsam in die Tiefe seiner Zelle zurück, drehte sich um und ging die wenigen Schritte bis zu der gegenüberliegenden Wand. Ein weiteres Mal wanderte sein Blick zu dem Schwarz-Weiß-Foto, das links neben dem Fenster im Halbschatten hing und das ihn in seinem alten Kampfanzug zeigte.

»Das alles hat mit *dir* zu tun«, murmelte er kaum hörbar, während er sein dreißig Jahre jüngeres Antlitz auf dem Bild studierte. »Das ist eine Angelegenheit aus *deinem* Leben.«

Es musste so sein. Sonst wäre er jetzt nicht hier, in Verlorenwasser. Und sonst würde nicht eines der wenigen Fotos vor ihm hängen, die ihn während seiner Zeit bei der Diensteinheit IX zeigten. Während seiner »geheimen Zeit«.

Holland versuchte, die Unruhe zu unterdrücken, die ihn in

wiederkehrenden Wellen durchflutete. Wie sollte er diesem Alptraum entkommen?

Er musste sich zusammenreißen. Klar denken. Letztlich hatte man ihn jahrelang darin ausgebildet, in bedrohlichen Situationen nicht nur selbst zu überleben, sondern Gefahren auch für andere aus der Welt zu räumen.

Auf Hilfe von außen konnte er nicht hoffen. Er war auf sich allein gestellt, eingeschlossen und ohne Waffe. Das Einzige, was er im Moment nutzen konnte, waren seine Worte. Natürlich würde er reden. Zeit zu gewinnen war im Moment seine beste Chance. Alina wollte seine Vergangenheit sezieren? Sollte sie! Obwohl das für ihn bedeutete, noch einmal eine Tür zu öffnen, die er vor vielen Jahren so schmerzvoll verschlossen hatte.

Aber er musste herausfinden, was genau die Frau ihm anlastete. Und wie sie dazu gekommen war.

Langsam kehrte er zurück zur Gittertür. Alina war noch nicht wieder im Flur erschienen, aber er vermutete, dass sie nicht mehr lange auf sich warten lassen würde. Und tatsächlich dauerte es keine fünf Minuten, dann trat sie aus ihrem Zimmer.

So standen sie sich wieder gegenüber, das massive Gatter zwischen sich, und ihre Augen taxierend auf den jeweils anderen gerichtet. Ihre Pistole hielt Alina nicht in der Hand; Holland ging jedoch davon aus, dass die Waffe nach wie vor griffbereit im Hosenbund unter ihrem Shirt steckte, und der unerbittliche Gesichtsausdruck seiner Kidnapperin genügte, um die Bedrohung präsent zu halten.

»Wie haben Sie sich entschieden?«, fragte sie.

»Wir können uns gern unterhalten. Ich werde Ihnen alles erzählen, was Sie wissen wollen.«

»Gut.« Alina nickte langsam. Dann straffte sie sich. »Sie kennen den Preis für eine Lüge.«

»Selbstverständlich. Ich habe nichts zu verbergen. Auch nicht vor Ihnen.«

»Dann sind wir uns also einig.«

»Sind wir.« Holland sah Alina ernst an, bevor er hinzusetzte: »Ein Mordgeständnis werden Sie allerdings nicht von mir hören.

Aber darüber müssen wir jetzt nicht debattieren, sonst drehen wir uns im Kreis. Ich hoffe, wir werden irgendwann im Verlauf unseres Gesprächs einen Punkt erreichen, an dem sich zeigen wird, dass Sie den falschen Mann vor sich haben.«

Alina erwiderte nichts. Stattdessen musterte sie ihn kalt.

»Ich nehme an, der Fall, wegen dem wir jetzt hier stehen, hat mit meiner Tätigkeit in der DDR zu tun«, sprach Holland weiter. »Mit einer speziellen Einheit, der ich eine Zeit lang angehört habe.« Er musste es irgendwie schaffen, dass Alina ihm Glauben schenkte. Und deshalb hatte es keinen Sinn zu leugnen, was sie offenbar ohnehin längst wusste.

»Bei unserer Ankunft hier haben Sie behauptet, Sie hätten für die Versorgungsdienste gearbeitet«, erinnerte sie ihn.

»Das ist auch nicht gelogen. Ich war für eine Weile dort beschäftigt.«

»Aber nicht immer.«

»Nein.«

»Sie waren Mitglied in einem Kommando, das die Bezeichnung ›Diensteinheit IX‹ trug. Dieses Kommando hat in der DDR spezielle Einsätze durchgeführt. Einsätze, von denen niemand erfahren durfte. Warum haben Sie mir das verschwiegen?«

»Weil es dazu heute nichts mehr zu sagen gibt.«

»Ach nein? Das hat sich nun geändert!« Alina hob die Augenbrauen.

Es geht um einen dienstlichen Vorfall, dachte Holland. Wenn sie ihn eines Mordes beschuldigte, dann musste es ein Ereignis mit tödlichem Ausgang gewesen sein. Und die Frau, die ihm gegenüberstand, war Russin. Das konnte eigentlich nur eines bedeuten …

»Ihr Bruder war Soldat«, tastete er sich vorsichtig heran. »Soldat der sowjetischen Armee. Habe ich recht?«

»Ein guter Soldat«, stieß Alina hervor, und dann verschwand für eine kurze Spanne alle Härte aus ihren Gesichtszügen.

»Ist er aus seiner Einheit geflohen?«, fragte Holland leise.

Alinas Blick verriet ihm, dass er richtiglag.

8

Potsdam, 1975

»Na, in Gedanken schon bei der Arbeit?«, fragte Holland mit einem mitleidigen Schmunzeln, als er morgens um kurz vor sechs Uhr in die Küche bog und Christiane mit einem Kugelschreiber in der Hand am Tisch sitzen sah. Sie hatte die Augen fest auf einen eng beschriebenen Notizzettel geheftet, der zuoberst auf einem Stapel korrigierter Klassenarbeiten lag. Ein Teller mit einem zaghaft angebissenen Marmeladenbrot stand unbeachtet am Rand der Tischplatte. »Jetzt iss doch wenigstens erst mal zu Ende«, meinte er mit sanfter Stimme und küsste seine Frau behutsam auf die Stirn.

»Gleich«, antwortete sie, ohne aufzublicken.

Holland trat an die Küchenanrichte und goss sich einen Kaffee in eine der hellbraun glasierten Tassen, die ihnen seine Eltern geschenkt hatten, als er und Christiane vor drei Monaten hier eingezogen waren. Seine Behörde hatte tatsächlich Wort gehalten und für sie beide binnen kürzester Frist eine Neubauwohnung besorgt, was ihnen wie ein kleines Wunder vorgekommen war, denn die Wartezeit betrug normalerweise Jahre. Mit zweieinhalb Zimmern plus Küche, Bad und Balkon fiel das neue Heim größer aus als gedacht. Das halbe Zimmer hätte ihnen eigentlich nicht zugestanden, denn es war üblicherweise das Kinderzimmer, und ein Kind hatten sie noch nicht. Doch an dieser Stelle war man großzügig gewesen, oder vorausschauend; jedenfalls konnten sie den zusätzlichen Raum auch jetzt schon gut gebrauchen. Das zweite Wunder bestand in einem Telefonanschluss, der ihnen sofort nach Bezug der Wohnung freigeschaltet worden war. Er hatte seine Begründung in der Rufbereitschaft, in der sich Holland nun quasi rund um die Uhr befand, seit er der kleinen, diskreten Gruppe mit der Bezeichnung »Diensteinheit IX« angehörte.

Das Neubauviertel lag nahe dem Potsdamer Stadtzentrum

und direkt am Ufer der Havel. Das war nicht nur eine attraktive Wohnumgebung, sondern das neue Domizil verkürzte auch Hollands Weg zur Unterkunft seiner Einheit in der Bezirksbehörde der Volkspolizei auf wenige Minuten. Und selbst Christiane hatte es jetzt nicht mehr so weit zu der Schule, in der sie unterrichtete.

Holland goss einen kleinen Schwaps Milch in seine Kaffeetasse. Während er umrührte, blickte er hinüber zum Küchenfenster. Draußen herrschte noch Dunkelheit, und der böige Wind ließ Regenschwaden wie zornige Peitschenhiebe gegen die Fensterscheibe prasseln.

»Elendes Aprilwetter«, sagte er mehr zu sich selbst, bevor er sich umdrehte und sich mit seinem Kaffee zu seiner Frau an den Tisch setzte.

Einige Minuten verbrachten sie schweigend nebeneinander. Christiane unterdrückte ein Gähnen und quetschte ein paar zusätzliche Notizen auf ihren Merkzettel. Dann legte sie den Stift beiseite, biss in ihr Marmeladenbrot und sah Holland an. »Und, hast du gut geschlafen?«

»Wie ein Stein.«

»Das ist schön.« Sie hob fröstelnd die Schultern. »Ich leider nicht. Ich habe gestern Abend noch fast zwei Stunden wach gelegen und hin und her überlegt, wie ich in dieser Woche alles auf die Reihe kriege. Ist einfach zu viel los gerade.«

»Das tut mir leid.« Holland versah Christiane mit einem aufmunternden Blick. Er wusste, wie ehrgeizig sie war und wie genau sie ihre Pflichten in der Schule nahm. Neben den regulären Russisch- und Deutschstunden, die sie jeden Tag hielt, gab es Sitzungen, Fortbildungen und einen Berg an Unterrichtsvorbereitungen. Was ihr als junger Lehrerin noch an Routine fehlte, ersetzte sie durch einen doppelten Arbeitseifer, der regelmäßig seinen Tribut forderte. Christiane war oft erschöpft, und die sich auftürmenden Aufgaben versetzten sie derart in Unruhe, dass es ihr selbst nach Feierabend schwerfiel, sich wirklich zu entspannen.

»Denkst du an morgen Nachmittag?«, fragte sie.

»Morgen Nachmittag?« Holland zog die Stirn kraus.

»Das Freundschaftsfest. Die sowjetischen Gäste.«

»Das ist morgen schon?«, stieß er erschrocken aus. »Scheiße! Das hatte ich überhaupt nicht mehr auf dem Schirm.«

»Was?« Christiane hob den Kopf. »Wirklich nicht? Aber es bleibt doch dabei, dass du kommst, oder? Du weißt doch, wie wichtig das Treffen für mich ist. Außerdem hast du es mir versprochen.«

»Äh, ja. Logisch. Klar.« Für einen Moment war Holland durcheinander. »Keine Sorge ... Ich krieg das hin.« Von der Veranstaltung in der Schule hatte Christiane ihm schon vor mehreren Wochen erzählt und auch von ihrem Wunsch, dass er sich für diesen Nachmittag freinahm. Denn das Freundschaftstreffen war ihr bisher größtes Projekt als neue Leiterin der Arbeitsgemeinschaft für russische Sprache und Kultur. Sie hatte es geschafft, für diesen Tag eine Delegation sowjetischer Offiziere einzuladen, zu der auch ein Pilot aus einer Jagdfliegerstaffel gehörte. An der Veranstaltung in der Aula des Schulgebäudes würden mehrere Klassenstufen teilnehmen. Christiane war für die gesamte Organisation des Nachmittags verantwortlich. Die Demonstration der Verbundenheit mit den überall im Land stationierten sowjetischen Truppen rangierte ganz oben auf der politischen Agenda. Entsprechend genau stand Christiane unter Beobachtung des Direktors der Schule, der solche Gelegenheiten gern benutzte, um seine Einrichtung – und damit meinte er vor allem sich selbst – in einem guten Licht dastehen zu lassen.

»Es bedeutet mir wirklich viel, wenn du kommst«, setzte Christiane noch einmal nach und ließ dabei Holland nicht aus den Augen. »Ich brauche morgen ein bisschen Rückhalt. Selbst wenn du nur hinten in der letzten Reihe sitzt. Hauptsache, ich weiß, dass du da bist.« Dann lächelte sie. »Außerdem will ich dir Tatjana und Sergej vorstellen. Die beiden sind wirklich toll. Es wird Zeit, dass ihr euch endlich einmal kennenlernt.«

Holland nickte. Sergej Borisowitsch Stepanow war ein Politoffizier aus der Potsdamer Garnison der sowjetischen Streitkräfte. Er arbeitete in einem Verbindungsbüro, das für die Zusammenarbeit mit gesellschaftlichen Einrichtungen der DDR zuständig war. Christiane hatte in ihrer Eigenschaft als AG-Leiterin schon mehrmals mit ihm zu tun gehabt und sich dabei mit Stepanows Gattin Tatjana angefreundet. Seitdem trafen sich die beiden Frauen regelmäßig auf einen Tee in der Innenstadt, was Christiane immer sehr genoss, weil es ihr eine willkommene Gelegenheit bot, ihr Alltagsrussisch zu verbessern.

»Ich krieg das hin morgen Nachmittag«, sagte Holland noch einmal. »Ich habe den Termin bei Zacharias schon vor ein paar Wochen angekündigt, und er war einverstanden, mir dafür freizugeben. Ich muss ihn heute nur noch einmal daran erinnern. Der Chef hat bis jetzt immer zu seinem Wort gestanden. Wenn dienstlich nichts dazwischenkommt, lässt er mich gehen. Wann beginnt das Treffen noch mal?«

»Um drei. In der Aula.«

»Ich werde da sein, Chrissi. Versprochen!«

»Danke.« Christiane drückte Holland einen Kuss auf die Lippen. Dann schielte sie hinauf zur Küchenuhr. »Ich muss los. Ich will die Noten noch eintragen, bevor der Unterricht anfängt.« Sie schob den Stapel Klassenarbeiten und ihren Notizzettel in die Tasche, die schon griffbereit am Tischbein lehnte, raunte ihm ein flüchtiges »Bis später« zu und schlüpfte hinaus in den Flur. Wenige Augenblicke danach hörte Holland die Wohnungstür ins Schloss fallen.

Er stand auf und räumte den Tisch ab. Ein paar Minuten blieben ihm noch, dann musste auch er aufbrechen. Draußen stürmte es weiter, und der Regen war kein bisschen weniger geworden. Holland ärgerte sich über sich selbst. Wie hatte er das Freundschaftstreffen vergessen können? Normalerweise passierte ihm so etwas nicht. Nun musste er hoffen, dass er wirklich dienstfrei bekam. Er wollte Chrissi auf keinen Fall im Stich lassen, wenn sie morgen ihren großen Auftritt als Gastgeberin hatte. Obwohl ihm vor solchen offiziellen Veranstaltungen immer etwas grauste, denn er fand die endlosen Reden, die dort oft geschwungen wurden, zutiefst langweilig. Vielleicht, dachte er, war diese Abneigung schuld, dass er den Termin unbewusst ganz tief in seinem Gedächtnis vergraben hatte.

Egal. Er würde gleich nachher noch einmal mit Major Zacharias reden.

Kurz nach halb sieben trat er hinaus in den Flur, schlüpfte in seine Stiefel, streifte die Wetterjacke über und zog den Reißverschluss bis oben hin zu. Dann löschte er das Licht und verließ die Wohnung.

Es war eine schweigsame Runde, in der sie zusammensaßen. Werner Holland. Silvio Fröhlich. Volker Babeck. Und Hannes Ferchow. Die Mitglieder des Einsatztrupps trugen militärische Felddienstuniformen und hatten sich um den Tisch in ihrem Aufenthaltsraum verteilt. Jeder von ihnen beugte sich konzentriert über ein kleines Holzmodell. Es handelte sich um etwa zwanzig Zentimeter hohe Türen, die – auf Brettchen montiert – wie die Eingänge von Puppenstuben aussahen. Nur die Schlösser in den Türblättern besaßen eine normale Größe und wirkten daher riesig und deplatziert.

»Jetzt hab ich's gleich«, murmelte Holland und verdrehte die zwei gebogenen Metallnadeln, mit denen er gerade versuchte, das Zylinderschloss in seinem Türchen zu knacken. »Aber vorher breche ich mir noch die Finger«, fügte er seufzend hinzu. Das Öffnen von Türen, zu denen man keinen Schlüssel besaß, gehörte zu den vielen neuen Fertigkeiten, die von ihnen erwartet wurden und die sie nun regelmäßig übten. Denn das Einnehmen von Gebäuden, in denen sich mögliche Attentäter oder Geiselnehmer aufhielten, musste nicht automatisch mit Krawall erfolgen, sondern konnte auch ein heimliches und möglichst geräuschloses Eindringen erfordern. Dafür wollten sie gerüstet sein. Und so schwitzten sie lieber jetzt hier am Tisch als später, wenn es ernst wurde.

Regelmäßig tüftelten sie an neuen Möglichkeiten, wie sie im Falle eines Falles Übeltäter in Gebäuden, Kraftfahrzeugen oder im freien Gelände überraschen und überwältigen konnten. Viele ihrer Übungsmaterialien bauten oder suchten sie sich selbst. Die Improvisation war ihre ständige Begleiterin, denn für ein Kommando wie das ihre gab es keinerlei Vorbild. Werner Holland gehörte jetzt seit etwas mehr als einem halben Jahr dazu. Bisher waren sie noch nirgendwo eingesetzt worden. Und wenn er ehrlich war, konnte er sich auch nicht wirklich vorstellen, dass es Terroristen auf ihre gut behütete Republik abgesehen haben könnten. Doch man hatte ihm und seinen Kameraden befohlen, bereit zu sein, und daran arbeiteten sie jeden Tag.

Einen großen Teil der Dienstzeit verbrachten sie damit, ihre sportlichen Leistungen auf einen Höchststand zu bringen. Das hieß: Langstreckenlauf, Krafttraining, Schwimmen – und dann das Ganze wieder von vorn. Dazu kamen schonungslose und oft schmerzhafte Karatestunden. Das andere große Feld in ihrem neuen Metier war die Schießausbildung. Sie schossen mehrmals in der Woche, verwendeten dabei die unterschiedlichsten Waffen, und Zacharias ahndete schon geringe Fehlleistungen eines Einzelnen mit zusätzlichen Übungsstunden für den ganzen Trupp.

Oft geriet Holland bei alldem an den Rand der Erschöpfung. Und mehr als einmal kam ihm der Kommentar seiner Frau aus dem letzten Herbst in den Sinn, als er noch gegrübelt hatte, ob er seine Karriere im Leistungssport für einen Platz im Kommando opfern sollte. »Die Plackerei bleibt dir erhalten.« Das waren ihre Worte gewesen.

Wie sehr sie damit recht behalten hatte!

Und doch war sich Holland vollkommen sicher, dass er sich richtig entschieden hatte. Es erfüllte ihn jeden Tag mit Stolz, ein Mitglied dieses handverlesenen Zirkels zu sein und seinem Land auf eine so außergewöhnliche Weise zu dienen.

Das strapaziöse Training besaß auch den Nebeneffekt, dass sie sich als Gruppe ungeschminkt kennengelernt hatten. Und so war ihr Umgangston untereinander inzwischen recht vertraut. Sie duzten sich selbst mit dem Major, wobei das Du bei Zacharias ein anderes war, ein »Du mit Distanz«, denn als Kommandeur führte er ihren kleinen Trupp mit kompromissloser Strenge.

»Ich bin drin!« Silvio, der Holland gegenübersaß, ließ sein Holztürchen aufschwingen und griente breit. »Schon wieder Erster«, frotzelte er und sah in die Runde. »Welches Schloss hatte ich noch nicht?«

»Meins«, brummte Holland und versah seinen Freund mit einem scheelen Blick. »Einen Moment noch.«

»Ich mache so lange ein Päuschen.« Silvio zwinkerte ihm zu und lehnte sich demonstrativ zurück. Die beiden nutzten fast jede passende Gelegenheit, sich gegenseitig aufzuziehen, und jetzt kostete Silvio seinen Vorsprung mit einem schelmischen Vergnügen aus.

Na warte, dachte Holland, du wirst schon sehen! Er schob die Metallnadel in seiner rechten Hand vorsichtig auf den letzten Sperrstift und presste ihn nieder, während er mit der zweiten Nadel den Zylinder zu drehen versuchte. Doch nichts geschah. Der Mechanismus bewegte sich keinen Millimeter.

Holland schüttelte den Kopf. Nerven behalten, ermahnte er sich, bemüht, seinen Freund zu ignorieren. Er zog die Nadel ein wenig zurück, dann setzte er zu einem neuen Versuch an. Langsam verstärkte er den Druck. Und endlich ließ der Widerstand nach. Der Zylinder drehte sich, das ersehnte Klicken erklang, und das Schloss sprang auf.

Holland blickte zu Silvio und grinste. Dann nahm er den passenden Schlüssel aus der Mitte der Arbeitsfläche, schloss die kleine Tür wieder sorgfältig zu und schob seinem Freund das Modell hinüber. »Viel Spaß … Mal sehen, ob du –«

»Alle mal herhören!«, hallte es plötzlich durch das Zimmer. Major Zacharias stand in der Tür des Aufenthaltsraumes. In seiner Hand hielt er einen dünnen Bogen Fernschreiberpapier. Holland straffte den Rücken, und auch seine drei Kameraden nahmen unversehens eine aufrechte Sitzhaltung ein. Ihr Vorgesetzter trat an die Stirnseite des Tisches.

»Wir haben eine Alarmierung. Und das ist keine Übung!«, erklärte Zacharias mit ernstem Gesicht und ließ den Blick langsam über die vier Männer am Tisch wandern. »Die Meldung ist gerade reingekommen. Wir sollen uns an einer Personenfahndung beteiligen. Dringlichkeitsstufe eins.« Er wies auf das Telex in seiner Hand. »Gesucht werden zwei Soldaten der sowjetischen Streitkräfte. Petuchow, Kirill, neunzehn Jahre. Und Kudrjawzew, Lukjan, ebenfalls neunzehn.«

»Was? Russen?«, fragte Volker Babeck, der Hüne, und hob erstaunt die Augenbrauen.

Der Major versah ihn mit einem strafenden Blick und fuhr fort, ohne auf den Einwurf einzugehen: »Die beiden Gesuchten sind Angehörige der Garnison Vogelsang, Kreis Gransee, und haben ihre Einheit heute Vormittag gegen acht Uhr vierzig unerlaubt verlassen.« Zacharias räusperte sich. »Zuvor haben sie einen vierundzwanzigjährigen Unteroffizier erschossen. Danach sind sie geflüchtet. Ihre Kalaschnikows haben sie mitgenommen.«

»Ach du Scheiße!«, entfuhr es Holland.

»Genau. Ach du Scheiße.« Der Major sah ihn mit strenger Miene an. »Deswegen wird das hier auch kein Spaziergang. Wir suchen nach zwei Mördern, und es ist davon auszugehen, dass sie auch weiterhin nicht zögern werden, von ihren Schusswaffen Gebrauch zu machen.« Zacharias ließ seine Worte noch einige Sekunden lang nachwirken, dann wandte er sich wieder dem Fernschreiben zu. »Petuchow und Kudrjawzew sind mit der üblichen Felduniform der sowjetischen Streitkräfte bekleidet. Jacke. Hose. Koppel. Käppi. Stiefel. Sie sind in einem Militär-Lkw Typ GAS-66 unterwegs, nach ersten Erkenntnissen in südlicher Richtung.«

»Die wollen nach Berlin«, warf Hannes Ferchow ein und hob den Kopf. »In den Westen.«

»Das wissen wir nicht. Aber es wäre eine Möglichkeit. Die Genossen der Grenztruppen in dem in Frage kommenden Bereich sind bereits in Alarmbereitschaft versetzt worden.«

»Weiß jemand, wo die beiden jetzt ungefähr sind?«, erkundigte sich Silvio.

»Bisher gibt es dazu keine weiteren Meldungen.« Zacharias sah auf seine Armbanduhr. »Die Fahndung läuft. Die entsprechenden Kräfte des VPKA Gransee sind im Einsatz. Die umliegenden Kreise sind informiert und haben ebenfalls entsprechende Maßnahmen eingeleitet. Unser Befehl lautet, uns schnellstmöglich in den Einsatzraum zu begeben und zu übernehmen, sobald die beiden Flüchtigen irgendwo festgestellt werden. Alles andere klären wir aus der Bewegung.« Noch einmal ließ der Major seinen

Blick durch die Runde streifen. »Wir nehmen die Ladas. Fahrzeug eins: Fröhlich, Holland und ich. Fahrzeug zwei: Ferchow und Babeck. Fröhlich und Ferchow holen die Autos, die anderen bereiten die Ausrüstung vor.« Der Major klopfte energisch auf die Tischplatte. »Los geht's.«

Die vier Männer sprangen auf. Während sich Silvio und Hannes Ferchow Autoschlüssel und Fahrzeugpapiere aus dem kleinen Wandregal neben der Tür fischten und nach draußen stürmten, um die beiden Ladas aus dem benachbarten Garagenkomplex zu holen, folgte Holland seinem Kollegen Volker Babeck in den Flur. Der Hüne entriegelte die Tür zu dem schmalen Verschlussraum, in dem ihre Waffen lagerten. Schweigend reichte er Holland das Rüstzeug ihrer Gruppe nach draußen. Für jeden der Männer gab es eine Makarow-Pistole und eine polnische Maschinenpistole vom Typ PM 63, die gleichermaßen kompakt wie feuerstark war. Außerdem ein Kalaschnikow-Sturmgewehr, eine Sonderausführung, die man mit Zielfernrohr und Schalldämpfer versehen hatte. Als Nächstes trug Babeck vier flache Metallkästen in den Flur, in denen sich Munition und Sprengstoff befanden. Und schließlich zwei sowjetische Dragunow-Scharfschützengewehre, die in langen Hüllen aus Leinenstoff verstaut waren.

Zacharias trat zu ihnen. »Das sollte reichen«, meinte ihr Vorgesetzter knapp. »Wo bleiben die Jungs?«

Im selben Moment war vor dem Gebäude das Geräusch von Fahrzeugmotoren zu hören. Nur wenig später erschienen Silvio und Ferchow in der Tür.

»Die Autos sind da«, vermeldete Silvio.

»Dann laden und aufsitzen!«, befahl der Major.

Die Männer holten ihre Helme, Schutzwesten und Sprechfunkgeräte aus den Zimmern, nahmen die Waffen auf und schleppten die gesamte Ausrüstung hinaus zu den beiden Zivilfahrzeugen, die schon mit laufendem Motor und geöffneten Türen bereitstanden. Dort verstauten sie alles in den mit unauffälligen Lederbezügen getarnten Einbauten und Futteralen, die ihr martialisches Handwerkszeug unterwegs vor neugierigen Blicken verbergen sollten.

All das verlief zügig und schweigend, und jeder Handgriff, den sie ausführten, folgte einer in unzähligen Wiederholungen antrainierten Routine. Dennoch nahm Holland diesmal eine besondere Anspannung wahr, die er bei keiner ihrer Übungen je verspürt hatte und die in seinem Inneren nun ein starkes mulmiges Gefühl verursachte.

Jetzt war es also so weit. Der Ernstfall war eingetreten.

Und ihre Ziele waren Soldaten der als unantastbar geltenden Sowjetarmee. Ihre Vorbilder, eigentlich. Das beschäftigte ihn am meisten.

Viel Zeit zum Überlegen blieb ihm jedoch nicht. Sie verteilten sich entsprechend Zacharias' Anweisung auf die beiden Fahrzeuge. Die Autotüren schlugen zu. Die Motoren heulten auf. Hollands Platz befand sich auf der Rückbank des Führungsfahrzeugs. Silvio saß am Steuer, der Major auf dem Beifahrersitz. Hannes Ferchow und Volker Babeck folgten im zweiten Wagen. Der kleine Konvoi rollte los und verließ den geschützten Bereich ihrer Unterkunft. Zunächst fuhren sie noch langsam, denn das Gelände der Polizeibehörde war weitläufig und verschachtelt, und überall liefen Kollegen herum. Kurz vor der bewachten Ausfahrt kurbelte Ferchow die Scheibe des Türfensters herunter und heftete die blaue Rundumleuchte auf das Autodach. Die Schranke vor ihnen öffnete sich. Der uniformierte Posten grüßte mit ausdruckslosem Gesicht aus dem Wachhäuschen. Dann waren sie draußen.

»Welche Strecke?«, fragte Silvio.

»Erst mal raus aus der Stadt. In Richtung Norden.« Zacharias schlug eine Ledermappe mit Einsatzplänen auf und legte sie sich quer über die Knie. Obenauf platzierte er eine Landkarte, die er so gefaltet hatte, dass der betreffende Teil des Bezirks schnell zu überblicken war. »Die beiden Soldaten sollen in südlicher Richtung unterwegs sein. Wir fahren ihnen entgegen. Erst über die Autobahn, dann weiter auf der Landstraße.«

Silvio schaltete das Martinshorn ein und gab Gas. Es war später Vormittag und der Berufsverkehr längst abgeebbt. Die beiden Ladas fegten durch die Potsdamer Innenstadt. Die Fahrzeuge, die vor ihnen unterwegs waren, verzogen sich an die Fahrbahnränder und hielten an. So hatten sie freie Fahrt, und es dauerte nicht allzu lange, da lag die Bezirkshauptstadt hinter ihnen.

Sie fuhren auf die Autobahn und beschleunigten die Ladas, so weit es ging. Bei Oranienburg bogen sie schließlich auf die Landstraße ab und korrigierten ihren Kurs nach einer Weile nach Nordosten. In Richtung des Ortes, an dem die Flucht der beiden Soldaten begonnen hatte. Aber wo sich die Gesuchten aufhielten, ob sie noch in Bewegung waren oder sich irgendwo versteckt und eingeigelt hatten, blieb abzuwarten.

Es war ein Blindflug. Was sie dringend brauchten, waren neue Informationen.

Beiderseits der Straße erstreckten sich jetzt weite Felder, die ab und zu von einzelnen Waldstücken unterbrochen wurden. Der Regen, der am Morgen noch über der ganzen Region niedergegangen war, hatte inzwischen fast gänzlich aufgehört. Aber der Himmel hing noch immer voller dunkelgrauer Wolken, und ein milchiger Dunst ließ die Welt um sie herum in Tristesse versinken.

Unentwegt drangen sie in das Fahndungsgebiet vor. Je weiter sie kamen, desto öfter passierten sie Kreuzungen, an denen Kontrollpunkte der Polizei eingerichtet waren. In ihren dunkelgrünen Regenmänteln wirkten die mit Maschinenpistolen bewaffneten Posten wie geisterhafte Statuen. An jedem Kontrollpunkt mussten die beiden Ladas anhalten und, nachdem man sie überprüft hatte, langsam und im Slalom um die eisernen Nagelgurte herumfahren, die über mehrere Meter versetzt auf der Fahrbahn ausgerollt waren.

Nach jeder dieser Unterbrechungen drückte Silvio umso entschiedener aufs Gas.

Holland hielt seinen Blick starr auf das schmale Straßenband vor ihnen gerichtet. Immer wieder überholten sie einzelne Pkws oder Traktoren. Andere Fahrzeuge kamen ihnen entgegen. Manchmal waren auch Lastkraftwagen darunter. Dann schlug sein Herz immer ein wenig schneller. Die gesuchten Soldaten waren laut der Fahndungsmeldung in einem Laster unterwegs. Was, wenn sie auf einmal vor ihnen auftauchten?

»PUMA 301, kommen!«, quäkte plötzlich eine Stimme aus dem Funkgerät, das in der Armatur des Ladas eingebaut war.

Der Major nahm die Sprechmuschel auf. »PUMA 301 hört«, gab er zurück.

»Es folgt eine dringliche Lagemitteilung.«

»PUMA 301, verstanden.«

Über die kurze Ankündigung hinaus gab es keine inhaltliche Information. Die eigentliche Meldung wurde verschlüsselt übermittelt. Niemand, der nicht unmittelbar beteiligt war, sollte vom Einsatz der Diensteinheit IX erfahren. Oder auch nur von ihrer bloßen Existenz. Zacharias langte mit der rechten Hand in seine Mappe und zog ein kleines graues Heft mit dem Aufdruck »Vertrauliche Verschlusssache« hervor. Die Kladde enthielt die Tabellen mit den geheimen Codes, die zum Entschlüsseln der Nachrichten nötig waren. Die Codes wurden regelmäßig geändert, und Zacharias hütete sie wie seinen Augapfel.

Der Major griff nach Stift und Zettel und notierte sich die Folge von Buchstaben und Zahlen, die ihm nun aus der Einsatzleitstelle übertragen wurden. Dann übersetzte er das Zeichengewirr mit Hilfe seiner Schlüsseltabellen in Klartext.

Holland beneidete seinen Chef nicht um diese Tätigkeit. Das Dechiffrieren war eine mühselige Angelegenheit, und er wunderte sich, dass Zacharias während ihrer rasanten Autofahrt eine Ordnung in das klein geschriebene Kauderwelsch zu bringen vermochte, ohne dass ihm dabei übel wurde.

»Wir haben etwas«, sagte der Major, nachdem er die Meldung fertig entschlüsselt hatte. »Petuchow und Kudrjawzew sind bei Liebenwalde durch eine Straßensperre gebrochen. Während der anschließenden Verfolgung haben sie einen Unfall gebaut. Es gab ein Feuergefecht mit einer Funkwagenbesatzung. Auf einem Feldweg bei Klein Merserow. Das ist nicht weit weg von hier.«

»Wie lautet unser Befehl?«, fragte Holland.

»Die Kollegen sind noch vor Ort. Wir sollen dazustoßen und unsere Leute in der Spitze so schnell wie möglich ersetzen.«

»Und wenn wir auf die Flüchtigen treffen?«

»Der Befehl lautet auf Festnehmen.«

»Weiter geradeaus?«, mischte sich Silvio ein und deutete auf eine Straßenabfahrt, die vor ihnen lag und schnell näher kam.

»Ja«, sagte Zacharias, nachdem er einen kurzen Blick auf seine Karte geworfen hatte. »Ungefähr noch einen Kilometer. Dann kommt der Abzweig nach Klein Merserow.«

Es dauerte nicht lange, da sahen sie vor sich den flackernden Schein von Blaulichtern durch die diesige Atmosphäre zucken. Instinktiv tastete Holland nach der Pistole in seinem Oberschenkelholster und nach der kompakten MPi, die griffbereit neben seinem Körper an einem Schulterriemen hing. Silvio reduzierte ihre Fahrt auf Schrittgeschwindigkeit und rollte langsam auf den grünen Barkas-Kleinbus zu, der vor ihnen quer auf der Fahrbahn stand. Ein uniformierter Posten kam ihnen entgegengeeilt. Sie stoppten direkt neben dem hochgewachsenen Polizisten, und der Major kurbelte die Scheibe in seiner Autotür herunter.

»Major Zacharias, BDVP Potsdam. Wir sollen unterstützen«, erklärte er knapp, während er seinen Dienstausweis hochhielt. Holland wusste, dass darauf nichts von einer Diensteinheit IX stand. Offiziell gehörten sie alle zur Kriminalpolizei.

»Major!« Der Polizist salutierte knapp. »Wachtmeister Zölke. Sie wurden schon angekündigt.«

»Wie ist die Lage?«

»Die Flüchtigen wurden von unseren Kräften auf der Verbindungsstraße in Richtung Klein Merserow verfolgt. Dabei sind sie mit ihrem Lkw in einen Graben gefahren und mussten das Fahrzeug aufgeben. Sie haben den Funkwagen, der am dichtesten an ihnen dran war, unter Feuer genommen. Ein Genosse ist schwer verletzt.«

»Wie lange ist das her?«

»Circa fünfundzwanzig Minuten.«

»Und die Soldaten?«

»Sind zu Fuß vom Unfallort geflüchtet, momentaner Aufenthaltsort unbekannt.«

»Wo genau sind sie mit dem Laster in den Graben gefahren?«

»Dort vorn ist die Abfahrt nach Klein Merserow.« Der Posten wies auf einen Plattenweg, der dreißig Meter entfernt nach rechts von der Landstraße abging und zwischen den Feldern verschwand. »Der Vorfall hat sich ungefähr einen halben Kilometer von hier ereignet. Der verunfallte Lkw befindet sich noch dort, ebenso zwei von unseren Funkwagen. Die Genossen sichern die Fahrzeuge.«

»In Ordnung. Wir schließen auf.« Der Major kurbelte sein Autofenster nach oben, während Silvio den Lada wieder anrollen ließ und langsam um den Polizeibus herummanövrierte.

Erst jetzt entdeckte Holland den Rettungswagen, der ein Stück weiter am Straßenrand stand. Hinter den seitlichen Milchglasscheiben konnte er die Silhouetten zweier Menschen erkennen, die sich über irgendetwas oder irgendjemanden beugten, während sie zielstrebig hantierten.

»Bestimmt der Kollege, den es bei der Schießerei erwischt hat«, meinte Silvio, der den blassgelben B-1000 mit dem roten Streifen auch entdeckt hatte. »Warum sind die nicht längst losgefahren? Scheiße, das ist kein gutes Zeichen ...«

»Nee.« Holland schluckte.

»Na, dann wollen wir mal.« Silvio gab Gas und lenkte den Lada auf den Plattenweg.

9

Der Lada fegte über den engen Fahrweg, gefolgt vom zweiten Wagen der Einheit. »Achtung, Bereitschaft! Wir nähern uns dem Einsatzraum«, blaffte Zacharias in sein Funkgerät, um auch Babeck und Ferchow zu informieren. Dann schlug er die Ledermappe auf seinen Knien zusammen und ließ sie in einem Fach der Armatur verschwinden. Seine Hand wanderte zum Türgriff.

Hollands Muskeln spannten sich.

Es dauerte nicht lange, da schälte sich vor ihnen eine Fahrzeuggruppe aus dem Dunst. Zwei Funkstreifenwagen standen um einige Meter versetzt mitten auf dem Weg. Die weiß-grünen Limousinen wirkten, als hätte man sie in aller Eile verlassen. Die Türen des vorderen Fahrzeugs waren weit geöffnet. Die beiden Blaulichter auf dem Dach liefen noch. Die ganze Szenerie hatte etwas Gespenstisches. Erst beim Näherkommen entdeckte Holland die drei Gestalten, die sich links neben den hinteren Wagen duckten. Alle trugen Polizeiuniformen. Zwei von ihnen hielten Pistolen in den Händen. Ein Stück weiter in der Ferne war ein dunkelgrüner Lkw mit Planenverdeck auszumachen, der schräg in einem Entwässerungsgraben steckte.

Silvio bremste und hielt ein Stück hinter dem letzten Streifenwagen an. Der zweite Lada mit Ferchow und Babeck stoppte ebenfalls. Holland öffnete die linke Autotür und ließ sich aus dem Wagen rutschen, wobei er darauf achtete, den Kopf immer eingezogen zu halten. Vor ihm glitt Silvio mit einer katzenhaften Bewegung aus dem Auto. Im selben Moment kam der Major gebückt um das Heck des Ladas gelaufen und kauerte sich ebenfalls hin. »Wo sind sie?«, brüllte er nach vorn in Richtung der Polizisten, die nur wenige Meter entfernt neben ihrem Streifenwagen in Deckung verharrten. Jeder wusste, dass die beiden geflohenen Soldaten gemeint waren.

»Da rübergerannt!«, rief ein etwa dreißigjähriger Blondschopf in der Uniform eines Hauptwachtmeisters. Dabei deutete er mit dem ausgestreckten Arm über den Kofferraum zu dem Feld, das sich rechts neben der Fahrzeuggruppe erstreckte.

»Alle beide?«

»Ja. Wir haben sie noch verschwinden sehen. Die sind da hinüber zu den Bäumen.«

Wie alle anderen spähte auch Holland in die Richtung, die der Uniformierte anzeigte. Vor ihnen lag eine weite, grasbewachsene Fläche. Dahinter, etwa zweihundertfünfzig Meter entfernt, zog sich parallel zu ihrem Plattenweg ein Windschutzstreifen aus Weiden und hohen Hecken entlang. Der feuchte Dunst hing schwebend zwischen den Gehölzen und ließ ihr dichtes Astgewirr zu einem undurchsichtigen Vorhang verschmelzen.

Die beiden Soldaten waren nirgends auszumachen.

»Wie ist Ihr Name?«, wandte sich Zacharias wieder an den blonden Polizisten.

»Goltz ... Hauptwachtmeister Goltz.« Dem Schutzpolizisten war anzusehen, dass ihn der Anblick der Neuankömmlinge in ihren Kampfanzügen in Erstaunen versetzte, obwohl er sich bemühte, seine Verblüffung zu überspielen.

»Goltz. Gut. Wir sind die Verstärkung aus Potsdam. Wir übernehmen ab jetzt«, bestimmte der Major, ohne sich weiter mit Formalitäten aufzuhalten oder ihre Gruppe vorzustellen. »Erst mal müssen wir aber wissen, was genau hier passiert ist. Wer von Ihnen war zuerst vor Ort?«

Ein Moment verging, ohne dass jemand antwortete. Dann meinte Goltz: »Die Genossen Zabel und Dressler. Der Genosse Dressler ist verletzt und wurde schon weggebracht.«

Wieder entstand eine Pause.

»Und wer ist Zabel?«, brauste Zacharias ungeduldig auf.

»Er hier. Er ist Zabel.« Goltz deutete mit einem Kopfnicken zu einem Polizisten, der hinter ihm auf dem Boden saß, den Oberkörper gegen die Autotür gelehnt. Holland folgte dem Blick, und sein Magen krampfte sich zusammen. Der Benannte wirkte erschöpft, fast apathisch. Und auf seiner Uniformjacke befanden sich überall Blutflecken.

»Er ist nicht verletzt. Das ist das Blut von seinem Streifenführer«, beeilte sich Goltz zu erklären. »Aber der Mann ist vollkommen fertig. Die Schießerei vorhin … Wir haben noch nicht viel aus ihm herausgebracht.«

»Hmmm.« Der Major nickte. »Ich komme zu Ihnen rüber und spreche mal mit ihm.« Er sah sich zu seinem Trupp um. »Holland kommt mit mir und sichert nach vorn! Ferchow und Fröhlich, ihr lasst die Bäume da drüben nicht aus den Augen. Wenn es da eine Bewegung gibt, sofort melden! Babeck sichert nach hinten!«

»Verstanden!«, kam es aus mehreren Mündern militärisch knapp zurück.

Holland griff ins Innere ihres Ladas und zog seine Kalaschnikow aus der Halterung. Auch die anderen machten ihre Sturmgewehre bereit. Sein Freund Silvio und Hannes Ferchow angelten sich Feldstecher aus den Seitenfächern der Wagentüren und richteten die Ferngläser auf die entfernte Baumreihe. Wenn ihnen Gefahr drohte, dann vermutlich von dort. Die Waffen der Flüchtigen reichten problemlos bis hier herüber, weswegen die Männer es tunlichst unterließen, die Deckung der Autos leichtfertig zu verlassen. Auch wenn die Fahrzeuge keine absolute Sicherheit vor heranrauschenden Kugeln boten.

Jetzt jedoch musste Holland seinen Standort wechseln.

»Und los!«, befahl Zacharias.

Holland sprintete gebückt bis hinüber zu dem Funkstreifenwagen, hinter dem sich Goltz, Zabel und ein weiterer uniformierter Kollege verkrochen hatten. Drei bis vier Meter war er ungedeckt, konnte den feuchten Wind spüren, der unentwegt über die Ebene strich, dann tauchte er in den Schutz der weißgrünen Polizeilimousine. Er passierte die drei Schutzpolizisten und bezog ganz vorn hinter der Motorhaube Position.

Holland atmete tief aus. Alles war still geblieben. Niemand hatte auf ihn geschossen. Und die Unruhe, die ihn noch während der Anfahrt durchdrungen hatte, war nun jener Zielstrebigkeit gewichen, die man ihnen in unzähligen Ausbildungsstunden eingeimpft hatte. Konzentriert ließ er seinen Blick über das vor ihm liegende Gelände schweifen. Einige Meter entfernt stand der andere Streifenwagen. Holland registrierte, dass die Frontscheibe des verwaisten Fahrzeugs in unzählige Teile zerplatzt war. Die offenen Türen standen zur Seite ab wie aufgestellte Flügel. Der rechte Vorderreifen enthielt keine Luft mehr. Auf den Betonplatten daneben waren überall Glassplitter verteilt, und eine Mischung aus Blutflecken und Schleifspuren erzählte die stumme Geschichte eines Dramas. Eines Dramas, das sich erst vor einer halben Stunde hier abgespielt hatte.

Ein paar Dutzend Meter weiter vorn steckte der verunglückte Militär-Lkw schräg im Graben. Die olivgrüne Verdeckplane hing lose von ihrem Haltegestänge und wehte im Wind hin und her wie das Segel eines gestrandeten Schiffes. Dabei schlugen die Planenschnallen immer wieder monoton scheppernd gegen das Gestänge.

Kurz nachdem Holland seinen Posten eingenommen hatte, folgte ihm Zacharias nach. Er kam mit eingezogenem Kopf herübergerannt und ging vor Zabel, dem apathisch dasitzenden Mitglied der ersten Funkwagenbesatzung, in die Knie. Zabels teigiges Gesicht war bleich und verschwitzt, und der Mann zitterte am ganzen Körper.

Der Major sah den Polizisten an. »Genosse Zabel? Ich bin Major Zacharias«, begann er mit ruhiger Stimme. »Verstehen Sie mich?«

Zabel musterte Zacharias, blieb aber stumm.

»Genosse Zabel, wir müssen uns ein Bild machen, was hier vorgefallen ist«, sprach Zacharias weiter, und er fügte seine Worte betont langsam aneinander. »Deshalb ist es wichtig, dass Sie mit mir sprechen. Sie sind ein wichtiger Zeuge, und wir brauchen Ihre Hilfe. Das ist jetzt von sehr großer Bedeutung. Erzählen Sie mir, was passiert ist!«

Wieder antwortete Zabel nicht, aber der Streifenpolizist bemühte sich sichtlich, sein Zittern zu unterdrücken.

Zacharias wandte sich an Goltz, der das Geschehen mit besorgter Miene verfolgte. »Wie heißt er? Ich meine, mit Vornamen.«

»Gerald«, antwortete Goltz.

»Gerald«, sagte Zacharias, nun wieder an den vor ihm sitzenden Zabel gerichtet. »Gerald, du bist in Sicherheit.«

»Was ist mit Harry?«, fuhr es plötzlich aus Zabel heraus, während sich seine Augen flehend in die des Majors bohrten. »Wie geht es Harry?«

»Gut«, antwortete Zacharias, ohne auch nur eine Sekunde zu zögern. »Harry geht es gut.«

Bestimmt ist Harry der Name von Zabels Streifenpartner, dachte Holland, der das Gespräch von seinem Posten aus mithörte. Der Name des Kollegen, der bei dem Schusswechsel getroffen worden war. Er wiegte unmerklich den Kopf. Zacharias konnte nicht wissen, wie es dem Verletzten ging und ob er überhaupt noch lebte.

»Harry geht es gut«, wiederholte der Major noch einmal.

»Wirklich?« Zabel richtete sich ein wenig auf, und ein flatternder Ton mischte sich in seine Stimme. »Die haben einfach geschossen …«

»Er kommt wieder in Ordnung.« Der Major deutete über seine Schulter. »Die fahren schon mit ihm in die Klinik.«

»In die Klinik«, flüsterte Zabel, und sein Körper sank wieder zurück. »Zum Glück.«

»Aber wir, wir sind noch hier. Wir müssen weitermachen, Gerald. Verstehst du? Damit wir die kriegen, die das gemacht haben. Das ist auch wichtig für Harry. Er verlässt sich darauf, dass du uns hilfst. Schaffst du das, Gerald?«

»Ja.« Zabel nickte heftig und kämpfte sichtlich gegen das Beben an, das seinen Körper erneut durchschüttelte. »Ich schaff das.«

»Erzähl mir einfach, wie das passiert ist mit Harry. Ihr habt den Lkw verfolgt. Das stimmt doch?«

»Ja. Die sind durch unsere Sperre gebrochen. Kurz hinter Liebenwalde. An der Landkreuzung. Einfach durchgefahren. Wir waren noch nicht so weit mit der Nagelkette. Wir mussten improvisieren.« Zabel holte tief Luft. »Wir sind dann gleich mit dem Wartburg hinterher. Harry und ich. Ich bin gefahren, Harry war am Funk.«

»Und hier? Was ist hier passiert?«, fragte Zacharias, hörbar bemüht, sich seine Ungeduld nicht anmerken zu lassen.

»Sie sind auf den Plattenweg abgebogen«, sprach Zabel weiter, und jetzt sprudelten die Worte nur so aus ihm heraus. »Die dachten wohl, abseits von der Hauptstraße wären sie im Vorteil mit ihren schweren Reifen. Aber sie hatten eine ziemliche Geschwindigkeit drauf. Sind plötzlich ins Schleudern gekommen und abgerutscht, in den Graben. Fünfzig Meter vor uns. Ich bin sofort auf die Bremse gestiegen. Harry hat über Funk Meldung gemacht. Ich bin raus und hinter der Tür in Deckung gegangen. Ich wollte gerade die Waffe ziehen, da hat es vorn plötzlich ein paarmal geknallt. Die Scheibe ist uns um die Ohren geflogen. Ich hab mich zu Harry umgedreht, aber der hing nur so komisch auf dem Sitz und hat mich angestarrt, als wäre ich ein Geist ...« Zabels Stimme geriet ins Stocken.

»Und die beiden Soldaten?«, insistierte Zacharias. »Hast du sie gesehen? Ich meine, genauer?«

»Nicht so genau.« Zabel schüttelte den Kopf. »Ich hab ein paar Schüsse in Richtung Lkw abgegeben, aber ich glaube, niemanden getroffen. Bin gleich wieder abgetaucht. Als kein Feuer zurückkam, habe ich noch mal vorsichtig geguckt. Da sind sie über das Feld gelaufen. Die waren schon ein ganzes Stück weit weg. Müssen gleich losgerannt sein.«

»Hast du noch mal geschossen?«

»Nein. Ich wollte erst mal nachschauen, was mit Harry los ist.« Zabel fuhr sich mit den Händen über die Schläfen. »Der war voller Blut. Und dann kamen von hinten schon die anderen. Unser zweiter Wartburg.«

»Die beiden Täter ... Als sie über das Feld geflohen sind, da hast du sie doch gesehen. Kannst du sie beschreiben?«

»Puhhh. Ich weiß nicht ...« Zabel kniff angestrengt die Augen zusammen. Es war deutlich zu sehen, dass ihm die Kondition ausging. »Die waren beide ziemlich kräftig. Einer war sehr groß, vielleicht eins neunzig. Der andere einen Kopf kleiner. Mehr kann ich dazu nicht sagen.«

»Ihre Kleidung?«, half der Major nach.

»Russen halt. Normale Soldaten. Braungrüne Felduniformen und Stiefel.«

»Ist dir sonst noch was aufgefallen? Etwas Außergewöhnliches?«

»Der Kleine hat beim Rennen gehinkt. So, als hätte er was am Fuß. Wahrscheinlich vom Unfall.«

»Bist du dir sicher?

»Ziemlich.«

»Hatten beide noch ihre Waffe?«

»Ja. Jeder eine Kalaschnikow.«

»Wo genau in der Baumreihe sind sie verschwunden? Kannst du mir das zeigen?«

»Nein. Ich musste mich um Harry kümmern. Goltz hat ihn dann zurück zur Landstraße gefahren, da sollte ein Rettungswagen hinkommen. Und kurz danach sind auch schon Sie angerückt.«

»Gut. Das hast du prima gemacht, Gerald«, sagte Zacharias und drückte Zabel behutsam die Schulter.

»Kurze Beratung!«, rief der Major laut. »An unseren Kfz.«

Im Schutz ihrer beiden Ladas fand sich die Gruppe zusammen. Während Ferchow und Silvio die entfernte Baumreihe weiter durch ihre Ferngläser absuchten, fasste Zacharias den Stand der Dinge noch einmal für alle zusammen.

»Hannes, was Neues von den Kollegen?«, erkundigte er sich dann.

»Vorhin sind zusätzliche Kräfte vom Kreis und von der Bereitschaftspolizei eingetroffen«, antwortete Ferchow, der am Lada den örtlichen Einsatzfunk verfolgt hatte. »Es gibt jetzt Posten rechts von uns entlang der Landstraße, und Klein Merserow auf der linken Seite ist inzwischen auch komplett dicht.«

»Dann können sich die Soldaten nur in südwestlicher Richtung von hier entfernen. Hinter dem Windschutzstreifen weiter geradeaus. Dazu müssen sie aber freie Felder überqueren. Das werden sie sich dreimal überlegen.« Zacharias schüttelte den Kopf. »Nein, ich möchte wetten, die stecken noch da drüben im Gebüsch und warten ab.«

»Das heißt, wenn wir sie erwischen wollen, müssen wir da rüber«, stellte Holland fest.

»Richtig.«

»Sobald wir über die Wiese gehen, knallen sie uns ab wie die Hasen«, wandte Silvio ein.

»Genau so sieht es aus.« Der Major nickte.

»Vielleicht kriegen wir den GAS wieder flott.« Holland deutete auf den sowjetischen Armee-Lkw, der in einiger Entfernung schräg im Graben stand. »Der ist geländegängig und ziemlich robust. Damit kämen wir schnell und relativ geschützt über den Acker.«

»Das wäre eine Möglichkeit.« Der Major nickte erneut. »Einen Versuch ist es wert. Macht euch fertig!«

Ohne ihre Deckung aufzugeben, holten sie eine Reihe Ausrüstungsgegenstände aus den Autos. Wie die vier anderen befestigte Holland ein Paar Handfesseln und eine Tasche mit Reservemagazinen an seinem Koppel und setzte seinen grünen Schutzhelm auf. Dann schob er sein Funkgerät in die dafür vorgesehene Tasche seiner Tarnweste und testete die Verbindung. Für die Kommunikation innerhalb ihrer Gruppe nutzten sie einen eigenen, auf ihre unmittelbare Umgebung begrenzten Kanal, während sie auf einer anderen Frequenz die Einsatzleitung erreichen konnten. Somit hatten sie jederzeit Zugriff auf alle nötigen Informationen, konnten aber untereinander verdeckt sprechen.

»Bereit!«, meldete einer nach dem anderen.

Holland spannte sich. Es konnte losgehen.

»Vorrücken!«, befahl Zacharias.

Nacheinander stürmten sie in Richtung des Lastkraftwagens. Mit kurzen Handzeichen teilten sie sich auf und untersuchten den Lkw.

Holland besah sich den Führerstand genauer. »Zündschlüssel steckt«, rief er.

»Aber das hier sieht nicht gut aus!«, stieß Silvio aus, nachdem er einen Blick auf das rechte Vorderrad geworfen hatte, mit dem der Wagen in den Graben gerutscht war. Das Rad hatte sich nicht nur tief in den Schlamm gegraben, sondern klemmte auch in einem unnatürlich spitzen Winkel unter der Achse fest.

»Scheiße!«, entfuhr es Zacharias, der neben Silvio vorbeilugte. »Der ist breit. Den kriegen wir nicht mehr flott.«

»Und nun? Wie kommen wir jetzt über den Acker?«, fragte Ferchow von hinten.

»Keine Ahnung.« Silvio zuckte mit den Schultern.

»Warte mal!«, rief Holland aus, der mit seinen Augen gerade den Straßengraben absuchte. »Seht ihr das dahinten?« Ein Stück entfernt von ihrem Standort traf ein fast anderthalb Meter tiefer Kanal vom Feld her auf den Graben. »Sieht aus wie ein Abzweig.«

»Stimmt«, bestätigte Silvio. »Da geht's rüber.«

»Das schauen wir uns an«, entschied Zacharias. »In dem Kanal haben wir Deckung. Holland, du übernimmst die Spitze.«

Sie stiegen in den Straßengraben und liefen gebückt bis zu der Abzweigung. Holland spähte vorsichtig um die Ecke.

Der Kanal, der im rechten Winkel vom Graben abging, führte tatsächlich schnurgerade bis hinüber zu dem Windschutzstreifen. Mit einer Tiefe von knapp einem Meter fünfzig bot er genügend Schutz, um die Bäume unbemerkt zu erreichen. Zum Glück führte er kein Wasser, bis auf einige dünne Rinnsale, die sein schlammiges Bett durchzogen.

»Vorwärts!«, befahl der Major.

Mit tief gebeugten Rücken bewegten sich Holland und seine vier Kollegen durch den Kanal voran, die Waffen ständig auf das Ziel ihres Weges gerichtet. Holland versuchte, das kribbelnde Gefühl, das ihn immer stärker in Besitz nahm, zu beherrschen, während er das vor ihm liegende Areal nicht aus dem Blick ließ. Was würde sie dort drüben erwarten? Waren die fliehenden Soldaten schon längst weitergezogen? Oder lagen sie in diesem Augenblick in einem Hinterhalt und lauerten auf ihre Verfolger? Die zweihundertfünfzig Meter lange Strecke mutete Holland an wie eine Ewigkeit. Doch dann, endlich, hatten sie den Gehölzstreifen erreicht und drangen durch die äußere Buschreihe. Nach wenigen Schritten stoppten sie. Während Holland seine Waffe weiter geradeaus hielt und die vor ihm liegende Kanalrinne beobachtete, die hier mit verrottendem Astwerk gefüllt war, richteten sich seine Partner vorsichtig auf und zielten mit ihren Sturmgewehren auf beiden Seiten zwischen die Sträucher und Weidenstämme.

»Links sicher«, kam es flüsternd von Silvio.

»Rechts sicher«, vermeldete Ferchow ebenso leise.

Der Schutzstreifen war dicht bewachsen, aber nicht sehr breit; etwa dreißig Meter voraus ging es schon wieder hinaus auf das nächste Feld.

Eine Weile verharrten sie unbeweglich und beobachteten weiterhin ihre Umgebung, jeder in einer anderen Richtung.

Schließlich blies der Major die Luft aus und flüsterte: »Wir müssen uns entscheiden, in welcher Richtung wir –«

»Achtung! Da ist was!«, stieß Silvio plötzlich gepresst hervor. »Ich habe eine Person!«

10

»Position?«, fragte der Major und sah in die Richtung, die Silvio durch das Zielfernrohr seines Sturmgewehrs anvisierte.

»Achtzig Meter links an der Baumreihe. Neben der abgebrochenen Weide.« Silvio atmete behutsam ein und aus. »Männlich. Hellbraune Haare. Locken, halblang. Blaue Arbeitskombi.«

»Also kein Soldat?«

»Negativ. Zivilist.«

»Verdammt, was macht der da?« Zacharias stieß ein ungehaltenes Schnaufen aus.

»Nicht zu sagen.«

»Hat der uns bemerkt?«

»Glaube ich nicht. Steht mit dem Rücken zu uns und guckt permanent raus aufs Feld.«

»Hab ihn.« Der Major sah durch das Teleskop seiner eigenen Waffe zu der bezeichneten Stelle. »Wir klären das. Wir rücken vor und greifen uns Locke. Aber leise!«

Sie stiegen einer nach dem anderen vorsichtig aus der Kanalrinne, die sie bis jetzt verborgen hatte, und nahmen wortlos eine keilförmige Formation ein. Holland bildete die Spitze, Silvio und Ferchow gingen ein Stück hinter ihm, jeweils etwas nach links und rechts versetzt, und Zacharias formte mit Babeck die noch weiter auseinandergezogene Nachhut.

Holland war aufs Höchste angespannt. Am liebsten wäre er sofort losgestürmt und hätte die Strecke im Laufschritt zurückgelegt, nur um sich von der fast unerträglichen Beanspruchung seiner Nerven zu befreien. Doch das würde sie sofort verraten. Und so zwang er sich, seine Schritte auf dem krautbewachsenen Boden mit Bedacht zu wählen und Sträuchern vorsichtig auszuweichen, um möglichst kein Geräusch zu verursachen.

Als sie nur noch wenige Meter von ihrem Ziel trennten, wurde Holland noch langsamer und stoppte schließlich ganz.

Die Gestalt im Blaumann lehnte reglos an dem etwa zwei Meter hohen Weidenstumpf und richtete ihre gesamte Aufmerksamkeit hinaus auf das Feld, wo sich in ungefähr einhundert Metern Entfernung eine frei stehende Halle aus dem Dunst schälte.

»Sie da! Keine Bewegung!«, rief Holland halblaut, erreichte jedoch genau das Gegenteil. Der Mann schnellte herum, stieß einen kehligen Schreckensruf aus und ruderte wild mit den Armen.

Holland, der von dieser heftigen Reaktion selbst überrascht war, benötigte ein oder zwei lange Sekunden, um sich zu sammeln. Ein dürrer Kerl, registrierte er, vielleicht dreißig Jahre, mit Schnauzbart und schmalem Gesicht. Als er sein »Keine Bewegung!« gerade noch einmal wiederholen wollte, flog Zacharias schon an seiner linken Flanke vorbei, ergriff den Mann und drückte ihm die Hand auf den Mund.

»Ruhig!«, zischte er.

Es war nicht zu ermitteln, ob es die körperliche Wucht der Attacke war oder die Entschiedenheit in Zacharias' Stimme, jedenfalls erstarrte der Lockenkopf schlagartig zur Salzsäule.

»Polizei«, erklärte der Major dem Mann und sah ihn dabei fest an. »Ihnen droht keine Gefahr.« Zacharias wartete einen Moment, damit der Angesprochene seine Worte aufnehmen konnte. Dann wiederholte er noch einmal: »Wir sind von der Kriminalpolizei. Es passiert Ihnen nichts. Sie müssen still sein! Haben Sie mich verstanden?«

Der Lockenkopf nickte heftig.

»Ruhig!« Zacharias ließ noch einige Sekunden verstreichen, dann nahm er langsam seine Hand vom Mund des jungen Mannes, jederzeit bereit, wieder zuzudrücken.

Der Lockenköpfige holte tief Luft, gab jedoch keinen Mucks von sich. Allmählich beruhigte sich sein Atem, und seine Miene entspannte sich etwas. Er schien seinen ersten Schock überwunden zu haben.

»Wie heißen Sie?«, fragte Zacharias jetzt in strengem, wenngleich gedämpftem Tonfall.

»Ich … äh … Mirko … Mirko Teschner.«

»Herr Teschner, was machen Sie hier?«

»Ich … ich habe mich versteckt.«

»Versteckt? Vor wem?«

Teschner schwieg, aber seine Pupillen wanderten nach links oben.

Zacharias hob die Augenbrauen. »Herr Teschner, ist noch jemand anderes in der Nähe?«

Der Gefragte schüttelte den Kopf. »Nein. Hier nicht.« Er schluckte hörbar. Dann deutete er verstohlen über seine Schulter. Hinaus aufs Feld, in die Richtung, in der sich das hallenartige Gebäude befand. »Aber drüben. In der Werkstatt.«

»Wer ist da drüben in der Werkstatt?«, hakte der Major sofort nach.

»Russen«, gab Teschner zurück, und dabei flüsterte er fast. »Dadrin sind Russen!«

Holland und seine Kollegen hockten nebeneinander in einer länglichen Bodenmulde, die gerade noch im Schutz der Bäume lag und eine gute Deckung bot. Außer dem Major zielte jeder von ihnen mit seiner Waffe nach draußen in Richtung der Halle. Volker Babeck, der eines der Dragunow-Scharfschützengewehre mitführte, bildete den Abschluss ihrer Schützenreihe.

Die neue Position hatten sie sofort eingenommen, nachdem ihnen der Lockenkopf die Anwesenheit der Gesuchten noch einmal bestätigt hatte. Teschner betrieb in der alten LPG-Halle eine private Schrauberbude für Pkws. Er war gerade außerhalb seiner Werkstatt in einem Schuppen gewesen, als er gesehen hatte, wie die beiden Soldaten von dem Windschutzstreifen herüberkamen und sich dem Anwesen näherten. Da ihm ihr verstohlenes Verhalten verdächtig vorgekommen war, hatte er stillgehalten und abgewartet. Schließlich waren die beiden Soldaten, bei denen es sich nach Teschners Beschreibung eindeutig um die Flüchtigen handelte, in der Halle verschwunden, und der Lockenkopf hatte sich im Gehölz versteckt, in der Hoffnung, sie würden bald wieder verschwinden.

Der Major war umgehend per Funk mit der Einsatzleitung in Verbindung getreten und hatte eine Meldung über den Aufenthalt der Gesuchten abgesetzt. Nun mussten sie sich etwas einfallen lassen, um die beiden irgendwie zu überwältigen.

Holland korrigierte die Position seiner Waffe. Er konnte das Anwesen, das einsam mitten auf dem nebeligen Feld lag, durch sein Zielfernrohr gut erkennen. Es handelte sich um eine lange Halle mit einem flachen Dach, die quer zu Hollands Blickrichtung stand und aus Betonplatten errichtet war. Die Halle hatte keine Fenster, aber unterhalb der Dachkante gab es ein etwa einen Meter breites Band aus Glasbausteinen, und am rechten Ende der Seitenwand vermochte Holland ein großes blaugraues Metalltor auszumachen. Der ganze Bau wirkte abgewirtschaftet und war von einer fleckigen Patina überzogen, die gleichermaßen von Alter, Witterung und Vernachlässigung herzurühren schien. Rechts von der Werkstatt standen einige windschiefe Schuppen, zwischen denen drei verrostete Autowracks ein trostloses Dasein fristeten. Von der linken Seite des Geländes führte ein offener Feldweg in die Ferne, wo sich im Dunst schemenhaft die Silhouette eines Dorfes samt Kirchturm abzeichnete. Das musste Klein Merserow sein.

Im Stillen gratulierte Holland dem Lockenkopf zu dessen Glück. Nicht auszudenken, was passiert wäre, wenn ihn die Soldaten allein in seiner Werkstatt angetroffen hätten …

Jetzt saß der Automechaniker hinter Holland an der tiefsten Stelle der Grube und rührte sich nicht. Daneben kauerte der Major und achtete darauf, dass der Mann in Deckung blieb.

»Holland, ist was zu sehen?«, fragte Zacharias.

»Negativ«, antwortete er leise. »Keine Bewegung vor oder neben der Halle.«

»Kannst du irgendwo reingucken?«

»Nein, keine Chance. Ich kann das Tor sehen, aber das ist zu. Ansonsten gibt es nur blinde Glasbausteine.«

Zacharias wandte sich wieder dem Lockenkopf zu. »Herr Teschner, wie sind Sie heute hierhergekommen? Zu Ihrer Werkstatt?«

»Mit meinem Trabbi.«

»Wo befindet sich das Fahrzeug jetzt?«

»Drinnen. In der Halle.«

»Wo sind die Zündschlüssel?«

»Drüben. Wieso wollen Sie das wissen?« Kaum hatte Teschner die Frage gestellt, schlug er sich mit der Hand gegen die Stirn. »Die Russen suchen ein Fluchtfahrzeug. Hab ich recht?« Er schüttelte den Kopf. »Keine Angst, da wird nichts draus. Ich habe heute früh den halben Motor auseinandergenommen. So schnell kriegen sie die Karre nicht wieder flott, selbst wenn sie Ahnung haben.«

»Stehen noch andere Fahrzeuge in der Halle?«

»Nur ein alter Moskwitsch. Aber der ist aufgebockt und komplett ausgeschlachtet.«

»Gut.« Der Major nickte nachdenklich. Dann fragte er: »Gibt es außer dem Tor noch einen anderen Zugang zur Halle? Eine Möglichkeit, unbemerkt hineinzugelangen?«

»Es gibt einen alten Lüftungsschacht. Geht hinter der Halle los und endet drinnen in einer Ecke. Da stand früher ein Gebläse. Das ist jetzt aber weg.«

»Kommt man da durch? Durch den Schacht?«

»Wenn Sie der Dreck nicht stört, klar. Ist ungefähr einen Meter breit und achtzig Zentimeter hoch. Das Gitter außen kriegt man ab, wenn man weiß, wie. Drinnen liegt bloß eine Spanplatte drüber.«

»In Ordnung.« Der Major sah Teschner scharf an. »Sie bleiben hier unten sitzen!«

»Klar«, kam es kleinlaut zurück.

Zacharias schob sich an den vorderen Grubenrand und raunte Holland und den anderen zu: »Die Soldaten werden vielleicht versuchen, den Trabbi wieder flottzukriegen. Oder sie wollen die Sache hier aussitzen. Solange sie in der Halle bleiben, sind sie quasi blind. Wenn wir uns beeilen, können wir sie vielleicht überraschen und überwältigen. Durch den Tunnel haben wir –«

»Achtung!«, zischte Silvio, der ganz links am Rand der Mulde kauerte und sein Gewehr gegen ein starkes Fernglas getauscht hatte, mit dem er auf das freie Feld hinaussah. »Da ist jemand unterwegs. Mehrere Personen. Auf dem Feldweg in Richtung

Werkstatthalle. Noch ungefähr einhundert Meter vom Objekt entfernt.« Dann fügte er hinzu: »Nähern sich im Laufschritt.«

»Sind das Kollegen?«, fragte Zacharias beunruhigt.

»Keine Kollegen«, entgegnete Silvio, nachdem er einige Sekunden angestrengt durch seinen Feldstecher geblickt hatte. »Das ist sowjetische Infanterie!«

»Was?«, fuhr Zacharias auf und riss sein eigenes Fernglas an die Augen. »Das gibt's doch nicht! Was machen die da?«

Holland sah für einen Moment nach links hinüber. Das Bild, das sich ihm bot, war gleichermaßen eindrucksvoll wie beunruhigend. Vor den milchig weißen Dunstschwaden, die über dem Feld standen, zeichnete sich eine schier endlose Kette dunkler Silhouetten ab. Soldaten, die in einer einfachen Reihe hintereinander auf das Werkstattgelände zurannten. Ihre Zahl ließ sich schwer schätzen, da sich in der Ferne immer neue Gestalten aus dem Nebel schälten, aber fünfzig waren es bisher bestimmt, und es wurden immer mehr.

Hier läuft eine ganze Kompanie auf, dachte er.

Schon erreichte die Spitze der Truppe das Anwesen. Sofort begannen die mit Sturmgewehren bewaffneten Soldaten damit, die Halle einzukreisen; wie eine bewegliche Schlinge legte sich die Schützenkette um das Gebäude.

Holland hörte, wie Zacharias in seinem Rücken gepresst und hektisch in sein Funkgerät sprach, und die Färbung seiner Stimme verriet, dass der Major nicht nur angespannt, sondern auch ärgerlich war.

Es dauerte nicht lange, dann hatten die sowjetischen Infanteristen das Werkstattgelände komplett umstellt.

»Was tun wir jetzt?«, flüsterte Holland, als er mitbekommen hatte, dass Zacharias mit seinem Funkgespräch zum Ende gekommen war. Er wandte sich um.

»Wir haben einen neuen Befehl. Wir sollen nur noch sichern.« Das Antlitz des Majors war jetzt streng und ließ keine Deutung seiner Gemütslage mehr zu. »Wir sichern, und die Freunde handeln.«

Die Freunde. So lautete die etwas flapsige Bezeichnung für die sowjetischen Streitkräfte. Nun hatten sie offensichtlich die Regie übernommen. Und sie selbst waren mit einem Male Zuschauer ihres eigenen Einsatzes.

Holland war irritiert. Die Polizeiführung wusste doch, dass sie hier waren und an einem Plan für die Festnahme arbeiteten.

»Wie soll ich denn hier sichern?«, grummelte Babeck und schnaubte missmutig. »Es gibt kein freies Schussfeld auf die Halle. Egal wo ich hinziele – ich habe immer einen von der Postenkette vor der Flinte. Das ist kreuzgefährlich!«

»Beobachten und bereithalten. Mehr können wir im Moment nicht tun«, entgegnete der Major barsch. »Ihr habt den Befehl gehört. Wir warten ab.«

Holland richtete seine Aufmerksamkeit wieder vollständig auf das Anwesen mit der Werkstatt. Der Aufmarsch der sowjetischen Infanterie war zügig und ohne Lärm vonstattengegangen. Die beiden Flüchtigen in der Halle schienen davon nichts mitbekommen zu haben.

Plötzlich vernahm Holland ein tiefes, dröhnendes Brummen, das schnell stärker wurde. Es kam von links, von draußen. Vom Feld. Sein Blick wandte sich dorthin, doch zunächst konnte er nur eine eckige Kontur erkennen, einen mächtigen Schemen, der wie eine gespenstische Illusion durch den Dunst jagte.

»Scheiße!«, flüsterte er, als er erkannte, was da über den Feldweg auf das Anwesen zupreschte. Es handelte sich um einen sowjetischen Schützenpanzer. Mit seinem stählernen Körper, der einem Sarg nicht unähnlich war, seinen wuchtigen Rädern und dem flachen MG-Turm wirkte er düster und bedrohlich.

Und er war schnell. Schon hatte er die Distanz überwunden und drang auf das Gelände der Werkstatt vor. Sein Motor röhrte dabei derartig laut auf, dass den zwei Soldaten in der Halle die Ankunft des Kolosses keinesfalls verborgen geblieben sein konnte. Und als Angehörige der Armee hatten sie mit Sicherheit ganz genau erkannt, womit sie es zu tun hatten.

Auf dem Vorplatz der Werkstatt wurde der Schützenpanzer langsamer, dann drehte er ein und blieb wenige Meter vor dem blaugrauen Eingangstor der Betonhalle stehen.

Einige Sekunden lang geschah nichts.

Dann erklang der durchdringende Piepton eines Megafons.

»Wnimánije, goworit komandir«, schrillte eine blecherne Stimme. *»Achtung, hier spricht der Kommandeur«*, übersetzte Holland in Gedanken. Die Worte aus dem Megafon hallten bis zu ihnen herüber, und die danach folgende Aufforderung an die Männer in der Werkstatt war ebenso einfach wie eindeutig:

»Das Gebäude ist umstellt. Ergebt euch! Legt eure Waffen nieder und kommt mit erhobenen Händen heraus! Sonst eröffnen wir das Feuer!«

Die Botschaft war nicht auf Verhandlungen ausgelegt.

Holland presste die Lippen zusammen. Angesichts einer solch unmissverständlichen Mahnung rechnete er fest damit, dass sich jetzt das Werkstatttor öffnen würde. Die Flucht der Soldaten war zu Ende. Sie hatten keine Chance zu entkommen. Konzentriert blickte er durch das Teleskop seiner Waffe und wartete auf die Kapitulation der Gesuchten.

Aber es tat sich nichts. Das Metalltor blieb geschlossen.

Da erklang das Megafon noch einmal. *»Hier spricht der Kommandeur. Ergebt euch! Das ist die letzte Möglichkeit!«*

Es erfolgte keine Reaktion. Niemand öffnete das Tor.

Zwei weitere Minuten verstrichen, vielleicht waren es auch drei … Holland konnte sich selbst auf seinem entfernten Posten der Dramatik dieses Stillstands nicht entziehen.

Dann sah er, wie sich der Turm des Schützenpanzers langsam zu drehen begann. Das schwere Maschinengewehr, das wie eine Kanone aus dem runden Aufbau hervorragte und bisher auf das Hallentor gezielt hatte, schwenkte zur Seite und richtete sich steil nach oben.

Plötzlich begann die Mündung des MGs gleißend zu flackern, und ein lautes Rattern schallte über das Feld, während die Projektile in den Himmel rauschten.

Holland zuckte zusammen und presste sich unwillkürlich dichter an die Wand der Grube.

Die schießen wirklich!

Noch gingen die großkalibrigen Geschosse in die Luft, ohne

ernsthaften Schaden anzurichten. Aber die Warnung war unmissverständlich. Und zutiefst aufwühlend.

Das Rattern riss ab.

Der Turm auf dem Schützenpanzer begann sich erneut zu drehen. Der Lauf des Maschinengewehrs senkte sich nach unten und richtete sich wieder auf den Halleneingang.

Das Tor blieb zu.

Holland versuchte, sich vorzustellen, wie es sich anfühlen würde, wenn er sich anstelle der beiden Gesuchten selbst in der Werkstatt befände. Es gelang ihm nicht.

Auf einmal erhob sich ein tiefes, durchdringendes Röhren. Die Motoren des Schützenpanzers tourten hoch. Eine schwarze Abgaswolke stob auf. Dann setzte sich der stählerne Koloss in Bewegung. Langsam rollte er bis zu dem Hallentor vor. Und er hielt nicht an. Die kantige Stahlfront des Panzers drückte sich in die blaugrauen Torflügel und faltete das Blech scheinbar mühelos zusammen. Es ertönte ein lang gezogenes metallisches Ächzen, das wie ein schräger Klagelaut anmutete. Danach barsten die Anker, die den Eisenrahmen des Portals im Beton der Wand gehalten hatten, und das gesamte Tor schlug scheppernd ins Innere des Gebäudes.

Der Schützenpanzer machte noch immer nicht halt. Unerbittlich schob er sich Stück für Stück weiter in die Einfahrt.

Gebannt und erschaudernd zugleich verfolgte Holland das Vordringen des Fahrzeugs. Der Koloss war etwa zur Hälfte in der Werkstatt verschwunden, als drinnen die abgehackten Feuerstöße von Sturmgewehren einsetzten. Doch ihr wirres Stakkato währte nur einen kurzen Moment. Dann brach das schwere Hämmern des Maschinengewehrs vom Turm des Panzers los, und bald war es das einzige Waffengeräusch, das zu ihnen herübertönte. Im Geviert der Toreinfahrt, rund um den schwarzen Umriss des Schützenpanzers, flackerten die Innenwände der Werkstatt im Rhythmus der Schläge hell auf.

Wie lange nun schon?

Die beiden Soldaten in der Werkstatt mussten längst tot sein.

Holland konnte und wollte nicht mehr zusehen. Er rutschte

ein wenig tiefer in die Senke und blickte sich um. Silvio, Ferchow und Babeck verfolgten die Geschehnisse mit starren Gesichtern. Der Major hielt sich das Fernglas vor die Augen und sah ebenfalls in Richtung der Werkstatt, sein linker Zeigefinger verharrte unbewegt neben der Ruftaste des Sprechfunkgerätes. Der Automechaniker hockte zusammengekauert am Boden und presste sich die Handflächen gegen die Ohren.

In diesem Moment riss das Rattern in der Halle ab, und auch der Motor des Schützenpanzers erstarb.

Holland lehnte seinen Kopf an die sandige Wand der Grube.

Die Stille lärmte unerträglich in seinem Kopf.

11

Es war schon dunkel, als er den Neubaublock betrat. Seine Schritte hallten gleichförmig von den Steinstufen des Treppenaufgangs wider, und die schmucklosen Lampen tauchten die frisch gestrichenen Wände in ein gelbliches Licht.

Auf jeder Etage des hellhörigen Hausflurs drang ein anderes Lautgemisch hinter den geschlossenen Wohnungstüren hervor; links waren es gellende Kinderstimmen, rechts der unbeschwerte Dialog einer Fernsehkomödie, etwas weiter oben das Gezänk eines älteren Ehepaars und schließlich die dumpfen Bassschläge von Rockmusik. Der Aufstieg durch das Treppenhaus bot ein unfreiwilliges Konzert der Normalität, das wurde Werner Holland heute zum ersten Mal bewusst, und es entfachte in ihm ein dumpfes Gefühl von Wehmut.

Hinter seiner eigenen Wohnungstür herrschte Stille. Er zog den Schlüsselbund aus der Tasche seiner Wetterjacke und ließ die Tür aufschnappen. Es war nicht abgeschlossen, logisch, denn Christiane würde um diese Zeit zu Hause sein. Meist verbrachte sie die Abende mit den Vorbereitungen für ihren nächsten Unterrichtstag auf der neu angeschafften Couch in ihrem Wohnzimmer. Aber seltsamerweise war die Wohnung jetzt komplett dunkel.

Holland schaltete das Licht im Korridor ein, zog Jacke und Stiefel aus und betrat zuerst die Küche. Als er auch hier den Lichtschalter betätigt hatte, fiel ihm sofort das kleine Arrangement in der Mitte des Tisches ins Auge: eine Flasche Bier, ein Öffner und ein leeres Glas, daneben ein Zettel: »Liebster Schatz, bin total k. o., habe mich schon schlafen gelegt, war ein elend langer Tag heute, und morgen geht es um die Wurst … Ich liebe dich, bis gleich«. Unter den Zeilen in Christianes schöner geschwungener Schreibschrift prangte ein Herz mit einem hineingezeichneten schelmisch grinsenden Gesicht.

Holland musste schmunzeln, dann entfuhr ihm ungewollt

ein Seufzer. Die Worte bedeuteten, dass er den Abend allein verbringen musste.

Die Küchenuhr knackte laut; das tat sie, warum auch immer, zu jeder vollen Stunde, und auch diesmal blickte Holland automatisch hinüber zu dem Ziffernblatt mit dem blauen Zwiebelmuster.

Einundzwanzig Uhr.

Ein später Feierabend, dachte er, und dann fiel ihm auf, dass das Wort Feierabend noch nie so unpassend gewesen war wie nach dem heutigen Tag.

Er hebelte den Kronkorken von der Bierflasche und goss sich das Glas voll. Dann zog er sich einen Küchenstuhl heran und setzte sich an den Tisch. Trank einen Schluck. Lehnte sich zurück. Sein Körper fühlte sich völlig matt an, erfasst von einer völligen Erschöpfung, die ihn schwer auf den Sitz drückte. Aber sein Geist signalisierte ihm, dass da noch so einiges zu denken war, und das hielt die Müdigkeit fern, der er sich jetzt gern hingegeben hätte.

Nach dem Einsatz des Schützenpanzers waren sie von der Einsatzleitung schnell abgezogen worden. Sie hatten den völlig verstörten Automechaniker noch der anrückenden Kriminalpolizei überantwortet. Dann waren sie im Eilmarsch über das Feld zu ihren Autos zurückgekehrt und hatten Gas gegeben. Der Major wollte sie so rasch wie möglich von der Bildfläche haben.

Die Heimfahrt in ihren beiden Ladas hatten sie äußerst wortkarg verbracht, und auch nachdem sie in ihrer Potsdamer Basis angekommen waren, erwähnten sie die Ereignisse auf dem Feld bei Klein Merserow mit keiner Silbe. Ohne dass sie sich bewusst darauf geeinigt hatten, waren die Bewertungen vertagt, die Fragen aufgeschoben und das Erlebte in der Gedankenwelt jedes Einzelnen eingeschlossen worden.

Als bedürfe das Gesehene einen Aufschub, bevor es in Worte gefasst werden konnte.

Stattdessen hatten sie ihre Ausrüstung gereinigt, was nach den Stunden im feuchten Gelände eine zeitraubende Angelegenheit gewesen war. Erst in der letzten Dämmerung hatte Holland das Polizeigelände verlassen.

Jetzt saß er hier in der Küche und fühlte sich allein.

Wie gern hätte er sich mit Chrissi unterhalten. Nicht über das, was ihm heute widerfahren war. Darüber durfte er nicht sprechen, obwohl es kaum auszuhalten war. Auch in der engsten Familie nicht. Das wäre Geheimnisverrat gewesen. Aber er hätte sich Ablenkung gewünscht. Einfach ein bisschen »blöd rumquatschen«, wie Chrissi es immer nannte, sich ihren Schultag erzählen lassen, dabei vielleicht gemeinsam etwas kochen.

Sollte er Christiane aufwecken? Nein, das brachte er nicht übers Herz. Und was würde er ihr dann sagen? Die Normalität, die er sich jetzt herbeisehnte, würde ihm das nicht verschaffen.

Morgen wieder …

Holland trank sein Bier aus. Zeit, den Tag zu Ende gehen zu lassen.

Eine Viertelstunde später schlich er ins Schlafzimmer, sorgsam darauf bedacht, dass Christiane nicht wach wurde. Er verzichtete darauf, das Licht einzuschalten, tastete sich behutsam voran, hob vorsichtig die Daunendecke an und schob sich langsam ins Bett. Im Orangegelb der Wohngebietsbeleuchtung, die einen fahlen Widerschein durch das Fenster in den Raum warf, betrachtete er seine schlafende Frau. Ihr langes blondes Haar umfächerte ihren Kopf, und ihre Gesichtszüge wirkten entspannt wie bei einem Kind. Holland hauchte ihr einen Kuss auf die Wange, dann ließ er sich in sein Kopfkissen sinken.

Eine Weile betrachtete er das sanfte Lichtspiel auf der Zimmerdecke, wo sich die Regentropfen, die an der Fensterscheibe herunterrannen, als ziselierte Wolkenmuster abbildeten.

Irgendwann fielen ihm die Augen zu, und im Grenzland zwischen Wachsein und Traum erschienen die Bilder.

Ein Ozean aus funkelndem Glas, darin ein Auto, die Türen wie überdimensionale Schwingen ausgebreitet in dem vergeblichen Versuch, sich aus den Scherben zu erheben. Ringsum zerrissene schwarze Planen, die in langen Fetzen in den Himmel strebten, wild im Wind zuckend und spitz wie Teufelsklauen. Dazwischen der Körper eines gesichtslosen Mannes, der sich in einer blutigen Uniform aufbäumte, als wäre er darin gefesselt. Der düstere

Umriss der Halle tauchte auf, aber gleich darauf verlor der Bau seine klaren Konturen und glitt weich zur Seite. Oder war es ein Panzer? Die Landschaft begann wild zu flackern.

Holland schreckte hoch. Fahrig versuchte er, sich den Schlaf aus den Augen zu wischen. Er sah hinüber zum Wecker auf seinem Nachttisch, dessen Zeiger in einem matten Grün phosphorisierten. Erst kurz nach zehn. Seitdem er sich hingelegt hatte, war kaum Zeit vergangen. Erschöpft fiel er zurück auf sein Kissen. Er zwang sich, die Augen offen zu halten, und fixierte angestrengt die Tropfenmuster an der Schlafzimmerdecke.

Sie saßen pünktlich am Tisch des Aufenthaltsraums, die Felddienstuniformen sauber, ihre Rücken gerade durchgedrückt. Es war dreizehn Uhr, Mittwoch, der Tag nach ihrem Einsatz bei Klein Merserow. Die Zusammenkunft hatte der Major angeordnet.

Wegen der langen Dienstzeit gestern hatten sie an diesem Morgen zwei Stunden später kommen dürfen, waren dann aber sofort mit einem Sportprogramm konfrontiert worden, das sich gewaschen hatte. Ein Kraftparcours in der Turnhalle auf dem Gelände, dann, nach einer kurzen Erholungspause, ein Lauftraining über fünftausend Meter im benachbarten Polizeistadion. Danach war ihnen ein wenig Zeit zum Duschen und Mittagessen zugestanden worden, und nun warteten sie hier auf das, was ihr Kommandoführer einen »kurzen Nachklapp zum Einsatzgeschehen« genannt hatte. Holland war gespannt, was er ihnen zum gestrigen Tag zu sagen hatte.

Als Zacharias schließlich im Aufenthaltsraum erschien, war Holland überrascht, denn ihr Vorgesetzter kam nicht allein. Gleich hinter ihm trat ein weiterer Uniformierter ins Zimmer: Oberst Ulrich Malycha, der Leiter der Politischen Abteilung.

Sofort schnellten die Mitglieder der Einsatzgruppe von den Stühlen hoch, salutierten und blieben unbeweglich an ihren Plätzen stehen.

»Rühren und setzen!«, befahl der Major, der einen ganz und gar offiziellen Ton anschlug und den lockeren Umgang vermissen ließ, der sonst in ihrem geschlossenen Bereich herrschte. Nachdem alle wieder saßen und auch Zacharias und Malycha mit einigem Abstand von ihnen auf zwei Bürostühlen Platz genommen hatten, erklärte der Major: »Genossen, gestern hat unsere Diensteinheit ihre erste Bewährungsprobe erlebt. Unseren ersten gemeinsamen Einsatz. Ihr alle habt in der Praxis anwenden können, was wir hier Tag für Tag trainieren. Ihr habt Leistungsbereitschaft und Mut gezeigt. Und – wir haben die in uns gesetzten Erwartungen erfüllt. Zwei gefährliche Straftäter wurden gestellt.« Er hielt inne und ließ seinen Blick langsam über die Mitglieder der Gruppe gleiten. Dann sagte er: »Genossen, weiter so!«

Kein einziges Wort davon, dass ihnen »die Freunde« in die Parade gefahren waren, stellte Holland verwundert fest. Warum hatte man das sowjetische Militär antreten lassen, anstatt auf ihre gerade so hochgelobte Einsatzfreude zu vertrauen? Er schielte verstohlen zu Silvio hinüber, aber sein Freund hielt den Kopf nur starr geradeaus gerichtet.

»Ich übergebe das Wort jetzt an den Genossen Malycha, der einige Anmerkungen zu dem gestrigen Fahndungsgeschehen machen wird«, beendete Zacharias seine kurze Ansprache.

Aha, dachte Holland, dann soll wohl der Oberst von der Politabteilung die heiklen Fragen behandeln. Wie er wusste, gehörte Malycha zu den wenigen Funktionären in der Polizeiführung, die über die Aktivitäten der Diensteinheit IX unterrichtet wurden. Er würde ihnen sicher begründen, warum da plötzlich ein Panzer aufgekreuzt war und die beiden Gesuchten regelrecht vernichtet hatte. Die eigenen Leute …

»Genossen«, begann der Oberst. »Wie Major Zacharias schon ausgeführt hat, haben Sie in einem Moment der Bewährung die in Sie gesetzten Erwartungen zur vollsten Zufriedenheit erfüllt. Ihre junge Diensteinheit hat bewiesen, dass man auf sie zählen kann, wenn es darauf ankommt.« Malycha lächelte jovial, dann wurde er wieder ernst. »Sie haben mitgeholfen, dass, Schulter an Schulter mit den Einsatzkräften unserer sowjetischen Bruderarmee, zwei skrupellose Mörder unschädlich gemacht werden konnten. Zwei Verräter, die nicht nur einen Offizier aus ihren eigenen Reihen, sondern auch einen verdienten Genossen der Volkspolizei und zweifachen Familienvater umgebracht haben, ohne auch nur einen Augenblick zu zögern.« Malycha hob den Kopf, dann fügte er hinzu: »Ja, das ist leider die traurige Sachlage. Der Genosse der Schutzpolizei, der die Flüchtigen auf der Straße nach Klein Merserow aufzuhalten versucht hat, ist heute Morgen seinen schweren Schussverletzungen erlegen.«

Holland schluckte. Für einen kurzen Moment sah er wieder den Krankenwagen vor sich, der bei ihrer Ankunft hinter der Straßensperre am Fahrbahnrand gestanden hatte. Und den zitternden Kollegen mit der blutverschmierten Uniformjacke, der so verzweifelt um seinen Streifenführer besorgt gewesen war. *Harry geht es gut …*

Mehrere Sekunden lang herrschte absolute Stille. Holland registrierte, dass die Nachricht auch Silvio, Ferchow und Babeck nicht kaltgelassen hatte. Trotz der lobenden Worte, die ihnen zuvor zuteilgeworden waren, breitete sich im Zimmer eine gedrückte Stimmung aus.

»Ich brauche sicher nicht besonders hervorzuheben, dass die beiden feigen Abtrünnigen auch ihrer Einheit und der ruhmreichen Sowjetarmee einen Bärendienst erwiesen haben.« Der Leiter der Politischen Abteilung schnaufte verächtlich. »Auch wenn sie formal noch Militärangehörige waren, so haben sie sich durch ihre Taten zu nichts anderem gemacht als zu gewöhnlichen Verbrechern!«

Holland sah hinüber zu Zacharias. Der Major saß kerzengerade und beherrscht auf seinem Stuhl und ließ keine Gefühle erkennen. Malycha wechselte unterdessen wieder zu einer wohlmeinenden Miene. »Gerade wegen der tragischen Umstände der gestrigen Fahndungsmaßnahme kann ich Ihnen daher zu Ihrem entschlossenen Handeln nur gratulieren. Ihr Wirken hat entscheidend dazu beigetragen, dass die Täter unschädlich gemacht werden konnten, bevor sie in der Lage waren, weitere Menschen zu verletzen oder gar zu töten. Die Kräfte der sowjetischen Armee, welche die Suche nach den Straftätern von Beginn an engagiert unterstützt haben, konnten durch Ihr professionelles

Handeln schnell und zielgenau zum Einsatz gebracht werden. Dafür übermittele ich Ihnen, dem Kollektiv der Diensteinheit IX, den Dank und die Anerkennung des Chefs der Bezirksbehörde der Volkspolizei, Generalleutnant Herbert Möbius, sowie der Leitung unserer Parteiorganisation!«

In Hollands Magen breitete sich ein flaues Gefühl aus. So hatte er es noch gar nicht betrachtet. Aber was der Oberst gesagt hatte, traf zweifellos zu: Sie selbst hatten durch ihre Funkmeldung das sowjetische Militär samt Schützenpanzer erst zu den Gesuchten geführt. Wenn das auch nicht in ihrer Absicht gelegen hatte. Aber warum nur hatten ihre Vorgesetzten in Potsdam nicht –

Bevor Holland zu Ende denken konnte, ergriff Malycha noch einmal das Wort. »Bezüglich Ihres gestrigen Einsatzes ist übrigens noch eine Frage offen. Eine Frage, die dringend der Klärung bedarf.«

Der Tonfall des Politoffiziers besaß plötzlich etwas Schneidendes, und Holland konnte aus dem Augenwinkel erkennen, dass Zacharias alarmiert die Brauen zusammenzog.

»Heute hat es an dem Objekt, in dem die beiden Deserteure gestellt wurden, einen Zwischenfall gegeben«, erklärte der Oberst. »Am Feldrain nahe der Werkstatthalle haben die Genossen einen Strauß mit frischen Blumen entdeckt, den dort jemand in den frühen Morgenstunden abgelegt haben muss.« Malycha beugte sich vor. »Derjenige hat zweifellos Ortskenntnisse besessen, denn er hat die Handlung begangen, ohne dass die zwei Genossen im Funkstreifenwagen, die das Gelände gesichert haben, aufmerksam geworden sind.« Er schickte einen langen Blick in die Runde. »Deshalb habe ich jetzt eine wichtige Frage an Sie. Hat der Werkstattinhaber Mirko Teschner gestern Ihnen gegenüber erkennen lassen, dass er Verständnis oder Sympathien für das Verhalten der flüchtigen Soldaten hegt? Oder prinzipielle Kritik an den Maßnahmen der sowjetischen Genossen, die über die Verärgerung wegen der entstandenen Beschädigungen an der Werkstatt hinausgeht? Genosse Zacharias?«

»Soweit ich es beurteilen kann, nicht«, antwortete der Major. »Teschner hat sich während des gesamten Einsatzes kooperativ verhalten.« Er sah auf. »Nein. Besondere Sympathien für die Gesuchten konnte ich nicht erkennen. Er hat sich eher vor ihnen gefürchtet.«

»Sind Sie sich da wirklich sicher?«, hakte der Oberst nach, und in seiner Stimme schwang etwas Unnachgiebiges mit. »Wir dürfen an dieser Stelle nicht nachlässig sein! Die Genossen der örtlichen Organe sind seit heute Vormittag damit befasst, den Bürgern von Klein Merserow, die zufällig von Einzelheiten der Fahndungsmaßnahmen Kenntnis erlangt haben, in persönlichen Gesprächen das schädliche Verhalten der Straftäter zu verdeutlichen und sich der Verschwiegenheit der Dorfbewohner zu versichern. Wir können nicht zulassen, dass feindlich-negative Elemente den Sachverhalt zu antisozialistischer Propaganda nutzen oder den Verbrechern öffentlich Beifall zollen!«

Zacharias hob die Schultern. »Zumindest mir gegenüber hat sich Teschner nicht in diese Richtung geäußert. Nach dem Einsatz des Schützenpanzers war er natürlich durcheinander. Aber das halte ich für eine nachvollziehbare Reaktion.«

Malycha nickte, gab sich aber noch nicht zufrieden. »Und die anderen? Haben Sie diesbezüglich etwas gehört?«

Die Runde schwieg betreten. Sie hatten gestern anderes zu tun gehabt, als die politische Haltung des Automechanikers zu überprüfen.

»In Ordnung.« Der Oberst straffte sich. »Dann bleibt mir nur noch, auch Sie noch einmal daran zu erinnern, dass alle Ereignisse des gestrigen Tages der allerstrengsten Geheimhaltung unterliegen.« Er lächelte schmal. »Aber das muss ich in diesem Kreis ja eigentlich gar nicht erwähnen. Freuen Sie sich über Ihren Erfolg!«

Holland war entsetzt. Man hatte nicht einmal versucht zu erklären, warum mitten in ihrem Einsatz das sowjetische Militär übernommen hatte. Ganz zu schweigen von dem drastischen Finale. Stattdessen galt die größte Sorge jetzt offenbar einem harmlosen Blumenstrauß. Aber er brachte nicht den Mut auf, noch einmal nachzufragen.

Malycha und der Major standen auf.

»Die Besprechung ist beendet«, erklärte Zacharias in militärisch knapper Manier.

Alle Mitglieder der Gruppe erhoben sich und standen stramm, während die beiden Vorgesetzten aus dem Zimmer verschwanden.

Holland blies die Luft aus, als er sich sicher sein konnte, dass die Offiziere außer Hörweite waren. Er folgte Silvio, der den Aufenthaltsraum verließ und ihre Unterkunftskammer ansteuerte. Dort warf sich sein Freund der Länge nach auf sein Feldbett. »Puhhh. Zehn Minuten Pause. Dann geht's zum Schießtraining.«

»Bin diesmal nicht dabei«, antwortete Holland und ließ sich auf einem der schlichten Holzstühle nieder. »Ich mache heute früher Schluss. Christiane hat eine Veranstaltung in der Schule. Der Alte war so freundlich, mir dafür freizugeben.«

»Oh … Fein für dich!« Silvio griente breit. »Dann grüß deine Sonne mal von mir!«

»Danke. Mach ich.«

»Eine Veranstaltung in der Schule? Was hast du denn da zu suchen? Willst du jetzt Lehrer werden?«, erkundigte sich Silvio ohne Ernst.

»Nee, das fehlte noch …« Holland winkte ab. »Ist so 'n Freundschaftstreffen. Chrissi hat einen Kampfpiloten eingeladen.«

»Einen Kampfpiloten? Du veralberst mich!«

»Im Ernst. Einen Oberleutnant. Der fliegt 'ne MiG-21.«

»NVA?«

»Sowjetische Armee.«

»Ach.« Silvio hob die Augenbrauen. »Das passt ja!«

»Hmmm.« Holland verzog das Gesicht. Er wusste noch nicht so recht, wie er den Besuch bei Chrissis Veranstaltung mit dem am Vortag Erlebten zusammenbringen sollte, und so hatte er jeden Gedanken daran zunächst aufgeschoben. Was ihm viel dringlicher auf der Seele brannte, war, sich mit seinem Freund über die Umstände des Einsatzes auszutauschen. Dazu hatte er bislang keine Gelegenheit gehabt, aber nun war das Stichwort von selbst gefallen.

»Unsere *Freunde* ...«, begann er und versuchte ein Lächeln. »Ich frage mich, wo die gestern so schnell hergekommen sind.«

»Keine Ahnung.« Silvio schien sich darüber noch keine Gedanken gemacht zu haben. »Die werden ihre Leute genauso verbissen gesucht haben wie wir. Wenn die beiden in der Kaserne einen Offizier plattgemacht haben, ist das auch nicht verwunderlich.«

»Aber gleich in Regimentsstärke?«

»Viel hilft viel.« Silvio zuckte mit den Schultern. »Die hatten wahrscheinlich noch viel mehr am Start.«

»Und wir haben sie erst auf die Werkstatt gestoßen ...« Holland zog die Schultern zusammen.

»So sieht's aus. Über die Einsatzleitung.« Silvio setzte eine ironische Miene auf. »Wozu hat man Freunde?«

»Aber wir sind die Polizei«, brauste Holland etwas heftiger auf, als er beabsichtigt hatte. »Wir hätten die beiden Soldaten vielleicht verhaften können. Sie überraschen. Es gab diesen Tunnel. Wir hätten nur mehr Zeit gebraucht. Man hätte sie nicht gleich zusammenschießen müssen!«

Silvio schwieg eine Weile. Dann sagte er: »Stimmt. Aber das war nicht unsere Entscheidung.«

»Der Einsatzbefehl war eindeutig«, entgegnete Holland trotzig. »Finden und verhaften. Und das hätten wir auch geschafft, da bin ich mir sicher. Wozu reißen wir uns hier eigentlich jeden Tag den Arsch auf, wenn wir dann doch nur zuschauen dürfen?«

»So läuft es nun mal. Wir sind nur ein kleines Rad im Getriebe.« Silvio hob die Hände. »Solche Entscheidungen fallen woanders. Und das ist auch gut so. Ich denke, es steht uns nicht zu, die Befehle unserer Chefetage zu hinterfragen.«

»Die Befehle unserer Chefetage? Oder die der Sowjets?«

»Holland, ich verstehe deinen Frust. Ich habe mich gestern in der verdammten Erdgrube genauso beschissen gefühlt wie du. Aber das ist große Politik. Und in die Politik sollten wir uns nicht einmischen.« Er setzte sich auf dem Feldbett auf. »Was am Ende zählt, ist das Ergebnis. Meinst du, die Angehörigen des erschossenen Schutzpolizisten interessiert es ernsthaft, wer seine

Mörder zur Strecke gebracht hat?« Silvio setzte ein versöhnliches Lächeln auf. »Und außerdem – du hast doch den Alten vorhin gehört. Und den Oberst. Wir haben entscheidend dazu beigetragen, dass die Kerle nicht noch mehr Unschuldige über den Haufen geballert haben. Und nur das zählt.«

Holland schwieg. Wahrscheinlich hatte Silvio recht. Sie waren die Helden. Für Zacharias und den Leiter der Politischen Abteilung gab es augenscheinlich keinen Gesprächsbedarf mehr. Jede offizielle Nachdenklichkeit hatte sich damit erledigt.

Aber ein merkwürdiges Gefühl blieb.

»Tut mir leid«, Silvio sah auf seine Armbanduhr, »aber ich muss zum Schießen. Halt die Ohren steif. Und viel Spaß heute Nachmittag!« Er stand auf und kam zwei Schritte auf Holland zu. »Und das meine ich nicht ironisch!«

»Ich weiß. Danke.« Holland nickte zögerlich. »Ich ziehe mich nur noch um. Dann bin ich auch weg.«

»Wir sehen uns.« Silvio machte auf dem Absatz kehrt und winkte ihm im Hinausgehen zu. »Bis morgen früh!«

»Ja. Bis morgen früh!« Auch Holland deutete einen Gruß an, aber da war sein Freund schon auf dem Flur verschwunden.

12

Dass in dieser Schule heute etwas Besonderes stattfinden würde, war nicht zu übersehen. Obwohl das imposante Bogenportal des Backsteingebäudes noch in der Ferne lag, erkannte Holland schon die beiden großen Banner, die links und rechts des Eingangs aus den Fenstern der Klassenzimmer hingen. Eine schwarz-rot-goldene DDR-Fahne mit dem Emblem in der Mitte und die rote Flagge der Sowjetunion mit dem Symbol aus Hammer und Sichel und dem fünfzackigen Stern.

Holland sah auf seine Armbanduhr. Zehn Minuten vor drei. Genügend Zeit bis zum Beginn von Christianes Veranstaltung. Er hatte sich entschieden, die Strecke von seiner Behörde bis hierher zu Fuß zu gehen. Das helle, fast gleißende Sonnenlicht und das wuselige Treiben in der Potsdamer Innenstadt wirkten befreiend, so empfand es Holland jedenfalls, und er spürte, wie die Beklemmung der Einsatzauswertung allmählich von ihm abfiel.

Als er die Schule fast erreicht hatte, entdeckte er zwei feldgrüne UAZ-Geländewagen und einen dunkelgrauen Wolga, die etwas abseits am Straßenrand parkten. Alle drei Fahrzeuge trugen an ihren Türen das kleine rot-weiße Kreissymbol mit dem kyrillischen Buchstabenpaar CA, was für *Sowjetskaja Armija*, Sowjetische Armee, stand. Die Autos mussten zu der Delegation gehören, die Chrissi für das heutige Freundschaftstreffen eingeladen hatte. Beim Näherkommen fiel Holland auf, dass in jedem der Wagen ein einfacher Soldat in Habachtstellung hinter dem Lenkrad saß; augenscheinlich waren das die Fahrer der Offiziere, die hier auf die Rückkehr ihrer Vorgesetzten warteten. Arme Kerle, dachte er, die würden Sitzfleisch mitbringen müssen, denn die Veranstaltung hatte noch nicht einmal begonnen, und sie würde garantiert nicht so bald zu Ende sein.

Holland erreichte den Schuleingang und schlüpfte in den mächtigen Backsteinbau. Im Inneren schlug ihm eine laue, nach Bohnerwachs riechende Luft entgegen. Mit seinen hohen Gängen und den gotischen Gewölbebögen erinnerte das Gebäude ein wenig an eine alte Kaserne.

Die Veranstaltung fand in der Aula der Schule statt, und Holland musste nur dem Wirrwarr aus hellen Stimmen folgen, um sie zu finden. Als er durch die hohe Flügeltür trat, prallte er zurück, als wäre er gegen eine Wand gelaufen. Der gesamte Saal war zum Bersten gefüllt. In engen Stuhlreihen drängten sich unzählige Kinder und Jugendliche. Die jüngeren unter ihnen trugen weiße Pionierhemden mit blauen oder roten Halstüchern, die älteren die blauen Blusen der FDJ. Alle schwatzten aufgeregt durcheinander.

Über einer Bühne prangten, wie schon am Schuleingang, die Fahnen der Sowjetunion und der DDR, diesmal in Form von überlangen Stoffbahnen, die miteinander verschränkt waren wie zu einem Handschlag. Darunter hing ein Transparent, auf dem handgemalt und übergroß die Worte »DRUSCHBA – FREUNDSCHAFT« geschrieben standen.

Holland reckte den Hals und hielt Ausschau nach seiner Frau. Er entdeckte sie ein Stück abseits der Bühne inmitten einer Gruppe von Männern in sowjetischen Offiziersuniformen. Christiane schien gerade etwas zu erklären. Ihre Arme fuhren in ausladenden Gesten durch die Luft. Auf Hollands Gesicht breitete sich ein stolzes Lächeln aus. In ihrem modern geschnittenen lachsfarbenen Kostüm und mit den langen blonden Haaren sah Chrissi überwältigend aus, und mit ihren fünfundzwanzig Jahren versprühte sie eine jugendliche Frische. Holland hob einen Arm, um auf sich aufmerksam zu machen, aber Christiane war derart in die Unterhaltung vertieft, dass sie ihn nicht bemerkte. Zu ihr nach vorn zu gehen und sie zu begrüßen traute er sich nicht, das wäre ihm vor der Menge von Schülern unangenehm gewesen. So versuchte er es noch einmal mit Winken, doch mehr als den Spott einiger Mädchen, die ihn beobachteten und seine Bewegungen kichernd nachäfften, trug ihm das Manöver nicht ein.

Schnell drehte er sich zur Seite, tat, als hätte er das kleine Schauspiel nicht mitbekommen, und schlenderte zum Ende des Saales. Dort ließ er sich auf einem der letzten freien Stühle nieder. Nur wenig später nahmen vorn in der ersten Reihe auch Christiane und die sowjetischen Offiziere Platz. Eine Schar Unterstufenschüler wieselte auf die Bühne und formierte sich etwas linkisch zu einem dreireihigen Block. Die Kinder waren aufgeregt, das konnte man spüren, und sie tauschten noch ein paarmal hektisch ihre Positionen, aber dann drückten sie die Rücken durch und hoben wie auf Kommando die Köpfe. Die Gespräche im Saal verstummten. Irgendwo zählte eine Frauenstimme bis drei, und dann erklang aus fünfundzwanzig Mündern ein Lied, das Holland noch aus seiner eigenen Schulzeit kannte: »Immer lebe die Sonne«, die Strophen abwechselnd in deutscher und russischer Sprache. Als er die klaren Stimmen hörte, die da so vollkommen ohne jeden Argwohn von der Hoffnung auf Glück und Geborgenheit sangen, und sein Blick dabei langsam hinauf zu den beiden verschränkten Fahnen wanderte, da begann es ihn plötzlich zu frösteln, und in seinem Kopf mischte sich der Klang des Chores mit den Tönen des gestrigen Nachmittags: mit dem Dröhnen des Panzermotors, dem Klirren des Megafons, dem Hämmern des Maschinengewehrs … Holland spürte, wie sich sein Magen zusammenkrampfte.

Die Freunde handeln.

Er holte tief Luft.

Das Kinderlied endete.

Die Töne verstummten.

Applaus.

Er sah Christiane auf die Bühne steigen, selbstbewusst, lächelnd. Wie unbeschwert.

Er musste sich zusammenreißen!

Christiane trat hinter das Pult, ließ noch einen Augenblick verstreichen, nickte hier und da ins Publikum. Dann hatte sie die volle Aufmerksamkeit.

»Liebe Schüler«, begann sie. »Ich möchte euch bitten, euch einmal kurz zurückzuerinnern, wie ihr heute früh in unsere Schule gekommen seid. Sicher habt ihr alle das schöne Wetter genossen. Ihr wart zu Fuß unterwegs, mit dem Fahrrad, oder ihr habt die Straßenbahn genommen. Ich überlege gerade, worüber ihr auf eurem Schulweg wohl nachgedacht habt. Vielleicht über die neuesten Erlebnisse zu Hause? Über einen spannenden Kinofilm? Über das, was euch im Unterricht erwartet?« Christiane sah zu einer Gruppe Zehntklässlerinnen und lächelte verschwörerisch. »Oder darüber, ob eine bestimmte Person heute auf euren Liebesbrief antworten wird.«

Einige der Mädchen gackelten verschämt. Christiane wartete einen Moment, dann verlieh sie ihrer Stimme einen feierlichen Klang. »Worüber ihr auch immer heute Morgen auf dem Schulweg nachgedacht habt – etwas sehr Wichtiges habt ihr dabei möglicherweise vergessen.« Sie legte ihre Arme links und rechts an das Rednerpult, dann sah sie auf und sagte: »Den Frieden!«

In der Aula herrschte Schweigen. Die Kinder wechselten unsichere Blicke.

»Wir haben im Unterricht oft über das Grauen des Zweiten Weltkrieges gesprochen. Es liegt heute fast auf den Tag genau dreißig Jahre zurück, dass auch in unserer Stadt Bomben fielen«, fuhr Christiane fort. »Und es ist eine Errungenschaft unserer sozialistischen Gesellschaft, dass *ihr* so etwas nicht mehr erleben müsst. Aber diese Errungenschaft ist nicht selbstverständlich. Sie muss jeden Tag aufs Neue verteidigt werden! Dafür braucht es Mut, und dafür braucht es starke Freunde. Freunde, auf die man sich verlassen kann.« Damit drehte sich Christiane zu den Plätzen um, auf denen die sowjetische Abordnung saß. »Und um nichts anderes geht es heute. Um Freundschaft. Weil wir nur gemeinsam stark sind!« Christiane schickte eine einladende Geste in Richtung der Uniformierten. »Ich darf nun einen ganz besonderen Gast zu mir nach vorn bitten: Oberleutnant Vitali Wolkow, Kampfpilot in einer Jagdfliegerstaffel der sowjetischen Luftstreitkräfte, die in unserem Bezirk stationiert ist. *Dobro poschálowatch!* Herzlich willkommen!«

Beifall brandete auf, der offenkundig Christiane und dem angekündigten Jagdpiloten gleichermaßen galt. Auch Holland klatschte in die Hände. Der Auftritt seiner Frau hatte ihn beeindruckt und auch ein wenig verblüfft. Von all der Aufregung, mit der Chrissi diesem Nachmittag entgegengesehen hatte, war nichts mehr zu spüren. Ganz im Gegenteil. Sie schien ihre Rolle als Gastgeberin regelrecht zu genießen.

Im Saal machte sich unterdessen eine gespannte Unruhe breit. Holland lehnte sich zurück und beobachtete, wie ein schlanker, sportlicher Offizier das Podium erklomm. Wolkow mochte etwas über dreißig Jahre alt sein, und seine Bewegungen drückten ein gelassenes Selbstbewusstsein aus. In seiner rechten Hand trug er eine große Tasche aus grünem Stoff, was die Neugier im Saal noch erhöhte. Neben dem Piloten ging ein zweiter Offizier nach vorn, hoch aufgeschossen und in makelloser Ausgangsuniform. Ein Leutnant. Er war etwas jünger als Wolkow und ließ gegenüber dem Jagdflieger deutlichen Respekt erkennen.

Die beiden nahmen auf zwei Stühlen Platz, die schon für sie bereitgestanden hatten, und Christiane stellte vor jedem von ihnen einen Ständer mit einem Mikrofon auf. Dann verschwand sie von der Bühne.

Sofort wurde es wieder ruhig im Saal.

Wolkow klopfte kurz an sein Mikrofon, dann lächelte er und sagte: *»Rebjata!«*

»Kinder!«, dolmetschte der jüngere Offizier neben ihm.

Der Jagdflieger ließ eine kleine Pause, dann sprach er weiter, immer übersetzt von seinem Begleiter. »Danke, dass ich heute bei euch sein darf! Und wisst ihr was? Ihr erinnert mich an jemanden …« Er hielt den Kopf schräg. »An mich selbst! Als ich in meine Schule gegangen bin. In einer kleinen Stadt in der Nähe von Moskau. Ich war damals ebenso neugierig wie ihr jetzt. Oft habe ich im Klassenzimmer aus dem Fenster geblickt, hinauf in den blauen Himmel, und Ausschau nach Flugzeugen gehalten. Und währenddessen habe ich davon geträumt, später einmal ein Pilot zu werden.« Wolkow hob die Hände und grinste schelmisch. »Und jetzt sitze ich hier vor euch auf einer Bühne und bin ein alter Mann …«

Im Saal ertönte ein vielstimmiges Lachen.

»Aber das mit dem Piloten – das hat geklappt!«, schickte er hinterher.

Wieder wurde gelacht.

Der Kerl versteht es, sein Publikum für sich zu gewinnen, dachte Holland, das wird sicher unterhaltsam.

Mehr als eine Stunde lang erzählte Wolkow von seiner Arbeit. Über sein Jagdflugzeug, die MiG-21. Über seine Ausbildung. Seine Flüge. Und das Gefühl, mit Überschallgeschwindigkeit durch die Lüfte zu jagen. Zwischendurch ermutigte er die Kinder und Jugendlichen immer wieder, ihre Fragen zu stellen. Und davon gab es viele. Ob er schon einmal in einem Krieg war? Nein. Hat seine Familie Angst um ihn? Nein. Vielleicht. Eher Sorge. Ein Lächeln. Hat er selbst manchmal Angst? Ja, manchmal. Aber niemals beim Fliegen. Wieder ein Lächeln. Was passiert, wenn das Flugzeug da oben plötzlich kaputtgeht? Oder getroffen wird? Dann gibt es den Schleudersitz. Der katapultiert einen hinaus, so schnell, dass man dabei ohnmächtig wird. Aber wenn man hinterher mit dem Fallschirm zu Boden gleitet, wacht man wieder auf und landet sicher ...

Die Kinder waren beeindruckt, das konnte Holland spüren. Er hörte ja selbst ganz gebannt zu.

Am Ende lüftete der Jagdpilot noch das Geheimnis der großen Stofftasche, die er mit auf die Bühne gebracht hatte. Er stand auf, öffnete den Verschluss und zog einen kompletten Druckanzug mit geschlossenem Fliegerhelm hervor. Er hielt seine Cockpitmontur in die Höhe, die eine gewisse Ähnlichkeit mit einem Weltraumanzug hatte, und wartete eine kleine Weile ab, während in den Stuhlreihen beeindruckte Blicke gewechselt wurden. Schließlich erklärte Wolkow, dass der Kosmonaut Juri Gagarin, der erste Mensch im Weltall, Sohn einer einfachen Bauernfamilie, auch Jagdflieger gewesen sei und dass es sich immer lohne, für seine Träume zu kämpfen. Dann zwinkerte er in den Saal und setzte hinzu: »Und zu lernen!«

Wie aufs Stichwort erschien Christiane mit zwei großen Blumensträußen auf der Bühne und bedankte sich mit strahlendem Gesicht im Namen aller Schüler und Lehrer bei Wolkow und seinem Übersetzer. Holland erhob sich. Er konnte es kaum erwarten, Chrissi zu gratulieren.

Nachdem die Gäste die Bühne verlassen hatten, quollen die Schüler lärmend aus den Stuhlreihen hervor und verwandelten den Seitengang in einen wahren Mahlstrom, der einer geöffneten Flügeltür auf der gegenüberliegenden Seite des Saales zustrebte. Holland blieb nichts anderes übrig, als sich mit der Menge treiben zu lassen. So gelangte er in einen zweiten, neben der Aula liegenden Saal, der etwas kleiner war, dafür aber eine lange Fensterfront besaß. An der Stirnseite des Raumes waren Tische aufgebaut, die mit Speisen und Getränken gefüllt waren.

»Holland!«, hörte er Christianes Stimme rufen, und im selben Augenblick entdeckte er sie am rechten Ende der Tischzeile, wo sie neben einem sowjetischen Offizier und einer Frau mit blonden Locken stand und stürmisch zu ihm herüberwinkte.

Als er seine Frau erreichte, schloss er sie fest in die Arme und sagte: »Meinen riesigen Glückwunsch, Chrissi – das hast du super gemacht. Ein echt toller Nachmittag!«

Das Lob meinte er vollkommen ernst. Er bewunderte sie für das, was sie hier zustande gebracht hatte. Ihn selbst hätte die Organisation einer solchen Veranstaltung an den Rand der Verzweiflung gebracht. Und eine Rede zu halten wäre die Höchststrafe gewesen.

»Danke, dass du gekommen bist!«, erwiderte Christiane und drückte ihn an sich. »Das bedeutet mir wirklich sehr viel. Ich finde auch, das ist eine runde Sache geworden.« Sie trat einen Schritt zurück und wies auf den Offizier und die Frau, die neben ihr standen. »Ohne die zwei hier hätte ich das übrigens nie geschafft: Sergej Borisowitsch Stepanow. Der Verbindungsoffizier der Potsdamer Garnison. Und Tatjana, seine Frau. Die beiden haben mir auch den Kontakt zu Vitali Wolkow verschafft.« Christiane legte Holland eine Hand auf den Arm und fügte in Richtung ihrer Gäste hinzu: »Und das ist mein Mann. Werner. Aber alle nennen ihn nur Holland.«

Sie schüttelten einander die Hände. Holland erkannte in dem schlanken, hochgewachsenen Offizier den Mann wieder, der für Wolkow gedolmetscht hatte. »Sergej und Tatjana …«, sagte er. »Meine Frau hat schon viel von Ihnen beiden erzählt!«

»Ich hoffe, nur Gutes?«, sagte Sergej mit einem offenherzigen Lächeln. Der Mann war Holland sofort sympathisch.

»Selbstverständlich«, antwortete er. »Es freut mich, dass wir uns heute einmal persönlich begegnen.«

»Ja, es wurde wirklich Zeit! Das haben wir uns schon lange gewünscht«, warf Tatjana ein und lächelte ebenfalls. Holland stellte erstaunt fest, dass Stepanows Frau genau wie ihr Mann Sergej fließend Deutsch sprach. Zu ihrer blonden Lockenfrisur trug sie ein leuchtend gelbes Kleid, und auch ihre in kräftigem Rot lackierten Fingernägel verrieten Freude an auffälligen Farben.

»Wie lange leben Sie schon in Potsdam?«, fragte Holland.

»Im Mai sind es drei Jahre. Unsere Tochter Natascha ist hier geboren.« Im Gesicht des Offiziers erschien ein stolzes Strahlen.

»Ihr erstes Kind?«

»Nein, Natascha hat noch eine größere Schwester. Larissa. Sie ist schon fünf. Die beiden sind gerade bei Tatjanas Schwester. Sie lebt auch in der Garnison.«

»Ah.« Holland neigte den Kopf. »Wir haben noch keine Kinder.«

»Nur Mut!« Sergej zwinkerte Holland zu und klopfte ihm auf die Schulter. »Kinder sind das Schönste, was es gibt!«

»Ja.« Er nickte. »Zweifellos.«

»Was machen Sie eigentlich beruflich?«, fragte Sergej. »Christiane hat uns nur erzählt, dass Sie für eine Behörde tätig sind …«

»Ich bin Polizist«, erklärte Holland. Jetzt musste er vorsichtig sein.

»Ah, Miliz. Auch ein Dienst in Uniform. Sehr gut! Da erleben Sie sicher sehr viel.«

»Na ja. Das klingt immer spannender, als es eigentlich ist.« Holland bemühte sich, einen möglichst gelangweilten Gesichtsausdruck hinzukriegen. »Das meiste ist Schreibarbeit.«

»Das kenne ich!« Sergej winkte lachend ab. »Das ist bei uns auch nicht anders.« Dann deutete er zum Fenster hinaus. »Aber Sie leben in einer sehr schönen Stadt. Voller Geschichte und Kultur. Tatjana und ich, wir fühlen uns hier sehr wohl.«

»Ja, das stimmt. Potsdam ist wirklich sehr schön«, bestätigte

Holland, erleichtert, dass er nicht weiter über seinen Beruf sprechen musste.

»Und Sie haben eine außergewöhnliche Frau.« Sergej nickte ihm anerkennend zu. »Sie müssen ein glücklicher Mensch sein.«

»Ja, das bin ich.« Holland nahm Christiane in den Arm. Der Offizier hatte recht. Er sollte sich glücklich schätzen.

»Ich muss mich jetzt leider entschuldigen«, meinte Sergej und wies quer durch den Raum auf einige Uniformierte aus seiner Delegation, die etwas betreten neben Gunnar Schubert, dem Schuldirektor, standen und hilfesuchend herüberblickten. »Ich glaube, meine Kollegen benötigen meine Hilfe als Übersetzer.« Er klopfte Holland nochmals auf die Schulter. »Es hat mich gefreut, Towarischtsch Holland. Ich bin mir sicher, wir begegnen uns wieder.« Damit drehte er sich um und eilte zu seinen Landsleuten.

»Und wir entschuldigen und auch mal kurz«, flüsterte ihm Chrissi ins Ohr. »Wir haben noch ein paar Kleinigkeiten zu besprechen. Mädchenkram.« Sie grinste frech. »Ich komme gleich wieder zurück. Nimm dir inzwischen was zu essen.«

Damit hakte sie sich bei Tatjana ein, und die beiden verschwanden kichernd in der Menge.

Holland blickte sich um. Auf der Tischzeile, die mit bestickten Deckchen belegt war, entdeckte er mehrere Samoware, die typischen russischen Teekocher, die sich Christiane extra für diese Veranstaltung zusammengeborgt hatte. Daneben reihten sich Porzellanschüsseln aneinander, in denen Pelmeni schwammen, kleine, mit Hackfleisch gefüllte Teigtaschen, ein Klassiker der russischen Küche. Und auf großen runden Tellern stapelte sich selbst gebackener Kuchen.

Hinter der improvisierten Speisetheke wuselten Mädchen aus Christianes Arbeitsgemeinschaft hin und her. Sie hatten sich große weiße Schleifen in die Haare gebunden und bedienten ihre Mitschüler, Lehrer und Gäste mit einer Beflissenheit, als wären sie Angestellte in einem großen Moskauer Hotel. Der kleine Saal platzte fast aus den Nähten. Überall ballten sich Trauben von Schülern, die in lautstarke Gespräche vertieft waren, während

Vitali Wolkow neben der Tür einem Pulk von aufgeregten Pionieren Autogramme auf Halstücher und in Schreibhefte kritzelte.

Holland wurde von einem bedrückenden Gefühl ergriffen. Das bunte Gemenge, die vielen lachenden Gesichter und die sympathischen Begegnungen dieses Nachmittags standen in einem fast unerträglichen Kontrast zu dem, was er gestern bei seinem Einsatz erlebt hatte.

Es war, als wäre er im Abstand von nur vierundzwanzig Stunden in zwei völlig gegensätzliche Welten eingetaucht. Zwei Wirklichkeiten, die er einfach nicht zusammenbrachte und die jetzt in seinem Kopf wild aufeinander einzustürzen drohten.

Das wollte, das durfte er nicht zulassen! Er brauchte Klarheit. Die hatte er schon immer gebraucht. So wie im Sport. Eindeutige Werte. Und das Gefühl, dass er auf der richtigen Seite stand. Sollte das jetzt plötzlich in Frage stehen?

Nein. Er musste sich nur umsehen. Das hier, dieser Nachmittag, das war die richtige Welt! Und das, was ihnen die zwei bewaffneten Deserteure aufgezwungen hatten, die falsche. Seine Aufgabe war es jetzt, seine Klarheit wiederzufinden. Silvio hatte recht. Holland war für die Entscheidungen anderer nicht verantwortlich. Nicht für die Entscheidungen der beiden Fahnenflüchtigen und nicht für die der Einsatzleitung oder des Kommandeurs im Schützenpanzer. Er hatte seinen festen Platz im Getriebe. Und genau dort musste er gut sein. Sonst nichts. So würde er es auch in Zukunft halten.

Klein Merserow sollte er so schnell wie möglich vergessen.

Er ging zum Tisch und bat um einen Tee. Eine sommersprossige Schülerin aus Christianes AG, die ahnte oder wusste, dass er der Mann ihrer Lehrerin war, gab sich besondere Mühe, ihm das heiße Getränk zuzubereiten. Holland bedankte sich. Gerade als er den ersten Schluck getrunken hatte, sah er Chrissi mit strahlendem Gesicht auf sich zukommen.

Er zwinkerte ihr zu und lächelte. Dies hier war die richtige Welt! Und die würde er sich nicht kaputt machen lassen.

13

Verlorenwasser, 2005

In der Baracke herrschte Stille. Unbewegt standen sich Werner Holland und seine Kidnapperin gegenüber, zwischen sich nur das schwere eiserne Gitter, das die ehemalige Waffenkammer vom Mittelgang trennte. Und die Geschichte, die Holland Alina gerade erzählt hatte. Der Bericht von den Ereignissen, die sich im April 1975 bei Klein Merserow zugetragen hatten.

Sein erster Einsatz ...

Dreißig Jahre lag er jetzt zurück. Dreißig Jahre und eine Zeitenwende.

Kirill Petuchow.

Lukjan Kudrjawzew.

Sogar an die Namen der beiden Deserteure hatte sich Holland noch erinnern können. Als hätten sich die Geschehnisse damals klammheimlich mit all ihren Einzelheiten in seinem Kopf eingenistet. Obwohl er seinerzeit alles darangesetzt hatte, diese verhängnisvollen Stunden so gut es ging aus seinem Gedächtnis zu löschen.

Und nun stand er hier, drei Jahrzehnte später, in einem verlassenen Barackencamp am Ende der Welt, und diese verdammte Geschichte war mit voller Wucht zurückgekehrt ...

Ja, er hatte damals durch seinen Einsatz indirekt dazu beigetragen, dass die sowjetische Infanterie die Desertierten aufspüren konnte. War er deswegen ein Mörder?

Er sah auf. Alina fixierte ihn regungslos.

»Welcher von beiden war es?«, platzte es aus ihm heraus. Er konnte die Stille nicht mehr ertragen.

»War was?«

»Ihr Bruder. Petuchow oder Kudrjawzew?«

Alina antwortete nicht darauf.

»Die Soldaten sind von der Hand ihrer eigenen Kameraden

gestorben. Das war eine regelrechte Hinrichtung«, brachte er hervor. »Genauso, wie ich es Ihnen erzählt habe. Was Ihre Landsleute getan haben, ist nicht meine Schuld. Und auch nicht die meiner Kollegen.«

»Unsere Armee tötet ihre eigenen Leute? Mitten in der DDR? Mit einem Panzer?« In Alinas Züge schlich sich ein abfälliges Lächeln. »Wenn es wirklich so gewesen ist, wie Sie es hier dargestellt haben, warum hat es dann keinen Aufschrei gegeben? Schließlich herrschte eine unverbrüchliche Freundschaft zwischen der DDR und der Sowjetunion. So ein Schönheitsfleck hätte doch für Diskussionen gesorgt. Hätte Fragen provoziert.«

»Fragen? An wen? An uns?« Holland hob die Schultern. »Uns gab es nicht.«

»Nicht an Sie. An die Behörden allgemein. Die Regierung. Die Partei ...«

»Und wer hätte die Fragen stellen sollen?«

»Die Bürger? Die Einwohner von Klein Merserow zum Beispiel? Der Werkstattbesitzer, der bei Ihnen war und alles gesehen hat?«

»Heute würde das zweifellos passieren. Aber damals?« Holland schüttelte den Kopf. »Das wurde unter der Decke gehalten. Mit allen Mitteln. Wer etwas mitbekommen hatte, behielt das für sich. Oder wurde ›überzeugt‹, es zu tun. Vielleicht gab es mal Getuschel. Gerüchte. Hier und da eine Bemerkung. Aber große öffentliche Diskussionen? Ausgeschlossen. Das war ein Tabu. Ein verbotenes Terrain.« Holland hob die Hände. »Und der Automechaniker? Der wird mit Sicherheit auch den Mund gehalten haben.«

Holland hatte nach dem Einsatz damals tatsächlich noch ein paarmal an Mirko Teschner denken müssen. Sie hatten nie einen Bericht erhalten, was mit ihm geschehen war. »Ich vermute, man hat ihm die Werkstatt still und leise wieder aufgebaut. Die Schäden ersetzt. Und ihn im Gegenzug dazu verdonnert, die Sache aus seinem Kopf zu streichen. Und er wird sich tunlichst daran gehalten haben.« Er sah Alina an. »Das war eine private Werkstatt. Eine Bastlerbude. Wirtschaftlich und steuerlich garantiert in der Grauzone. Die Staatssicherheit hätte tausend Möglichkeiten gehabt, die Daumenschrauben anzuziehen.« Er schüttelte noch einmal den Kopf. »Nein, bei solchen Ereignissen ist selten etwas nach außen gedrungen. Was die ›Freunde‹ taten, war nicht zu kritisieren.«

Es entstand eine Pause.

»Und die Diensteinheit IX hätte alles besser gemacht? Sie hätten die beiden Geflohenen wirklich nur verhaftet?«, fragte Alina dann lakonisch. »Falls das Militär nicht aufgetaucht wäre?«

»Dafür waren wir ausgebildet. Wir hätten es zumindest versucht.«

»Und wenn sich die zwei gewehrt hätten? Wären Sie und Ihre Leute dann davongelaufen?« Sie blitzte ihn herausfordernd an. »Nein, garantiert nicht. Ihre Spezialeinheit hätte genauso geschossen!«

»Ja.« Holland nickte. »Natürlich hätten wir dann reagiert.« Er versuchte, sich zu erinnern, wie er damals über die Anwendung tödlicher Gewalt gedacht hatte. Mit seinen fünfundzwanzig Jahren, als er gerade ein halbes Jahr Mitglied der Einheit gewesen war. Sie hatten im Training unzählige Male auf Pappbögen und Blechscheiben gefeuert, die in groben Umrissen ihre Gegner darstellten. Zweifel über ihr Vorgehen waren nie ein Thema gewesen. Nur die Treff-Ergebnisse. Er hatte niemals auch nur im Geringsten hinterfragt, ob er im Ernstfall abdrücken würde. »Wenn uns die beiden bedroht hätten, wäre uns nichts anderes übrig geblieben.«

»Soll ich Sie deswegen bedauern?«, entgegnete Alina mit beißender Ironie.

»Nein.« Holland schnaufte. »Sie sollen nur verstehen, wie das damals war. Wir hatten unsere Befehle. Und die haben wir befolgt.« Er hob den Kopf. »Diese Befehle lauteten jedoch nicht, die Gesuchten zu liquidieren. Wir sollten sie, wenn irgend möglich, festnehmen. Wir waren keine Killer!«

»Nein?« Alina lächelte kühl. »Und trotzdem stehen Sie jetzt hier …« Sie trat einen Schritt zurück und wirkte plötzlich abgeklärt und formal. »Haben Sie noch etwas hinzuzufügen?«

»Das habe ich nicht.« Auch Holland wich einen Schritt vom Gitter zurück. Er fühlte sich wie ein Delinquent, und irgendwie war seine Situation ja auch nicht so weit weg davon.

»Eine schöne Geschichte. Und damit, denken Sie, ist die Sache für Sie erledigt?«

Holland antwortete nicht. Er wusste nicht, was er erwidern sollte. Die Reise in die Vergangenheit hatte ihn aufgewühlt und zugleich erschöpft. Er versuchte, die Regungen in Alinas Antlitz zu deuten, aber es gelang ihm nicht. Wie das Warten auf ein Urteil, dachte er.

Dann griff Alina langsam unter ihr Kapuzenshirt und zog ihre Pistole hervor. Das schwarze Metall glänzte matt. Nachdenklich wiegte sie die Waffe in der Hand. »Ich hatte vom Lügen gesprochen, Herr Holland, erinnern Sie sich?«, meinte sie, ohne ihn dabei anzusehen.

Holland wollte schlucken, aber sein Rachen war wie zugeklebt. »Ich habe die Wahrheit gesagt«, sagte er tonlos.

Alina musterte ihn aufmerksam, beinahe so, als wäre er ein Proband in einem Experiment. »Sie schwitzen, Herr Holland. Haben Sie Angst?«

Ja, die hatte er, verdammt! Sah so sein Ende aus? Verrückterweise sah er plötzlich die Shih-Tzu-Dame vor sich, die alte Frau mit dem verstrubbelten kleinen Hund, die ihm jeden Morgen beim Joggen im Park begegnete. Immer zur gleichen Zeit und immer fast an derselben Stelle. Womöglich wäre sie der einzige Mensch, dem sein Fehlen auffallen würde. Zunächst wäre sie sicher nur etwas verwundert, einige Tage später schrieb sie sein Fernbleiben vielleicht einer Krankheit oder Verletzung zu oder einem längeren Urlaub. Und schließlich würde sie ihn vergessen haben.

Zu seiner Frau hatte er keinen Kontakt mehr. Und mit seiner Tochter Jenny, die sich nach der Scheidung mehr an Christiane gehalten hatte als an ihn, telefonierte er nur zum Geburtstag oder am Jahresende. Die ganzen letzten Jahre war er stoisch seinen einsamen Weg gegangen, hatte den Schmerz, den ihm die Trennung von seiner Familie zugefügt hatte, tief in seinem

Inneren eingeschlossen. Und auch sonst gab es niemanden, der ihm wirklich nahe war. Seine Eltern lagen auf dem Friedhof. Freunde oder ehemalige Kollegen traf er kaum. Niemand würde ihn vermissen, wenn er von einem Tag auf den anderen von der Bildfläche verschwand. Jedenfalls nicht so bald. Ein erdrückendes Gefühl der Einsamkeit umfing ihn wie mit unsichtbaren Tentakeln.

Und Alina? War sie jetzt an dem Punkt, ihre Rache in die Tat umzusetzen? Er sah sie an. Nein, in ihren Augen las er etwas anderes. Das war nicht der selbstgewisse Blick einer Richterin, die sich am Ziel ihrer Untersuchung angekommen wähnte. Da war Argwohn. Misstrauen.

»Ich habe nicht gelogen«, bekräftigte er noch einmal.

»Auch die Auslassung ist eine Lüge!«, entgegnete sie forsch.

»Ich habe Ihnen alles erzählt, was damals passiert ist.« In Holland wallte plötzlich ein hilfloser Zorn auf, und seine Stimme wurde laut. »Wollen Sie mich jetzt bestrafen, weil ich mich vor dreißig Jahren an einer Fahndung nach zwei gesuchten Verbrechern beteiligt habe? Nach zwei Mördern, die einen ihrer Offiziere erschossen haben? Und einen Polizisten, der sie bei ihrer Flucht verfolgt hat – einen Vater von zwei kleinen Kindern?«

»Mein Bruder war kein Mörder!«, schrie Alina zurück.

»Aber unsere Informationen waren eindeutig. Zumindest einer von den beiden hat geschossen.«

»Mein Bruder nicht!« Alina richtete ihre Waffe auf Hollands Brust und sah ihn kalt an. »Weil er keiner von den beiden war.«

Hollands Gesichtshaut kribbelte. Er wusste nicht, wie viele Sekunden vergangen waren. Oder Minuten. Die Stille in der Baracke war eisig. Alina hatte nicht geschossen.

»Wie …?«, fragte er irgendwann.

»Nicht schlecht, Ihr Ablenkungsmanöver! Die Geschichte von einem Fünfundzwanzigjährigen, der nur Anordnungen befolgt.« Die Stimme seiner Kidnapperin troff vor Sarkasmus. »Ein kleiner Untergebener, der selbst nichts entscheiden kann und gezwungen ist, sich mit den Umständen zu arrangieren …

Aber so ist es nicht geblieben, nicht wahr? Irgendwann kamen die Befehle von Ihnen selbst! Langsam ist es an der Zeit, dass Sie die Karten auf den Tisch legen.« Sie fixierte ihn lauernd und fügte hinzu: *»Hauptmann Holland!«*

Die letzten beiden Worte hallten wie Peitschenhiebe durch den Flur.

Holland holte tief Luft, bevor er zögernd antwortete: »Das stimmt. Ich habe die Einheit später geleitet. Eine Zeit lang.« Er überlegte fieberhaft. Was war damals passiert, das sie ihm vorwerfen konnte? Das ihn in ihren Augen zu einem Mörder machte? Was konnte sie …

Genau in diesem Moment entdeckte er die Kinder.

Zuerst dachte er, er hätte sich geirrt. Wäre in seiner Anspannung einem Trugbild aufgesessen. Doch nein, das war keine Täuschung! Durch das Fenster in Alinas Rücken, das Fenster in ihrem »Büro«, konnte er eine Bewegung ausmachen. Zwei Schemen, die draußen langsam durch das hohe Gras des Campgeländes streiften. Gar nicht weit weg von ihrer Baracke. Es waren zwei Jungs, erkannte er. Ungefähr zehn Jahre alt. Arglos und unbeschwert. Es sah aus, als wären sie mit dem Areal vertraut. Zwei Kinder aus dem Dorf am südlichen Waldrand vielleicht, die das verlassene Anwesen als Abenteuerspielplatz nutzten. Sicher kannten sie genügend Löcher in dem verrosteten Drahtzaun, um auf das Gelände zu gelangen. Oder sie hatten sich welche geschaffen.

»Und? Warum auf einmal so still? Weiter haben Sie dazu nichts zu sagen?«, fragte Alina. Sie musterte Holland misstrauisch.

Scheiße! Er musste aufpassen, durfte seine Entdeckung nicht durch eine verdächtige Zögerlichkeit oder einen auffälligen Blick verraten. *Einfach weitersprechen. Alinas Aufmerksamkeit binden.*

»Was wollen Sie noch?«, gab er heftig zurück. »Sie werden mich auch damit nicht zu einem Mörder machen. Weil ich keiner bin!« Er bewegte sich am Gitter hin und her, ganz der nervöse Angeklagte, eine Rolle, die ihm nicht sonderlich schwerfiel, denn genau so fühlte er sich. Aber jetzt war diese Unruhe von ihm völlig beabsichtigt, verschaffte sie ihm doch die Gelegenheit, von

Zeit zu Zeit an Alina vorbei nach draußen zu sehen, ohne dass sein Interesse zu offensichtlich wurde.

Die Jungen kamen näher. Sie schienen die Baracke jetzt direkt anzusteuern. Noch immer völlig ahnungslos. Oder hatten sie etwa …?

»Sie haben in Ihrer Dienstzeit noch mehr solcher ›Begegnungen‹ gehabt. Begegnungen mit geflohenen Soldaten der sowjetischen Armee«, sagte Alina drohend. »Oder täusche ich mich da?«

»Mit Deserteuren?«

»Mit jungen Wehrpflichtigen, die ihre Einheiten aus unterschiedlichen Gründen verlassen haben.«

Holland registrierte, dass Alina den Begriff »Deserteur« sorgsam vermied. Offenbar sah sie ihren Bruder nicht in der Rolle eines Rechtsbrechers. Wie sollte sie auch? Sie war seine Schwester, und ohne jeden Zweifel hatte er ihr sehr viel bedeutet. Sonst stünde sie jetzt nicht hier.

Weitersprechen …

»Ja, Sie haben recht.« Holland blieb in Bewegung. »Wir hatten solche Einsätze öfter. Manchmal sogar mehrmals im Jahr. Ein paar Festnahmen haben wir eigenhändig durchgeführt. Aber meist kamen wir nicht einmal in die Nähe der Gesuchten. Die Fahndungsgebiete waren einfach zu groß, und es gab viele Beteiligte. Schutzpolizei. Bereitschaftspolizei. Kripo. Staatssicherheit. Und natürlich die Sowjets selbst. Wenn die ihre Leute vorher erwischt haben, und das haben sie öfter, dann waren die anderen raus. Meist sind wir unverrichteter Dinge wieder abgerückt.« Holland hob den Kopf und fügte hinzu: »Und eines kann ich Ihnen versichern: Unter meinem Kommando ist nie jemand zu Tode gekommen!«

Er hatte die letzten Sätze laut und entschieden ausgesprochen, und seine eigenen Worte hallten in seinen Ohren nach, sodass er Alinas Erwiderung fast überhört hätte.

»Das stimmt nicht«, sagte sie kaum vernehmlich. »Und das wissen Sie ganz genau!«

Holland fuhr sich mit den Händen über den Kopf. Noch einmal wagte er einen schnellen Blick über Alinas Schulter nach draußen. Unwillkürlich zuckte er zusammen. Die Kinder standen jetzt direkt am Fenster. Einer der Jungs reckte sich gerade in die Höhe und presste das Gesicht von außen an die Scheibe. Das konnte kein Zufall sein! Die beiden mussten irgendwie mitbekommen haben, dass sich da jemand in der Baracke befand; hatten vielleicht etwas gesehen, eine Silhouette, eine Bewegung oder auch nur eine Reflexion. Jedenfalls wollten sie ihrer Entdeckung jetzt offenkundig auf den Grund gehen. Doch ihre Neugierde war ohne jede Bekümmernis. Ohne die Ahnung einer Gefahr.

Hollands Herz begann, schneller zu schlagen. Noch hatten die Kinder kein Geräusch verursacht. Alina ahnte nicht, dass in ihrem Rücken Publikum aufgetaucht war. Aber das konnte sich sekündlich ändern.

Er musste die Jungs da draußen auf die Bedrohung aufmerksam machen. Zu ihrem Schutz und in seinem eigenen Interesse. Vielleicht würden sie Hilfe holen. Und er musste Alina ablenken.

Sofort!

»Ich habe Ihnen alles gesagt, verdammt!«, brüllte er aus vollem Halse, sodass es garantiert auch durch das Fenster zu hören war. »Stecken Sie endlich Ihre Scheißpistole weg und lassen Sie mich hier raus!« Er trat mit voller Wucht gegen das Gitter, das ein dröhnendes Scheppern von sich gab. »Haben Sie mich verstanden?«

»Ruhe!«, stieß Alina aus, riss die Pistole senkrecht nach oben und drückte ab. Ein ohrenbetäubender Knall ertönte, und dort, wo die Kugel in die Deckenplatte eingedrungen war, rieselte eine Wolke Holzstaub herab.

Die Stille, die danach eintrat, hing Holland wie Watte in den Ohren. Ganz langsam wich er ein Stück zurück und hob demonstrativ die Hände in Schulterhöhe, als hätte ihn sein plötzlicher Ausbruch selbst überrascht.

»Es ist alles gut«, sagte er und bemühte sich, seine Stimme ruhig zu halten. »Es ist alles gut. Es tut mir leid. Mir sind die Nerven durchgegangen. Beruhigen wir uns. Es ist nichts.«

Tatsächlich hatte er nicht damit gerechnet, dass Alina gleich schießen würde. Aber auch sie schien die plötzliche Dynamik der Situation überrascht zu haben, denn sie stand einige Sekunden reglos im Gang und sah ihn unverwandt an. Doch schon als sie den Waffenarm langsam wieder nach unten nahm, kehrte ihre Kontrolle zurück.

»Tun Sie das nicht noch einmal!«, zischte sie.

Immerhin, registrierte Holland, hatte sie in ihrer spontanen Reaktion nicht auf ihn geschossen, sondern in die Decke. Instinktiv hatte sie ihn geschont.

»Es tut mir leid«, murmelte er noch einmal. »Ich habe mich wieder im Griff.« Dann sah er sie an. »Und? Was machen wir jetzt?«

»Sie erzählen mir die *richtige* Geschichte.« Alinas Augen bohrten sich in seine. »Keine Nebelkerzen mehr. Ihre letzte Chance. Eine weitere bekommen Sie nicht.« Sie nickte in Richtung der Jarygin, die jetzt wieder locker in ihrer Hand lag. »Die nächste Kugel fliegt in Ihre Richtung.«

Wirklich? Holland hatte keine Ahnung, wie Alina dachte und was sie als Nächstes tun würde. Aber vor allem hatte er nicht die geringste Ahnung, was er ihr jetzt erzählen sollte.

Die richtige Geschichte …

Es wurde Zeit, die Fronten auszuloten.

»Hören Sie«, begann er, wobei er versuchte, möglichst sachlich und fest zu klingen. »Sie haben die Waffe. Sie haben die Kontrolle. Sie sagen, was hier passiert. Und ich würde schwindeln, wenn ich behaupten würde, ich hätte keinen Respekt davor. Aber, Alina, egal was Sie hier tun – Sie werden die Wirklichkeit nicht ändern können.« Er versuchte nicht, ihrem Blick auszuweichen, der ihn seit dem Schuss gefangen hielt. »Ich weiß nicht, wer Ihrem Bruder etwas angetan hat. Und ich begreife nicht, was Sie mir vorwerfen, verstehen Sie? Ich kann Ihnen nicht helfen.«

»Mir *helfen*?« Alina spie die Worte förmlich aus. »Sie töten meinen Bruder, und jetzt sprechen Sie von ›helfen‹?«

»Alina. Bitte seien Sie doch vernünftig!«

Aber sie geriet völlig in Rage. »Sie elender Mörder! Sie haben Alexej einfach hingerichtet! Sie haben ihn kaltblütig –«

»Was?« Holland stand plötzlich ganz starr. »Was haben Sie da gerade gesagt?«

Das musste ein Zufall sein!

Alina schien zu spüren, dass plötzlich etwas Besonderes in Holland vorging, denn sie verharrte, ohne weiterzusprechen.

»Alexej ... Niroskin?« Holland sprach den Namen ganz langsam aus und belauerte Alina angespannt.

»Ja«, antwortete sie nur.

»Alexej ... ist tot?«

Alina zog die Augenbrauen zusammen. Sie wirkte irritiert, forschte in Hollands Gesicht.

»Und *ich* soll ihn getötet haben?«, erkundigte er sich schließlich leise.

»Deswegen sind wir hier!«

Holland musterte die kantige Waffe in ihrer Hand. Dann fiel ihm das Fenster wieder ein. Das hatte er für einen Moment ganz vergessen.

Vorsichtig linste er nach draußen. Die Kinder waren verschwunden.

14

Lina, geliebte Schwester,

ich stelle mir jeden Tag vor, Dich vor mir zu sehen, und auch Großvater Timofej und Großmutter Polina sind immer in meinen Gedanken. Hab Dank für Deinen Brief, er kam vorgestern, es ist schön zu wissen, dass Du in der Verwaltung unseres Kolchos eine angesehene Arbeit gefunden hast und dass Ihr alle gesund seid. Ich wünsche mir so sehr, dass es Euch immer gut geht, und noch mehr wünsche ich, dass wir irgendwann alle wieder zusammen sind.

Auch hier in Deutschland haben wir warmes Frühlingswetter, und die Bäume in unserer Garnison erstrahlen in einem hellen Grün. Es gibt hinter den Kasernen einen kleinen Birkenwald, und so fühle ich mich immer, wenn wir zum Sportplatz marschieren, ein kleines bisschen an Nerownaja Poljana erinnert. Schreibe mir in Deinem nächsten Brief von unserem Dorf, bitte, auch Kleinigkeiten, alle Nachrichten interessieren mich sehr.

Heute möchte ich Dir von einem Helden der Sowjetunion erzählen, Ilja Schirjajew, einem tapferen Verteidiger unserer Heimat im Großen Vaterländischen Krieg. Nach ihm ist, wie ich Dir ja schon geschrieben habe, unser Bataillon benannt, und wir haben im Polituntericht nun seine Geschichte kennengelernt. Ilja kam aus einem kleinen Weiler im Oblast Woronesch, er war der Sohn eines Schäfers. 1942 hat er sich den Truppen angeschlossen, die gegen die Deutschen kämpften, da war er gerade siebzehn Jahre alt. Kurz danach wurde seine Einheit aufgerieben und bestand nur noch aus einem kleinen Rest von Männern. An einem Sommertag bekamen sie den Auftrag, eine Straßenkreuzung in einem zerstörten Dorf zu sichern. Dort sollte an diesem Tag ein Versorgungstross der Roten Armee vorüberkommen. Es war sehr wichtig, dass der Transport den Ort schnell und unbehelligt passieren konnte. Aber im Dorf gab es noch einige Deutsche, sie hatten sich auf dem Kirchturm mit einem Maschinengewehr verschanzt, und von dort oben beherrschten sie die Kreuzung und die ganze Umgebung. Alle Versuche, die Kirche einzunehmen, schlugen fehl, denn es war unmöglich, auch nur in die Nähe des Gebäudes zu kommen, ohne vom Sperrfeuer der Feinde getroffen zu werden. Aber Ilja Schirjajew wollte nicht aufgeben, denn die Versorgungskolonne würde am Mittag eintreffen, und dann konnte sie ganz leicht in die Schusslinie der Deutschen geraten. Also meldete er sich freiwillig. Nur mit der Pistole seines gefallenen Politoffiziers bewaffnet, kroch er durch die Trümmer der Häuser. Er bewegte sich ganz langsam, Meter für Meter, und am Ende gelang es ihm, die Kirche unentdeckt zu erreichen. Durch ein schmales Fensterloch gelangte er in das Gewölbe, und dann schlich er sich mutig im Turm bis nach oben, wo die Deutschen unter der Glocke ihre Stellung eingerichtet hatten. So konnte er die Feinde überraschen, es waren drei, und er tötete sie alle. Doch auch er selbst fiel in dem kurzen Feuergefecht, während seine nachrückenden Kameraden unten gerade die Kirche erreichten. Die verbliebenen Rotarmisten sicherten den Turm und somit die Kreuzung, wie es ihr Auftrag gewesen war. Nie vergaßen sie ihren jungen Gefährten Ilja. Überall berichteten sie von seiner Heldentat, sodass sie bis heute nicht vergessen ist.

Schwesterherz, ich bin stolz, dass ausgerechnet unser Bataillon den Namen Schirjajews trägt. In unserer Kaserne gibt es ein Ehrenzimmer für ihn, mit einem Bett, einem kleinen Tisch, einem Ölporträt und zwei Orden, die er erhalten hat. Und bei jedem Morgenappell wird beim Durchzählen sein Name aufgerufen. So bleibt uns sein Beispiel immer nahe. Lina, bitte lies Großvater Timofej diese Zeilen vor, weil er doch auch im Krieg gekämpft hat. Er soll wissen, dass er für mich ebenso ein Vorbild ist.

Der Dienst hier hat sich inzwischen sehr verändert. Unsere Grundausbildung ist vorbei, und vor zwei Wochen sind wir den einzelnen Panzerabteilungen zugeteilt worden. Mich hat man für eine Instandsetzungsgruppe ausgewählt, weil ich bei uns im Kolchos Fahrzeugmechaniker gelernt habe. So einen können sie hier gut gebrauchen. Wir sind zu siebt in der Gruppe, haben eine feste Werkstatt und noch eine bewegliche auf einem Lastkraftwagen dazu, sodass wir auch zu den Panzern rausfahren können, wenn bei einer Gefechtsübung etwas kaputtgeht. Vier aus unserer Gruppe sind »Großväter«, das heißt, sie haben schon den größten Teil des zweijährigen Wehrdienstes abgeleistet und werden in einigen Monaten entlassen. Die zwei anderen sind erst seit Kurzem dabei, so wie ich, und sie verhalten sich sehr still. Die Großväter sind nicht freundlich zu uns Neuen. Sie hängen immer zusammen und lassen uns die meiste Arbeit machen. Ihr Anführer heißt Bogdan Kuzmin. Er ist sehr stark, und alle haben Angst vor ihm. Ich arbeite jeden Tag hart, ich kenne mich mit Technik gut aus, das weißt Du ja, und es macht mir eigentlich auch Spaß. Wenn nur Bogdan nicht wäre. Aber was soll's, ich werde schon lernen, mit ihm und seinen drei Kumpanen klarzukommen.

Lina, liebste Schwester, der Brief wird meine Grüße zu Dir in die Heimat tragen, hoffentlich erhältst Du ihn schnell. Sei fest umarmt.

Dein Bruder Alexej

15

Sperrgebiet bei Belzig, 1986

»Sie jämmerlicher Feigling!«, schrie Holland, und er legte so viel Schärfe in seine Worte, wie er nur konnte. »Jetzt reißen Sie sich verdammt noch mal zusammen!« Sein Blick war steil nach oben gerichtet, wo in zwölf Metern Höhe der wuchtige Rumpf eines ausrangierten Mi-1-Hubschraubers am Haken eines Baukrans hing. Hollands Aufmerksamkeit galt einer Gestalt im Kampfanzug, die sich krampfhaft an den Rahmen der offenen Kabinentür klammerte. Gleich daneben war ein langes Seil angebracht, das bis herab auf den Sandboden hing.

»Jetzt fassen Sie endlich in die Leine und lassen sich hier runter, und zwar dalli!«, setzte Holland seine Tirade fort. »Das ist ein Befehl!«

Aber der Mann griff nicht nach dem Seil. Er blieb einfach stehen und bewegte sich keinen Zentimeter. Nur der Hubschrauberrumpf drehte sich leicht im Wind hin und her.

»Gerber, haben Sie was mit den Ohren? Los jetzt!« Auch die neuerliche Aufforderung verhallte ohne Reaktion. Holland schüttelte den Kopf. Sogar von hier unten konnte er das bleiche Gesicht im Türrahmen sehen. Er blickte hinüber zum Fuß des Baukrans, wo sein Freund Silvio und Volker Babeck nebeneinanderstanden und betreten schwiegen.

»Lasst ihn runter!«, knurrte er und schickte eine drohende Geste in Richtung der Gondel. Die improvisierte Anlage diente dazu, das Abseilen aus einem Hubschrauber zu trainieren. Wenn der Neue hier schon Muffensausen bekam, was würde dann erst passieren, wenn er in einer fliegenden Maschine stand? Nein, diese Feigheit konnte er Gerber keinesfalls durchgehen lassen. So schwierig war die Übung nicht.

Seit Werner Holland vor zwei Jahren zum Kommandeur der Potsdamer Diensteinheit IX ernannt worden war, lag die Verantwortung für jeden der mittlerweile sechzehn Angehörigen der Truppe bei ihm. Er hatte sich einen ebenso strengen Führungsstil wie sein Vorgänger angewöhnt, und trotzdem fiel es ihm nicht immer leicht, die übergroßen Fußstapfen des legendären Karl Zacharias auszufüllen. Der Major selbst war es gewesen, der ihn für diesen Posten vorgeschlagen hatte. Holland war ehrgeizig, er legte für seinen Dienst die gleiche Messlatte an wie früher bei seinen sportlichen Wettkämpfen, und nach einem Fernstudium an der Polizeihochschule hatte er inzwischen den Offiziersrang eines Hauptmanns erlangt.

Stoisch verfolgte er, wie sein Freund Silvio die Handsteuerung des Krans bediente und den Hubschrauberrumpf langsam zu Boden schweben ließ. »Gerber, zu mir!«, brüllte Holland, als die verbeulte Kabine mit einem dumpfen Knirschen im Sand aufgesetzt hatte.

Mit hängendem Kopf nahm der junge Polizist vor ihm Aufstellung. »Es tut mir leid«, brachte er mit erstickter Stimme heraus.

»Wie bitte?«, fragte Holland extra laut nach.

»Genosse Hauptmann, es tut mir leid!«, wiederholte der Mann, wobei er offenbar seine liebe Mühe hatte, das Zittern in seiner Stimme zu unterdrücken.

»Was sollte das gerade da oben?«

»Ich weiß es auch nicht ...« Gerber zog die Schultern ein.

»Sie haben keine Idee, warum Sie meine Befehle nicht befolgen? Das akzeptiere ich nicht!«

»Ich hatte ... Ich habe plötzlich irgendwie Angst bekommen. Die Gondel hat sich so komisch bewegt, und der Boden unten hat sich gedreht, und dann –«

»Jetzt hören Sie aber auf!« Holland fixierte seinen Untergebenen scharf. »Gerber, ich erzähle Ihnen jetzt mal was: Angst können Sie sich bei uns nicht leisten! Nicht in dieser Einheit. Wenn Sie im Einsatz auch nur einen Moment zögern, sind Sie erledigt. Und im schlimmsten Fall tot. Oder einer Ihrer Kameraden stirbt wegen Ihnen. Haben Sie das verstanden?«

»Ja, Genosse Hauptmann.« Gerber vermied es, Holland in die Augen zu sehen.

»Dann bringen Sie Klarheit zwischen Ihre Ohren. Wir setzen morgen früh einen Extradurchgang an. Wenn Sie dann wieder versagen, sind Sie draußen.«

»Ich –«

»Wegen der Verweigerung von eben verpasse ich Ihnen einen Diensteintrag. Und jetzt schießen Sie das Seil auf und packen Ihre Ausrüstung zusammen. Wegtreten!«

»Jawohl.« Gerber drehte sich um und schien es eilig zu haben, aus der Nähe seines Kommandeurs zu kommen.

Holland stemmte die Arme in die Hüften. Jetzt musste er wegen Gerber das Trainingsprogramm für den nächsten Tag umstellen. Aber er durfte dem Neuen die Schwäche nicht durchgehen lassen. Sonst schliff sich die Höhenangst ein.

»Kommst du mal kurz?« Silvio war hinter ihn getreten, ohne dass er es bemerkt hatte.

»Was ist?«, fragte Holland gereizt, während er sich umdrehte.

»Lass uns ein paar Schritte zur Seite gehen.«

»Okay.« Er folgte Silvio, der sich einige Meter vom Kran entfernte. »Mach es kurz. Was hast du auf dem Herzen?«

»Du, der Kleine ... Sei nicht so hart zu ihm. Er ist kein schlechter Kerl.«

»Gerber?« Holland hob die Augenbrauen. »So was wie eben, das kann er nicht noch einmal bringen. Zwölf Meter sind keine Höhe. Wie kann der da so eine Blockade kriegen?«

»Jeder hat mal einen schlechten Tag. Deswegen gleich einen Diensteintrag ...«

»Einen schlechten Tag? Er hat sich schon mal so ein Ding geleistet. Beim Fassadenklettern letzte Woche. Du warst doch selbst dabei.«

»Am Ende hat er sich überwunden.«

»Ja. Beim dritten Versuch.« Holland winkte unwirsch ab.

»Du magst ihn nicht.« Silvio stellte seinen Kopf schräg.

»Stimmt. Ich mag keine Leute, die in der Parteiversammlung große Reden schwingen und dann in der Praxis kneifen.«

»Er ist ein guter Sportler, und dumm ist er auch nicht. Er hat nur mit der Höhe ein Problem.«

»Genau. Da oben hilft ihm nämlich sein Parteibuch nicht.«

»Bist doch selber seit zehn Jahren in der SED.« Silvio grinste Holland an, dann wurde er wieder ernst. »Mensch, gib Gerber eine Chance! Du bist jetzt sechsunddreißig, hast Erfahrung. Aber du warst auch mal ein blutjunger Anfänger.«

»Mit dem Abseilen hatte ich nie ein Problem.«

»Du weißt genau, wie ich das meine.«

»Hmmm«, grummelte Holland.

»Also?«

»Wenn er dir so am Herzen liegt, will ich mal nicht so sein. Aber er muss funktionieren.« Holland tippte Silvio mit dem Zeigefinger gegen die Brust. »Du übst mit ihm. Und falls er seine Höhenangst wirklich in den Griff kriegt, dann ist die Sache von heute vergessen. Und der Eintrag auch. Einverstanden?«

»Mehr wollte ich nicht hören.«

Silvio stiefelte zurück zum Kran. Holland schüttelte den Kopf. Hatte ihn sein Kumpel mal wieder rumgekriegt. Da sie seit frühester Kindheit so eng befreundet waren, gingen sie auch hier in der Einheit freimütig und ehrlich miteinander um, obwohl Silvio jetzt Hollands Untergebener war. Lediglich vor den anderen verkniff er sich offene Kritik.

Holland sah hinüber zu Gerber, der gerade beflissen das zusammengerollte Seil in einem Leinensack verstaute. Der Neue war der Einzige, mit dem er bisher das distanzierte »Sie« beibehalten hatte. Irgendwie wurde er mit ihm nicht warm. Aber wenn der Junge tatsächlich bei ihnen blieb, würde sich das bald ändern müssen, sonst trieben seine Vorbehalte einen Keil in die Truppe.

»Holland«, hörte er Silvio rufen. Er blickte zum Kran. Sein Freund hob den Arm und deutete nach links, wo sie zwischen ein paar Fichten ihren grauen Barkas B-1000 geparkt hatten. Die Scheinwerfer des Kleinbusses blinkten rhythmisch. »Oha!«, murmelte Holland und hielt eilig auf das Fahrzeug zu. Das Blinken war ein stiller Alarm und signalisierte, dass jemand versuchte, sie über das eingebaute Sprechfunkgerät zu erreichen. Die Lichtschaltung hatte ein Kollege ausgetüftelt und für seinen Neuerervorschlag sogar eine Buchprämie erhalten. Der optische Alarm wurde jedoch selten benutzt. Es sei denn, es lag etwas wirklich Wichtiges an …

»Leiter hört«, meldete sich Holland, nachdem er auf dem Beifahrersitz Platz genommen und den Hörer vom Gerät gehoben hatte. Der Ruf kam aus dem Zimmer des Diensthabenden in der Stabsbaracke ihres Ausbildungslagers. Er teilte mit, dass es eine »Anforderung« gebe. Holland wusste, dass es sich dabei nur um einen scharfen Einsatz handeln konnte. Alles Weitere würden sie im Camp erfahren.

»Aufsitzen!«, brüllte er nach draußen, woraufhin Silvio, Babeck und Gerber die Kletterausrüstung zusammenrafften und angerannt kamen. Die drei stiegen zu Holland in den Bus und schlugen die Türen zu. Silvio drückte sich in den Fahrersitz. »Zum Lager?«, riet er, während er schon den Motor startete.

»Ja. Wir sind angefordert worden«, bestätigte Holland. »Drück auf die Tube!«

Der B-1000 rollte von der Lichtung, auf der sich der Kran mit der Hubschrauberkabine befand, und bog auf eine sandige Forststraße ein. Im Halbdunkel des Waldes fegte der Kleinbus schaukelnd und röhrend voran. Silvio umklammerte das vibrierende Lenkrad, während sich Holland und die anderen beiden an den Haltegriffen über den Türen festhielten. Das Gelände, durch das sie fuhren, gehörte zu einem riesigen Truppenübungsplatz. Er lag in einem abgesperrten Forstgebiet in der Nähe der Kreisstadt Belzig und stand unter dem direkten Befehl des Innenministeriums. Hier gab es Schießplätze, Sturmbahnen und sogar eine Geisterstadt, in deren Zentrum ein bekannter Platz aus der Potsdamer Innenstadt nachgebaut war und wo kasernierte Volkspolizei-Bereitschaften aus der ganzen Republik neben herkömmlichen Polizeiaufgaben auch Kampfeinsätze zur Landesverteidigung trainierten.

Der Kleinbus bog in einen drei Meter breiten Nebenweg ein und preschte weiter in südwestlicher Richtung voran. In den Bereich der Waldung, der ausschließlich für die Diensteinheit IX reserviert war.

»Da sind wir«, vermeldete Silvio kurz darauf. Vor ihnen lugte das vertraute, mit Stacheldraht umzäunte Areal zwischen den Bäumen hervor. Ihr »Objekt Verlorenwasser«.

Die verbotene Zone. Das Sperrgebiet im Sperrgebiet.

Zwei bewaffnete Posten öffneten das Tor, und Silvio lenkte den Kleinbus am Wachhäuschen vorbei auf das Gelände. Das gepflegte Ensemble aus Baracken, Garagen, einem Heizhaus und einem Kultursaal diente den Einsatzkommandos aus den verschiedenen Bezirken des Landes als zentrale Ausbildungsbasis. Zurzeit befand sich nur die Potsdamer Gruppe hier, und Holland hatte für die vierzehn Tage ihres Aufenthalts einen eng gestrickten Trainingsplan konzipiert. Einen Plan, der sich gerade in Luft auflöste. Denn im Falle einer Alarmierung mussten sie sofort los.

»Bitte schön«, sagte Silvio, als er den Barkas direkt vor der lang gestreckten Stabsbaracke zum Halten brachte. Das Hämmern des Motors erstarb. Holland schwang sich von seinem Sitz und eilte zum Eingang. Die Tür stand weit offen, vermutlich wollten die Kollegen ein wenig von der warmen Augustluft in den stets nach Linoleum riechenden Flur lassen.

Holland betrat die Baracke und schritt durch den langen Gang. Ein Stück vor ihm schwang links die schwere Gittertür der Waffenkammer auf, und Hannes Ferchow kam mit zwei sperrigen Gewehrkoffern heraus in den Flur. »Ich bereite schon mal was vor«, meinte er und lächelte freudlos. »Wir werden wahrscheinlich das volle Programm brauchen.«

»So schlimm?«, fragte Holland.

»Es ist wieder mal ein Russe unterwegs. Diesmal mit Geiselnahme, wie's aussieht«, gab Ferchow zurück und hielt kurz an. »Tommi weiß Bescheid.«

»Okay.« Holland drängte sich an seinem Kollegen vorbei und bog nach rechts in das Dienstzimmer des Wachhabenden. Thomas Laatz, den sie meistens nur kurz Tommi nannten, sprang von seinem Schreibtisch auf. In der Hand hielt er einen Papierbogen, der mit Notizen gefüllt war.

»Was liegt an?«, fragte Holland.

»Wir haben eine Meldung über eine mögliche Geiselnahme.

Auf einem Bauernhof in Zeselin. Das ist ein Minidorf südöstlich von Baruth.«

»Gibt's schon was Genaueres über den Täter?«

»Ein flüchtiger Soldat der sowjetischen Streitkräfte.« Laatz blickte auf das Blatt in seiner Hand. »Alexej Niroskin. Neunzehn Jahre. Garnison Jüterbog, Zweites Sworodiner Garde-Panzerregiment. Abgängig seit Sonntag und bewaffnet.«

»Seit Sonntag schon?« Holland hob die Augenbrauen. »Heute ist Dienstag.«

»Ja.« Laatz zuckte mit den Achseln. »Die sowjetische Seite hat wohl erst Bescheid gesagt, nachdem sie ihn selber nicht gekriegt haben. Gestern wurde dann eine Eilfahndung Stufe eins ausgelöst.«

»Ohne uns?«

»Bisher. Aber jetzt haben sie uns angefordert. Für Zeselin.«

»Hast du noch ein paar Details?«

»Der Gesuchte ist von einem Nachbarn beobachtet worden, wie er erst auf dem Bauernhof herumgeschlichen und dann im Wohnhaus verschwunden ist. Auf dem Hof lebt nur eine einzelne Person, eine ältere Frau. Seitdem ist weder sie noch Niroskin wiederaufgetaucht.«

»Scheiße, das klingt nicht gut.« Holland wiegte besorgt den Kopf. »Die Kollegen von der Schutzpolizei sind vor Ort, nehme ich an?«

»Ja. Aber die halten sich zurück. Wollen den Kerl nicht darauf aufmerksam machen, dass er entdeckt worden ist.« Laatz hob die Arme. »Den Rest sollen wir erledigen.«

»In Ordnung.« Holland nickte. »Dann machen wir uns mal fertig.«

Stoisch rauschte der kleine Konvoi über die Landstraße. Drei Ladas, dahinter der Barkas-Bus. Holland, der zusammen mit Silvio, Ferchow und Babeck im Führungsfahrzeug saß, trommelte unruhig mit den Fingern auf der Türfüllung herum.

»Gleich kommt Jüterbog«, merkte Silvio an, der wieder am Steuer saß.

»Ist nicht zu übersehen«, antwortete Holland und wies mit dem Daumen auf die Betonmauern, die ihre Straße seit einigen Kilometern links und rechts säumten. Der sowjetische Militärstandort mit seinen Zehntausenden Soldaten, den Panzertruppen, Fliegerstaffeln, Infanterieregimentern und was immer sonst noch hinter diesen Mauern verborgen war, nahm ein riesiges Territorium ein. Die Kasernenviertel gingen nahtlos in schier endlose Truppenübungsplätze über, die in ihrem Wechsel aus Sandwüsten und dürren Kiefernwäldern eine ganze Landschaft prägten.

Nachdem sie den Ortskern der Garnisonsstadt passiert hatten, mussten sie immer wieder mit Soldaten besetzte Lastkraftwagen überholen. Und an allen Kreuzungen standen bewaffnete Militärposten.

»Ganz schön was los hier«, meinte Holland.

»Ich vermute mal, die suchen immer noch nach ihrem Mann«, gab Silvio zurück. »Offenbar haben unsere Leute die Freunde noch nicht darüber informiert, dass Niroskin auf einem Bauernhof steckt.«

»Hoffentlich bleibt das auch so. Ich kann die Jungs dort nicht gebrauchen.« Holland warf einen Blick auf die Landkarte, die lose auf seinen Knien lag. »Ungefähr noch vierzig Kilometer bis zum Ziel. Sehen wir zu, dass wir vorankommen.«

Eine gute halbe Stunde später erreichten sie den Abzweig nach Zeselin, der von einem Streifenwagen der Schutzpolizei versperrt wurde. Ein fülliger Oberwachtmeister informierte Holland darüber, dass es auf der Strecke zum Dorf einen kleinen Eichenhain mit einem Sandparkplatz gebe, auf dem die Einsatzleitung im Schutz der Bäume einen Sammelposten eingerichtet habe. Der Funkwagen machte Platz, und Hollands Wagenkolonne zog vorbei.

»Da vorn ist es«, stellte Silvio fest und deutete auf eine Ansammlung von Polizeifahrzeugen, die rechter Hand der gekiesten Straße vor einem Wäldchen beieinanderstanden und wie eine Wagenburg anmuteten. Er fuhr bis zu dem Sandplatz vor, lenkte ein und parkte den Lada in einiger Entfernung von den anderen Autos. Der Rest des Konvois folgte seinem Beispiel.

Holland stieg aus. Ein hochgewachsener Uniformierter kam mit eiligen Schritten auf ihn zu. »Sie sind die Genossen, die hier handeln sollen?«, fragte er ohne Umschweife. Nachdem Holland knapp genickt hatte, schickte der Mann hinterher: »Oberleutnant Pohl. Ich leite die Abriegelung.«

Holland gab dem Mann die Hand und stellte sich ebenfalls vor. Dann deutete er auf das Eichenensemble und fragte: »Das Dorf ist hinter dem Wald?«

»Ja.« Der Oberleutnant nickte. »Hinter den Bäumen beginnt ein Maisfeld. Fünfhundert Meter weiter liegt der Ort. Ist nur ein kleiner Weiler. Sieben Gehöfte, vier links, drei rechts der Straße. Der betroffene Hof ist der letzte auf der linken Seite. Die Bewohnerin ist eine gewisse Linda Berger. Eine fünfundsiebzigjährige Rentnerin.«

»Haben Sie jemanden vor Ort?«

»Ja. Wir haben einen Genossen direkt im Dorf, der das Anwesen verdeckt beobachtet. Ansonsten gibt es noch Posten in der weiteren Umgebung.«

»Wie ist aktuell die Lage?«

»Weder der Gesuchte noch die Besitzerin des Hofes hat das Wohnhaus bisher verlassen. Äußerlich ist alles ziemlich ruhig. Was sich drin im Haus abspielt, wissen wir natürlich nicht.« Der Oberleutnant presste die Lippen aufeinander.

»Von wem ist der flüchtige Soldat entdeckt worden?«

»Der Mann heißt Sigmund Dümcke, fünfundfünfzig Jahre, invalidisiert. Wohnt auch in Zeselin, im Anwesen schräg gegenüber. Von dort hat er auch beobachtet, wie Niroskin in das Wohnhaus der Rentnerin geschlichen ist.« Pohl wiegte den Kopf. »Wir hatten da ehrlich gesagt ziemliches Glück. Zufällig hat Dümcke ein Telefon. Er ist Ortsvorsteher und VP-Helfer und war nach dem Vorfall so besonnen, sofort unsere Dienststelle anzurufen. Seitdem hat er das Haus nicht mehr aus den Augen gelassen.«

»Ist es sicher, dass Niroskin noch bewaffnet ist?«

»Ja, die Kalaschnikow hatte er laut des Zeugen bei sich.«

Holland blickte auf seine Armbanduhr. »Kurz nach halb

zwei.« Er hob den Kopf. »Und die anderen Höfe? Was ist mit den Leuten?«

»Die sind alle noch unterwegs«, gab der Oberleutnant zurück. »Die meisten Erwachsenen arbeiten in der LPG, fünf Kilometer entfernt von hier. Die Kinder waren bis Mittag in der Schule in Baruth. Den Schulbus konnten wir abfangen. Seitdem lassen wir niemanden mehr ins Dorf. Zeselin ist also leer, bis auf Dümcke, die Berger und Niroskin. Und natürlich unseren Mann.«

»Das ist gut.« Holland nickte. »Ich schaue mir das jetzt selbst einmal an. Wie komme ich unauffällig in Dümckes Haus?«

»Rechts hinter den Eichen gibt es einen Trampelpfad durchs Feld.« Pohl beschrieb mit seinem Arm einen Bogen. »Da gelangen Sie direkt in die Hintergärten der rechten Häuser. Das letzte ist das von Dümcke.«

»Danke. Informieren Sie ihn und Ihren Mann in Zeselin, dass jemand vorbeikommt.« Damit drehte sich Holland um und ging zu seinen eigenen Kollegen, die hinter den Autos beieinanderstanden.

»Silvio.« Holland winkte seinen Freund zu sich. »Wir machen einen kleinen Ausflug ins Dorf. Die anderen sollen inzwischen die Ausrüstung vorbereiten.«

»Okay.« Silvio gab die Anordnung weiter, dann kehrte er zu Holland zurück, und die beiden machten sich auf den Weg.

Schweigend folgten sie dem engen Pfad, der mitten durch das Feld führte. Der sanfte Sommerwind ließ die dicht stehenden Maispflanzen leise rauschen. Es dauerte nur ein paar Minuten, dann standen sie im Garten des Ortsvorstehers.

Eilig überquerten sie den frisch gemähten Rasen. Dümckes Haus war ein einstöckiger Backsteinbau mit symmetrischem Grundriss und einem Spitzdach. Die Ziegel der Rückwand waren fleckig und porös, und die kleinen Fenster, die sich links und rechts der grün gestrichenen Hintertür befanden, starrten ihnen wie dunkle Augen entgegen.

Holland trat vor das Portal und klopfte leise gegen das spröde Holz. Es dauerte nicht lange, da waren von drinnen vorsichtige

Schließgeräusche zu vernehmen. Kurz darauf öffnete sich die Tür um etwa zwanzig Zentimeter, und ein fleischiges Gesicht schob sich in den Spalt.

»Bitte?«, fragte eine hohle Stimme.

»Kriminalpolizei«, sagte Holland leise. »Herr Dümcke?«

»Ja.« Der Mann nickte heftig. »Kommen Sie schnell rein!« Er wich zurück und zog dabei die Tür ein Stück weiter auf.

Holland und Silvio schoben sich in den niedrigen Hausflur. Dümcke musterte für einen kurzen Moment ihre Kampfanzüge, dann drückte er die Tür mit einer eiligen Bewegung zurück ins Schloss und drehte den Schlüssel zweimal um. Er streckte den Arm aus und deutete auf einen Durchgang auf der rechten Flurseite. »Da lang. In die Stube.«

Der Raum, den sie nun betraten, war fast quadratisch. Die dunklen schweren Wohnzimmermöbel ließen ihn eng und beklemmend wirken, woran auch die Spitzendeckchen und Nippesfiguren nichts ändern konnten, die überall verteilt waren. In der Luft hing der Geruch von kalter Zigarettenasche.

Dümcke drängte sich an Holland und Silvio vorbei und ging zu dem einzigen Fenster, das nach vorn zur Straße wies. Er hielt das Gesicht ganz nahe an den grobmaschigen Store und verharrte konzentriert. Holland betrachtete ihren Gastgeber genauer. Er war nicht sehr groß, dafür aber recht beleibt. Fast alles an ihm war rundlich. Seine Glatze glänzte wie eine Billardkugel, die Finger waren kurz und dick, und das kurzärmlige braune Hemd spannte über dem Bauch.

»Da drüben ist er drin, der Russe. Bei der Berger im Haus. Ich habe das natürlich gleich gemeldet«, verkündete Dümcke verschwörerisch. »Kommen Sie ruhig her zu mir.«

Holland ging zum Fenster und schob den Ortsvorsteher sanft beiseite. Er holte sein Fernglas aus der Gürteltasche und richtete es auf das Anwesen schräg gegenüber. »Das dort ist also der Hof von Frau Berger?«, versicherte er sich noch einmal.

»So ist es«, bestätigte ihm Dümcke. »Der Mann ist vor fünf Jahren gestorben. Jetzt wohnt die Alte nur noch allein da.«

Silvio stellte sich neben Holland und zog sein eigenes Fernglas hervor. Gemeinsam beobachteten sie den Hof auf der jenseitigen Straßenseite. Das Wohnhaus glich dem, in dem sie sich gerade aufhielten. Ein einfacher roter Backsteinbau mit spitzem Dach und kleinen Fenstern. Rechts vom Wohngebäude, auf der anderen Seite eines gepflasterten Hofes, stand eine Scheune, die ebenfalls aus roten Ziegeln errichtet war. Daneben duckten sich einige Schuppen und ein offener Kaninchenstall aneinander. Zwischen den Gebäuden hindurch konnte man weiter nach hinten sehen, wo sich ein dicht bebauter Garten anschloss, zu dem auch eine größere Anpflanzung von Sonnenblumen gehörte. Das weiche Licht der Nachmittagssonne ließ den Hof friedlich erscheinen und brachte das Rot der Ziegel und das Gelb der Sonnenblumen zu einem milden Leuchten.

»Irgendwer bewegt sich da«, meinte Silvio. »Im Wohnhaus. Das Fenster ganz rechts.«

Holland schwenkte seinen Feldstecher herum. Tatsächlich. In dem dunklen Geviert konnte er eine schemenhafte Bewegung ausmachen. »Du hast recht«, erklärte er. »Da läuft jemand rum. Aber viel ist nicht zu erkennen.«

»Das ist die Küche«, raunte ihm Dümcke zu, der geräuschlos herangekommen war und nun direkt hinter ihnen stand. »Die Zimmer sind nämlich wie bei mir, nur seitenverkehrt.«

»Hmmm«, brummte Holland. Die Nähe des schmierigen Ortsvorstehers war ihm unangenehm.

»Oh! Was ist denn das?«, rief Silvio plötzlich. »Guck mal zu den Mülltonnen dort rechts.«

Holland blickte in die angegebene Richtung. Ein Stück die Straße hinunter wackelte etwas großes Grünes hinter zwei Abfalltonnen herum. »Verdammt, das ist ein Kollege!«, presste er ärgerlich hervor. »Was will der da? Macht der Schaulaufen?«

»Der kriecht schon die ganze Zeit da draußen rum«, merkte Dümcke süffisant an. »Er kam gleich nach meinem Anruf.«

Holland presste den linken Zeigefinger auf die Ruftaste seines Sprechfunkgerätes, das auf den Kanal des Einsatzleiters eingestellt war. »Pfeifen Sie sofort Ihren Mann zurück!«, blaffte er ins Mikrofon.

Keine zehn Sekunden später verschwand der uniformierte Späher von den Mülltonnen.

»Puhhh!« Silvio grinste angespannt. »Gerade noch mal gut gegangen. Der hätte uns locker die Tour vermasseln können.« Dann drehte er sich zu Holland um und flüsterte: »Apropos Tour – was meinst du, wie kommen wir drüben rein? Die Hütte ist ziemlich eng und dunkel. Wenn wir Niroskin schnappen wollen, bevor er die Frau oder uns erwischt, müssen wir ziemlich schnell sein.«

»Stimmt.« Holland senkte den Kopf. Dann nickte er langsam. »Wir müssen uns was einfallen lassen.«

16

Aufmerksam beobachtete Holland die beiden Bauern, die mit zügigen Schritten die Dorfstraße herunterkamen. Sie trugen Arbeitsanzüge, speckige Schiebermützen und Gummistiefel. Jeder von ihnen hielt ein Strohbündel in den Händen.

Holland selbst kniete auf einem Beobachtungsposten hinter der Ecke des Wohnhauses von Linda Berger. Links und rechts der Vordertür pressten sich die Mitglieder des Zugriffstrupps gegen die Hauswand, immer darauf bedacht, unterhalb der Fenster zu bleiben. Mit ihren kugelsicheren Titanhelmen, deren geschlossene Gesichtsvisiere nur einen schmalen Augenschlitz aus Panzerglas frei ließen, und den wuchtigen Schutzwesten wirkten sie wie finstere Ritter.

Die beiden Bauern erreichten das offene Gartentor. »Jemand zu Hause?«, rief der größere der beiden aufgeräumt, während sie ohne jedes Zögern auf den Hof einschwenkten und zielstrebig auf die Haustür zuhielten.

»Linda?«, machte sich der kleinere ebenso lautstark bemerkbar. »Bist du da?«

Holland hoffte, dass die beiden Männer ihre Rollen überzeugend genug spielten. Sie arbeiteten nicht wirklich in der Landwirtschaft, sondern gehörten zu seinem Kommando. Der wendige Hannes Ferchow und der kräftige Volker Babeck, beides erfahrene Nahkämpfer, hatten nicht viel Zeit gehabt, sich auf ihren Einsatz in den improvisierten Kostümen vorzubereiten. Obwohl Holland wusste, dass Ferchow und Babeck mit versteckt getragenen Pistolen bewaffnet waren und in diesem Moment vier gut getarnte Scharfschützen mit ihren Gewehren auf das Haus zielten, erfasste ihn eine gewisse Aufregung. Im entscheidenden Moment konnte immer etwas schiefgehen. Neben den tausendmal eingeübten Handlungsabläufen erforderte jeder Einsatz auch eine Prise Glück, und dieses Glück konnte man nicht erzwingen, sondern musste es einfach haben.

»Linda? Wir bringen das Stroh für deine Karnickel!«, tönte Babeck, als er mit Ferchow vor die drei flachen Steinstufen trat, die zum Hauseingang führten. »Ein Kaffee wäre schön!«

»Zwei!«, korrigierte Ferchow.

Die verkleideten Polizisten richteten ihre Aufmerksamkeit abwechselnd auf die geschlossene Tür und die Fenster, ohne dabei ihre links und rechts in Bereitschaft hockenden Kollegen auch nur eines Blickes zu würdigen.

»Linda?«, versuchte es Babeck noch einmal.

Aber es kam keine Reaktion. Im Haus blieb es still.

Holland, der die Bemühungen der beiden von seiner Ecke aus verfolgte, zwang sich zur Ruhe. Noch war alles möglich.

Ferchow setzte sein Strohbündel für einen Moment auf dem angewinkelten Knie ab und klopfte mit der linken Faust kräftig gegen das Türblatt. Die Schläge hallten laut über den Hof.

»Linda, komm aus der Hüfte!«, rief er. Dann hob er den Arm, um noch einmal anzuklopfen.

»Ich komme ja schon. Eine alte Frau ist kein D-Zug!«, erklang plötzlich eine dünne Stimme aus dem Haus.

Babeck und Ferchow spannten sich an. Von drinnen näherten sich schlurfende Schritte, dann öffnete sich die Tür, und eine kleine Frau mit Kopftuch und Kittelschürze erschien auf der Treppe. »Wer seid ihr überhaupt?«, erkundigte sie sich mit ungläubiger Miene. »Ich habe doch bei niemandem Futter –«

Weiter kam sie nicht.

Babeck stieß sein Strohbündel zur Seite, schnellte nach vorn, umfasste die Frau mit seinen kräftigen Armen und hob sie vom Eingang weg. Gleichzeitig riss Ferchow seine Pistole nach oben und zielte in den dunklen Hausflur. Im selben Moment spurteten die Mitglieder des Zugriffstrupps los und drangen von beiden Seiten mit vorgehaltenen Maschinenpistolen in das Gebäude ein.

Holland rückte ein Stück an die Giebelwand, als Babeck mit der völlig perplexen Linda Berger in den Armen um die Ecke gerannt kam und die Rentnerin hinter ihm in Deckung brachte. Aus dem Inneren des Hauses schallten immer wieder laut gebrüllte »Polizei!«-Rufe und das scheppernde Schlagen von Türen heraus auf den Hof. Aber Holland registrierte, dass bisher nicht ein einziger Schuss gefallen war.

Auf einmal erstarben die Geräusche, und es herrschte völlige Ruhe.

Holland stand auf, beugte sich um die Ecke und spähte zum Hauseingang.

Einige Sekunden verstrichen.

Dann kam Silvio, der den Zugriffstrupp angeführt hatte, mit hochgeklapptem Helmvisier aus dem Gebäude. Er sah herüber und schritt zielstrebig auf Holland zu.

»Das Haus ist jetzt sicher«, vermeldete er und blieb stehen.

»Und …?«, hakte Holland ungeduldig nach.

»Nichts. Es ist niemand drin.« Silvio zuckte mit den Schultern.

»Was? Das ist nicht dein Ernst!«

»Doch, leider. Wir sind einmal komplett durch. Da ist keiner.«

»Das gibt's doch nicht!« Holland holte tief Luft. »Warte.« Er drehte sich um, wo die Hausbesitzerin verschüchtert an der Ziegelmauer lehnte und ihn mit großen Augen ansah. Neben dem riesigen Volker Babeck wirkte sie noch kleiner und zerbrechlicher als ohnehin schon. Das blaue Kopftuch war verrutscht, und die grauen Wuschelhaare standen wild zur Seite.

»Frau Berger«, begann Holland, und er gab sich alle Mühe, nicht ungehalten zu klingen, »wo ist er?«

»Wer?«, fragte die Frau ängstlich.

»Der sowjetische Soldat.«

Sie schwieg.

»Frau Berger«, setzte Holland mit mahnendem Tonfall nach.

»Was für ein Soldat?« Linda Berger schüttelte zaghaft den Kopf. »Hier ist kein Soldat. Das müsste ich doch wissen.«

»Lassen Sie den Unfug. Er wurde gesehen, als er Ihr Haus betrat. Es hat keinen Sinn, das abzustreiten.« Holland beugte sich zu der Frau hinab. »Frau Berger, bitte, wir müssen wissen, wo sich der Mann aufhält.«

Linda Berger sah ihn trotzig an. »Den Jungen suchen Sie umsonst. Der ist schon lange weg!«

Holland zog die Augenbrauen hoch. »Wieso –«

»Chef?«, drang unvermittelt ein Ruf aus Richtung der Nebengebäude herüber. »Wir haben hier was.«

Mit einem unleidlichen Knurren ließ Holland die Rentnerin stehen und überquerte den Hof. Neben dem geöffneten Scheunentor stand ein Mitglied des Einsatzkommandos und winkte ihn zu sich.

»Was habt ihr?«, fragte Holland, als er seinen Kollegen erreichte.

»Wir sind beim Überprüfen der Scheune auf ein leeres Versteck gestoßen. Ferchow ist drinnen.« Der Mann deutete durch die offene Toreinfahrt ins Innere.

Holland betrat den fensterlosen Backsteinbau. Sofort umgab ihn eine warme, stickige Luft, in der ein würziger Heugeruch hing. Im Sonnenlicht, das durch den Eingang hereinflutete, tanzten aufgewirbelte Staubkörner wie Mückenschwärme durcheinander. Auf beiden Seiten des betonierten Mittelganges lagerte Stroh und Heu in unterschiedlich großen Ballen.

»Hier!«, machte sich Ferchow bemerkbar. Er wartete neben einer Wand aus Strohbündeln, die sich ganz hinten im Halbdunkel der Halle erhob. Für einen Moment drängte sich Holland der Gedanke auf, dass sein Kollege in seiner Verkleidung ganz gut hierherpasste. Mit wenigen Schritten war er bei ihm.

»Ich denke, dort hat Niroskin die letzte Nacht verbracht«, empfing ihn Ferchow und zeigte hinter die künstliche Sichtblende. Holland blickte in die schmale Flucht zwischen Stroh und Scheunenwand. Drei Meter vor ihnen auf dem Boden lagen mehrere zerwühlte Wolldecken auf einer Matte aus Heu. Am oberen Ende der provisorischen Schlafstatt war ein besticktes Kissen zu sehen, und rechts neben der Wand stand ein Tablett mit einer Thermosflasche und einer Porzellantasse.

»Anheimelnd«, stellte Holland trocken fest.

»Und guck mal da!« Ferchow nickte in Richtung zweier grober Stoffstücke, die in einer Ecke verborgen waren. »Meiner Meinung nach sind das da Fußlappen, wie sie die Sowjets in den Stiefeln tragen.«

»Ja, du hast recht. Das heißt, Niroskin hat jetzt Ersatz, und vermutlich besseren.« Holland ließ seine Augen noch einmal über das Lager schweifen. »Spitzenkissen und ein Kaffeetablett sind auch nicht das, was man in einer Scheune vorfindet, wenn man heimlich untergekrochen ist.« Er sah Ferchow an. »Du weißt, was das bedeutet ...«

»Die Oma?«

»Ja.« Holland nickte. »Linda Berger hat ihm geholfen. Daran besteht kein Zweifel.«

Er verließ die Scheune. Silvio empfing ihn am Tor und erklärte, dass sie das gesamte Anwesen durchkämmt hatten – erfolglos. Niroskin war tatsächlich verschwunden. Über Funk informierte Holland die Einsatzleitung, dass sich der Gesuchte nicht mehr auf dem Hof befand. Dann befahl er den Mitgliedern seiner Einheit, sich zügig zu den Fahrzeugen zurückzuziehen und dort zu warten. Ihre Arbeit war getan. Jetzt würden hier andere übernehmen.

Kurz darauf ertönten draußen auf der Straße Fahrzeuggeräusche und das Schlagen von Autotüren. Der Tross von Schutzpolizei und Kripo, der außerhalb des Sperrkreises gewartet hatte, rückte an. Das Grundstück füllte sich mit Polizisten, die je nach ihren Funktionen Uniform oder Zivilkleidung trugen. Holland entdeckte unter ihnen den Oberleutnant, der ihn zu Beginn des Einsatzes auf dem Parkplatz empfangen hatte. Er ging zu ihm und sagte: »Genosse Pohl, wir sind jetzt hier fertig. Gibt es schon irgendwelche neuen Informationen? Ist der Flüchtige irgendwo draußen gesehen worden?«

»Nein. Momentan tappen wir wieder völlig im Dunkeln. Unsere Kräfte fahnden großräumig weiter, ebenso die Suchmannschaften der sowjetischen Armee.« Pohl hatte ein verdrießliches Gesicht aufgesetzt. »Das ist ein elendes Dilemma. Ich kann mir ehrlich gesagt nicht erklären, wie er unbemerkt von hier verschwinden konnte.« Er schüttelte den Kopf. »Der macht seinem Namen wirklich alle Ehre!«

»Seinem Namen? Niroskin?«

»Nein. Seinem Spitznamen. Seit Fluchtbeginn am Sonntag früh ist er den Suchkräften schon ein paarmal durch die Lappen gegangen. Deswegen haben sie ihn ›Laska‹ getauft.«

»Wiesel?«, übersetzte Holland aus dem Russischen. »Da hat ja mal jemand Humor gehabt.« Er erlaubte sich ein schmales Lächeln.

»Ja, in der Tat.« Der Oberleutnant blieb ernst. »Nur ist er leider wirklich so flink wie ein Wiesel.« Pohl reichte Holland ein Klemmbrett, das er unter seinem Arm gehalten hatte. »Das ist sein bisheriges Bewegungsprofil. Soweit wir es rekonstruieren konnten.«

Holland studierte aufmerksam die Ermittlungsnotizen und Wegezeichnungen. Seit Niroskin vor zweieinhalb Tagen in der vierzig Kilometer entfernten Garnison Jüterbog aufgebrochen war, hatte er sich nicht nur clever an Posten und Suchketten vorbeigetrickst, sondern auch eine unglaubliche Kondition bewiesen.

»Eine ziemliche Zickzackstrecke«, murmelte Holland und fuhr mit dem Zeigefinger auf einer mit Markierungen und Anmerkungen versehenen Landkarte entlang. »Aber er kommt immer wieder auf die ursprüngliche Linie zurück.«

»Ja. So betrachtet ist die Fluchtrichtung konstant.«

»Stramm nach Osten.« Holland hob den Kopf. »Ich denke, der will nach Hause.«

In diesem Moment wurde er auf zwei Männer aufmerksam, die vor dem geöffneten Scheunentor standen und leise miteinander sprachen, während sie ihr Augenmerk auf das Innere der Halle richteten. Sie trugen kurze Lederjacken und Leinenhosen, die sich in Farbe und Machart nur wenig unterschieden, und ihre Haare waren akkurat geschnitten. Die Mienen der Männer wirkten verschlossen.

Holland straffte sich. Er kannte die beiden. Er kannte sie, seit er Kommandeur der Anti-Terror-Einheit geworden war. Er erinnerte sich noch genau, wie ihn damals, nur wenige Wochen nach seiner Ernennung, Oberst Malycha von der Politischen Abteilung angerufen hatte. Der Offizier war noch förmlicher als sonst gewesen und hatte Holland darüber informiert, dass in seinem Vorzimmer zwei Besucher »vom Bezirk« säßen. Sie seien in die spezielle Aufgabenstellung der Diensteinheit IX eingeweiht und erwarteten ihn zu einer Unterredung.

Als Holland fünf Minuten später in Malychas Büro ankam, führte ihn der Politoffizier zu den beiden Besuchern und legte ihm dabei unmissverständlich nahe, sie in allen Belangen zu unterstützen. Dann ging der Oberst und ließ ihn mit den zwei Männern allein.

»Genosse Holland«, begann der ältere der beiden, ein schlanker Blondschopf von vielleicht vierzig Jahren. »Ich bin Major Falk Tänzer. Ich leite die Fahndungsabteilung in der Bezirksverwaltung des MfS.«

Holland zuckte unwillkürlich zusammen. Besuch vom Ministerium für Staatssicherheit – das konnte nichts Gutes bedeuten. Fieberhaft dachte er nach, wie er die Aufmerksamkeit des Geheimdienstes auf sich gelenkt haben konnte.

»Keine Bange, wir haben nicht um diese Unterredung gebeten, weil wir an Ihrer Arbeit etwas auszusetzen hätten«, schickte Tänzer hinterher, der Holland genau beobachtete. »Vielmehr geht es uns darum, auch in Zukunft dafür Sorge zu tragen, dass die Funktion Ihrer Einheit gesichert und verbessert werden kann.« Er deutete auf den Mann neben sich, einen untersetzten Dreißigjährigen mit braunen Haaren und Schnauzbart. »Genosse Hellfritsch und ich, wir möchten Ihnen vorschlagen, die Eckpunkte Ihrer dienstlichen Aktivitäten von nun an mit uns abzugleichen. Das betrifft vor allen Dingen den Austausch bei konkreten Fahndungsmaßnahmen, aber auch allgemeine Einschätzungen über die Einsatzbereitschaft und die Leistungsfähigkeit Ihres Kommandos.«

Hellfritsch nickte beifällig, während der Major fortfuhr: »Als neuer Leiter der Diensteinheit IX tragen Sie für die Sicherheit in unserer Republik eine besondere Verantwortung. Unser Organ erwartet von Ihnen, dass Sie dieser Verantwortung in jeder Hinsicht gerecht werden. Dazu gehört auch, dass Sie uns vertrauensvoll über alle wichtigen Belange Ihrer Arbeit informieren. Oberst Malycha hat uns zugesichert, dass wir uns auf Ihre Kooperation verlassen können.«

»Ja«, antwortete Holland und schluckte. »Selbstverständlich.« Blieb ihm eine Wahl?

»Hervorragend!« Tänzer lächelte jovial. »Natürlich können Sie auch zwischendurch jederzeit Kontakt zu uns aufnehmen, wenn Sie irgendwo der Schuh drückt. Für die Sorgen engagierter Genossen haben wir immer ein Ohr.«

»In Ordnung.« Holland nickte betreten. »Das habe ich verstanden.«

Die beiden stellten noch einige belanglose Fragen zum Ausbildungsstand der Einsatzgruppe, dann verabschiedeten sie sich. Als Holland in die Diensträume des Kommandos zurückkehrte, hallte das kurze Gespräch noch in ihm nach. Eigentlich war es bei der besonderen Stellung der Anti-Terror-Einheit nicht verwunderlich, dass das MfS über kurz oder lang bei ihm auf der Matte stand. Garantiert hatte auch sein Vorgänger Kontakt zur Staatssicherheit gehabt. Trotzdem hinterließ das Treffen mit Tänzer und Hellfritsch bei ihm einen schalen Beigeschmack, und er hoffte, dass sich ihre Wege nicht allzu oft kreuzen würden.

»Genosse Holland?« Die Stimme von Major Tänzer riss ihn aus seinen Gedanken. »Kommen Sie mal bitte?«

Holland gab Pohl das Klemmbrett zurück und ging hinüber zur Scheune. Tänzer und Hellfritsch sahen ihm ernst entgegen.

»Wie es aussieht, hat die Anwohnerin den Fahnenflüchtigen ganz bewusst bei sich versteckt«, stieß der Major verächtlich aus. »Möglicherweise weiß sie auch etwas darüber, was der Kerl als Nächstes vorhat. Wir werden uns die Berger jetzt einmal vornehmen, und ich möchte, dass Sie dabei anwesend sind.« Tänzer nickte Holland zu. »Wenn sich in der Befragung ein Hinweis ergibt, dann können Sie der Sache mit Ihren Leuten sofort nachgehen. Wir dürfen keine Zeit verlieren, solange die Spur noch halbwegs heiß ist.«

Die schmächtige alte Frau saß auf ihrer Küchenbank wie ein Häufchen Elend. Sie hielt den Kopf tief gesenkt und verschwand fast hinter dem klobigen Holztisch, auf dem sich Deckelgläser und Schüsseln mit Pflaumenhälften drängten. Ein süßlicher Duft zog durch den Raum. Offenbar hatte die Frau gerade Obst eingekocht, als sie von der Spezialeinheit überrascht worden war.

Jetzt herrschte eine angespannte Ruhe. Außer Holland befanden sich nur noch die beiden MfS-Männer in der Küche. Tänzer versicherte sich noch einmal, dass die Tür geschlossen war. Dann flüsterte er seinem Kollegen etwas zu und baute sich vor dem Küchentisch auf.

»Ihr Name?«, begann er und fixierte die Rentnerin mit einem kühlen Blick.

»Den habe ich doch Ihren Kollegen schon gesagt«, wisperte die Angesprochene. »Sie wissen doch, wie ich heiße.«

»Ihr Name?«, wiederholte Tänzer unbeeindruckt.

»Berger. Linda Berger.«

»Frau Berger, Ihnen ist bekannt, wessen Sie beschuldigt werden?«

»Beschuldigt?« Die alte Frau sah kurz auf, senkte aber sofort wieder den Blick. »Sie sind wegen dem Jungen hier. Das weiß ich, ja.«

»Ihr ›Junge‹ ist ein in Fahndung stehender Fahnenflüchtiger der sowjetischen Streitkräfte. Ein Straftäter, dem Sie illegal Unterschlupf gewährt haben.«

»Ich habe einen Neunzehnjährigen aufgenommen, der völlig erschöpft war und um etwas zu essen und einen Schlafplatz gebeten hat.« Die Rentnerin hob sachte die Schultern. »Ich dachte nicht, dass das illegal ist.«

»Jetzt spielen Sie uns doch nicht die Naive vor!«, entfuhr es dem Major. »Sie wussten ganz genau, dass sich der Mann unerlaubt von seiner Einheit entfernt hatte. Kein regulärer sowjetischer Soldat klopft so einfach bei Fremden an die Tür und verlangt nach einer Übernachtungsgelegenheit.«

Linda Berger schwieg.

»Ich hoffe, Ihnen ist klar, dass Sie sich mit Ihrem Handeln selbst einer schweren Straftat schuldig gemacht haben.«

»Ich wollte einfach nur helfen«, kam es verschüchtert zurück. »Der Junge tat mir leid.«

»Seit wann ist er wieder unterwegs?«

Die alte Frau zögerte. Dann sagte sie: »Seit dem Mittag.«

»Geht's vielleicht ein bisschen genauer?«

»So halb eins vielleicht.«

Holland staunte. Wenn das stimmte, dann war Niroskin schon bei ihrer Ankunft nicht mehr auf dem Hof gewesen. Und keiner von den Beobachtern hatte etwas gemerkt. Er warf einen verstohlenen Blick auf seine Uhr. Inzwischen war es zehn nach vier. Somit besaß der Soldat einen komfortablen Vorsprung.

»Frau Berger«, Tänzers Ton wurde hart und belehrend, »wir geben Ihnen jetzt die Gelegenheit, Ihren Fehler zu korrigieren, indem Sie uns uneingeschränkt offenlegen, was genau hier passiert ist. Das kann sich möglicherweise strafmindernd für Sie auswirken. Haben Sie das verstanden?«

»Ja.« Linda Berger sackte noch ein wenig mehr in sich zusammen.

»Dann beginnen wir ganz von vorn. Wann ist der Flüchtige hier aufgetaucht?«

»Gestern Abend. Kurz nach Einbruch der Dunkelheit. Er hat ans Küchenfenster geklopft. Erst war ich ziemlich erschrocken, aber als ich gesehen habe, wie jung er war, da habe ich die Tür aufgemacht und ihn in die Küche geholt.«

»Hat Sie der Mann in irgendeiner Weise bedroht?«

»Nein. Er war ja selber ganz verängstigt. Und er hat immer zu dem Brot auf der Anrichte geschielt. Ich habe ihm dann erst mal etwas zu essen gegeben; das hat er nur so runtergeschlungen.«

»Konnte er Deutsch?«

»Nein. Nur Russisch. Damit ist es bei mir nicht sehr weit her. Wir haben es mit Gesten versucht. Oder er hat mir etwas aufgeschrieben.«

»Aufgeschrieben?« Tänzers Stimme klang alarmiert.

»Nur so hingekritzelt. Auf einen Schmierzettel.«

»Den möchte ich sofort sehen!«, forderte der Major.

»Ich weiß nicht, ob ich ihn noch habe …«

»Frau Berger, den Zettel! Aber ganz schnell!« Tänzer rückte bedrohlich nah an den Tisch. Die Rentnerin wich instinktiv auf ihrer Bank zurück. Dann wühlte sie fahrig in der Tasche ihrer Kittelschürze und kramte schließlich ein verknittertes Stückchen Papier hervor.

Hellfritsch ging um den Tisch, zog es ihr mit einer ruppigen Bewegung aus der Hand und reichte es an Tänzer weiter.

Holland, der das Verhör bisher aus dem Hintergrund beobachtet hatte, trat neben den Major und warf einen Blick auf den Zettel. Was er darauf sah, rührte ihn an. Es waren nur wenige Notizen, allesamt mit Bleistift auf das Papier gebracht. Der Name »Alexej« in ungelenken lateinischen Buchstaben. Die Zahl Neunzehn. In kyrillischer Schrift die Worte *»Drug«*, Freund, und *»Spasibo«*, Danke. Und ein grob skizziertes Bett mit einem Fragezeichen dahinter. Die Zeichen auf dem Zettel erzählten vom linkischen und gleichwohl gutwilligen Versuch einer Verständigung.

Holland zog sich wieder ans Ende der Küche zurück.

»Wie ging es dann weiter, als Sie sich ›unterhalten‹ hatten?«, fragte Tänzer in zynischem Ton.

»Ich habe dem Jungen ein paar Sachen in die Scheune gebracht. Dort hat er dann geschlafen.« Die Rentnerin sah zögerlich auf. »Und heute Mittag hatte ich für ihn gekocht. Dazu kam er herüber in die Küche. Ich wollte, dass er hier am Tisch isst wie ein vernünftiger Mensch und nicht drüben auf dem Boden.« Sie fuhr sich mit ihren faltigen Händen über das Gesicht. »Das war wohl ein Fehler. Jemand muss den Jungen gesehen haben. Eine halbe Stunde später ist draußen ein Polizist rumgeschlichen und hat immer wieder zu meinem Haus geschaut. Er dachte wohl, ich bemerke ihn nicht. Aber er hat sich nicht besonders geschickt angestellt. Als ich ihn entdeckt hatte, da ahnte ich, dass er wegen dem Jungen da war.«

»Spätestens dann musste Ihnen doch klar gewesen sein, dass nach Ihrem ›Gast‹ gesucht wird. Sie hätten sicher leicht eine Gelegenheit gefunden, sich vertrauensvoll an den Genossen der VP zu wenden. Aber das haben Sie nicht getan«, donnerte Tänzer. »Erklären Sie das!«

»Ich sehe, wenn jemand Angst hat«, antwortete die Frau leise. »Und der Junge hatte Angst. Sehr große sogar.« Sie zuckte mit den Schultern, und Holland glaubte in der Geste einen zaghaften Anflug von Widerstand zu erkennen. »Da habe ich ihn hinten hinausgelassen. Er ist durch die Sonnenblumen gekrochen und dann im Maisfeld verschwunden. Und ich habe meine Pflaumen weitergemacht.« Sie reckte das Kinn nach oben, und fast schien es, als spräche daraus ein gewisser Stolz.

»Sie hintergehen unsere Sicherheitsorgane und machen sich mit einem bewaffneten Straftäter gemein?« Jetzt brüllte Tänzer vollends, und Holland war sich nicht sicher, ob der Ausbruch nur Linda Bergers Handeln geschuldet war oder auch der Tatsache, dass sie langsam ihr Selbstbewusstsein zurückgewann. Tänzer hieb mit der Faust auf die Tischplatte, was die Gläser zu einem schrillen Klirren brachte. »Bestimmt haben Sie ihm auch noch Tipps für die Flucht gegeben«, fuhr er fort. »Also – wohin ist der Mann jetzt unterwegs? Was hat er als Nächstes vor?«

»Ich habe vorhin schon gesagt, ich verstehe kein Russisch. Und der Junge spricht kein Deutsch. Ich weiß es nicht«, antwortete die Rentnerin verstockt.

»Jetzt hören Sie aber auf! Sie lügen doch!«, ereiferte sich Tänzer.

Holland spürte einen quälenden Druck im Magen. Auch wenn sie die Informationen dringend brauchten, fiel es ihm schwer, das Verhör des MfS-Offiziers weiter zu ertragen. Die alte Frau tat ihm leid. »Entschuldigung«, erhob er das Wort. »Genosse, gestatten Sie?«

Tänzer sah sich ungehalten zu ihm um. Holland nickte in Richtung der Verhörten. »Ich habe Frau Berger etwas zu sagen. Es ist wichtig.«

Tänzer schnaufte. »In Ordnung. Dann tun Sie das.«

Holland trat nach vorn an den Tisch und beugte sich zu der Rentnerin vor. »Frau Berger, ich werde Ihnen etwas erklären. Und ich möchte, dass Sie darüber nachdenken«, begann er völlig ruhig. »Sie haben Alexej Niroskin als sympathischen jungen Mann kennengelernt. Als einen dankbaren Gast. Als einen Menschen, der eher Angst hat, als dass er jemandem etwas zuleide tun möchte. Es ist gut, dass Ihre Begegnung diesen Verlauf genommen hat. Aber Fakt ist auch: Er ist mit einer geladenen Waffe unterwegs. Die Fahndung läuft auf Hochtouren. Niemand kann sagen, wie er sich verhält, wenn er sich in die Enge getrieben fühlt. Wie er dann reagieren wird ...« Holland ließ eine kurze Pause, dann sprach er weiter. »Er könnte jemanden verletzen. Oder die Sicherheitskräfte könnten sich gezwungen sehen, die Schusswaffe gegen ihn anzuwenden, wenn er sie bedroht. Ich bin mir sicher, dass Sie das alles nicht möchten.« Er sah die Frau fest an. »Deshalb, Frau Berger, müssen Sie es uns sagen, wenn Sie etwas über die weiteren Pläne von Alexej wissen. Wenn Ihnen etwas an dem Jungen liegt, dürfen Sie jetzt nicht schweigen.«

Die alte Frau neigte den Kopf nach unten. Einige Sekunden verstrichen. Dann sah sie zu Holland auf. »Ich weiß es doch wirklich nicht«, flüsterte sie. »Es tut mir leid.«

Holland glaubte, in ihren Augen winzige Tränen aufblitzen zu sehen. Schnell drehte er sich zu den beiden Mitarbeitern der Staatssicherheit um. »Ich denke, für meine Einheit sind hier keine Erkenntnisse mehr zu erwarten. Ich stimme mich jetzt mit Potsdam ab, wie es für uns weitergeht. Es sei denn, Sie brauchen mich noch.«

Tänzer schüttelte den Kopf. »Gehen Sie ruhig. Für den Rest dieser kleinen Unterredung benötigen wir Sie nicht.« Er warf der Rentnerin einen eisigen Blick zu.

Holland grüßte knapp und verließ die Küche. Als er durch den dunklen Flur nach draußen ging, kam es ihm vor wie eine Flucht. Er trat in die gleißende Sonne und rieb sich die Augen.

»Genosse Holland?« Von der Mitte des Hofes strebte ihm Oberleutnant Pohl entgegen. »Es gibt eine neue Lage. Der Flüchtige hat vor zehn Minuten in Höhe Staakow die Sperrkette entlang der Autobahn Berlin–Dresden durchbrochen und ist auf der östlichen Seite wieder abgetaucht.«

»Gab es einen Schusswechsel?«

»Nein. Die ganze Situation war wohl etwas verworren. Die Genossen haben Niroskin zu spät entdeckt. Als er dann über die Autobahn geflitzt ist, hat sich niemand zu schießen getraut, wegen des zivilen Fahrzeugverkehrs. Und dann war der Kerl schon wieder weg.« Pohl verzog das Gesicht.

»Laska«, stellte Holland nüchtern fest.

»So kann man es auch sagen.« Der Oberleutnant nahm die Mütze ab und fuhr sich mit der Hand durch die Haare. »Die Kontaktstelle ist ungefähr acht Kilometer entfernt. Die Fährtenhunde, die ich hierher angefordert hatte, habe ich wieder umkehren lassen. Das hat bei der Distanz und der dazwischenliegenden Autobahn keinen Sinn mehr. Jedenfalls ist Niroskin weiter nach Osten unterwegs. Das ganze Suchgebiet wird gerade in Richtung Unterspreewald verlagert.« Er winkte missmutig ab. »Wasserkanäle, Wald und Sümpfe. Das ist ganz schwieriges Terrain.«

»Hmmm.« Holland nickte. »Danke. Dann weiß ich Bescheid.«

In diesem Moment verließen Tänzer und Hellfrisch das Haus. Hinter ihnen führte ein Uniformierter Linda Berger nach draußen. Als die Hofbesitzerin an Holland vorbeikam, stockte sie und griff nach seinem Arm.

»Ich weiß nicht, wie Sie heißen«, sagte die kleine Frau schnell, »aber Sie sind nicht so übel wie die anderen.« Sie drückte Hollands Oberarm mit einer erstaunlichen Kraft, doch in ihren Augen lagen Unsicherheit und Sorge. »Wenn Sie Alexej finden … Bitte tun Sie ihm nichts! Das ist ein guter Junge.«

17

Verlorenwasser, 2005

»Das hat die Frau gesagt?« Alina sah Holland durch die Gittertür der ehemaligen Waffenkammer an. Sie hatte seine Schilderungen gespannt verfolgt, hatte die ganze Zeit über wachsam und misstrauisch an seinen Lippen gehangen, aber seit er auf die Ereignisse auf dem Bauernhof zu sprechen gekommen war, lag eine Spur Wehmut in ihren Zügen.

»Erzählen Sie mir noch etwas mehr von dieser Linda«, forderte sie ihn auf.

»Viel mehr, als ich Ihnen schon berichtet habe, kann ich dazu nicht sagen«, antwortete Holland. »Sie schien eine sehr freundliche, zupackende Person zu sein. Aber was an diesem Tag passiert ist, hat sie ziemlich eingeschüchtert. Erst die Erstürmung ihres Hauses. Danach die ganzen Untersuchungen. Da brach viel über sie herein. Für die Leute von der Kripo war ihr Hof ein Tatort. Sie haben Spuren gesichert, Fotos gemacht. In der Scheune, im Wohnhaus, im Garten.« Holland hob die Hände, und die Geste hatte etwas von einer missglückten Entschuldigung. »Und dann noch die Vernehmung durch das MfS.«

»Was ist danach mit ihr passiert? Nachdem diese zwei zynischen Geheimdienstler mit der armen Frau fertig waren? Hat man sie wirklich bestraft?«

»Eine Anklage hat sie mit Sicherheit erhalten. Auf das, was sie getan hat, standen mehrere Jahre Haft. Ob man aufgrund ihres hohen Alters davon abgesehen und sie stattdessen zu einer Bewährungsstrafe verurteilt hat, kann ich nicht sagen. Das lag in anderen Händen.«

»Mehrere Jahre Haft? Sie hat Gefängnis riskiert, um Alexej zu helfen?«

»Ich glaube nicht, dass ihr die möglichen Konsequenzen bewusst waren, als sie Ihren Bruder zu sich ins Haus geholt hat.«

Holland seufzte. »Diesbezüglich war sie anscheinend bedauernswert naiv.«

»Naiv? Wohl eher mitfühlend!«, rief Alina aus.

»Das macht es nicht unbedenklicher. Es ging ja nicht nur darum, ob die Hilfe für einen flüchtigen Soldaten strafbar ist. Linda Berger lebte allein und hat am späten Abend einen völlig fremden, bewaffneten Mann in ihr Haus gelassen. Die ganze Sache hätte für sie auch ganz anders ausgehen können.«

»Vielleicht hatte sie einfach eine bessere Menschenkenntnis als Sie?« Alina betrachtete Holland lauernd. »Jedenfalls hat sie in Alexej keinen Verbrecher gesehen.«

»Jetzt hören Sie aber auf!« Holland atmete hörbar aus.

Einen Moment herrschte Stille.

»Was meinen Sie – wäre er länger dort geblieben? Bei Linda auf dem Hof?«, unterbrach Alina schließlich das Schweigen. »Wenn der Nachbar ihn nicht verraten hätte? Oder gar nicht bemerkt?« Ihre Augen drückten eine vergebliche Hoffnung aus, einen Wunsch, der sich im Nachhinein nicht mehr erfüllen konnte.

»Ich weiß es nicht. Vorstellbar wäre es schon. Möglicherweise hätte er noch ein paar Tage abgewartet, bis die Fahndungsmaßnahmen gelockert geworden wären.« Holland zuckte mit den Schultern. »Er war zu der Zeit schon fast drei Tage unterwegs. Er muss ziemlich erschöpft gewesen sein. Die alte Frau hätte ihn sicher nicht weggeschickt.«

Alina nickte und ging unruhig hin und her. Der Gedanke, dass ihr Bruder nur durch einen Zufall und die Beflissenheit eines neugierigen Ortsvorstehers seinen scheinbar sicheren Unterschlupf verloren hatte, schien sie zu schmerzen.

»Ewig hätte er nicht bleiben können«, meinte Holland nach einer Weile.

»Aber danach wäre er vielleicht bis nach Hause durchgekommen.«

»Das halte ich für ausgeschlossen. Er hätte die DDR nicht verlassen können.« Holland sagte das, obwohl er wusste, dass es nicht ganz stimmte. Damals hatte nicht jede Fahndung zu einem

Erfolg geführt. Tatsächlich waren einige der desertierten Soldaten nie wieder aufgetaucht. Und hin und wieder hatte es Gerüchte gegeben, Einzelne von ihnen wären bis in ihre Heimat in der Sowjetunion gelangt. Aber Holland hielt es für eine schlechte Idee, der aufgewühlten Alina jetzt davon zu berichten. Zumal Alexej nicht zu den wenigen Glücklichen gehört hatte. Deshalb erklärte er: »Spätestens an der Oder wäre Schluss gewesen. Der Fluss und der polnische Grenzschutz hätten seiner Flucht ein Ende bereitet.«

»Wer weiß? Seine Verfolger haben ihn Laska genannt!«, erinnerte ihn Alina mit einem Anflug von Trotz in der Stimme. »Anscheinend hat er sie ziemlich ins Schwitzen gebracht.«

»Ja, das stimmt. Das hat er von Beginn an.«

»Sie haben gesagt, Sie hätten die Unterlagen über den Weg gelesen, den er genommen hat, bevor er zu Linda Berger gekommen ist. Die Notizen auf dem Klemmbrett des Oberleutnants. Wie hieß er noch mal?«

»Pohl.«

»Erzählen Sie mir davon. Wie hat sich Alexej seinen Spitznamen verdient?«

Holland gewann den Eindruck, dass seine Kidnapperin jedem Detail der damaligen Ereignisse auf eine fast fieberhafte Weise nachjagte. Als versuche sie, mit aller Macht die Stunden festzuhalten, in denen Alexej noch in Freiheit gewesen war.

»Soweit ich weiß, hat Ihr Bruder seine Einheit an einem frühen Sonntagmorgen verlassen.« Er versuchte, sich an die Informationen aus Pohls Fluchtbericht zu erinnern. »Es war Anfang August und der vorletzte Tag einer einwöchigen Feldübung auf einem Truppenübungsplatz der Garnison Jüterbog. Alexej hatte man über Nacht als Wachposten für einen Instandhaltungs-Lkw eingeteilt, eine mobile Werkstatt, die für die Betreuung der beteiligten Panzerbataillone im Gelände abgestellt war. Wann er den Entschluss gefasst hat zu desertieren, weiß ich nicht. Jedenfalls muss er im ersten Dämmerlicht des Morgens aufgebrochen sein. Als um sechs Uhr seine Ablösung erschien, war er schon weg. Es erfolgte die übliche Meldung, und zuerst haben ihn die unmittelbaren Vorgesetzten rund um den Laster suchen lassen. Er hätte ja auch irgendwo schlafen können oder sich nur mal eben die Füße vertreten. Allerdings war das Wachregime ziemlich streng. Einfache Soldaten wagten normalerweise nicht, sich leichtfertig von ihrem Posten zu entfernen. Somit bestand bald Klarheit darüber, dass sein Verschwinden kein Zufall gewesen sein konnte.«

Holland hob die Schultern. »Da wurde das Garnisonskommando informiert und die Suche eingeleitet. Weil Alexejs Waffe ebenfalls nicht auffindbar war, nahm man die Sache sehr ernst, und es wurden sofort mehrere hundert sowjetische Kräfte in Marsch gesetzt.«

»Mehrere hundert? Und die haben ihn nicht gekriegt? Wie hat er das geschafft?«

»Durch Geschwindigkeit.« Holland sah im Geiste noch einmal Pohls mit Anmerkungen versehene Landkarte vor sich. »Er hat vor allem am ersten Tag seiner Flucht viel Strecke gemacht. Später wurde durch die Kripo ermittelt, dass in einer nahe gelegenen Siedlung ein Fahrrad fehlte. Damit ist er noch vor der Alarmierung der Suchkräfte ein gutes Stück weit gekommen. Vermutlich zuerst ganz offen auf der Landstraße, später etwas versteckter auf Waldpfaden und Feldwegen. Irgendwann hat er das Rad zurückgelassen und ist querfeldein zu Fuß weitermarschiert. Die Kripo hat es später gefunden und dann rekonstruiert, dass er an diesem Sonntag mehr als dreißig Kilometer zurückgelegt hat, ohne jemandem aufzufallen.«

»Flink wie ein Wiesel«, murmelte Alina versonnen.

»Ja. Ich denke, an diesem Tag hat er bereits seinen Spitznamen erhalten«, fuhr er fort. »Die erste Nacht hat er dann wahrscheinlich irgendwo im Freien verbracht. Am nächsten Tag wurden die Verfolger noch mehr. Die VP kam dazu. Überall gab es jetzt Kontrollen und Postenketten.«

»Aber auch die haben ihn nicht erwischt.«

»Nein. Er war ziemlich gewieft.« Holland spürte, wie sehr Alina die Schilderungen von Alexejs Weg berührten. Vielleicht war das eine Möglichkeit, ihre harte Schale zu durchbrechen.

Wenn er sie von seiner Unschuld überzeugen wollte, musste er einen emotionalen Zugang zu ihr finden. Einen Zugang, der nicht von ihren bitteren Vorwürfen gegen ihn verstellt war.

Also sprach er schnell weiter: »Es war ja damals so: Da sich die sowjetischen Suchkräfte in ihren Uniformen glichen wie ein Ei dem anderen, gaben die Vorgesetzten Parolen aus, um die eigenen Leute erkennen zu können. Der flüchtige Soldat wusste das Losungswort natürlich nicht und sollte so identifiziert werden.« Holland versuchte ein zaghaftes Schmunzeln. »An einem Sperrposten, der den einzigen Durchlass an einem von Schützenketten gesicherten Eisenbahndamm bewachte, tauchte am zweiten Tag der Fahndung plötzlich ein junger Soldat auf. Er war allein unterwegs und dadurch sofort verdächtig. Aber er wirkte völlig unbeschwert, war zum Scherzen aufgelegt und erklärte, er sei als Melder unterwegs. Als man ihn nach der Parole fragte, nannte er, ohne nachzudenken, die richtige Losung: *utrennjaja rosá* – Morgentau. Der Mann durfte sofort passieren. Schließlich musste er als Melder schnell weiterkommen.«

Er ließ eine kurze Pause.

»Und?«, fragte Alina.

»Bei einer späteren Überprüfung stellte sich heraus, dass in diesem Abschnitt überhaupt kein Melder unterwegs gewesen war. Aber die Beschreibung des jungen Soldaten traf genau auf Alexej zu. Sie hatten ihn sehenden Auges durchgelassen.« Holland deutete mit seinen Armen eine Kreisbewegung an. »Rund um den Posten standen dichte Büsche. Vermutlich hat es Ihr Bruder geschafft, sich unbemerkt anzuschleichen und die Parole bei anderen aufzuschnappen. Dann ist er damit ganz frech aufgetreten. Anders wäre er nicht unbehelligt über den Bahndamm gekommen. Und dann weiter zum Hof von Linda Berger.«

Alina senkte den Kopf und schwieg. So stand sie ganz still im Gang der Baracke. Holland glaubte, in ihren Zügen ein versonnenes Lächeln zu erkennen.

Er ließ sie in ihren Gedanken und wandte seinen Blick zum Fenster im Raum hinter ihr. Draußen herrschte eine friedvolle Ruhe. Kein Windhauch bewegte die hochgewachsenen Gräser.

Mitten zwischen den verlassenen Gebäuden stand ein Reh auf seinen langen dürren Läufen und knabberte emsig am wilden Bodenbewuchs herum. Anscheinend wies der alte Sicherheitszaun nach den vielen Jahren tatsächlich Lücken auf. Für einen Augenblick hob das Reh den Kopf, dann machte es ein paar gestakte Schritte nach vorn und fraß weiter.

Das idyllische Bild erfüllte Holland mit einer merkwürdigen Unruhe, denn ihm wurde mit einem Mal bewusst, dass schon eine ziemlich lange Zeit verstrichen war, seit die beiden stromernden Kinder zum Fenster hereingeschaut hatten und dann wieder verschwunden waren. Bis zum Dorf Verlorenwasser hatten sie es nicht allzu weit. Wenn sie gleich dorthin gelaufen waren und erzählt hatten, was hier in der Baracke vorging, dann müsste längst Hilfe angekommen sein. Zumindest eine Polizeistreife aus Belzig hätte es in der Zwischenzeit locker bis hierher schaffen können. Aber es war nichts passiert. Hatten die beiden Jungs doch nicht mitgekriegt, dass sich in der Baracke gerade etwas Gefährliches abspielte? Aber das konnte eigentlich nicht sein. Sein lautes Schreien musste sie alarmiert haben. Und natürlich Alinas Schuss in die Decke.

Oder hatten sie sich nicht getraut, jemandem von ihrer Beobachtung zu berichten? Weil es ihnen vielleicht verboten war, auf diesem Gelände zu spielen?

Holland konnte diese Fragen jetzt nicht beantworten. Er durfte nicht aufgeben zu hoffen. Und er musste weiter auf Zeit setzen. Immerhin schien seine Kidnapperin mit jeder Erinnerung an ihren Bruder etwas von ihrer Härte zu verlieren.

Er brauchte nur –

»Haben Sie wirklich gedacht, Sie können mich mit ein paar netten Episoden von Alexejs Flucht weichkochen?«, presste Alina plötzlich heraus.

Holland fuhr herum und erschrak. Von der Melancholie, die er noch vor wenigen Minuten in den Augen der Frau zu erkennen geglaubt hatte, war nichts mehr zu finden. Im Antlitz seiner Kidnapperin standen stattdessen wieder Unerbittlichkeit und Hass geschrieben.

»Man hat Alexej gejagt wie ein Tier! Diese Linda war die Einzige, die meinen Bruder nicht als einen Feind betrachtet hat«, stieß sie aus. »Die Einzige, die den Mut besaß, ihm wenigstens für eine Nacht ein sicheres Heim zu geben. Ein paar freundliche Worte zu schenken. Und etwas zu essen.« Mit einem energischen Schritt trat sie näher an die Gittertür und blitzte Holland an. »Die alte Frau hat Sie angefleht, Alexej zu schonen! Aber das haben Sie nicht getan!«

Den letzten Satz hatte sie förmlich ausgespien, sodass Holland in seiner Zelle instinktiv zurückwich.

Alinas Hand spannte sich so fest um den Griff der Pistole, dass die Knöchel weiß aufleuchteten. Ihre Körperhaltung war eine einzige unverhohlene Drohung. So standen sie sich gegenüber wie zu Beginn des Verhörs.

Die Hoffnung auf eine vorsichtige Annäherung hatte sich soeben zerschlagen. Und Hilfe von außen war nicht gekommen.

18

Region Unterspreewald, 1986

Es war ein verschwiegener Ort, den man ihnen zugewiesen hatte. Ein leer stehendes Fortbildungsheim der Forstverwaltung, zweieinhalb Stockwerke hoch und mit einem spitzen Schindeldach versehen. Mit seiner rotbraunen Bretterverschalung, den geschnitzten Verzierungen und den grünen Fensterläden mutete es an wie ein altes Jagdhotel. Am Rande eines großflächigen Hofes reihte sich eine Anzahl flacher Nebengebäude aneinander. Jenseits des hohen Palisadenzaunes, der das gesamte Grundstück einschloss, gab es nichts als Wald. Lediglich eine unauffällige Forststraße verband das Anwesen mit der Außenwelt.

Nach dem Einsatz auf dem Hof von Linda Berger in Zeselin hatte man Holland und seine Einheit an die westliche Flanke des Unterspreewalds verlegt. Seit gestern Abend warteten sie auf neue Befehle, aber Alexej Niroskin war wie vom Erdboden verschluckt. Inzwischen strebte auch der Mittwoch seinem Ende zu, und sie bereiteten sich in ihrem abgeschiedenen Quartier auf die zweite Übernachtung vor.

Es war kurz nach zweiundzwanzig Uhr, und die Dunkelheit hatte sich längst über den dichten Forst gesenkt, als Holland den Balkon an der Giebelseite des Spitzdaches betrat. Im kalten Mondlicht machte er die Silhouette seines Freundes Silvio aus, der unbewegt auf einem der rustikalen Holzstühle saß und in die schwarzblaue Nacht blickte.

»Störe ich?«, fragte Holland mit gedämpfter Stimme.

»Du immer«, kam es prompt, was Holland als Einladung auffasste. Er zog sich einen Stuhl heran und ließ sich neben seinem Freund nieder.

»Willst du auch ein Bier?«, erkundigte sich Silvio.

»Haha«, grummelte Holland freudlos. Diesen blöden Witz hatte sein Freund schon viele Male gemacht, besonders dann, wenn sie sich in einem Dauereinsatz befanden und über Tage jeder Schluck Alkohol tabu war.

»Und, was ist rausgekommen in der Besprechung?« Silvio klang jetzt wieder ernst.

»Es gibt immer noch keine heiße Spur vom ›Wiesel‹. Aber sie sind sich sicher, dass der Kerl jetzt in der Falle sitzt. Nur noch nicht, an welcher Stelle genau.« Vor einer Viertelstunde war Holland von einem improvisierten Führungspunkt in einem Gaststättensaal der nahe gelegenen Gemeinde Krausnick zurückgekehrt, wo sich die Leiter aller an der Fahndung nach Alexej Niroskin beteiligten Polizeieinheiten beraten hatten.

»Und was denkst du?«, hakte Silvio nach.

»Dasselbe wie die Chefs: dass er sich irgendwo da draußen in den Wäldern versteckt. Soll ziemlich unwegsames Gelände sein. Da hat sich bisher keiner von den Suchkräften reingetraut. Sie hoffen, dass er morgen oder übermorgen weiter in Richtung Heimat zieht.« Holland sah zu Silvio. »Ich denke, dann kriegen sie ihn.«

»Meinst du wirklich?

»Die Sowjets und unsere Leute haben Richtung Osten und Norden eine riesige Abriegelung gelegt. Posten, Schützenketten und Hinterhalte entlang aller Straßendämme, von Lübben über Schlepzig bis hinauf nach Märkisch-Buchholz. Sie sind überzeugt, dass er da noch nicht durchgekommen ist. Und dass sie ihn erwischen, falls er es versucht.«

»Und wenn er es in der Nacht probiert? In der Dunkelheit sehen sie ihn vielleicht nicht.«

»Er sieht sie aber auch nicht. Sie bauen darauf, dass ihm nachts das Risiko für einen Durchbruch zu groß ist.«

Silvio wiegte den Kopf, sagte aber nichts.

»Eigentlich sollten wir froh sein, dass man uns hier zurückhält«, bemerkte Holland nach einer Weile. »Die Kollegen liegen draußen bibbernd in ihren Schützenketten, und jeder von ihnen hofft wahrscheinlich, dass Niroskin nicht ausgerechnet bei ihm auftaucht. Ich habe vorhin ein paar junge Wehrdienstleistende von der Bereitschaftspolizei gesehen, die waren kreidebleich, als man sie für ihre Abschnitte in der Pampa eingeteilt hat.«

»Da kann man nur die Daumen drücken, dass die Jungs die Nerven behalten und nicht anfangen, vor lauter Panik auf die eigenen Leute zu schießen. Oder auf die Patrouillen der Freunde.«

»Mal nicht den Teufel an die Wand!« Innerlich dankte Holland dem Schicksal dafür, dass sich Niroskin hier und nicht im südlich gelegenen Oberspreewald versteckt hatte, wo sich um diese Jahreszeit auch noch Tausende von neugierigen Touristen tummelten.

Silvio tastete mit der Hand nach einer Seltersflasche, die neben seinem Stuhl stand, nahm ein paar lange Schlucke und lehnte sich zurück. »Na ja. Was auch immer da draußen gerade vor sich geht – im Moment können wir nichts anderes tun als warten.«

»Stimmt. Wir warten. Wie so oft«, murmelte Holland und blickte schweigend über die schwarzen Silhouetten der Baumwipfel, die sich kaum merklich vor dem tiefblauen Nachthimmel abzeichneten.

Warten. Unsere Spezialität.

Er erinnerte sich daran, wie man ihn vor knapp zwölf Jahren für die Einheit angeworben hatte. Als er mit seiner Zusage in den Konferenzraum gekommen war und ihm Oberst Malycha erklärt hatte, dass ihr Kommando die streng gehütete Antwort der DDR auf Terrorangriffe wie das Olympiaattentat in München sei. Seitdem standen sie sich Jahr für Jahr bei Großveranstaltungen wie der Leipziger Messe, an politischen Feiertagen oder während internationaler Sportwettkämpfe die Beine in den Bauch – für die Öffentlichkeit unsichtbar, aber bereit, sofort einzugreifen, falls es zu einer Bedrohung käme. Nahezu alle möglichen Austragungsorte waren ihnen mittlerweile vertraut, hatten sie doch zwischen den öffentlichen Festivitäten in Messehallen, Stadien oder Kulturpalästen trainiert, wie sie Geiselnehmer und Terroristen überraschen und aus dem Spiel nehmen konnten. Während der Veranstaltungen waren sie rund um die Uhr im Dienst. Fand das fragliche Ereignis in Potsdam statt, wurde Objektbereitschaft angeordnet, und Holland harrte mit seinen Männern Tag und Nacht in den Räumen ihres Sperrbereichs aus. Bei auswärtigen Einsätzen zogen sie für die fragliche Zeit in ein verdecktes Quartier der zuständigen Volkspolizeibehörde um.

Ja, das Warten hatten sie gelernt, dachte Holland noch einmal. Bis zum heutigen Tage war der befürchtete große Terrorangriff ausgeblieben. Und auch Geiselnahmen unter den eigenen Bürgern kamen quasi nie vor, wofür allein schon die rigide Aufsicht über die wenigen in zivilen Händen befindlichen Schusswaffen sorgte. Und, selbstverständlich, die vehemente Wachsamkeit der Sicherheitsorgane, deren Augen und Ohren permanent alle Schichten der Gesellschaft durchdrangen. Bis auf die Fahndungen nach geflohenen sowjetischen Soldaten und ein paar wenige Einsätze für die Kripo bestand der Alltag der Einheit nach wie vor fast nur aus Training und Bereitschaft.

Die Polizeiführung ließ unterdessen nicht den geringsten Zweifel an der Notwendigkeit der Anti-Terror-Brigade aufkommen. Ganz im Gegenteil: In den letzten Jahren hatte sie die Einsatzgruppen in den Bezirken verstärkt, das Ausbildungsgelände in Verlorenwasser ausgebaut und ihnen vor Kurzem sogar Präzisionsschützengewehre eines westdeutschen Herstellers zukommen lassen. Holland fragte sich noch immer, auf welchen verschlungenen Pfaden diese mit einem Embargo belegten Waffen aus dem NATO-Gebiet in seine sozialistische Heimat gelangt waren, aber er hatte sich wohlweislich gehütet, diese Frage laut zu stellen.

»Wie geht's eigentlich zu Hause?«, unterbrach Silvio unvermittelt die Stille. »Alles wieder elastisch?«

»Was?« Holland schrak hoch.

»Wie läuft's mit Christiane? Habt ihr euch wieder eingekriegt?«

»Äh, ja. Klar. Das waren nur ein paar kleine Reibereien.« Holland war die Anspielung unangenehm. Seit ein paar Monaten herrschte zwischen ihm und Chrissi eine unterschwellige Spannung, die sich hin und wieder in lautstarken Wortgefechten entlud. Bisher hatten sie die Missstimmungen vor anderen gut überspielt. Aber beim letzten gemeinsamen Grillen mit Silvio und dessen Frau Heike waren die beiden ungewollt Zeugen einer unschönen Auseinandersetzung geworden. »Keine Sorge, es ist wieder alles paletti«, beschwichtigte Holland seinen Freund. »Wenn es bei uns in der letzten Zeit mal ein bisschen Zoff gab, dann lag es schlichtweg an unserem Arbeitspensum. Der ständige Stress macht sich halt manchmal bemerkbar. Ist nichts Prinzipielles, glaub mir«, erklärte er. »Und jetzt sind Sommerferien, da kann zumindest Christiane ein wenig durchatmen.«

»Aha … Na, schön zu hören, dass ihr beide nach wie vor ein Herz und eine Seele seid«, meinte Silvio halb spöttisch, halb ernst. »Und wenn im September die Schule wieder losgeht, dann bleibt das auch so, oder?«

»Hmmm.« Holland atmete tief aus. »Wir müssen uns eben irgendwie besser organisieren.«

»Das klingt aber nicht gerade nach Entspannung.« Silvio warf Holland einen besorgten Blick zu.

»Das Problem ist, dass Christiane völlig in ihrer Schule aufgeht. Sie zieht sich immer neue Aufgaben an Land. Als ob der Unterricht und ihre AG nicht genug wären.« Holland schüttelte unwirsch den Kopf. »Seit letztem Jahr sitzt sie zusätzlich in der Parteileitung. Und jetzt hat sie es auch noch geschafft, dass die Schule den nächsten Bezirksausscheid der Russisch-Olympiade ausrichtet. Ihr Kollegium freut sich wie Bolle über das Renommee, aber die Organisation bleibt an Chrissi hängen. Es war ja schließlich ihre Idee.«

»Ich verstehe.«

»Und damit hört es noch nicht auf«, redete sich Holland in Rage. »Von einer Freundin, die beim Kreisschulrat arbeitet, haben wir erfahren, dass Christiane als heimliche Kandidatin für die Direktorenstelle gehandelt wird. Ihr jetziger Chef geht im nächsten Jahr in Rente.«

»Schubert?«

»Genau der.«

»Und? Will Christiane seine Stelle überhaupt haben?«

»Sie hat sich jedenfalls ziemlich über die Andeutungen gefreut, und so, wie ich sie kenne, würde sie der Posten schon reizen.

Wenn es tatsächlich dazu kommt, dann gute Nacht! Dann wird's richtig eng mit der Zeit.« Holland lehnte sich zurück und fügte etwas ruhiger hinzu: »Ich finde es ja gut, dass sie so viel Ehrgeiz hat. Aber damit erleichtert sie nicht gerade unsere Situation.«

»Da kenne ich schon zwei«, entgegnete Silvio trocken.

»Wie meinst du das?«

»Deine Ambitionen sind ja auch nicht von Pappe. Deswegen bist du doch damals in die Truppe hier eingetreten. Christiane hat dich immer darin bestärkt, trotz der Unwägbarkeiten, der Beanspruchung, der ständigen Bereitschaftsdienste. Und als Zacharias dir vor zwei Jahren die Stelle als Kommandoführer angeboten hat, war sie auch sofort dafür. Weil sie wusste, wie wichtig dir deine Arbeit ist und auch diese Beförderung. Wenn sie jetzt in ihrem eigenen Beruf so fett durchstartet, dass man ihr sogar den Direktorenposten geben will, dann sei doch stolz auf sie! Besser, als wenn du eine trutschige Matka hast, die nur in der Küche rumsteht.«

»So kann man es auch sehen«, brummte Holland und räusperte sich.

»Und wie geht's eurer Kleinen?«, wechselte Silvio das Thema.

»Jenny? Die macht sich prima«, verkündete Holland deutlich gelöster, erleichtert, dass die Missstimmungen mit Christiane aus dem Fokus rückten. »Kennst sie ja. Kaum neun Jahre alt, aber schon eine riesige Klappe. Die lässt sich nicht die Butter vom Brot nehmen.«

»Wie die Eltern.«

»Sie ist eher so stur wie mein Vater. Was sie sich in den Kopf gesetzt hat, das zieht sie eisern durch. Vor ein paar Wochen hat sie einen tschechischen Kinderfilm gesehen, ›Unser Torwart spielt Klavier‹, über eine Dreizehnjährige, die sich nicht zwischen Fußball und der Musik entscheiden kann. Jenny hat sich sofort entschieden. Sie will jetzt eine berühmte Pianistin werden. Passenderweise arbeitet die Schwester von Christianes Mutter in der Musikschule. Unser liebes Töchterchen hat ihre arme Großtante nach dem Film so lange malträtiert, bis sie einverstanden war, ihr zweimal die Woche Privatunterricht zu geben.«

»Toll! Bist du nicht froh darüber?«

»Ich bin geduldig.«

»Immerhin.«

»Auf jeden Fall hat das Gör Spaß.« Holland hob seine Arme mit einer kapitulierenden Geste. »Was will man mehr?«

»Du sagst es«, gab Silvio verschmitzt zurück.

»Und bei euch? Heike? Die Kinder?«

»Das übliche Chaos. Heike legt sich auf Station in schöner Regelmäßigkeit mit ihrer Oberschwester an. Der kleine Paul beginnt gerade zu laufen und stellt unsere Bude auf den Kopf. Und Karolinchen löchert uns ständig, wie viele Tage es noch bis zu ihrer Schuleinführung sind. Sie kann es kaum abwarten.«

»Ist doch schön, dass sie sich auf die Schule freut.«

»Eher auf die Zuckertüte.«

»Ein erster Schritt.« Holland griente.

»Mal sehen, ob ihr der Unterricht dann auch so schmeckt.« Silvio räkelte sich und unterdrückte ein Gähnen. Dann sagte er: »Du, Holland, nimm es mir nicht übel – ich hau mich jetzt aufs Ohr.«

»Mach das.« Holland nickte. »Ich schaue noch kurz bei den Jungs vorbei, die für die erste Wache eingeteilt sind. Dann mache ich mich auch lang. Wer weiß, was uns morgen erwartet.«

Die beiden standen auf und räumten ihre Stühle zur Seite. Bevor sie den Balkon verließen, verharrten sie unvermittelt vor dem hölzernen Geländer. Schweigend standen sie da, und ihre Augen streiften über die Kronen der Bäume, die sich wie ein düsterer Ozean in der Unendlichkeit der Nacht verloren. Aus der Ferne wehte ein milder Wind herüber.

»Irgendwo da draußen hat er sich versteckt, der verdammte Russe«, bemerkte Silvio schließlich. »Ich möchte wissen, was er in diesem Moment denkt.«

»Mich interessiert vor allem, was er als Nächstes tut«, antwortete Holland nach einer kurzen Pause.

»Hoffen wir, dass er sich den Weg nicht freischießt. Und dass das Ganze bald ein Ende findet.«

»Ja, hoffen wir das.« Holland fröstelte. »Ich fürchte nur, so zäh, wie sich der Kerl bisher gegeben hat, wird er sich nicht freiwillig stellen.«

Der Alarm kam am nächsten Morgen. Genau fünfzehn Minuten vor acht Uhr lief ein verschlüsselter Funkspruch in der mobilen Empfangsstation der Einheit auf. Er wurde umgehend dechiffriert. Der Inhalt der kurzen Meldung ließ Hollands Adrenalinspiegel steigen. Alexej Niroskin war gesehen worden, vor etwas weniger als einer Stunde. Der Befehl für die Einheit lautete, zusammen mit einem Fährtenhundeführer so schnell wie möglich die Verfolgung aufzunehmen. Nähere Informationen sollten folgen – und ein Hubschrauber, der sie an die Stelle bringen würde, an der der Deserteur gesichtet worden war.

Die Mitglieder des Kommandos versammelten sich sofort im großen Schulungsraum des Forstheimes und packten zwischen auseinandergeschobenen Stühlen und Tischen ihre Ausrüstung zusammen. Es war ein konzentriertes und schweigsames Hantieren, das sie auch nicht unterbrachen, als von draußen ein schnell lauter werdendes Dröhnen hereindrang. Lediglich Holland, den schon seit dem Morgen eine diffuse Unruhe quälte, begab sich hinüber zu den Fenstern. Er beobachtete, wie die Wipfel der am Grundstücksrand stehenden Bäume wild hin und her peitschten, während in der Mitte des Wirtschaftshofes graue Staubwolken aufstoben. Es dauerte nicht lange, da senkte sich der rundliche Körper eines Mi-2-Hubschraubers herab. Das wulstige Turbinengehäuse über der Pilotenkabine ließ das Fluggerät wie ein schwerfälliges Insekt anmuten. Aber Holland wusste von ihrem Einsatztraining, dass die Maschine überaus wendig war.

Mit einem kleinen Hüpfer setzten die Räder des Hubschraubers auf dem Boden auf, und fast augenblicklich begannen die Turbinen abzutouren. Holland verließ den Raum.

Im Schutz des Gebäudeeingangs wartete er ab, bis die Rotorflügel zum Stehen gekommen waren, dann ging er den beiden Männern entgegen, die links und rechts aus dem Cockpit stiegen.

»Oberleutnant Merseburger«, begrüßte Holland den größeren

von ihnen, der als Pilot am Steuer der Mi-2 gesessen hatte und den er schon von vorangegangenen Ausbildungsflügen kannte. »Sie waren schnell hier.«

»Hauptmann Holland«, grüßte der Pilot zurück. »Wir sind schon seit gestern in der Nähe und beteiligen uns an der Suche. Leider bislang ohne Erfolg. Aber jetzt gibt es zum Glück eine heiße Spur.« Er deutete auf den zweiten Mann, der gerade eine Runde um den weiß-grün lackierten Hubschrauber machte und seine Augen aufmerksam über Rotoren und Fahrgestell streifen ließ. »Mein Bordtechniker checkt nur kurz die Maschine, dann können wir sofort wieder starten. Sind Ihre Leute bereit?«

»Die Männer sind gleich so weit. Wir warten bloß noch auf den Hundeführer.«

»Okay. Dann zeige ich Ihnen inzwischen den Einsatzort.« Der Pilot zog eine gefaltete Landkarte aus der Oberschenkeltasche seiner Fliegerkombi und schlug sie auf. »Wir sind hier. Und dort müssen wir hin.« Er fuhr mit seinem Finger quer über den Plan und tippte auf ein winziges blaues Oval inmitten grüner Flächen und eines dichten Gewirrs aus Flussadern, die hier in der Spreewaldregion als »Fließe« bezeichnet wurden. »Das Ziel ist dieser Teich im Zentrum eines Waldgebietes bei Schlepzig. Er liegt an einer kleinen grasbewachsenen Lichtung. Ein paar Angler haben dort eine Hütte. Einer von ihnen hat sich heute schon im Morgengrauen dorthin aufgemacht. Meinte, da beißen die Fische am besten. Ist ein beschwerlicher Weg, den nur die Einheimischen kennen. Ein Stück mit dem Kahn, dann über Trampelpfade weiter. Bei seiner Ankunft so gegen drei viertel sieben hat der Mann gesehen, wie ein Soldat in sowjetischer Uniform aus der Angelhütte kam und in nördlicher Richtung im Wald verschwand. Unser Zeuge hat sofort den Rückmarsch angetreten und bei erster Gelegenheit eine Funkstreife informiert. Es sind ja wegen der Fahndung genügend unterwegs.«

»Hat der Mann wirklich Alexej Niroskin gesehen? Ich möchte nicht einem versprengten sowjetischen Fahnder nachjagen.«

»Er konnte den Flüchtigen eindeutig identifizieren. Die Kollegen haben ihm eine Ablichtung vom Wehrdienstausweis des

Soldaten vorgelegt, die ihnen das Garnisonskommando in Jüterbog zur Verfügung gestellt hat.«

Holland blickte auf seine Uhr. »Wenn Niroskin um kurz nach drei viertel sieben entdeckt worden ist, dann hat er jetzt etwa neunzig Minuten Vorsprung. Falls wir überhaupt noch eine Chance haben wollen, müssen wir uns beeilen.«

Wie aufs Stichwort näherte sich auf der Waldstraße ein Fahrzeug mit hoher Geschwindigkeit. Am Grundstückstor stoppte es abrupt und wurde nach einer kurzen Kontrolle durch die Wachposten auf den Wirtschaftshof durchgewinkt. Es handelte sich um einen Polizeiwagen, einen Kombi, der jetzt einen engen Bogen beschrieb und in einiger Entfernung von der Landestelle hielt. Die Fahrertür öffnete sich, und ein vierschrötiger Mann in einem grünen Overall stieg aus. Er kam zielstrebig auf Holland und Merseburger zugeschritten und begrüßte sie mit einem festen Händeduck. »Manfred Ehlert, Oberwachtmeister. Ich bin der Hundeführer.« Er wies mit dem Arm auf das Heck seines Autos, wo hinter der Scheibe und einer Reihe Gitterstäbe ein dunkler Schemen herumwuselte, und fügte mit unverhohlenem Stolz in der Stimme hinzu: »Und das dort drinnen ist Nando. Einer unserer besten Fährtenhunde.«

Merseburger und Holland nannten ihre Namen und Dienstgrade, und während Ehlert einen Blick auf die Karte des Piloten warf, eilte Holland zurück in das Haupthaus. Er beschloss, nur mit einem kleinen, dafür aber schnellen und flexiblen Stoßtrupp in das wilde Gelände vorzudringen. Vier erfahrene Kämpfer, er selbst als Gruppenführer und der Mann mit dem Suchhund. Für das Unternehmen wählte er die Mitstreiter aus, denen er schon am längsten vertraute: Silvio, Hannes Ferchow und Volker Babeck. Zusätzlich entschied er sich für Torsten Meinhardt, einen jungen Polizisten, der erst seit drei Jahren zu ihrer Einheit gehörte, sich aber als außerordentlich zuverlässig erwiesen hatte. »Die anderen bleiben hier in Bereitschaft«, ordnete Holland an. Dann wandte er sich an den kleinen Zirkel der Auserkorenen. »Lasst uns keine Zeit verlieren. Wir brechen auf!«

Ohne weitere Worte verließen sie das Forstheim und hielten auf den Hubschrauber zu. Zugunsten ihrer Beweglichkeit im Gelände hatten sie auf die schweren kugelsicheren Westen verzichtet und trugen statt der klobigen Panzerhelme nur eine leichtere Helmversion ohne Gesichtsvisier. Dennoch machte sich die einsetzende Tageshitze bereits jetzt unangenehm bemerkbar.

An der geöffneten Tür der Passagierkabine wartete der Bordmechaniker, und neben ihm stand Ehlert, an dessen Seite jetzt ein großer Schäferhund mit kräftigem schwarz-braunem Fell saß. *Nando.* Der Hund trug einen Maulkorb und ein ledernes Geschirr. Er ruckte unruhig mit dem Kopf hin und her, so als würde er in schneller Folge alles in sich aufnehmen, was um ihn herum passierte.

Als Hollands Gruppe neben dem Hubschrauber versammelt war, trat Merseburger hinzu und warf einen ernsten Blick in die Runde. »Eine Anmerkung noch«, begann er. »Es wird nicht ganz leicht, Sie am Einsatzort auf den Boden zu bringen. Abseilen kommt nicht in Frage, wegen dem Hund. Also versuche ich, auf der kleinen Lichtung neben dem Teich runterzugehen. Aber ich setze nicht fest auf, das ist mir bei dem feuchten Grund zu heiß. Den letzten Meter müssen Sie also springen. Wenn alle draußen sind, ziehe ich sofort wieder hoch und mache mich vom Acker. Niemand weiß, wo der Flüchtige gerade steckt. Ich will unseren Vogel nicht unnötig zur Zielscheibe machen.« Er straffte den Rücken. »Das muss alles ruckzuck gehen! Hat das jeder verstanden?«

Alle nickten.

»Okay. Dann rein in die gute Stube.« Der Pilot schlug mit der Hand gegen den Rahmen der Kabinenluke. »Und nachher viel Glück da draußen!«

Die Mitglieder der Einsatzgruppe kletterten in den Bauch des Hubschraubers, dann folgte ihnen Ehlert mit dem Fährtenhund. Der Bordmechaniker drückte die Tür von außen ins Schloss, umrundete den Rumpf der Maschine und schwang sich vorn neben Merseburger ins Cockpit. Mit einem ungestümen Fauchen sprangen die beiden Turbinen an. Die Rotorblätter begannen sich zu bewegen und drehten sich immer schneller, während sich das Triebwerksgeräusch zu einem durchdringenden Jaulen verstärkte. Der ganze Hubschrauber bebte und vibrierte.

Holland, der sich auf einen Notsitz neben der Luke gequetscht hatte, schielte unruhig auf seine Armbanduhr. Wenn sie nur endlich loskamen! Er ließ die Augen über seine Männer schweifen, die eng nebeneinander auf ihren Plätzen hockten, die Sturmgewehre im Arm und den Blick ins Nichts gerichtet. Es waren die typischen Momente vor einem scharfen Einsatz, die Zeit der stummen Gedanken und Zwiegespräche, die jeder von ihnen hinter der Fassade der Abgeklärtheit mit sich selbst ausfocht.

Einzig der Hundeführer zeigte eine hartnäckige Aktivität; trotz des Lärms sprach er ohne Unterlass auf Nando ein und tätschelte ihm Hals und Brust. Der Schäferhund presste sich nervös gegen die Beine seines Herrchens.

Mit einem Mal veränderte sich der Klang der Turbinen, ein kurzes Schwanken fuhr durch die Kabine, und der Hubschrauber hob vom Boden ab. Wie ein Fahrstuhl bewegte er sich senkrecht nach oben, bis er die grüne Ebene aus Baumkronen unter sich gelassen hatte. Dann drehte er sich in Richtung Osten ein und nahm Geschwindigkeit auf.

Holland beugte sich zur Seite und sah aus dem rechteckigen Türfenster. Unter ihm zog ein Meer aus Bäumen vorbei, das sich allmählich lichtete und bald von kleinen Wiesen und Weiden unterbrochen wurde. Aber schon nach einer kurzen Strecke wurde der Baumbestand wieder dichter. Der Charakter der Landschaft veränderte sich. Jetzt erschien das Terrain ungleich wilder, ähnelte mehr und mehr einem Urwald, und zwischen den Bäumen funkelten immer wieder verzweigte Wasserläufe. Was Holland sah, bestätigte seine schlimmsten Befürchtungen. Da unten erwartete sie ein wahres Labyrinth aus natürlichen Hindernissen. Niroskin hatte sich in einem Gebiet verkrochen, das ihm ideale Bedingungen bot, mit ihnen Katz und Maus zu spielen. Kein Wunder, dass sich die regulären Suchmannschaften bisher nicht in diese Wildnis vorgewagt hatten.

Schon nach wenigen Minuten wurde der Hubschrauber langsamer und ging in eine steile Linkskurve. Während der Pilot einen kompletten Kreis flog, zeigte er mit einem Handzeichen an, dass sie ihr Ziel erreicht hatten. Holland sah, wie sich genau unter ihnen der Baumteppich zu einer Lichtung öffnete und den Blick auf eine nierenförmige Wasserfläche freigab. An der nördlichen Seite des Teiches konnte er eine unscheinbare Hütte und einen grasbewachsenen Streifen ausmachen, der mit langstieligen Büscheln derart zugewuchert war, dass er die Bezeichnung Wiese kaum verdiente.

Das sollte also ihr Absetzpunkt sein.

Schon begann Merseburger mit dem Sinkflug. Holland gab den Mitgliedern seiner Einsatzgruppe ein Achtung-Signal und griff nach der Türverriegelung. Es ging rasant abwärts. Binnen kürzester Zeit passierte der Hubschrauber die Wipfelgrenze und glitt weiter hinunter in Richtung Lichtungsgrund. Kurz bevor sie den Erdboden erreichten, fing der Pilot die Maschine ab und ließ sie kurz über dem Wiesenstreifen auf der Stelle schweben.

Entschlossen öffnete Holland die Kabinentür. Mit einer fließenden Bewegung schwang er sich hinaus und sprang hinunter auf den Boden. Die Erde unter dem verfilzten Gras erwies sich als durchfeuchtet, aber fest. Holland signalisierte den anderen mit einer Armbewegung, dass alles in Ordnung sei, und nacheinander landeten nun auch die Männer des Stoßtrupps sicher neben ihm auf der Wiese. Ehlert war der letzte Polizist, der den Hubschrauber verließ, begleitet von seinem Hund, der ihm mit einem großen Satz nach draußen folgte.

Holland reckte sich nach oben und schlug die Lukentür zu, woraufhin die Mi-2 sofort in den Steigflug überging und nach wenigen Augenblicken aus dem Sichtfeld der Gruppe verschwunden war. An die Stelle des Turbinenlärms und des ruppigen Sturms, den die Abwinde des Rotors eben noch ringsum entfacht hatten, trat jetzt eine fast unnatürliche Ruhe. Erst allmählich drangen Holland die sanften Geräusche der Natur ins Bewusstsein: die Vogelrufe, die irgendwo entfernt durch den Wald hallten, das gelegentliche Knarren der Bäume, das Brummen von Insekten.

Tief gebückt und die Gewehre im Anschlag, spähten die Mitglieder der Einsatzgruppe in die Runde.

Der Teich lag schwarz und unbewegt vor ihnen. Hohe Erlen umschlossen das Gewässer wie eine Mauer schweigender Wächter, und die Sonne, die sich hinter einem Schleier aus Morgendunst abzeichnete, tauchte den Ort in ein unwirkliches blassgelbes Licht. Ein verwaistes Boot schmiegte sich an einen halb ins Wasser gesunkenen Holzsteg. Zehn Meter entfernt vom Ufer erhob sich die windschiefe Angelhütte.

Nirgendwo war eine Menschenseele zu sehen, und auch der Hund schien niemanden zu wittern.

Auf ein leises Kommando von Holland rückte die kleine Gruppe vorsichtig bis zur Hütte vor. Schon beim Herankommen konnten sie erkennen, dass der Eisenriegel, der die Tür verschlossen hatte, nutzlos und verbogen nach unten hing. Auf gleicher Höhe war der Holzrahmen frisch aufgesplittert. Das Türblatt klaffte eine Handbreit nach außen. Hier hatte sich eindeutig jemand mit Gewalt Zutritt verschafft. Nach Aussage des Zeugen kam dafür nur Alexej Niroskin in Frage – der Mann, den sie suchten.

»Das schauen wir uns genauer an«, raunte Holland. »Ich glaube zwar nicht, dass unser Freund noch einmal zurückgekommen ist, aber wer weiß?« Behutsam legten sie die letzten Meter bis zur Hütte zurück. Babeck schob sich neben den Eingang. Auf ein Nicken von Holland riss er die Tür auf, während Silvio und Ferchow mit ihren Kalaschnikows ins Innere zielten.

»Sicher!«, vermeldete Silvio kurz darauf. »Die Bude ist sauber. Laska ist nicht zu Hause.«

»Wäre auch zu schön gewesen.« Holland trat in die Türöffnung und rümpfte die Nase. Der winzige fensterlose Raum war fast vollständig mit Gerümpel vollgestellt. Zusammengeklappte Campingstühle, Holzpaddel, ein verblasster Sonnenschirm, ein rostiger Grill und verschiedene Aluminiumbottiche waren ohne erkennbare Ordnung ineinandergezwängt. »Es sieht nicht so aus, als ob er hier übernachtet hätte.«

»Nee. Aber er hat sich bedient!« Ferchow deutete auf einen

Hängeschrank an der linken Wand, dessen Türen weit offen standen. »Das Schloss ist rausgebrochen.«

»Der wird was Essbares gesucht haben«, mutmaßte Silvio, »oder sonst irgendwas Nützliches.«

»Ruhig, Nando! Bleib ruhig!«, kam es plötzlich von hinten.

Alle blickten sich um.

Ehlert hockte auf dem ausgetretenen Vorplatz der Hütte und nestelte an den Knöpfen einer Leinentasche herum, die am Koppel seines Overalls angebracht war. Der Hund tänzelte dabei nervös an seiner Seite hin und her und verfolgte jede Bewegung seines Herrchens.

»Bleib doch ruhig«, wiederholte Ehlert noch einmal. »Bist ja gleich dran.« Er hatte es endlich geschafft, die Tasche zu öffnen, und holte ein verschlossenes Deckelglas hervor. Holland meinte, darin ein zusammengefaltetes Stück Stoff zu erkennen.

»Eine Geruchsprobe von Niroskin?«, fragte er.

»Ja. Aus der Scheune, in der er übernachtet hat. Ein Stück von den Fußlappen«, antwortete Ehlert, stellte das Glas auf dem Boden ab und öffnete den Verschluss. Sofort drückte Nando seine Schnauze in das Behältnis und schnüffelte aufgeregt an der Probe herum. Nach einer Weile zog Ehlert ihn zurück.

»Nando, such!«, befahl er. »Such!«

Der Hund senkte seine Nase tief auf den Boden und zog hektische Kreise. Dabei bewegte er sich immer näher an die Hütte, beschnupperte den Rahmen der Tür, sprang an der Wand unterhalb des Hängeschranks auf die Hinterbeine und reckte die Schnauze, so weit er konnte, nach oben. Schließlich ließ er vom Schrank ab und drehte sich im Türrahmen um die eigene Achse.

»Braver Hund! Guter Hund!«, lobte Ehlert. »Such weiter!«

Darauf bewegte sich Nando wieder kreuz und quer über den Platz vor der Hütte. Und dann, mit einem Mal, jaulte er auf, machte einige Sätze in Richtung Waldrand und zog so heftig an der Leine, dass der Hundeführer nach vorn gerissen wurde.

»Na, wo ist er? Zeig es mir, Nando! Wo ist er?«, feuerte Ehlert das Tier an, nachdem er wieder Tritt gefasst hatte, und gab noch ein Stück Leine nach. »Er hat sie!«, rief er aufgeregt in Richtung Holland. »Er hat die Spur!«

»Aufpassen!«, ermahnte Holland seine Männer. »Es geht los!«

Sie hoben ihre Waffen und bildeten einen schützenden Kordon um den Hundeführer. Dann verließen sie die Lichtung und folgten Nando, der an seiner langen Suchleine, die Nase dicht über dem Boden, unentwegt vorwärtspreschte und sie tief hinein in den Wald führte.

19

Es war, als hätte man sie mit einem Schlag in den Dschungel versetzt. Um sie herum herrschte ein grüngelblicher Schummer. Die Bäume standen dicht, und die Stämme umgebrochener Erlen bildeten wirr angeordnete Barrieren. Der Boden war bucklig und von bizarren Gewächsstauden durchzogen, die wie Gespenster aus dem Untergrund wuchsen. Rechts von ihnen zog sich ein etwa vier Meter breiter schwärzlicher Wasserarm durch das Unterholz.

Schweigend arbeitete sich der kleine Trupp durch den Wald. Das Vorankommen in dem urwüchsigen Terrain erwies sich als extrem mühselig und kräftezehrend. Trotzdem war Holland von einem ungestümen Gefühl der Euphorie erfasst, von einer Art Jagdfieber, das er nicht mehr auszublenden vermochte. Seit der Fährtenhund die Spur des Geflüchteten so prompt und zielstrebig aufgenommen hatte, schien die Glückssträhne des »Wiesels« endlich abgerissen zu sein. Holland war überzeugt: Jetzt würden sie sich den Kerl schnappen, der nun schon eine halbe Woche lang Hunderte von Polizisten und Militärs an der Nase herumführte.

Dabei war Hollands Eifer nicht nur seiner tief verinnerlichten Dienstpflicht und seinem Ehrgeiz geschuldet. Es war auch eine sorgenvolle Unrast, die ihn vorwärtstrieb. Nach dem Einsatz auf Linda Bergers Anwesen hatte er einen Anruf von Generalleutnant Herbert Möbius erhalten. Der für seinen Jähzorn gefürchtete oberste Polizeichef des Bezirkes Potsdam hatte auf unmissverständliche Weise seine Unzufriedenheit mit dem bisherigen Verlauf der Fahndung zum Ausdruck gebracht und Holland regelrecht abgekanzelt, obwohl dessen Einheit nicht die Schuld daran trug, dass Niroskin auf dem Bauernhof von Linda Berger entwischt war. Seitdem plagte Holland die Frage, ob Möbius nur den Druck nach unten weitergegeben hatte, unter dem er selbst stand, oder ob der General bereits ein Bauernopfer für den Fall eines Misserfolgs suchte. Holland wusste, dass die Sache für ihn äußerst unangenehm enden konnte, sollten sie diesmal wieder keine Resultate bringen. Und das einzig akzeptable Resultat war die Verhaftung von Alexej Niroskin.

Er schreckte auf, als der Fährtenhund plötzlich laut japste und stehen blieb. Das Tier schnüffelte intensiv am Boden, und Holland fürchtete schon, Nando hätte die Witterung verloren. Doch dann zog der Schäferhund nach links und stürmte noch forscher voran als zuvor. Ehlert hatte sichtlich Mühe, mit seinem Hund Schritt zu halten, und auch die anderen Männer schnauften vernehmlich und wischten sich in immer kürzeren Abständen den Schweiß aus den Gesichtern. Die Sommerhitze, die sich mit der feuchten Atmosphäre der Niederung zu einem schwülen Dunst vermischt hatte, machte das Atmen schwer.

Dieser Marsch entwickelt sich zu einer verdammten Tortur, fluchte Holland innerlich und schlug nach den Mücken, die seinen Kopf wie eine bösartige Wolke umtanzten. Wenigstens war der Soldat, dessen Spur sie folgten, bislang offenbar nicht auf die Idee gekommen, eines der Fließe zu durchwaten, die immer mal wieder in der Ferne durch die Bäume blitzten. In dem Fall hätten sie mit dem Fährtenhund schlechte Karten.

Nando indes zeigte keinerlei Müdigkeit. Holland hoffte, dass die Kondition des Hundes noch eine Weile anhalten würde, denn Niroskin konnte sich wer weiß wie tief in den Wald zurückgezogen haben. Möglicherweise mussten sie sich für Stunden durch diese unselige Wildnis kämpfen.

Einfach weitermarschieren.

Der Schuss fiel so unvermittelt, dass im ersten Moment niemand von ihnen nachvollziehen konnte, von wo genau er gekommen war. Ein peitschender Knall, irgendwo ein Stück vor ihnen. Im selben Moment jaulte der Fährtenhund laut auf. Wie von einer unsichtbaren Faust getroffen, flog er rückwärts, überschlug sich und blieb in einem Wasserpfuhl zwischen zwei wulstigen Grasstauden liegen.

Ehlert verharrte wie versteinert am Rand der Lache, das Ende der Führungsleine immer noch in der Hand. »Nando!«, rief er und starrte entgeistert auf den verrenkten Körper seines Hundes.

»Runter, verdammt!«, schrie Ferchow, der dem Hundeführer am nächsten stand, packte ihn am Kragen und riss ihn mit einer energischen Bewegung zu Boden. Gleichzeitig sprangen die anderen Männer in Deckung, schwenkten ihre Waffen in den vorausliegenden Geländeabschnitt und drückten ab. Wie trockene Schläge tackerten die Salven aus ihren Sturmgewehren durch den Wald.

»Feuer einstellen!«, befahl Holland, während er mit seinen Augen hektisch das Unterholz absuchte. *Dieses elende Gestrüpp!* Außer einem flimmernden Durcheinander aus Blättern und Geäst konnte er nichts erkennen.

»Jemand verletzt?«, fragte er.

»Nein«, antworteten alle kurz nacheinander.

»Der Mistkerl kann nicht sehr weit weg sein.« Holland atmete tief aus und schielte zu dem Fährtenhund, der drei Meter entfernt von seinem Herrchen regungslos in der Wasserkuhle lag. *Verfluchte Scheiße!* Sie hatten gerade ihren besten Trumpf verloren.

»Achtung, da vorn! Bewaffneter Soldat, siebzig Meter, leicht rechts«, rief Babeck auf einmal und riss seine Waffe in die besagte Richtung. *»Stoi!«*, brüllte er aus voller Kehle die russische Aufforderung, stehen zu bleiben. Aus der Ferne drang das jähe Geräusch brechender Äste herüber. »Das juckt den gar nicht!«, presste Babeck hervor und visierte neu. Drei Sekunden verstrichen, dann schnaufte er wütend. »Ich krieg ihn nicht. Zu viele Bäume. Der haut ab!«

»Hinterher!«, schrie Holland. Auch er hatte nach Babecks Ruf den sowjetischen Soldaten für einen Moment zwischen den Stämmen davonhuschen sehen, mit einer Kalaschnikow in der Hand und, so glaubte Holland gewahrt zu haben, mit einem Rucksack auf dem Rücken. Er wusste, dass sie sich jetzt kein Zögern leisten konnten. »Meinhardt, du bleibst hier bei Ehlert!«, stieß er hervor. »Die anderen – vorwärts!«

Während sie die Deckung verließen, streifte Hollands Blick die zusammengesunkene Gestalt des Hundeführers. Der Polizist hockte mit aschfahlem Gesicht am Rand der Wassermulde und zog seinen toten Hund zu sich heran. Die Szene hatte etwas zutiefst Trostloses, und Holland hätte dem Mann gern ein paar aufmunternde Worte gesagt, aber dazu blieb ihm keine Gelegenheit. Sie durften den Anschluss an den Soldaten nicht verlieren, dessen Vorsprung mit jeder Sekunde wuchs.

Hastig drängten Holland, Silvio, Ferchow und Babeck durch das Gewirr aus Bäumen und Sträuchern. In den schweißüberströmten Gesichtern der vier spiegelte sich eine verbissene Entschlossenheit. Sie waren Laska dicht auf den Fersen. Regelmäßig registrierten sie jetzt frische Stiefelabdrücke im Erdreich, und zweimal konnten sie einen kurzen Blick auf den Flüchtigen selbst erhaschen.

Unterdessen veränderte sich das Wesen des Waldes. Zwischen die Erlen mischten sich mehr und mehr Birken, deren leuchtend weiße Stämme einen entrückten Schein erzeugten, und der Boden wurde deutlich morastiger. Holland stieß eine stumme Verwünschung aus, als seine Stiefel immer öfter vom wassergetränkten Grund angesaugt wurden, gerade so, als wolle der Wald ihn mit aller Kraft festhalten.

Als sie den Stamm eines alten Baumes erreichten, der quer vor ihnen auf dem Boden lag, hielt er inne, gab den Männern ein wortloses Zeichen anzuhalten und lauschte. Sanftes Blätterrauschen erfüllte die Luft, und ab und zu drang ein entferntes Wasserblubbern an seine Ohren. Aber kein Laut deutete auf die Anwesenheit eines anderen Menschen hin.

Während sie den wuchtigen Baumstamm als Deckung nutzten, spähten sie in den Birkenwald, der sich dahinter ausbreitete. Der Bewuchs dort wirkte viel lichter als das sperrige Dickicht, das sie bisher durchquert hatten. Die Bäume bildeten einzelne Grüppchen, und ein Teil von ihnen bestand nur noch aus abgestorbenen Stümpfen, zwischen denen man weit in die Tiefe blicken konnte.

Irgendwo da drüben musste Niroskin stecken.

Konzentriert ließ Holland seine Blicke von links nach rechts streifen und dann wieder zurück. Doch sosehr er sich auch anstrengte, er konnte niemanden entdecken. »Das gibt's doch nicht!«, zischte er und stierte noch angestrengter in das vor ihm liegende Gelände. Aber es half nichts. Der Soldat war verschwunden.

Er zuckte zusammen, als ihm Silvio unversehens auf die Schulter tippte und schräg nach vorn zwischen zwei Baumgruppen deutete. »Was ist das da? Siehst du das?«, flüsterte sein Freund. »Dort drüben. Der Buckel.«

»Ja. Jetzt sehe ich es auch«, antwortete Holland leise, als er erkannt hatte, was Silvio meinte. Etwa vierzig Meter vor ihnen lugte zwischen den Grasbüscheln ein dunkles Etwas hervor, eine olivgrüne geschlossene Form, die eindeutig nicht dorthin gehörte. Worum es sich dabei handelte, war von ihrer Position aus nicht festzustellen.

Lag da etwa jemand?

»Wir gehen dichter ran«, sagte Holland halblaut. »Aber seid auf der Hut!«

Nacheinander stiegen sie auf den Baumstamm und sprangen auf der anderen Seite wieder hinunter in das verfilzte Gras. Dann fächerten sie sich zu einer Reihe auf und gingen, hoch konzentriert und jeden Moment feuerbereit, auf die flache Erhebung zu. Je näher sie kamen, desto deutlicher hob sich die Form vom Grund ab. Sie erkannten eine Wölbung aus leinenartigem Stoff, die zunächst wie der Rücken eines Menschen anmutete. Doch schon bald war klar, dass das Objekt für einen kompletten Körper nicht groß genug war. Und nach ein paar weiteren Metern hatten sie das Geheimnis gelüftet. »Ein Rucksack«, sprach Babeck aus, was sie nun alle erkannten.

»Sieht nicht so aus, als würde der hier schon lange liegen«, meinte Ferchow. »Den hat wohl jemand in ziemlicher Eile verloren.« Er deutete auf einen durchgerissenen Trageriemen und das wilde Muster aus frischen Schlammspritzern, das den gesamten Stoff überzog.

»Der könnte von unserem Freund sein«, mutmaßte Silvio.

»Ja. Ich glaube, Niroskin hatte einen Rucksack dabei«, meinte Holland.

»Hatte er. Ich habe ihn vorhin deutlich gesehen«, bestätigte Babeck. »Lass uns mal reingucken.« Er hockte sich hin, öffnete zwei Schnallen und schlug den derben Leinendeckel zurück.

Als Erstes sprang ihnen ein kompaktes grün-weißes Kofferradio ins Auge, dessen Gehäuse verblasst und fleckig war. »Das gute alte Stern 4. So ein Ding hat mein Vater auch noch«, kommentierte Babeck den Fund und zog die Öffnung des Rucksacks noch mehr auseinander. Nacheinander kamen weitere Gegenstände ans Licht: ein zerkratzter Emailletopf, eine Blechschachtel mit Angelhaken und Schnur und eine durchsichtige Plastetüte, in der sich Streichhölzer und ein Taschenmesser befanden.

»Siehe da«, murmelte Babeck und zog von ganz unten ein braungrünes Soldatenkäppi hervor, an dessen Vorderseite ein roter Stern glänzte. Er drehte das Käppi herum und hielt es Holland entgegen. In den Saum des Innenfutters waren zwei kyrillische Buchstaben eingestickt. »Ich denke, damit ist endgültig klar, wem die Sachen gehören.«

»A und N.« Holland nickte. »Alexej Niroskin.«

Babeck besah sich die Gegenstände im Rucksack noch einmal genauer. »Die Beute aus der Angelhütte?«

»Vermutlich«, entgegnete Holland.

»Gut. Jetzt haben wir also Niroskins Gepäck.« Ferchow stellte den Kopf schräg. »Aber wo ist er selbst?«

Holland untersuchte den Boden um den Rucksack herum. Er entdeckte zahlreiche tiefe Stiefelabdrücke, und etwas weiter hinten war der Boden regelrecht aufgewühlt. Er hob den Blick und sagte: »Niroskin war die ganze Zeit direkt vor uns. Irgendetwas muss hier passiert sein, wobei er seine Sachen verloren hat. Vielleicht ist er im Matsch ins Straucheln geraten, hat sich dabei verletzt und konnte seine Habseligkeiten nicht mehr rechtzeitig aufsammeln.« Holland deutete mit dem Finger in die Birkenkolonie hinter der Fundstelle. »Ich denke, er ist einfach weitergelaufen. Genau dort drüben hinein.«

Ferchow zuckte mit den Schultern. »Dann sollten wir keine Zeit verlieren.« Entschlossen wandte er sich in die angezeigte Richtung, doch als seine Schnürstiefel immer tiefer in einem schwankenden Schlammsud versanken, wich er schnell wieder zurück. »Das gibt's doch nicht!«, rief er aus. »Da geht's total steil nach unten. Das ist eine verdammt heimtückische Suppe!« Er warf Holland einen erschrockenen Blick zu. »Hier beginnt ein richtiger Sumpf. Wer da reingerät, ist erledigt.« Er fuhr sich mit der Hand über die Stirn. »Scheiße, wisst ihr, was das heißt? Der Russe ist uns abgesoffen!«

»Quatsch, erzähl keinen Unsinn! Der ist ja nicht blöde. Der wäre doch nicht sehenden Auges in sein Unglück marschiert«, blaffte Holland, aber es fiel ihm schwer, überzeugend zu klingen.

»Weiß ich nicht«, gab Babeck zu bedenken. »Niroskin war in Panik. In so einer Situation überlegst du nicht lange.«

»Schaut mal nach links. Dort drüben.« Silvio wies auf eine ebene erdfarbene Bahn, die sich wie ein Pfad durch die Gewächsstauden schlängelte. »Da sieht es etwas fester aus. Vielleicht ist er da entlang. Lasst uns das mal probieren.«

»Sicher?« Ferchow angelte sich ein verrottetes Aststück vom Boden und warf es auf die beschriebene Stelle. Gerade dort, wo der Grund am unbedenklichsten erschienen war, schwappte nun eine dunkelbraune Brühe zwischen den Grasbüscheln hin und her, und aus der Tiefe drang ein unheilvolles Glucksen nach oben. »Also wenn ihr mich fragt – ich würde es lieber nicht versuchen.«

»Verdammt, Leute! Das ist doch alles nicht wahr«, presste Holland hervor. In seinem Kopf vermengte sich ein starkes Gefühl der Frustration mit der aufkeimenden Furcht vor den Konsequenzen dessen, was auch er inzwischen insgeheim befürchtete.

Der Russe ist uns abgesoffen.

»Nein. Niroskin ist nicht untergegangen. Nicht so schnell«, sagte er fast trotzig und schüttelte den Kopf. »Außerdem hätte er garantiert geschrien. Um sich geschlagen. Irgendwelchen Radau gemacht. Das hätten wir gehört. So leicht verschwindet niemand im Moor.«

Es entstand ein Moment beklommenen Schweigens. Die anderen wechselten unauffällige Blicke.

»Wenn er verunglückt ist, dann tragen wir jedenfalls nicht die Schuld dafür«, unterbrach Babeck schließlich die Stille. »Der Mann hätte sich jederzeit ergeben können.«

»Wer weiß, vielleicht hat er es ja doch irgendwie durch den Sumpf geschafft«, setzte Silvio schnell hinzu. »Und wenn er nun geschwommen ist?«

»Geschwommen? Durch diesen Modder?« Ferchow winkte ab.

»Lasst es gut sein! Spekulationen bringen uns jetzt nicht voran«, antwortete Holland etwas barscher als beabsichtigt. »Wir gehen jedenfalls nicht weiter. Für uns ist hier Schluss.«

Auf den Gesichtern der Polizisten spiegelte sich eine gedrückte Stimmung wider. Während die anderen auf die vor ihnen liegende Sumpffläche schauten, ging Ferchow vor dem Rucksack in die Hocke und griff nach dem Kofferradio. »Die Kurzwellentaste ist gedrückt«, stellte er fest und drehte den Einschaltknopf des Empfangsgeräts herum. Zunächst war nur ein leises Rauschen zu vernehmen, aber als er die Stabantenne ein Stück aus dem Gehäuse zog, drangen mit einem Mal russische Wortfetzen aus dem vergilbten Lautsprechergrill, und wenig später ertönte der süßliche Klang eines sowjetischen Schlagers. »Grüße aus der Heimat«, grummelte Ferchow und hob den Kopf. »Ein bisschen sentimental, unser Freund.«

Holland sah sich unbehaglich um. In dieser Umgebung erschien ihm die Musik auf eine merkwürdige Weise verstörend. »Mach das aus!«, verlangte er. Ferchow zuckte mit den Schultern und drehte den Schaltknopf in die Ausgangsposition zurück. Das Radio verstummte.

Holland fuhr sich mit den Fingern über die Schläfen. Dann straffte er den Rücken und sagte: »Es ist Zeit, dass ich die Leitung über den Stand der Dinge informiere. Ihr behaltet den Sumpf im Auge. Nur für den Fall.«

»Verstanden«, kam es gedämpft aus mehreren Mündern.

Entschlossen drehte sich Holland um und lief zurück zu dem Baumstamm, über den sie gestiegen waren, als sie den Rucksack entdeckt hatten. Dort würde er sich hinsetzen und die Nachricht an seine Vorgesetzten verschlüsseln, bevor er die Kunde ihres Scheiterns dann per Funk an die Leitstelle durchgab. Auch wenn diese Tätigkeit wenig Angenehmes versprach, konnte er es doch kaum erwarten, ein paar Minuten für sich allein zu haben. Er brauchte dringend Ruhe, um seine Wunden zu lecken. Du hast versagt, flüsterte ihm seine innere Stimme immer wieder zu. Du hattest eine Riesenchance, und du hast sie nicht genutzt. Holland schnaufte vernehmlich. Das Bittere war, dass die Stimme recht hatte. Da half kein Beschönigen. Auch wenn eine Verfolgung in diesem Gelände ohne jeden Zweifel schwierig war – sie hatten den Flüchtigen verloren, und das war das Einzige, was am Ende zählte.

Der umgestürzte Baum mit seiner schorfigen und durchfeuchteten Rinde bot auf den ersten Blick keinen wirklich einladenden Sitzplatz, aber Holland entdeckte trotzdem einen Abschnitt, der halbwegs trocken aussah, und ließ sich darauf nieder. Gedankenverloren langte er in die linke Tasche seiner Einsatzkombi und tastete nach dem kleinen Kunstlederetui, in dem er die aktuellen Chiffrierungstabellen und einen Bleistiftstummel aufbewahrte. Gerade als er das Mäppchen zu fassen bekam, signalisierte ihm sein Unterbewusstsein, dass etwas nicht stimmte. Aber sein Geist benötigte einen Moment länger, um zu erfassen, was ihn alarmiert hatte: die ungewöhnlich weiche Masse, gegen die er gerade mit seinem Hacken gestoßen war, und die schwarze Spitze eines Stiefels, die fast gleichzeitig im Gras unter seinem Sitzplatz zurückzuckte. So reagierte er genau um diesen Moment zu spät. Als er aufsprang und herumwirbelte, war der Mann in der braungrünen Felduniform schon aus seinem Versteck hervorgeschnellt und auf die Beine gekommen. Und der Lauf seiner Kalaschnikow zielte Holland genau zwischen die Augen.

20

Die Zeit stand still. Seine Ohren waren wie taub. Der Wald verschwand in einer nebulösen Ferne. Da war nur noch die Mündung der Waffe. Der tiefschwarze kleine Kreis am vorderen Ende des Laufes, der ihn bösartig anglotzte. Kaum dreißig Zentimeter von seinem Gesicht entfernt.

Das war's!

Holland wurde schwindlig. Seine Knie fühlten sich kraftlos an, und er hatte Mühe, nicht ins Taumeln zu geraten. Gleichzeitig hämmerte sein Herz von innen hart gegen die Brust, als läge das Organ direkt unter seiner Haut.

Ende!

Keine Zeit für ein paar letzte Bilder aus seinem Leben. Nichts, was in Gedanken an ihm vorüberzog. Nur das Erwarten des Knalls.

Eine Sekunde. Noch eine. Holland schluckte. Würde er den Schuss überhaupt mitbekommen?

Ganz allmählich drangen wieder Geräusche zu ihm durch. Ein entferntes Husten, unaufgeregtes Gemurmel – seine Kameraden, befasst mit irgendeiner Banalität. Nicht ahnend, was sich lächerliche vierzig Meter entfernt hinter ihren Rücken abspielte.

Er versuchte, sich auf den Mann zu konzentrieren, der ihm gegenüberstand. Es war Alexej Niroskin, daran hegte er nicht den geringsten Zweifel. Die Uniform des Soldaten war von Dreck überzogen. Angespannt stand er da, den Oberkörper ein Stück nach vorn gebeugt und das Sturmgewehr gleich einer Lanze auf Hollands Kopf gerichtet. Niroskins Gesicht glänzte wie im Fieber, und seine Augen flackerten panisch.

Holland hatte keine Chance, seine eigenen Waffen in Position zu bringen. Nicht die Kalaschnikow, die nutzlos über seiner Schulter hing. Und auch nicht die Pistole im Oberschenkelholster. Selbst seine lang antrainierte Nahkampfroutine versagte. Er war wie gelähmt. Zu keiner Reaktion fähig.

Gleich passiert es.

Etwas veränderte sich im Gesicht des Soldaten. Seine Nasenflügel begannen zu beben. Er atmete tief ein und hielt den Atem an. Und dann, auf einmal, senkte er den Lauf der Waffe. Es waren nur wenige Zentimeter, aber die Geste wirkte auf eine fast greifbare Weise resignierend. Er will überhaupt nicht schießen, jagte es Holland durchs Hirn. Er bringt es nicht fertig!

Von einem Augenblick auf den anderen war seine Erstarrung wie weggefegt. Unvermittelt ließ Holland seinen linken Arm in die Höhe schnellen und hieb den Waffenlauf mit einem Schrei zur Seite, während er gleichzeitig den Oberkörper eindrehte, seinen anderen Arm nach vorn stieß und den Kolben des Gewehrs ergriff. Aus derselben Drehung heraus riss er das rechte Bein nach oben und trat Niroskin mit voller Wucht gegen die Brust. Der Soldat wurde nach hinten geschleudert und schlug mit dem Rücken voran auf dem Waldgrund auf. Blitzartig schwenkte Holland die erbeutete Kalaschnikow herum und zielte damit auf Niroskins Brust. *»Nje dwigatsa!«*, brüllte er schneidend. Keine Bewegung!

Der Soldat verharrte reglos am Boden. Es dauerte nur wenige Sekunden, da hörte Holland hinter sich hastige Schritte, und gleich darauf preschten seine Kollegen heran. Babeck und Silvio stürzten sich auf Niroskin und umklammerten ihn. Mit routinierten Handgriffen legten sie ihm Handfesseln an, dann packten sie seine Arme und zogen ihn auf die Beine.

Holland senkte die Waffe.

»Wo kam der denn auf einmal her?«, prustete Ferchow heraus, der neben Holland getreten war und nach dem Sprint noch immer um Atem rang.

Anstatt zu antworten, deutete Holland mit seinem Kopf hinunter zu dem alten Baumstamm, unter dem zwischen wild wuchernden Grashalmen eine flache Kuhle zu erahnen war.

»Dadrunter hat er gesteckt?«, fragte Ferchow ungläubig und begutachtete das Versteck. »Und wir sind vorhin vollkommen ahnungslos über den Baum gestiegen und weitergelaufen.« Er blies die Luft aus und setzte hinzu: »Oh Mann! Der hätte uns alle hinterrücks wegpusten können!«

»Hat er aber nicht«, murmelte Holland.

»Gut, dass du ihn erwischt hast. Respekt, Chef!«

»Ja.« Holland presste die Lippen aufeinander. Dass ihm das Überwältigen des Soldaten nur deshalb gelungen war, weil Niroskin gezögert hatte zu schießen, mussten seine Untergebenen nicht wissen. Sein Blick wanderte zu dem Gefangenen, und erst jetzt fiel ihm auf, dass der Neunzehnjährige am ganzen Körper zitterte. Er war nicht sehr groß, höchstens einen Meter fünfundsechzig, und von schlanker, fast schmächtiger Statur. Seine kurzen schwarzen Haare waren verklebt, und das schweißbedeckte Gesicht ließ bei genauerem Hinsehen weiche, jungenhafte Züge erkennen.

Er ist ja beinahe noch ein Kind.

»Soldat Alexej Niroskin?«, sprach Holland den Gefangenen auf Russisch an.

Der Gefragte nickte unmerklich.

»Sie sind festgenommen.«

Wieder ein Nicken. Mechanisch, fast abwesend.

Holland sah zu seinen Kollegen. »Durchsucht ihn!«

Während Babeck und Silvio den Neunzehnjährigen weiter festhielten, inspizierte Ferchow die Taschen von Niroskins abgerissener Uniform. Nach und nach brachte er die wenigen Habseligkeiten des Fahnenflüchtigen zutage. Eine halb volle Schachtel Zigaretten. Ein zerknitterter Ausweis der sowjetischen Jugendorganisation Komsomol. Ein zusammengefaltetes Blatt Rechenpapier. Und eine Handvoll Nüsse.

Dazu ein gefülltes Reservemagazin für die Kalaschnikow aus einem Futteral am Gürtel.

»Das ist alles«, sagte er schließlich.

»Steck die Sachen ein«, erwiderte Holland.

Ferchow verstaute die Gegenstände in seinen eigenen Ausrüstungstaschen. Dann sah er auf und fragte: »Sollten wir nicht langsam die Freunde informieren, dass wir ihren Ausreißer eingefangen haben?«

Holland musterte den jungen Soldaten, der vollkommen verloren zwischen Babeck und Silvio stand. Da war keinerlei Widerstandskraft mehr. Kein Funken Hoffnung.

Plötzlich, ohne jede Vorwarnung, blitzten in Hollands Kopf die Bilder seines ersten Einsatzes auf. Die Bilder, die er vor langer Zeit so mühevoll beiseitegeschoben hatte. Für einen Moment befand er sich wieder in der Grube am Feldrain von Klein Merserow und blickte auf die Werkstatthalle im Nebel. Auf den Schützenpanzer in der eingedrückten Toreinfahrt und das unablässige Flackern des Maschinengewehrs. Und er spürte wieder etwas von der beklemmenden Machtlosigkeit, die er damals empfunden hatte. *Wir sichern, und die Freunde handeln.*

»Chef?«, brachte sich Ferchow in Erinnerung.

Holland zuckte zusammen. »Noch keine Mitteilung an die sowjetische Seite«, sagte er. »Bestell den Hubschrauber zu unserem Absetzpunkt. Aber über unseren internen Kanal. Ich will nicht, dass die Festnahme jetzt schon überall bekannt wird.«

»Keine Info an die Sowjets?«, hakte Ferchow noch einmal nach. »Müssen wir den Verhafteten nicht sofort seiner Garnison überstellen?«

»Nein!« Holland schüttelte entschieden den Kopf. »Das ist eine VP-Angelegenheit. Ich möchte ihn zuerst selbst verhören. Wir nehmen Niroskin mit zu uns.«

In dem leer stehenden Lagerraum herrschte eine beklemmende Stille. Das Licht, das durch die Milchglasfenster hereinfiel, verbreitete eine gedämpfte Helligkeit. Der Geruch von abgestandener Luft mischte sich mit einer säuerlichen Note von getrocknetem Schweiß.

Alexej Niroskin hielt den Kopf gesenkt und schwieg. Der Stuhl, auf dem er saß, stand wie eine einsame Insel in der Mitte des Raumes.

Holland, der drei Meter vor dem jungen Soldaten Aufstellung genommen hatte, schielte hinüber zu Silvio und Hannes Ferchow, die nebeneinander an der kahlen Wand lehnten und den Gefangenen nicht aus den Augen ließen. Volker Babeck wartete zusammen mit einem zweiten Mitglied der Einheit draußen und bewachte die Tür.

Vor zehn Minuten hatten sie sich für die Befragung des Fahnenflüchtigen in dieses unbenutzte Nebengebäude zurückgezogen, nachdem Merseburger sie mit seiner Mi-2 auf dem Wirtschaftshof des Forstheimes abgesetzt hatte.

Der Marsch zur Waldlichtung war ohne weitere Zwischenfälle verlaufen. Dort hatte sie der Hubschrauber in bodennahem Schwebeflug aufgenommen und zusammen mit Niroskin zurück zu ihrer improvisierten Basis geflogen. Lediglich Meinhardt und den Hundeführer hatten sie an der Angelhütte zurückgelassen. Sie sollten die später eintreffenden Kriminaltechniker einweisen, die die Spuren vom letzten Fluchtkapitel des »Wiesels« dokumentieren würden. Außerdem wollte Holland dem deprimierten Ehlert ersparen, auf engstem Raum mit dem Mann transportiert zu werden, der zuvor seinen Hund erschossen hatte.

»Eine Zigarette?«, fragte Holland den Festgenommenen auf Russisch, welches er dank seiner Ausbildung gut genug beherrschte, um die Vernehmung ohne die Hilfe eines Dolmetschers durchführen zu können. Er hielt Niroskin die zusammengedrückte Schachtel hin. Zögerlich fischte sich der junge Soldat eine Zigarette heraus, wobei seine Handschellen kaum vernehmlich klirrten. Holland gab ihm Feuer. Er wartete, bis sein Gegenüber ein paar Züge getan hatte, danach nahm er ihm das glimmende Stäbchen wieder ab und trat es auf dem Betonboden des Lagerraums aus. Dann fragte er: »Ist es in Ordnung, wenn ich dich bei deinem Vornamen nenne?« Holland hatte sich entschieden, einen schonungsvollen Ton anzuschlagen. Vielleicht konnte er so etwas leichter zu dem eingeschüchterten Jungen durchdringen.

Der Soldat nickte stumm.

»Alexej, du bist hier im Gewahrsam der Deutschen Volkspolizei«, erklärte Holland. »Ich werde dir jetzt einige Fragen zu deiner Flucht stellen. Du musst auf diese Fragen wahrheitsgemäß antworten. Hast du das verstanden?«

Die Antwort war wieder ein Nicken. Aber noch immer kam keine Silbe über die Lippen des jungen Gefangenen.

»Vorher möchte ich noch wissen, ob du verletzt bist und medizinische Hilfe benötigst.«

Niroskin schüttelte den Kopf.

»Gut.« Holland ließ eine kurze Pause, bevor er fortfuhr: »Dann, Alexej, erzählst du mir jetzt am besten einmal, wie du –«

»Das mit dem Hund tut mir leid!«, platzte es aus dem Soldaten heraus, als hätte er die ganze Zeit darauf gewartet, diesen einen Satz loszuwerden. Dann schlug er die Augen nieder und fügte leise hinzu: »Ich habe nichts gegen Hunde. Ich mag sie. In meinem Dorf gibt es viele davon.«

»Trotzdem hast du unseren erschossen.«

Niroskin zog die Schultern ein. »Ich dachte, dass Sie mir dann nicht mehr folgen können. Ich meine ... wenn der Hund weg ist.«

»Du hättest auch den Hundeführer treffen können. Oder einen von meinen Leuten.« Holland bemühte sich, einen sachlichen Tonfall beizubehalten.

»Bei der Schießausbildung im Regiment hatte ich immer gute Ergebnisse. Ich ... ich wurde mehrmals dafür belobigt«, versicherte der Soldat halblaut. »Ich war mir sicher, dass ich keinen Menschen treffe. Nur den Hund. Ich wollte niemandem etwas tun.«

»Ach, wirklich? Und warum hast du die Kalaschnikow dann überhaupt mitgenommen? Von dem Hund konntest du bei deiner Flucht noch nichts wissen. Du hättest das Gewehr auch zurücklassen können.«

»Wir sind für unsere Waffe verantwortlich. Sie gehört zu uns wie ein Teil unseres Körpers. So hat man es uns beigebracht.« Niroskin sah auf. »Außerdem hatte ich vor, sie zum Jagen zu benutzen. Ich wusste ja, dass ich einen langen Weg vor mir hatte und mir unterwegs etwas zu essen besorgen musste.«

»Einen langen Weg ... Wohin genau?«

»Nach Hause.«

»In dein Land« Holland nickte unmerklich. Dann haben wir mit unserer Vermutung also richtiggelegen, dachte er.

»In mein Dorf.« Die Gesichtszüge des jungen Soldaten hellten sich ein wenig auf. »Es heißt Nerownaja Poljana.«

»Wo liegt dein Dorf?«

»Im Oblast Saratow. Am Fluss Plutowka. Das ist ein Zustrom der Wolga.«

Holland staunte. Er hatte die Landkarte der Sowjetunion in groben Zügen im Gedächtnis und wusste ungefähr, wo sich der Verwaltungsbezirk Saratow befand. Er schätzte, dass die Strecke dorthin mindestens zweitausend Kilometer betrug, wenn nicht sogar mehr. Luftlinie.

»Nerownaja Poljana also.« Holland schürzte die Lippen. »Und wie wolltest du den Weg finden? So ganz allein und zu Fuß?«

Niroskin deutete auf Ferchow. »Mit meiner Landkarte.«

Ferchow hob die Schultern und machte ein fragendes Gesicht.

»War die Karte bei den Sachen, die wir bei dir gefunden haben?«, wollte Holland wissen.

»Ja.« Niroskin versuchte, mit seinen gefesselten Händen ein Rechteck in die Luft zu malen. »Auf dem viereckigen Papierbogen.«

Ferchow kramte in seinen Ausrüstungstaschen und zog schließlich das zusammengefaltete Rechenblatt hervor, das er Niroskin bei der Durchsuchung abgenommen hatte. »Das habe ich mir noch gar nicht angeguckt«, murmelte er und reichte es an Holland weiter.

»Eine Landkarte ist das?« Holland faltete das Papier auseinander und warf einen ungläubigen Blick darauf. Beide Seiten waren mit Linien, Pfeilen und Kreuzen übersät, neben denen sich klein geschriebene Zahlen und Buchstabenkürzel befanden.

»Da steht alles drauf, was ich brauche«, erklärte Niroskin, dem Hollands skeptische Miene offenbar nicht entgangen war. »Die Strecke habe ich mir auf der großen Wandkarte im Stab unseres Regiments eingeprägt und dann aus der Erinnerung nachgezeichnet.«

»Soso.« Holland schmunzelte. Dann wurde er wieder ernst. »Und den Rest deiner Ausrüstung hast du dir zusammengeklaut? Zum Beispiel in der Angelhütte heute Morgen?«

»Das tut mir leid. Ich habe nur ein paar alte Sachen genommen. Damit ich mir etwas zu essen machen konnte. Ein paar Fische fangen.«

»Mit einem Radio?«

»Das ist etwas anderes!«, fuhr Niroskin auf. »Das habe ich von ...« Erschrocken verstummte er, so als hätte er um ein Haar ein großes Geheimnis preisgegeben.

»Von Linda Berger?«, riet Holland. »Sie hat dir das Radio geschenkt, stimmt's? Damit du unterwegs nicht ganz allein bist.«

Niroskin gab keine Antwort.

»Ich habe also recht.«

Der junge Soldat schüttelte heftig den Kopf.

»Lassen wir das erst mal beiseite«, sagte Holland versöhnlich. »Ich weiß, dass du nicht möchtest, dass Linda wegen dir Schwierigkeiten bekommt. Ich habe nicht vor, ihr welche machen.«

Niroskin lehnte sich ein wenig zurück, und Holland glaubte, in seinem Gesicht einen Anflug von Erleichterung zu erkennen.

»Aber, Alexej, etwas musst du mir verraten«, meinte er, und diesmal verlieh er seinen Worten Strenge. »Der Rucksack mit deinen ganzen Sachen – warum lag der am Eingang des Sumpfes? Hast du ihn dort nur verloren? Oder war das ein Täuschungsmanöver, um uns in die Irre zu führen? Eine *Maskirowka*? Sollten wir in das Moor hineinlaufen?«

»Nein!« Niroskin streckte sich erschrocken in eine aufrechte Position, sodass der Stuhl, auf dem er saß, ein scharfes Ächzen von sich gab. »So war das nicht! Niemand darf dort hineinlaufen! Dort ist der Wald böse, wie die Plutowka!«

Ferchow lachte spitz auf, und Holland bemerkte, wie Silvio mit den Augen rollte. Aber Niroskin war anzusehen, dass er mit vollem Ernst gesprochen hatte.

»Wie meinst du das?«, hakte Holland deshalb möglichst unbefangen nach.

»Die Plutowka ist gefährlich«, erklärte Niroskin, und Holland spürte, wie nahe dem Jungen die Sache ging. »Sie weicht die Böden der Wälder auf. Man kann sie nicht sehen, und wenn man sie bemerkt, ist es zu spät!«

»Und hier war das auch so?«

»Ja. Die toten Birken hätten mich warnen müssen. Aber ich habe nicht aufgepasst. Sie und Ihre Leute waren dicht hinter mir. Ich wollte einfach weg. Da hat plötzlich der Boden nachgegeben.«

Holland beobachtete, wie sich auf Niroskins Stirn ein glänzender Schweißfilm bildete und wie seine Unterschenkel zu zittern begannen. Offensichtlich holte ihn das Erlebte gerade wieder ein. »Dabei hast du den Rucksack fallen lassen und dich selbst gerettet«, sagte er deshalb schnell. »Danach bist du umgekehrt und unter den Baum gekrochen.«

»Der Baum war das einzige Versteck.« Niroskin holte tief Luft. »Ich habe gehofft, dass Sie mich übersehen und wieder fortgehen.« Er sah gequält auf. »Aber auf einmal sind Sie zurückgekommen.«

»Ja.« Holland nickte langsam. *Und dann hast du vor mir gestanden und nicht abgedrückt.* Der Neunzehnjährige tat ihm leid. Er schien ein anständiger Bursche zu sein. Und trotzdem war er desertiert.

»Warum das alles, Alexej?« Holland trat einen Schritt an Niroskin heran und sah zu ihm hinunter. »Warum hast du dein Regiment im Stich gelassen? Deine Kameraden. Wieso hast du diese waghalsige Flucht riskiert? Bloß aus Heimweh nach deinem Dorf?«

Niroskin antwortete nicht. Stattdessen versteiften sich seine Glieder, als hätten ihn die Fragen an eine schwere Last erinnert.

»Alexej?«, ließ Holland nicht locker. »Jeder junge Mann muss für sein Land Dienst in der Armee leisten, das weißt du. Hattest du einfach keine Lust mehr?«

»Ich bin ein gewissenhafter Soldat!«, gab Niroskin energisch zurück.

»Ein gewissenhafter Soldat läuft nicht einfach vor seinen Pflichten davon.«

»Es waren nicht die Pflichten, vor denen ich weggelaufen bin!«

»Wovor dann?«

»Das werden Sie nicht verstehen.«

Holland zuckte mit den Schultern. »Versuchen wir es.«

Niroskin starrte eine Weile stumm vor sich hin. Dann sagte

er tonlos: »Das Leben in der Kaserne ist nicht immer so, wie es gesagt wird. Dass alle zusammenhalten, Seite an Seite marschieren ... Es gibt Unterschiede. Kameraden, die länger dabei sind und die deswegen ›Vorrechte‹ genießen. Und die die Neuankömmlinge schlecht behandeln.«

»Was heißt das, ›schlecht behandeln‹?«

»Die Neuen müssen für die Dienstälteren Arbeiten verrichten. Stiefel putzen. Revier reinigen. Aufträge übernehmen. Sie werden gezwungen, einen Teil ihres wenigen Soldes und ihrer Verpflegung abzugeben.« Niroskin schluckte. »Aber dabei bleibt es nicht. Sie werden verhöhnt, erniedrigt und geschlagen. Wie es den Altgedienten gerade gefällt.«

»Aber ihr habt doch Vorgesetzte. Offiziere, die für euch verantwortlich sind. Tun die nichts dagegen?«

»Die schauen absichtlich weg.«

Es entstand eine Pause. Silvio und Ferchow warfen sich einen betretenen Blick zu.

»Und du, Alexej?« Holland betrachtete den Neunzehnjährigen. »Bist du auch ein Neuankömmling?«

»Ich bin kein Schwächling. Ich habe es ausgehalten.« Niroskin hob seinen Kopf und drückte den Rücken durch. Holland konnte fast körperlich spüren, wie der Junge darum rang, seinen Stolz zu bewahren. »Aber dann wollten sie, dass ich selbst etwas Schlimmes tue.«

»Was heißt das? Was haben sie von dir verlangt?«

»Es ist etwas, worüber ich nicht sprechen darf.«

»Du bist hier bei der Polizei. Du solltest mir sagen, worum es geht.«

Niroskin schloss die Augen. »Nein.«

»Alexej?«

»Ich musste da weg!«

Der junge Soldat fuhr sich mit den gefesselten Händen mehrmals nervös über das Gesicht, als könnte er sich dadurch vor der Welt verbergen.

»Beruhige dich. Das lässt sich alles klären«, meinte Holland. »Aber dafür brauche ich Fakten.«

Niroskin ließ die Arme langsam sinken und starrte ins Leere. »Ich werde nichts mehr dazu sagen. Ich kann nicht.«

Holland runzelte die Stirn. Er wurde nicht schlau aus dem Jungen. Für seine Flucht war er ein enormes Risiko eingegangen. Wie viel Macht hatten seine Peiniger über ihn, dass er sie selbst jetzt noch fürchtete?

»Was passiert jetzt mit mir?«, fragte Niroskin unversehens.

»Wenn diese Befragung beendet ist, werden wir dich an die Kriminalpolizei in Potsdam übergeben. Als wir vorhin hier angekommen sind, habe ich die zuständige Abteilung bereits informiert. Dort wird man dich noch einmal ausführlich vernehmen. Dann entscheidet die Staatsanwaltschaft, wie es weitergeht. Für die Straftaten, die du auf deiner Flucht begangen hast, wirst du dich verantworten müssen. Für den Einbruch in die Hütte zum Beispiel und auch dafür, dass du auf uns geschossen –«

Holland stockte. Vom Hof drangen plötzlich Fahrzeuggeräusche herein, und kurz darauf ertönten laute Rufe. Er fuhr herum. Im selben Moment öffnete sich die Tür des Lagerraumes, und Volker Babeck erschien. Mit gedämpfter Stimme vermeldete er: »Chef, draußen ist gerade ein sowjetischer Oberst vorgefahren und macht mächtig Rabatz. Was sollen wir tun?«

»Warte. Ich komme raus.« Holland signalisierte Silvio und Ferchow mit einer Armbewegung, auf den Gefangenen zu achten. Dann folgte er dem Hünen hinaus auf den Hof.

In der Mitte des Platzes stand eine schwarze Wolga-Limousine mit laufendem Motor, und gleich dahinter parkte ein sowjetischer Militär-Lkw. Ein untersetzter Fünfzigjähriger in der Uniform eines Obersts der sowjetischen Landstreitkräfte schritt unruhig zwischen den Fahrzeugen hin und her. Als er Holland bemerkte, kam er ihm mit forschen Schritten entgegengestampft. »Haben Sie hier das Kommando?«, schmetterte der Offizier auf Russisch und ohne Begrüßung los.

»So ist es. Ich bin Werner Holland. Hauptmann der VP«, entgegnete Holland ebenfalls auf Russisch, wobei er darauf achtete, einen betont förmlichen Ton anzuschlagen. »Und Sie sind?«

»Sie übergeben mir jetzt augenblicklich den Verräter!«

»Und Sie sind?« Diesmal legte Holland eine gewisse Schärfe in seine Stimme.

»Wer ich bin?« Das Gesicht des Obersts lief rot an. Dann schrie er: »Was bilden Sie sich eigentlich ein, Hauptmann? Befolgen Sie meinen Befehl, und zwar sofort!«

»Hier findet zurzeit eine Maßnahme der Deutschen Volkspolizei statt. Sie haben keine Befugnis, mir Befehle zu erteilen«, gab Holland unbeeindruckt zurück. »Mäßigen Sie bitte Ihren Ton und nennen Sie mir zuerst Ihren Namen. Ansonsten ist das Gespräch an dieser Stelle beendet.«

»Bolschakow, Kommandeur des Zweiten Sworodiner Garde-Panzerregiments«, zischte der Oberst. »Und jetzt gehen Sie mir aus dem Weg!« Ohne eine Antwort abzuwarten, drängte er sich an Holland vorbei und schritt energisch auf den Eingang des Lagerraumes zu.

»Posten!«, donnerte Holland.

Augenblicklich hoben Babeck und der zweite Kommandopolizist vor der Tür ihre Gewehre an.

Bolschakow blieb wie angewurzelt stehen und blickte sich mit ungläubiger Miene zu Holland um. Dann schnappte er: »Sie wagen es –«

»Oberst Bolschakow, das Gebäude ist ein zeitweiliger Dienstbereich der VP und darf von Unbefugten nicht betreten werden.« Holland verzog keine Miene. »Gedulden Sie sich bitte einen Moment. Ich werde telefonieren.«

Damit ließ er Bolschakow stehen. Während er zum Haupthaus des Anwesens ging, spürte Holland förmlich die brennenden Blicke des sowjetischen Befehlshabers in seinem Nacken. Höchste Zeit, dass ich mir Rückendeckung verschaffe, dachte er und betrat das Forstheim. Thomas Laatz, der in einem kleinen Zimmer im Erdgeschoss die mobile Funkstation der Einheit bewachte und dem der Tumult auf dem Hof kaum entgangen sein konnte, sah ihn fragend an.

»Tommi, ich brauche den Chef«, sagte Holland. »Eine Direktleitung zu Möbius.«

»Sofort!« Laatz drückte einige Knöpfe am Tastenfeld des graublauen Metallkastens und reichte Holland den Hörer. »Ich warte draußen.« Damit schlüpfte er aus dem Raum.

»Teilnehmer?«, erschallte nur Sekunden später die strenge Stimme des Polizeichefs.

»Genosse Generalleutnant, hier spricht Hauptmann Holland von der Diensteinheit IX. Bei uns hat sich ein Problem ergeben.«

»Ich höre.«

»Wir haben heute Vormittag eine Festnahme realisiert. Es handelt sich um –«

»Sparen Sie sich die Erklärung. Ich wurde bereits ins Bild gesetzt. Gute Arbeit!«

»Die Genossen von der Kripo sind schon informiert. Sie befinden sich auf dem Weg hierher, um den Verhafteten zu übernehmen.«

»Ja und? Wo liegt dann das Problem?«

»Gerade eben ist hier ein gewisser Oberst Bolschakow von der sowjetischen Garnison in Jüterbog vorgefahren. Er besteht auf der Herausgabe des Soldaten. Der Oberst tritt, mit Verlaub, sehr bestimmend auf.«

»›Bestimmend‹. Aha«, entgegnete Möbius mit unterkühlter Ironie. »Warten Sie einen Moment.«

Holland hörte ein kurzes Klicken, und aus dem Hörer drang nur noch monotones Rauschen. Einige Minuten vergingen, dann klickte es erneut, und die Stimme des Polizeichefs war wieder da. »Genosse Holland, ich habe gerade mit der Militärstaatsanwaltschaft in der Nuschke-Straße telefoniert«, erklärte Möbius, und sein Ton klang jetzt gereizt. »Die Sache geht in Ordnung. Übergeben Sie den Mann umgehend an Oberst Bolschakow.«

»Wie bitte?« Holland glaubte, sich verhört zu haben. »Entschuldigung, aber die Angelegenheit fällt doch eindeutig in die Zuständigkeit unserer –«

»Wollen Sie meine Anweisung hinterfragen?«, schnitt Möbius ihm das Wort ab. »Sie überstellen den Mann an die sowjetische Abordnung, sofort! Das ist ein Befehl! Habe ich mich diesbezüglich klar und deutlich ausgedrückt?«

»Ja, Genosse Generalleutnant«, antwortete Holland mit trockenem Mund. »Ich werde das in die Wege leiten.«

Noch bevor er richtig zu Ende gesprochen hatte, wurde am anderen Ende die Verbindung getrennt.

Mit spitzen Fingern legte er den Hörer zurück in die Halterung. Ein paar Sekunden wartete er noch ab, dann raffte er sich auf und verließ das Gebäude.

Bolschakow stand neben dem Wolga und redete gerade mit zorniger Miene auf einen dünnen Offizier ein, der offenbar die Funktion eines Adjutanten bekleidete und die Tirade mit eingezogenen Schultern über sich ergehen ließ. Als Holland die Limousine passierte, funkelte ihn der Oberst böse an und erkundigte sich bissig: »Nun, Hauptmann der Volkspolizei, haben Sie sich über Ihre Befugnisse informieren lassen?«

»Wir werden Ihnen den Gefangenen übergeben«, antwortete Holland knapp, und er unterdrückte das Verlangen, einen gepfefferten Fluch hinterherzuschicken. »Ich veranlasse, dass der Mann herausgebracht wird.«

Anstatt einer Antwort kam nur ein unwirsches Schnauben zurück. Holland wandte sich ab und ging hinüber zu dem Nebengebäude, in dem sie Niroskin festhielten. Vor dem Eingang standen Babeck und sein Kollege noch immer mit unbeweglichen Mienen Posten. Er nickte ihnen zu und betrat den Lagerraum.

Alexej Niroskin hockte angespannt auf der vordersten Kante seines Stuhles und blickte ihm forschend entgegen. Das Antlitz des Neunzehnjährigen war von einer angstvollen Vorahnung gezeichnet. Seine Lippen bebten, aber offenbar traute er sich nicht, die Frage nach dem Grund für die Unterbrechung der Vernehmung zu stellen. Wahrscheinlich hat er ohnehin die Hälfte mitgehört, so laut, wie der Oberst vorhin über den Hof gebrüllt hat, mutmaßte Holland. »Alexej, da draußen ist dein Kommandeur«, erklärte er. »Er ist hier, um dich abzuholen. Du kommst zurück in dein Regiment.«

»Was?«, entfuhr es Niroskin, und in seiner Stimme schwang Panik mit. »Aber … Sie haben doch gesagt, ich werde von der Kriminalpolizei übernommen. In Potsdam.«

»Der Plan wurde geändert.«

»Nein! Das können Sie nicht machen! Bitte!«

»Die Entscheidung ist gefallen. Ich habe darauf keinen Einfluss mehr.«

»Bitte nicht! Ich möchte hierbleiben ...«

»Es tut mir leid.« Die Verzweiflung des Gefangenen schmerzte Holland zutiefst. Aber seine Befehle waren eindeutig. Er konnte nichts mehr für den Jungen tun. So gab er Silvio und Ferchow einen unauffälligen Wink und sagte leise: »Bringt ihn hinaus.«

Die beiden Polizisten bauten sich vor Niroskin auf, zogen ihn in die Höhe und nahmen ihm die VP-eigenen Handschellen ab. Dann ergriffen sie ihn an den Oberarmen und flankierten ihn schweigend zum Ausgang.

Als Silvio die Tür öffnete, flutete gleißendes Sonnenlicht herein. Für einen Augenblick waren er und Ferchow geblendet. Genau in diesem Moment bäumte sich Niroskin auf, riss sich los und kam zu Holland zurückgestürmt. Noch bevor ihn die Polizisten wieder fassen konnten, langte er in ein verborgenes Täschchen im Saum seiner Uniform und zupfte ein kleines ovales Metallblättchen heraus. Mit sich überschlagender Stimme flehte er: »Sie müssen Lina finden! Meine Schwester. Geben Sie ihr das hier!« Er drückte ihm das Metalloval in die Hand. »Bitte! Sie wird mir helfen.«

Holland, von der verzweifelte Aktion völlig überrumpelt, schloss seine Finger um das silbrige Objekt und nickte. Im selben Moment packten Silvio und Ferchow den jungen Fahnenflüchtigen und zogen ihn zurück. Entschlossen drängten sie ihn hinaus auf den Hof.

Mit schnellen Schritten folgte Holland ihnen bis zur Tür. Er beobachtete, wie ein halbes Dutzend kräftiger Soldaten von der Ladefläche des sowjetischen Lastkraftwagens sprangen. Sie ergriffen Niroskin und schubsten ihn vor seinen Kommandeur. Bolschakow musterte den zitternden Jungen mit eisiger Miene, dann riss er ihm die Schulterstücke herunter und brüllte ihn mehrere Minuten lang an, fast ohne Luft zu holen.

Unterdessen brachte Ferchow die Waffe des Gefangenen aus

dem Hauptgebäude und übergab sie zusammen mit dem Komsomol-Ausweis an den schlanken sowjetischen Adjutanten, der den Ausbruch seines Kommandeurs aus einigen Metern Entfernung mit blasser Miene verfolgte.

Mit einem Mal verstummte der Oberst, machte auf dem Absatz kehrt und stieg, ohne Holland noch eines Blickes zu würdigen, in die schwarze Limousine. Die Soldaten zerrten Niroskin zum Lkw und warfen ihn auf die Ladefläche. Nachdem sie selbst auf die Pritsche geklettert waren und Bolschakows Adjutant sich zu seinem Vorgesetzten in den Wolga geschoben hatte, heulten die Motoren auf, und die Fahrzeuge fegten vom Hof.

Holland stand noch immer regungslos in der Tür des Lagerraumes und sah dem kleinen Konvoi hinterher. Schließlich senkte er den Blick, öffnete seine Hand und betrachtete das metallene Oval, das ihm Alexej Niroskin gegeben hatte. Es war ein Medaillon aus einfachem Aluminiumblech. Behutsam klappte er die beiden Metallhälften auseinander. An den Innenseiten waren winzige Schwarz-Weiß-Fotos aufgeklebt. Sie zeigten zwei Kinder. Einen Jungen und ein Mädchen. Auf ihren Gesichtern lag ein glückstrahlendes Lächeln.

21

Lina, geliebte Schwester,

vor einer Woche kam der Brief mit Deinem Gedicht und den herzensguten Worten zu meinem neunzehnten Geburtstag. Obwohl ich Deine Zeilen jedes Mal so sehr herbeisehne, war ich diesmal ganz traurig, als ich sie las. Denn sie haben mich daran erinnert, wie unbeschwert ich zu Hause immer das neue Lebensjahr begrüßen durfte – zusammen mit Dir, unseren Großeltern und den ganzen Gratulanten aus der Nachbarschaft. Und natürlich mit der langen Tafel voller Honigkuchen unter dem Apfelbaum in unserem Garten. Immer gab es Musik. Weißt Du noch, wie der alte Semjon einmal versucht hat, Großmutter Polina zum Tanz aufzufordern, und wie er dabei über seine eigenen Beine gestolpert und in die Sträucher neben dem Gemüsebeet gefallen ist? Vier erwachsene Männer waren nötig, um ihn wieder aus den Büschen zu hieven, und dabei hat er die ganze Zeit geschimpft, er wolle doch nicht mit ungehobelten Burschen tanzen, sondern mit der Großmutter. Wir Kinder konnten gar nicht mehr aufhören zu lachen, und Semjon hat uns heimlich zugezwinkert, denn er hatte alles nur gespielt.

Mein Geburtstag hier in der Garnison war eine einsame Angelegenheit. Niemand hat mir Glückwünsche ausgesprochen, und ein gemeinsames Beisammensitzen gab es auch nicht, denn ich habe nicht gewagt, den Kameraden von meinem besonderen Tag zu erzählen. Ich wollte keine Aufmerksamkeit auf mich lenken. Aufmerksamkeit kann hier bittere Folgen nach sich ziehen. Die »Großväter« haben mich sowieso schon im Visier. Es wird immer schwerer, Bogdan Kuzmin und seinen drei Schlägern aus dem Weg zu gehen. Wie soll mir das auch gelingen, wo wir doch auf Gedeih und Verderb in unserer Panzerwerkstatt zusammenarbeiten müssen? Inzwischen gibt es kein Schimpfwort mehr, das sie mir nicht an den Kopf geworfen haben, und keine schwere Arbeit, die ich ihnen nicht abnehmen musste. Die anderen beiden Neuen in unserer Gruppe werden auch schikaniert, aber mich behandelt Bogdan am schlechtesten.

Vorgestern hat er mit seinen Kumpels den Beginn ihrer letzten hundert Tage Wehrdienst gefeiert. Ich musste sie mit Wodka bedienen, wie ein Kellner, mit einem weißen Geschirrtuch über dem Arm. Dann haben sie auf dem Boden der Werkstatt aus Uniformgürteln eine große Einhundert gelegt und dahinter posiert. Ich sollte sie dabei fotografieren, und sie haben mir gedroht, dass sie mich schlagen, wenn die Fotos nicht gut werden. Hinterher hat Bogdan behauptet, ich hätte seinen Fotoapparat beschmutzt, und ich musste die Kamera eine Stunde lang putzen und polieren, während er und seine Kumpane weitergetrunken haben.

Lina, liebste Schwester, seit ich hier meinen Dienst versehe, gab es schon viele solcher freudlosen Tage. Ich habe sie alle klaglos durchgestanden. Aber heute Morgen ist etwas passiert, das mich mit tiefer Sorge erfüllt. Auf dem Gang zum Frühstück hat mich Bogdan beiseitegenommen und mir zugeraunt, dass ich nun alle Prüfungen bestanden hätte und dass er mich am Ende des Tages von Mann zu Mann sprechen will. Dazu soll ich nach dem Abendessen noch einmal zu unserer Werkstatt kommen. Ich darf niemandem von dem geplanten Treffen erzählen, und wenn mich auf dem Wege dorthin ein Kamerad oder ein Offizier anspricht, soll ich mir eine Ausrede ausdenken.

Diese Vertraulichkeit ängstigt mich mehr als die vielen Beschimpfungen oder Schläge, denn im Regiment tuschelt man hinter vorgehaltener Hand, dass Bogdan Kuzmin ein richtiger Verbrecher wäre und mit einer Handvoll verschwiegener Komplizen kriminellen Machenschaften nachgehen würde.

Von alldem will ich nichts wissen, und auch zu dem geheimen Treffen möchte ich nicht, aber Bogdan duldet keine Widerrede, und so bleibt mir nichts anderes übrig, als heute Abend hinzugehen und zuzuhören, was er mir zu sagen hat.

Lina, geliebte Schwester, verzeih mir, wenn Du diesmal länger auf Nachricht von mir warten musst. Ich kann diesen Brief jetzt nicht abschicken, denn die Soldatenpost wird regelmäßig kontrolliert. Worüber ich Dir heute berichtet habe, das darf nicht bekannt werden, sonst ergeht es mir schlecht. Aber es tut gut, diese Zeilen niederzuschreiben. Es gibt hier niemanden, mit dem ich meine Sorgen teilen könnte. So vertraue ich meine Erlebnisse und Gedanken diesen Papierbögen an, und ich stelle mir dabei vor, wie Du sie liest.

Wenn wir uns doch bald in den Armen liegen könnten! Ich denke an Dich, so wie Du bestimmt auch an mich denkst.

Dein Bruder Alexej

22

Verlorenwasser, 2005

Nach seinem Bericht über die Ereignisse im Spreewald hatte Holland einen Moment geschwiegen. Jetzt sah er auf und betrachtete seine Kidnapperin, die mit dem schwarzen Kapuzenshirt und ihren dunklen Haaren beinahe mit dem Halblicht des Barackenganges verschmolz. Nur ihr Gesicht schimmerte fahl.

»Sie sind Lina, nicht wahr?«, sagte er leise. Das war der Name gewesen, den Alexej ihm damals genannt hatte. Zusammen mit der eindringlichen Bitte, seine Schwester zu finden.

»Eine Kurzform meines Vornamens. So wurde ich früher gerufen«, gab sie tonlos zurück. »Alexej hat mich nie anders genannt.«

Holland war noch immer über die Wirkung erschrocken, die seine Beschreibung der Geschehnisse in seiner Kidnapperin ausgelöst hatte. Als er an die Stelle gelangt war, an der sie Alexej Niroskin im Wald verhaftet hatten, war irgendetwas mit ihr passiert. Sie hatte plötzlich aufgeschluchzt und sich den Bauch gehalten, als würde sie von einem Krampf geschüttelt, und währenddessen war sie kreidebleich geworden. Die Gefühlswallung hatte kaum mehr als ein oder zwei Minuten gedauert, aber die Heftigkeit der Reaktion war Holland an die Nieren gegangen. Danach hatte er auch noch den Rest des Geschehens berichtet, doch Alina war den Ausführungen über Alexejs Befragung und seine Übergabe an Oberst Bolschakow nur noch unkonzentriert gefolgt. Als würde sie dieser Teil der Geschichte gar nicht mehr interessieren.

Einzig als Holland zuletzt das Medaillon erwähnt hatte, war ihr Kopf ruckartig nach oben gezuckt.

Nun starrte sie mit unbewegter Miene zu ihm herüber.

»Was haben Sie damals bloß angerichtet?«, flüsterte sie plötzlich.

»Wie bitte?« Holland zog verunsichert die Augenbrauen zusammen.

»Sie haben Alexej in einen Sumpf getrieben! Ahnen Sie überhaupt, was Sie ihm damit angetan haben?«

Holland wusste nicht so recht, was er darauf antworten sollte. Daher sagte er nur: »Ihrem Bruder ist nichts geschehen. Er hat bloß seinen Rucksack verloren. Dann ist er umgekehrt.«

»Es ist schon einmal passiert«, erwiderte Alina. Sie vermittelte den Eindruck, als wäre sie in Gedanken nicht hier in der Baracke, sondern ganz woanders.

»Was meinen Sie?«

»Er ist schon einmal in einen Sumpf geraten. Im Wald bei unserem Dorf. Alexej war erst sieben Jahre alt. Er wäre damals fast gestorben.« Alina sah auf den Boden. »Danach wurde er immer wieder von furchtbaren Angstträumen geplagt.«

»Das tut mir leid. Davon wusste ich nichts.« Holland erinnerte sich daran, wie sehr der Soldat nach seiner Gefangennahme gezittert hatte. Wie groß musste die Verzweiflung des Neunzehnjährigen gewesen sein, als er realisiert hatte, dass er zwischen dem Polizeikommando und dem Moor eingeschlossen war?

»Nichts tut Ihnen leid!«, brauste Alinas auf, und ihren Körper durchfuhr ein Beben. »Sie haben meinen Bruder gejagt, bis er nicht mehr weiterkonnte. Und dann haben Sie ihn erschossen wie einen Hund!«

»Unsinn!« Holland schnaubte. »Ich habe Ihnen erzählt, was passiert ist. Bis heute wusste ich nicht einmal, dass er ums Leben gekommen ist. Das können Sie mir jetzt glauben – oder Sie lassen es bleiben.«

»Genau das ist der Punkt. Ich glaube es Ihnen nicht!«

»Wieso sind Sie sich Ihrer Sache nur so verdammt sicher? Die Umstände von Alexejs Verhaftung haben Sie bis eben nicht gekannt. Der Wald, der Sumpf – das war Ihnen neu. Das hat Sie gerade kalt erwischt! Es war nicht zu übersehen. Daraus kann ich nur einen einzigen Schluss ziehen: Sie haben mir die ganze Zeit etwas vorgemacht. Sie haben keinen Schimmer, was damals wirklich geschehen ist.«

»Ich kenne das Ergebnis. Und darüber, *Hauptmann Holland*, gibt es keinerlei Zweifel.« Alina trat einen Schritt nach vorn. »Alexej hat den Ort seiner Festnahme als Leichnam verlassen. Ihr angebliches Verhör, die Übergabe an seinen Regimentskommandeur – das haben Sie sich alles nur ausgedacht, um Ihren eigenen Hals zu retten!«

»Und woher kenne ich dann die Details aus seinem Leben? Die Fakten, die mir Alexej bei seiner Vernehmung im Forstheim genannt hat? Nerownaja Poljana – sein Dorf. Lina – Ihren Kosenamen. Und wieso konnte ich Ihnen die Kinderfotos in dem Medaillon beschreiben?«

»Sein Wohnort stand in seinen Papieren. Meinen Kosenamen kann er Ihnen auch vor seiner Erschießung genannt haben. Vielleicht hat er in seiner Todesangst nach mir gerufen, bevor Sie ihn ...« Alina stockte, aber sie hatte sich schnell wieder im Griff. »Und jeder weiß, dass die Leichen am Tatort durchsucht werden. Vermutlich haben Sie das Medaillon bei dieser Gelegenheit an sich genommen. Was ist übrigens damit geschehen?« Ihre Stimme bekam einen beißenden Unterton. »Haben Sie es verschwinden lassen? Oder wollten Sie es als Trophäe behalten?«

»Es wurde später konfisziert«, antwortete Holland mit trockener Stimme. »Von meinen Vorgesetzten.«

»Wie auch immer ... Sie sind schuldig, Holland. Sie können nichts vorbringen, was Ihre Version der Ereignisse belegt!«

»Aber es gibt auch nichts, was dagegenspricht.«

»Oh doch! Sie ahnen gar nicht, wie viel es da gibt.«

»Schön! Das bringt unsere Unterhaltung an einen interessanten Punkt.« Holland trat ganz dicht an das Türgitter. »Bisher habe nur ich hier gesprochen. Jetzt sind Sie an der Reihe. Erzählen Sie Ihren Teil der Geschichte! Sagen Sie mir endlich, woher Sie die Vorwürfe gegen mich nehmen.« Er deutete auf die Pistole in Alinas Hand. »Oder ist die Jarygin Ihr einziges Argument?«

Alina verharrte für eine Weile still. Ein nachdenklicher Zug breitete sich auf ihrem Gesicht aus. Schließlich hob sie den Kopf und meinte: »Gut, einverstanden. Ich werde es Ihnen sagen. Dann werden Sie sehen, dass jedes weitere Leugnen sinnlos ist.«

Mit einer entschiedenen Bewegung steckte sie die Waffe in ihren Hosenbund, achtete aber gleichzeitig darauf, einen sicheren Abstand zum Türgitter einzuhalten. Sie holte tief Luft, wie um sich noch einmal zu sammeln, dann begann sie zu erzählen.

»Alexej und ich, wir sind in Nerownaja Poljana bei unseren Großeltern aufgewachsen. Unsere Eltern sind bei einem Ernteunfall im Kolchos umgekommen, da war ich sieben und mein Bruder drei. Großvater und Großmutter haben all ihre Kraft darauf verwendet, uns trotzdem eine glückliche Kindheit zu schenken. Als Alexej sechzehn wurde, hat er eine Lehre als Fahrzeugmechaniker begonnen. Die Tätigkeit hat ihm gelegen, er gehörte zu den Besten in seinem Durchgang. Zwei Jahre später haben sie ihn zum Militärdienst eingezogen und nach Deutschland geschickt.«

Alina räusperte sich. Dann sprach sie weiter. »Anfangs hat er mir noch Briefe geschrieben, es schien ihm gut zu gehen, bis auf die üblichen Widrigkeiten, die man von der Armee so kennt. Aber nach vier Monaten blieben seine Briefe plötzlich aus. Zunächst habe ich mir nicht viel dabei gedacht; die militärische Post war ohnehin nicht die zuverlässigste. Doch dann erhielten wir eines Tages ein Telegramm von der Kommandantur, in dem man uns mitteilte, Alexej habe beim Dienstsport einen Zusammenbruch erlitten und sei noch auf dem Trainingsplatz gestorben. Zwei Wochen danach kam er in einem zugeschweißten Zinksarg nach Hause.«

Alina verstummte. In ihren Augen blitzten Tränen auf.

Holland fragte ungläubig nach: »Also … ist er beim Sport gestorben?«

»So hieß es zunächst. Auf dem Totenschein stand ›Herzversagen‹.«

»Wo wurde der ausgestellt?«

»In Deutschland. Von einem Militärarzt in seiner Garnison.«

»Aber das ist noch nicht das Ende der Geschichte …«

»Nein. Ist es nicht.« Alina wischte sich eine Träne aus dem Augenwinkel. »Wir haben Alexej auf dem kleinen Friedhof von Nerownaja Poljana beerdigt und um ihn getrauert. Der Alltag im Haus meiner Großeltern war fortan niedergedrückt, aber es half nichts, wir mussten unser Leben irgendwie weiterführen. Ich habe damals in der Verwaltung von unserem Kolchos gearbeitet. Irgendwann hielt ich es nicht mehr aus und zog weg. Nach Saratow, in unsere Bezirkshauptstadt. Dort nahm ich eine Stelle im Völkerkundemuseum an. Ganz langsam wurde der Schmerz weniger. Die Gedanken an Alexejs Tod wichen mehr und mehr der Erinnerung an sein Leben. Es begannen glücklichere Jahre. Ich konnte wieder unbeschwert sein.« Alina schluckte. »Bis die Briefe kamen.«

»Briefe? Von wem?«

»Von Alexej.«

»Was?« Holland hob verwundert die Augenbrauen. »Wie kann das sein?«

»Es waren Briefe, die er nie abgeschickt hatte. Ein deutscher Maurerlehrling hat sie 1996 bei Umbauarbeiten auf dem stillgelegten Militärgelände von Jüterbog zufällig gefunden. Sie waren in einer Mauernische an der Rückwand einer ehemaligen Panzerwerkstatt versteckt. Die Briefe trugen meinen Namen und die Anschrift unseres Dorfes. Der Junge hat sie alle in einen großen Umschlag gepackt und zur Post gebracht. Er hat es gut gemeint.«

»Und Ihre Großeltern haben sie Ihnen dann nach Saratow nachgesandt?«

»Ja. Damals lebten sie noch. Eine glückliche Fügung wollte es, dass sie vorher nicht selbst hineingeschaut haben. Es hätte ihnen das Herz gebrochen.«

Jetzt war es Holland, der tief Luft holte. Dann fragte er: »Was stand in den Briefen?«

»Alexej hat darin beschrieben, wie sie ihn in der Kaserne gequält haben. Seine eigenen Kameraden! Immer und immer wieder. Er muss durch die Hölle gegangen sein, und er war dabei ganz allein.« Alina ballte ihre grazilen Hände zu Fäusten. »Und dann hat der Anführer dieser elenden Banditen von ihm verlangt, bei einem Einbruch mitzumachen. Bei Deutschen. Mein Bruder wollte das nicht. Aber dieser Bastard hat gesagt, dass es ihm schlimm ergeht, wenn er sich weigert. Und dass er ihn umbringt, wenn er den Vorgesetzten etwas steckt. Alexej wusste sich nicht mehr zu helfen. Also hat er seine Flucht aus der Garnison geplant. Danach hören die Briefe auf.«

»Da haben Sie begonnen, an der offiziellen Todesursache zu zweifeln.«

»Ja. Auf einmal war alles wieder da. Die ganzen grausamen Erinnerungen. An die Ankunft des Sarges. Die Beerdigung. Die leeren Blicke von Großvater und Großmutter. Und diesmal kam noch etwas anderes dazu: die quälende Ungewissheit. Was war mit meinem Bruder wirklich passiert? Ich musste es wissen.«

»Was haben Sie unternommen?«

»Ich bin nach Moskau gefahren. Es gab damals eine Kommission, die widersprüchliche Todesfälle in der Armee zu Zeiten der Sowjetunion aufgearbeitet hat. Michail Gorbatschow hatte sie 1990 ins Leben gerufen. Daraufhin konnte man sich etwas erfolgversprechender nach dem Schicksal von Angehörigen erkundigen. Wenn man die nötige Geduld mitbrachte.«

»Und die hatten Sie.«

»Geduld vielleicht nicht. Aber eine unbändige Wut. Ich war mir sicher, dass sie den Herzinfarkt nur vorgeschoben hatten, um Alexejs Fahnenflucht zu verschleiern. Also bin ich in ein spartanisches Hotel gezogen und habe jeden Morgen aufs Neue in dem riesigen Gebäude des Verteidigungsministeriums an der Moskwa vorgesprochen. So lange, bis sie mich zu einem Offizier gebracht haben, der sich der Sache angenommen hat. Ich hatte Glück. Es war der Leiter der Nachforschungsstelle für die Landstreitkräfte. Ein ausgesprochen zuvorkommender Mann, der früher sogar einmal in Alexejs Garnison stationiert gewesen war. Er kannte Jüterbog, deshalb hat man ihm den Fall auch zugewiesen. Und er konnte mir tatsächlich helfen.«

»Weil er von den Ereignissen wusste?«

»Nein. Aber er hat für mich Erkundigungen eingezogen. Hat sich richtig ins Zeug gelegt. Und dann ist er fündig geworden. Irgendwo gab es wohl noch Alexejs alte Wehrdienstakte.«

»Und?«, fragte Holland vorsichtig. Jetzt war er wirklich gespannt. »Was stand drin in der Akte? Was hat der Mann gesagt?«

»Er hat bestätigt, dass Alexej keinen Herzinfarkt erlitten hat, sondern am 3. August 1986 von seiner Einheit desertiert ist. Und dass er vier Tage später, am 7. August, bei seiner Ergreifung erschossen wurde.«

»Erschossen – von wem?«

»Von der Volkspolizei der DDR!« Alinas Stimme hatte die Sanftheit und Verletzlichkeit, die sich während ihres Berichtes eingeschlichen hatte, mit einem Schlag wieder verloren.

In Hollands Magen breiteten sich heiße Wellen aus. »Das ist nicht möglich!«, entfuhr es ihm.

»Wieso sollte eine offizielle Militärakte lügen?«, gab Alina gereizt zurück.

»Und da stand mein Name?«, hakte Holland nach.

»Nein. Dort nicht.« Alina kam einen Schritt näher an die Gittertür. »Den habe ich erst vor drei Monaten herausbekommen. Durch einen Zufall. Ich denke, das Schicksal hat es einfach so gewollt. Nach meinem Besuch in Moskau wusste ich, was mit Alexej passiert war. Es war bitter, aber ich dachte, ich müsse sein Schicksal wohl nun so akzeptieren. Ich habe geheiratet, und als mein Mann vor zwei Jahren in die Botschaft nach Berlin versetzt wurde, bin ich mitgegangen. Am 8. Mai dieses Jahres ist es dann geschehen. An dem Tag, den Sie hier den ›Tag der Befreiung‹ nennen.«

»Was ist geschehen?«

»Ich war in meiner Funktion als Kulturvertreterin der Russischen Föderation zu einer Eröffnungsfeier eingeladen – in eine Ausstellung über den Alltag der sowjetischen Truppen in Ostdeutschland.«

»Und was hat das mit mir zu tun?«

»Ein Teil der Ausstellung widmete sich den Fahndungen nach desertierten Soldaten. Ahnen Sie etwas, Genosse Hauptmann?« Alina ließ eine Pause und sah Holland unverwandt an. Dann fuhr sie fort: »Sie können sich nicht vorstellen, wie schockiert ich war, als ich auf einer Schautafel plötzlich Alexejs Foto sah. Seine Flucht wurde als Beispiel angeführt. Die Ausstellungsmacher hatten den Fall in alten Polizeiakten der DDR gefunden.«

»Dann bin ich entlastet! Dort würde vermerkt sein, wenn ich

Alexej erschossen hätte.« Holland atmete erleichtert aus. »Die Akten sind korrekt geführt worden.«

»Schön, dass wir uns diesbezüglich einig sind.« Alinas Augen flackerten triumphierend auf.

»Und? Was haben Sie denn nun in der Ausstellung so Tolles herausbekommen?«

»Dort wurde erklärt, dass in der Endphase der Fahndung nach Alexej eine geheime Spezialeinheit der Volkspolizei mit der Bezeichnung ›Diensteinheit IX‹ auf den Flüchtigen angesetzt war. Und dass ein gewisser Hauptmann Werner Holland das Kommando führte. Es war sogar ein Bild von Ihnen dabei, von Ihrer Ausbildung. Ich habe es in der Ausstellung gleich abfotografiert. Sie kennen den Schnappschuss ja schon.« Alina lächelte kalt und deutete zur Wand hinter Hollands Rücken. Dorthin, wo sein Porträt in Kampfmontur angepinnt war.

»Und? Was beweist das?«, fragte er gereizt.

»Das Foto beweist nichts. Aber der Einsatzbericht. Es ist übrigens Ihr eigener.« Alina zeigte erneut auf das Blatt an der Wand. »Ich habe ihn ebenfalls abfotografiert. Er ist auf der Rückseite.«

Holland durchmaß die Kammer, riss den Bogen mit seinem Foto von der Wand und drehte ihn um. Er blickte auf eine Kopie aus ihrem alten Dienstbuch. Eine handgeschriebene Tabelle. Zwischen den Linien fanden sich nur wenige Zeilen, und Holland erkannte darin seine ungelenke Handschrift. Hastig überflog er die alte Einsatznotiz:

Fahndung Soldat der SAR Niroskin, Alexej. Geb. 1967. Abgängig Garnison Jüterbog mit MPi AK-47 60 Patronen. Alarmierung der Diensteinheit 5.8.86 11:45 Verlorenwasser. Stärke 1:15. Soldat am 7.8.86 um 09:50 Uhr im Gelände bei Schlepzig durch Leiter DE IX Hptm. Holland gestellt.

Hollands Augen blieben an der Unterschrift hängen, die er damals an den Rand der Eintragung gekritzelt hatte. Ein flüchtiger Schriftzug, aber hinreichend leserlich. Ganz, wie es Vorschrift gewesen war.

»Nun, Hauptmann Holland? Wie war das, als Sie Alexej ›gestellt‹ haben?«, ertönte Alinas Stimme vom Gang. »War er gleich tot? Oder hat er geschrien, als ihn Ihre Kugeln getroffen haben?«

»Schwachsinn!«, brüllte Holland, knüllte das Blatt zusammen und ging auf Alina zu, bis ihn das Türgitter aufhielt. »Diese Notiz besagt lediglich, dass ich es war, der Alexej verhaftet hat. Aber das habe ich Ihnen auch ohne diesen Wisch schon erzählt.«

»Gestellt ist nicht verhaftet!«, fauchte Alina zurück.

»Hängen Sie sich jetzt an diesem einen Begriff auf? ›Gestellt‹ konnte alles Mögliche bedeuten. Verhaftung, Suizid, Anwendung der Schusswaffe ... Das hieß lediglich, dass man des Täters habhaft geworden ist. Das war halt der Sprachgebrauch damals.«

»Eben. Es wurde bewusst unklar ausgedrückt. Warum wohl?«

»Was meinen Sie, was passiert wäre, wenn ich Ihren Bruder wirklich erschossen hätte! Da wäre ein riesiges Tamtam losgegangen. Und es hätte eine dicke Akte gegeben. Vernehmungen, Spurenbilder, Obduktionsbericht. Hingen die etwa auch in der Ausstellung?« Holland schlug mit der Faust gegen die Wand neben dem Gitter. »Nein! Weil ich Alexej lediglich verhaftet habe. Punkt!«

Alina schwieg eine Weile. Dann sagte sie: »Für sich genommen könnte ich Ihnen das vielleicht sogar abnehmen. Aber zusammen mit den Informationen aus Moskau ist das Bild schlüssig. Sie haben meinen Bruder liquidiert. Und dann wurde die Sache vertuscht. Das ist mir am 8. Mai klar geworden.«

»Und dann sind Sie nach Hause gegangen und haben einen geheimen Racheplan geschmiedet.«

»Ich habe erst noch ein wenig recherchiert. Über Sie, über die Diensteinheit IX. Dabei bin ich auf dieses nette Anwesen hier gestoßen. Ich war positiv überrascht. Es ist doch wie gemacht für unser Treffen, finden Sie nicht auch?«

Holland versuchte, Alinas Sarkasmus zu ignorieren. »Und wie geht es jetzt weiter?«, fragte er.

»Jetzt machen wir eine Pause.« Und damit verschwand seine Kidnapperin in dem gegenüberliegenden Raum.

Holland legte seine Stirn erschöpft an das Gitter und sah, wie Alina in ihrem »Büro« zu einer Kühlbox ging und eine Plastikdose herausholte. Sie setzte sich mit dem Gesicht zu ihm an den Campingtisch und öffnete das Behältnis. Zum Vorschein kam ein Stapel eingeschweißter Sandwiches, die sie zuerst behutsam auswickelte und dann in scheinbarer Seelenruhe zu essen begann. Angesichts der Situation mutete Holland der Vorgang merkwürdig absurd an. Je länger er jedoch seine Kidnapperin beobachtete, desto mehr drang ihm sein eigener Hunger ins Bewusstsein – immerhin war es mittlerweile später Nachmittag, und er hatte seit dem Frühstück nichts Festes mehr zu sich genommen. Aber für ihn war offenbar keine Mahlzeit vorgesehen.

Holland ließ sich in die Knie sinken und angelte mit seinem Arm nach der Mineralwasserflasche, die ihm Alina nach ihrer Ankunft gnädigerweise überlassen hatte und die inzwischen fast leer war. Mit ein paar gierigen Zügen trank er den Rest der warm gewordenen Flüssigkeit aus, dann richtete er sich wieder auf und lehnte sich erneut gegen das Gitter.

In Gedanken rekapitulierte er die letzten Stunden, und er versuchte, seine Lage einzuschätzen. Obwohl er Alina die damaligen Ereignisse in aller Ausführlichkeit dargelegt hatte, schenkte sie seinen Worten offenbar keinen Glauben. Und das Tragische an der Sache war, dass er, wenn er für einen Moment ihre Perspektive einnahm, sie sogar verstehen konnte.

Unbändige Wut kochte in ihm hoch. Auf die verdammte Einsatznotiz in ihrem ehemaligen Dienstbuch. Und auf die ominöse Moskauer Akte, die der Volkspolizei die Verantwortung für den Tod Niroskins gab – und damit ihm persönlich, wenn man die Puzzleteile zusammenschob.

Gestellt durch den Leiter der DE IX Hptm. Holland.

Alina jetzt noch von seiner Unschuld zu überzeugen würde schwer werden. Die Frage war ohnehin, wie viel Zeit ihm überhaupt noch blieb, da Alexejs Schwester nun offenbar alle Einzelheiten der Tragödie zu kennen glaubte.

Durch das Fenster hinter Alinas Rücken drang das warme und freundliche Licht der Nachmittagssonne herein. Holland ließ seinen Blick nach draußen schweifen und versuchte, für einen Moment alle Gedanken an seine verfahrene Situation beiseitezuschieben. Er war ausgelaugt und müde. Das Schwelgen in der friedlichen Waldlandschaft wirkte beruhigend.

Aber plötzlich hatte er das Gefühl, dass in der Umgebung der Baracke etwas Ungewöhnliches vor sich ging. Das einsame Reh, das sich auf der Wiese des Camps so lange Zeit gütlich getan hatte, war verschwunden. Dieser Umstand allein hätte seine Aufmerksamkeit nicht geweckt – wären da nicht die Vögel gewesen, die gerade in den Büschen hinter der Grundstücksgrenze wie panisch aufgestoben waren. Als hätte sie etwas verschreckt.

Oder jemand.

Holland blinzelte und suchte das Areal aufmerksam ab. Nein. Dort gab es nichts Auffälliges. Alles lag vor ihm wie bisher. Und doch rumorte diese Unruhe in seinem Hirn. Was hatte er übersehen?

Noch einmal ließ er den Blick schweifen.

Dann registrierte er es. Da flackerte ein Licht. Ganz hinten im Wald. Ein kleiner Punkt nur, aber scharf und hell. Und es war keine zufällige Reflexion. Das Flackern hatte einen bestimmten Rhythmus. Das waren Morsezeichen.

Hallo Keule!

Holland stockte. So hatten sie sich als Kinder immer genannt. Weil sie doch beste Kumpel gewesen waren. Er und … Silvio.

Und so hatten sie auch immer begonnen, wenn sie sich beim Spielen im Gelände mit Hilfe kleiner Spiegelscherben Licht-Nachrichten zugefunkt hatten.

Hallo Keule!

Immer wieder sendete der kleine Lichtpunkt jetzt im Wald von Verlorenwasser diese zwei Worte. Holland brauchte einen Augenblick, bis er die Konsequenz der Botschaft erfasste. Silvio war hier, und er ließ es ihn wissen.

Nachdem ihre Freundschaft vor vielen Jahren auf so enttäuschende Weise zerbrochen war, hatten sie sich weder gesehen noch angerufen. Aber Holland hatte von gemeinsamen Bekannten immer mal wieder etwas über seinen früheren Freund gehört.

Demnach war Silvio nach der politischen Wende im Polizeidienst geblieben. Erst als Gruppenführer im neu gegründeten Spezialeinsatzkommando der Polizei in Potsdam, später in derselben Einheit als Leiter der Beratergruppe. Soweit Holland wusste, war Silvio bis heute im Geschäft. Und das konnte nur eines bedeuten: Da draußen im Wald steckte das SEK!

Holland wurde von einem hoffnungsvollen Rausch erfüllt. Dann hatten die beiden stromernden Kinder also doch weitergegeben, dass hier in der Baracke jemand mit einer Waffe bedroht wurde. Und die Polizei war so hellsichtig gewesen, gleich die Spezialisten ausrücken zu lassen. Ein Geiselbefreiungsteam aus Potsdam.

Holland schielte zu Alina. Seine Kidnapperin war noch immer mit ihren Sandwiches beschäftigt. Auch sie wirkte erschöpft, und soweit er es beurteilen konnte, zeigte sie keinerlei Interesse für Dinge, die sich außerhalb der Baracke abspielten. Anscheinend fühlte sie sich an diesem Ort absolut sicher.

Gut so!

Er sah wieder hinaus in den Wald. Der Rhythmus des blinkenden Lichts hatte sich mittlerweile verändert. Holland kniff die Augen zusammen und setzte im Kopf die unterschiedlich langen Leuchtzeichen zusammen. Dann hatte er die neue Botschaft entziffert:

Wir hören mit.

Noch eine gute Nachricht! Das hieß, dass die Aufklärer des SEK bereits eine Tonüberwachung der Baracke eingerichtet hatten, wahrscheinlich mit Lasermikrofonen, mit denen man auch über weite Distanzen Räume abhören konnte. Holland fragte sich, seit wann die Polizei schon vor Ort war und wie lange sie Alina und ihn bereits belauschte. Vermutlich erst seit Kurzem, denn er hatte den ganzen Nachmittag über regelmäßig aus dem Fenster geblickt und war sich fast sicher, dass die Lichtsignale erst in den letzten Minuten begonnen hatten.

Zumindest er selbst war inzwischen offenbar identifiziert worden, sonst hätte Silvio ihn nicht angemorst. Aber kannten sie da draußen auch Alinas Hintergrund?

Er musste ihnen helfen, musste sie mit so vielen Informationen wie möglich versorgen. Bedachtsam und unauffällig. So, dass seine Kidnapperin keinen Verdacht schöpfte …

Ein lautes Schaben riss Holland aus seinen Überlegungen. Alina hatte ihren Stuhl zurückgeschoben und war aufgestanden. Mit einer beiläufigen Geste stellte sie die leere Plastikdose beiseite, dann trat sie heraus in den düsteren Gang. Ihre Miene ließ keine Gefühlsregung erkennen.

»Hat's geschmeckt?«, fragte Holland, und er konnte sich dabei einen bissigen Unterton nicht verkneifen.

Alina ging nicht darauf ein. »Sie schulden mir noch etwas«, sagte sie stattdessen.

»Ich schulde Ihnen nichts. Ich habe Ihnen alles erzählt, was passiert ist.«

»Und ich habe Ihnen gesagt, was in den Akten steht.« Alina zog die Pistole aus dem Hosenbund. »Demzufolge haben Sie das Wichtigste unterschlagen – Ihr Geständnis.«

»Auch wenn Sie hier mit Ihrer Jarygin-Pistole rumfuchteln und immer wieder drohen, mich zu erschießen – eine falsche Beichte werde ich nicht ablegen.«

»Warum sind Sie nur so arrogant und starrköpfig? Akzeptieren Sie endlich die Realität. Oder haben Sie mir vorhin nicht richtig zugehört?«

»Doch, das habe ich.« Holland nickte ernst. »Aber nun geht es mir wie Ihnen – ich glaube nicht, was ich da gehört habe!«

»Was?« Alina stieg Zornesröte ins Gesicht. »Wollen Sie etwa behaupten, ich hätte Sie angelogen?«

»Nein, das habe ich nicht gesagt.«

»Ach nein? Sondern?«

»Ich denke, dass man Sie in die Irre geführt hat.«

»Das ist doch Unsinn!« Alina schnaufte. »Wer soll mich denn in die Irre geführt haben?«

»Dieser Offizier in Moskau. Der Leiter der Nachforschungsstelle. Bei Ihrem Besuch im Verteidigungsministerium.«

»Wieso hätte er das tun sollen?«

»Vielleicht, um Alexejs wahre Todesumstände zu verbergen?«

Holland hielt den Kopf schräg. »Das Militär hat Sie schon einmal getäuscht, Alina, erinnern Sie sich? Alexejs Herzinfarkt beim Sport in der Kaserne. Der Totenschein – ein lupenreines Dokument … und trotzdem eine Lüge.«

»Klingt einleuchtend.« Alina sah auf. Dann erschien ein hintergründiges Lächeln auf ihrer Miene. »Ihre Theorie hat nur einen Haken. Der Moskauer Offizier genießt mein absolutes Vertrauen.«

»Wieso das? Weil er so zuvorkommend war? Oder weil er so eine schicke Uniform trug?«

»Nein«, entgegnete Alina unbeirrt. »Weil sein Name Grigorij Janow lautet. Und weil ich seit neun Jahren mit ihm verheiratet bin.«

Für einen Moment war Holland sprachlos. *Alina ist im Ministerium ihrem zukünftigen Gatten begegnet.* Dann war es klar, dass sie nichts auf ihn kommen ließ.

»Nur, damit ich das richtig begreife … Sie haben Ihren Ehemann Grigorij Janow, der jetzt stellvertretender Militärattaché in der russischen Botschaft in Berlin ist, in Moskau kennengelernt?«, fragte er etwas umständlich nach, auch, um die Informationen an das mithörende SEK weiterzugeben.

»So ist es.« Alina konnte nicht verbergen, dass sie Hollands Verblüffung genoss. »Das war damals eine sehr aufwühlende Zeit für mich. Grigorij war der Einzige, der mich mit meinen Fragen nach Alexejs Schicksal nicht alleingelassen hat. Er war ohne Zögern für mich da. Und wir haben uns ineinander verliebt.« Ein sanftes Strahlen überflog ihr Antlitz. »Unsere Hochzeit fand noch im selben Jahr statt.«

»Dann verstehe ich das Vertrauen, das Sie in ihn setzen«, meinte Holland. Er ließ eine kurze Pause, bevor er behutsam hinzufügte: »Aber Grigorij ist nicht nur Ihr Ehemann. Er ist auch Offizier – und damit weisungsgebunden. Das bringt ihn in eine besondere Lage. Glauben Sie mir, Alina, ich weiß, wovon ich spreche.« Holland zog seine Stirn in Falten. »Meinen Sie nicht, er könnte Alexejs Tod aus dienstlichen Gründen etwas anders dargestellt haben, als er sich in Wirklichkeit zugetragen hat?«

»Nein! Wie können Sie so unverfroren sein, meinen Mann der Lüge zu bezichtigen?«

»Ganz einfach.« Holland nahm Alina fest in den Blick. »Weil ich weiß, dass ich Alexej nicht erschossen habe.«

Ein paar Sekunden herrschte Schweigen.

»Es wird Ihnen nicht gelingen, mich zu manipulieren«, sagte Alina dann frostig. »Ich vertraue Grigorij. Ohne jede Einschränkung.«

»Dann habe ich eine Frage an Sie. Als Sie am 8. Mai diese Ausstellung in Berlin besucht haben, war da Ihr Mann dabei?«

»Nein. Er hatte an dem Nachmittag einen anderen Termin.«

»Aber Sie haben ihm sicher später davon berichtet.«

»Natürlich. Noch am selben Abend.« Alina sah Holland misstrauisch an. »Worauf wollen Sie hinaus?«

»Was hat er dazu gesagt?«

»Nicht viel. Er hat mich in den Arm genommen. Und er hat gemeint, dass jetzt endlich alles vorbei sei.«

»Vorbei?«

»Abgeschlossen. Dass ich Alexej nun endgültig und in Frieden gehen lassen könnte.«

»Aber das war nicht Ihre Intention.« Holland hob die Hände. »Sonst stünden wir jetzt nicht hier.«

»Nein, das war sie nicht.«

»Hat Grigorij Ihnen nicht seine Unterstützung angeboten, um den Fall noch einmal aufzurollen? Zum Beispiel, damit zur Polizei zu gehen?«

»Nein. Er wollte, dass ich die Sache auf sich beruhen lasse. Die alten Wunden sollten nicht noch einmal aufreißen.«

»Fanden Sie das nicht merkwürdig?«

»Er wollte nur das Beste für mich.«

»Sind Sie da ganz sicher?«

Alina gab ihm keine Antwort.

»Vielleicht hatte er ja noch ein anderes Motiv«, brachte Holland hervor, nachdem er einige Sekunden abgewartet hatte. »Ich will Ihrem Mann nicht zu nahetreten. Ich möchte Sie nur bitten, wenigstens in Erwägung zu ziehen, dass es für den Tod Ihres

Bruders auch eine andere Erklärung geben könnte.« Er nickte in Richtung von Alinas Pistole. »Bevor Sie vielleicht etwas tun, was Sie sich später vorwerfen.«

Holland beobachtete Alinas Züge. Er hatte sie nicht überzeugt, das konnte er ihr ansehen. Aber er spürte, dass in ihr ein kleiner Zweifel aufspross. Und er wusste, dass er dieses zarte, hoffnungsvolle Pflänzchen pflegen musste. Auch wenn nicht zu erwarten war, dass Alina ihr Unternehmen völlig aufgab. Dafür war sie schon viel zu weit gegangen. Aber vielleicht gelang es ihm, etwas mehr Zeit zu gewinnen. Zeit, die das SEK zur Vorbereitung seiner Befreiung dringend brauchen würde.

»Alina, geben Sie mir eine Chance! Jedem Angeklagten steht es zu, dass vor einer Verurteilung alle Argumente geprüft werden.« Er zwang sich, nicht zum Fenster zu sehen. »Sie verlieren dabei nichts.«

»Meinetwegen.« Alina hob trotzig den Kopf. »Nehmen wir nur mal einen Moment lang an, Ihre Geschichte wäre tatsächlich wahr: Sie haben Alexej verhaftet und ihn dann auf Befehl Ihres Chefs an seinen Regimentskommandeur übergeben. Was ist danach mit ihm passiert? Und warum haben Sie nicht nach mir gesucht, obwohl Alexej Sie darum angefleht hat? Warum haben Sie ihn im Stich gelassen?«

»Ich habe ihn nicht im Stich gelassen!« Holland atmete tief durch, und er spürte, wie ein lang unterdrückter Zorn Besitz von ihm ergriff. »Sie wissen nicht, was Sie da sagen! Und Sie haben keine Ahnung, wie weit ich gegangen bin, um Ihrem Bruder zu helfen!«

23

Potsdam, 1986

Holland zog am Knoten der dunkelblauen Krawatte, die ihm schon am Hals scheuerte, seit er sie sich vor einer Viertelstunde umgebunden hatte. Bis zu ihrem Termin blieben keine fünf Minuten mehr. Während er inmitten seiner Männer die Treppen im Gebäude der Behördenleitung emporstieg, begann er zu schwitzen, und er war sich nicht sicher, ob das der sengenden Hitze dieses ersten Septembertages zuzurechnen war oder der unterschwelligen Beunruhigung, die ihn erfüllte. Denn er hatte nicht die geringste Ahnung, was sie in der nächsten Stunde erwartete.

Die Verhaftung von Alexej Niroskin lag jetzt dreieinhalb Wochen zurück. Nach ihrem Einsatz im Unterspreewald waren Holland und die Mitglieder seines Kommandos zunächst wieder in ihr Trainingscamp nach Verlorenwasser gefahren und hatten in aller Abgeschiedenheit den etwas zurechtgestutzten Rest ihres Ausbildungsprogramms absolviert. Vor vierzehn Tagen waren sie dann nach Potsdam zurückgekehrt.

Holland hatte ein komplettes Wochenende mit Christiane und Jenny verbracht, und dabei waren die Gedanken an den jungen sowjetischen Deserteur zwischen Schwimmbad, Eiskugeln, Federball und Broilerbude verblasst. Doch schon ein paar Tage später hatte er einen Anruf von Politoffizier Malycha erhalten, der ihn und seine Mitarbeiter für den heutigen Montag in das Sitzungszimmer des Polizeichefs zitierte. Es gehe um den »Vorgang Niroskin«, hatte der Oberst erklärt und hinzugefügt, der Termin trage einen sehr ernsthaften Charakter, und man möge doch bitte in Schlips und Jackett erscheinen.

Holland rückte seinen Krawattenknoten wieder in die korrekte Position, denn sie erreichten den Flur, in dem sich das Allerheiligste der BDVP befand – das Büro von Generalleutnant Herbert Möbius. Seit dem unangenehmen Telefonat nach Niroskins Verhaftung hatte er nichts mehr vom Chef gehört, und so erwartete er auch für die nun anstehende Begegnung nichts Gutes. Als er die Tür zum Sitzungsraum erreichte, schickte er einen kurzen Blick in die Runde, dann klopfte er an.

»Bitte!«, vernahm er die gedämpfte Stimme von Oberst Malycha. Er betrat das geräumige Zimmer. Der Politoffizier war allein. Er begrüßte Holland mit einem unruhigen Gesichtsausdruck und winkte die nachfolgenden Männer mit rudernden Armen herein, als wolle er eine Herde begriffsstutziger Rinder antreiben. »Nun bilden Sie mal eine ordentliche Reihe!«, blaffte er und deutete auf die lange holzgetäfelte Seitenwand. Holland ließ seine Männer nebeneinander antreten. Dann sah er sich unschlüssig zu Malycha um, aber der stand nur da und wartete.

Genau als der Zeiger der Wanduhr mit einem lauten Schnarren auf die volle Stunde rückte, öffnete sich die Tür zum Büro des Behördenleiters, und der Generalleutnant trat heraus.

Er nickte Malycha kurz zu und pflanzte sich mittig vor den angetretenen Polizisten auf. »Guten Tag, Genossen!«, stieß er in einem zackigen Appellplatzton hervor.

»Guten Tag, Genosse Generalleutnant!«, schmetterten die Männer im Chor zurück.

Das kann ja heiter werden, dachte Holland. Das hier schien sich zu einer hochoffiziellen Kiste zu entwickeln.

»Hauptmann Holland, Genossen der Diensteinheit IX, Ihr Einsatz zur Ergreifung des Fahnenflüchtigen Soldaten Alexej Niroskin hat eine viertägige Großfahndung zu einem erfolgreichen Abschluss gebracht«, erklärte Möbius in feierlichem Ton. »Wie mir berichtet wurde, haben Sie dabei Ihr Engagement, Ihre Kühnheit und Ihre polizeiliche Meisterschaft auf vorbildhafte Weise unter Beweis gestellt. Unter der klugen Führung Ihres Leiters haben Sie sich ein weiteres Mal als zuverlässiges Kollektiv unserer sozialistischen Volkspolizei erwiesen. Durch Ihr entschlossenes Handeln konnte ein verabscheuungswürdiger Rechtsbrecher dingfest gemacht und weitere Gefahr für die öffentliche Ordnung und Sicherheit abgewendet werden.«

Der Generalleutnant ließ seinen erhobenen Blick über Hollands Männer schweifen. »In Anerkennung Ihrer Leistungen verleihe ich Ihnen deshalb heute die Verdienstmedaille der Organe des Ministeriums des Inneren in Silber. Hauptmann Holland wird für seine herausragende Rolle bei der Überwältigung des Täters mit der Verdienstmedaille in Gold ausgezeichnet.«

Wie aufs Stichwort schob sich Malycha mit einem Stapel roter Urkundenmappen und einer Schachtel Ansteckorden heran und blieb in serviler Haltung neben dem Behördenchef stehen.

Möbius wandte sich Holland zu. »Genosse Hauptmann, Sie haben das in Sie gesetzte Vertrauen bestens erfüllt.« Der Behördenchef drückte Holland eine Urkunde in die Hand und heftete ihm eine goldglänzende Medaille an das Jackett. »Meinen Glückwunsch dazu!«

»Ich diene der Deutschen Demokratischen Republik!«, schmetterte Holland wie automatisch die für derartige Anlässe vorgeschriebene Formel in den Raum. Während er noch darüber nachsann, wie ihm gerade geschah, wechselte Möbius schon zum nächsten Einsatzpolizisten. Es dauerte nur wenige Minuten, dann hatten alle Männer ihre Ehrung erhalten und das dafür erwartete Bekenntnis abgegeben.

»Genossen, nehmen Sie das Lob als Ansporn!«, sagte der Generalleutnant zum Schluss, machte auf dem Absatz kehrt und schritt forsch aus dem Raum. Unterdessen lief Malycha die Reihe ab und schüttelte jedem noch einmal selbst die Hand. Als er Holland erreichte, lächelte er jovial und raunte: »Na, Überraschung gelungen?«

Bevor Holland etwas erwidern konnte, drehte sich der Politoffizier um und folgte dem Generalleutnant ins Chefbüro. Mit einem satten Schmatzen fiel die gepolsterte Tür hinter ihm ins Schloss. Die Zeremonie war vorüber.

Das in Sie gesetzte Vertrauen … Holland hatte nicht vergessen, wie ihn Möbius nach dem Einsatz auf Linda Bergers Hof ohne faktischen Grund heruntergeputzt hatte. Nun war er plötzlich der »kluge Leiter«. So schnell konnte sich das Blatt wenden.

»Na dann, Glückwunsch, Jungs!«, sagte er zu seinen Männern und sah auf die Uhr. »Eine halbe Stunde Kaffeepause in der Dienststelle. Dann umziehen und ab zum Kraftsport in die Turnhalle!«

Während sich seine Untergebenen wenig später im Aufenthaltsraum ihres Sperrbereiches einfanden und ausgelassen plaudernd um zwei große Kannen Kaffee scharten, ging Holland in sein Büro und zog die Tür hinter sich zu. Er ließ sich auf den Stuhl hinter seinem Schreibtisch sinken, lehnte sich zurück und genoss die Stille.

Nach einer Weile löste er die golden schimmernde Medaille von seinem Jackett und drehte sie in der Hand. Jetzt hast du also einen Orden bekommen, sinnierte er, und ein flaues Gefühl machte sich in seinen Eingeweiden breit. Eigentlich sollte er sich freuen; die Auszeichnung bedeutete eine hohe Ehre und war zudem mit einer üppigen Geldprämie verbunden. Aber als er nun allein in seinem Zimmer saß, da sah er auf einmal das verängstigte Gesicht von Alexej Niroskin vor sich. Er erinnerte sich an die furchtbare Bedrängnis, die den jungen Soldaten geplagt hatte, und an das panische Erschrecken, als seine Leute aufgetaucht waren, um ihn abzuholen. Sie hatten ihn auf die Planken ihres Militärlasters geworfen wie ein Stück Vieh.

Holland war sich sicher: In den Händen der Kriminalpolizei hätte Alexej eine faire Behandlung erfahren; deswegen hatte er nach dessen Festnahme auch sofort mit der Vernehmung begonnen. Aber er war gescheitert. Er hatte es nicht vermocht, die Auslieferung des Jungen an seinen jähzornigen Kommandeur zu verhindern.

Was den Neunzehnjährigen wohl für eine Strafe erwartete? Seit der Übergabe des Gefangenen war keinerlei Information mehr aus der sowjetischen Garnison nach Potsdam gedrungen.

Holland legte die Medaille auf die Schreibtischplatte, öffnete sein Portemonnaie und zog das kleine Oval aus Aluminium heraus – das Medaillon, das ihm Alexej kurz vor seiner Auslieferung in höchster Verzweiflung in die Hand gedrückt hatte. Er klappte es auf und betrachtete die beiden unbeschwerten Kindergesichter.

Sie müssen Lina finden! Meine Schwester. Sie wird mir helfen.

Er war bisher noch nicht dazu gekommen, das dünne Blechstück in der Asservatenkammer abzugeben. Oder hatte er das insgeheim gar nicht gewollt? War er nicht in der Pflicht, Alexejs Schwester zu suchen? Es würde vermutlich niemand anderen geben, der dem Jungen diesen Gefallen tat.

Er hätte mich erschießen können …

Holland schrak hoch, als es klopfte und kurz darauf Silvio das Zimmer betrat.

»Du, die Jungs warten drüben auf dich«, meinte er. »Du musst ja keine große Rede halten, aber ein paar Worte solltest du schon sagen. Schließlich sind wir jetzt ›verdiente Organe‹.«

»Geduldet euch noch kurz. Ich bin gleich da.« Holland verspürte keine sonderliche Lust, eine Ansprache zu halten. Aber um das Anstoßen mit Kaffee kam er wohl nicht herum. »In ein paar Minuten, Silvio, in Ordnung?«

»Was ziehst du überhaupt für ein Gesicht? Ist irgendwas?«

»Nein, nichts. Es ist alles gut.«

»So wirkst du aber nicht gerade.« Silvio trat näher an den Schreibtisch. Als sein Blick auf das Medaillon in Hollands Hand fiel, fragte er: »Hast du den Anhänger von dem Russen etwa immer noch? Was willst du denn jetzt noch damit?«

»Ach, keine Ahnung. Ich musste nur gerade daran denken, dass ich Niroskin versprochen habe, seine Schwester zu informieren, was mit ihm passiert ist.«

»Holland, jetzt werde nicht sentimental.« Silvio schüttelte verständnislos den Kopf. »Du hast dem Typen überhaupt nichts versprochen.«

»Es kostet ja nichts, ihr Bescheid zu geben.«

»Wo willst du die suchen? In der SU? Wenn ich dir einen Rat geben darf – lass es einfach. Die findest du eh nicht.«

»Ich kann mich ja trotzdem mal erkundigen.«

»Blödsinn!« Silvio zeigte auf den Anhänger. »Gib das Ding ab oder wirf es weg. Der Einsatz ist vorbei.«

»Ja. Vielleicht hast du recht«, brummte Holland und schnaufte laut.

Sein Freund griente. »Und such für heute Abend schon mal 'ne

Kneipe aus. Wir haben echt was zu feiern!« Damit verließ er das Büro.

Holland klappte das Medaillon vorsichtig zu und verstaute es wieder in seinem Portemonnaie. Er würde später noch einmal über die Sache nachdenken. Jetzt konnte er die Jungs wirklich nicht länger warten lassen.

Bevor er hinausging, zog er eine Schublade seines Schreibtischs auf und legte die goldene Verdienstmedaille hinein. Dort würde sie von nun an bleiben. Denn öffentlich brüsten konnte er sich damit nicht. Es war ein merkwürdiger Orden. Die Auszeichnung für einen Einsatz, der nicht stattgefunden hatte, durchgeführt von einem Kommando, das es nicht gab.

Holland versuchte, das Lärmen der quirligen Menge um sich herum zu ignorieren. Ungeduldig schob er sich über die zentrale Potsdamer Einkaufsmeile, die nach dem früheren tschechoslowakischen Staatspräsidenten Klement Gottwald benannt war, aber wegen der vielen Cafés, Restaurants und Boutiquen bei den Einheimischen einfach nur »Broadway« hieß.

Er hatte sich entschlossen, Silvios Rat zu ignorieren. In den Tagen nach seiner Auszeichnung war ihm das Schicksal von Alexej Niroskin nicht mehr aus dem Kopf gegangen, und schließlich hatte er eine Abmachung mit sich selbst getroffen: Er würde versuchen, dem jungen Fahnenflüchtigen zu helfen. Auch wenn seit Niroskins Übergabe schon einige Zeit ins Land gegangen war. Immerhin konnte es nicht so schwer sein, etwas über den aktuellen Stand des Falles herauszufinden und dabei an Informationen über Niroskins Schwester zu gelangen. Holland musste sich nur an die richtige Stelle wenden – und genau das hatte er jetzt vor.

Als er die nächste Querstraße erreichte, verließ er den Boulevard. Mit einem kurzen Blick zu dem Schild an der Häuserecke versicherte er sich, dass er die korrekte Abzweigung genommen hatte. Otto-Nuschke-Straße. Er war fast da. Ein Stück weiter, am Ende der langen Häuserzeile, lag die Adresse, die er suchte.

Auf dem Weg zu seinem Ziel passierte er die rote Ziegelfassade eines historischen Stadtpalais, dessen weiß gerahmte Fenster allesamt vergittert waren. Unwillkürlich beschleunigte er seine Schritte, denn durch seine Arbeit bei der Polizei wusste er, dass sich in den Höfen hinter dieser Mauer das Untersuchungsgefängnis der Potsdamer Staatssicherheit verbarg. Holland war sich nicht sicher, wie viele Menschen überhaupt etwas von der besonderen Bestimmung dieses Ortes wussten, und trotz seiner beruflichen Stellung beschlich ihn immer, wenn er hier vorüberkam, ein diffus mulmiges Gefühl. So war er auch diesmal froh, als er den Bau endlich hinter sich gelassen hatte.

An der nächsten Straßenecke blieb er stehen. Das weiß getünchte Haus, das sich vor ihm erhob, besaß wenig Schmuckvolles. Auch hier waren sämtliche Fenster eng vergittert, und der Putz begann an manchen Stellen bereits, sich gelb zu verfärben. Hinter der abweisenden Front befanden sich die Diensträume der Potsdamer Militärstaatsanwaltschaft. Eine verschlossene Behörde, zuständig für Straftaten innerhalb der Nationalen Volksarmee, aber auch für Delikte, die Angehörige der sowjetischen Streitkräfte auf dem Staatsgebiet der DDR verübten.

Nervös blickte er zu der unscheinbaren Eingangstür. Gleich würde er Dr. Georg Paape treffen, einen der Untersuchungsführer, die für die uniformierten Ankläger arbeiteten. Die bevorstehende Unterredung bewegte sich in einer Grauzone. Holland hatte es absichtlich vermieden, um einen offiziellen Termin nachzusuchen. Wahrscheinlich hätte er den ohnehin nicht bekommen. Für eine reguläre Anfrage im Fall Niroskin besaß er keine Befugnisse. Außerdem würde solch ein Vorstoß unnötig viel Aufsehen erregen, zumal er wusste, dass die Leitung der Militärstaatsanwaltschaft die Auslieferung des Soldaten befürwortet, wenn nicht sogar angeordnet hatte.

Aber ein glücklicher Zufall wollte es, dass die beste Freundin seiner Mutter seit vielen Jahren Paapes Vorzimmer leitete. Liselotte Dufke, die Holland seit seinen Kindertagen kannte, war ohne allzu neugierige Nachfragen bereit gewesen, ein informelles Treffen mit ihrem Chef zu organisieren. Die stets gut gelaunte Achtundfünfzigjährige hatte Holland lediglich gefragt, wie sie das, was er von Paape wünschte, am besten formulieren könne. Nach einigem Nachdenken hatte er vorgeschlagen, die Angelegenheit ganz unverfänglich »Bitte um einen fachlichen Ratschlag« zu nennen. Damit war die altgediente Sekretärin an ihren Chef herangetreten, und der hatte eingewilligt.

Holland ließ seinen Blick noch einmal über die Fassade gleiten. Dann gab er sich einen Ruck und betrat das Gebäude. Der Militärposten im Foyer kontrollierte mit ausdrucksloser Miene Hollands Kripoausweis und führte ein kurzes Telefonat. Es dauerte nicht lange, da erschien ein zweiter Soldat und brachte ihn in Paapes Vorzimmer.

»Hallo, Werner«, trällerte Liselotte Dufke – sie war eine der wenigen Personen, die ihn nicht »Holland« nannten – und gab ihm fröhlich die Hand. »Dr. Paape ist gleich da.«

Sie hatte kaum ausgesprochen, da bog ein fülliger, etwa sechzigjähriger Mann mit rundem Gesicht und Halbglatze vom Flur in den Raum. Er trug eine NVA-Uniform und hielt ein Bündel Akten unter seinem Arm.

»Kommen Sie gleich mit durch!«, bellte er in geschäftigem Ton und marschierte, ohne anzuhalten, weiter in das benachbarte Zimmer.

Holland warf der Freundin seiner Mutter einen fragenden Blick zu, aber die nickte ihm nur ermunternd zu und widmete sich wieder ihrer Arbeit.

Paapes Büro war nicht sehr groß. Die Ausstattung beschränkte sich auf einen Schreibtisch, drei braune Polsterstühle und einen wuchtigen Aktenschrank. Die Wände waren fast vollkommen kahl, bis auf zwei angegilbte Fotoblöcke, die Erich Honecker und Verteidigungsminister Heinz Keßler zeigten. Durch das vergitterte Fenster drang fahles Licht herein.

Der Untersuchungsführer legte seinen Aktenstoß auf dem Schreibtisch ab, drehte sich zu Holland um und gab ihm die Hand. »Dr. Paape«, sagte er knapp. Dann wies er auf einen Stuhl, der vor dem Schreibtisch stand. »Nehmen Sie Platz!«

Holland nannte ebenfalls seinen Namen. Während er sich

setzte, schob sich sein Gastgeber um den Tisch herum und ließ sich dahinter nieder. »Dann sagen Sie mir mal, womit ich helfen kann.«

»Danke, dass Sie den Termin so schnell und unbürokratisch einrichten konnten, Herr Dr. Paape«, begann Holland. »Ich weiß, dass Sie viel zu tun –«

»Lassen Sie es gut sein«, unterbrach ihn Paape und winkte unwirsch ab. »Meine Sekretärin meinte, Sie benötigen einen Rat. In welcher Angelegenheit denn?«

»Ich weiß nicht, ob Frau Dufke es schon gesagt hat – ich arbeite für die Polizeibehörde hier in Potsdam.«

»Sie hat so etwas angedeutet. In welchem Bereich genau?«

»Kripo.«

»Ah so. Mit Ihren Kollegen habe ich gelegentlich zu tun. Betrifft die Frage, die Sie haben, eine kriminalpolizeiliche Ermittlung?«

»Wenn Sie so wollen, ja.« Holland hoffte, dass es ihm gelingen würde, sein Anliegen einigermaßen beiläufig klingen zu lassen. »Unsere Abteilung hat vor einiger Zeit einen sowjetischen Staatsbürger verhaftet, der sich dem Wehrdienst in seiner Garnison durch Flucht entzogen hat.«

»Aha?« Auf dem Gesicht des Militärermittlers erschien ein wachsamer Ausdruck. »Also eine GSSD-Angelegenheit?«

Holland wusste, dass die in der DDR stationierten Truppen im offiziellen Sprachgebrauch unter der Bezeichnung »Gruppe der Sowjetischen Streitkräfte in Deutschland« firmierten. »So ist es«, bestätigte er. »Ein Fahnenflüchtiger aus der Garnison Jüterbog.«

»Wann war der Abgang?«

»Anfang August. Verhaftung am siebten.«

»Der Name?«

»Niroskin, Alexej.«

Holland glaubte, in den Augen seines Gegenübers ein erkennendes Blitzen wahrzunehmen.

»Und was wollen Sie dabei genau von mir?«, fragte Paape.

»Niroskin wurde gleich nach der Verhaftung an seine Garnison ausgeliefert, obwohl er sich zuvor einer Reihe von Straftaten gegen Bürger der DDR schuldig gemacht hat. Es sind noch einige Fragen offen, und ich hatte gehofft, dass Sie mir einen Hinweis geben könnten, wie ich da weiterkomme.«

»Meines Wissens wurde der Fall von unserer Seite abgeschlossen.« Paape schüttelte den Kopf. »Da besteht kein Handlungsbedarf mehr.«

»Stehen Sie mit den zuständigen sowjetischen Ermittlungsorganen in Verbindung?«

»Dafür gibt es keine Notwendigkeit. Wie ich schon sagte: Der Fall ist abgeschlossen.«

»Aber der Mann hat Diebstähle begangen. Er hat das Feuer auf Fahndungskräfte eröffnet und dabei einen Fährtenhund erschossen!«, entfuhr es Holland. »Wird dem denn überhaupt nicht mehr nachgegangen?«

»Herr Holland, seit wann arbeiten Sie jetzt bei der Polizei?«

»Wie bitte?« Holland runzelte verwirrt die Stirn. »Seit 1968.«

»Dann müssten Sie doch langsam wissen, wie der Hase läuft. Es ist kein Geheimnis, dass sich die Zusammenarbeit mit den Freunden manchmal etwas ›diffizil‹ gestaltet. Wir müssen Prioritäten setzen. Für die Fahnenflucht erhält Niroskin in seinem Verein mindestens drei Jahre Bau, wahrscheinlich deutlich mehr. Dagegen sind die Dinge, die Sie gerade aufgezählt haben, Lappalien. Nichts, weswegen wir anfangen, uns mit den sowjetischen Kollegen um einen einfachen Wehrdienstleistenden zu streiten. Wir haben weitaus schwerwiegendere Straftaten aufzuklären, in die GSSD-Angehörige verwickelt sind. Das ist kompliziert genug, glauben Sie mir.« Er sah Holland an und fügte betont nachsichtig hinzu: »Sehen Sie, das Verhältnis zu den Garnisonen ist wie eine gut ausbalancierte Waage. Wenn Sie ein Gewicht herunternehmen, müssen Sie ein anderes darauflegen. Das ist ein stetes Geben und Nehmen. Nur so ist es möglich, diese sensible Balance zu erhalten.«

»Schon verstanden.« Holland spürte, dass sie in den Bereich höherer Politik gerieten, und dort hatte er sich noch nie wohlgefühlt.

»Schön. Dann haben Sie keine Fragen mehr?« Die Art, wie Paape das sagte, ließ deutliche Ungeduld erkennen.

»Eine Sache wäre da noch. Niroskin hat eine Schwester. Gibt es dazu in den Akten eine Adresse?«

»Zu diesem Vorgang führen wir keine Akte. Wozu brauchen Sie die Adresse?«

»Der Soldat hat im Zusammenhang mit seiner Vernehmung darum ersucht, die Schwester über seine Festnahme zu informieren.«

»Die Benachrichtigung der nächsten Angehörigen liegt im Zuständigkeitsbereich des jeweiligen Regimentskommandeurs. Das ist nicht Ihre Aufgabe.« Paape deutete an, sich zu erheben. »So, ich hoffe, ich konnte Ihnen weiterhelfen.«

»Können Sie mir nicht einen Kontakt zu der verantwortlichen sowjetischen Dienststelle –«

»Herr Holland, verstehen Sie mich nicht falsch«, fiel ihm sein Gegenüber ins Wort, »aber ich habe Ihnen schon eine Menge Zeit geschenkt. Dieses Gespräch entwickelt sich auch nicht andeutungsweise in die Richtung, die Ihre Bekannte angekündigt hat. Wir sollten das Ganze deswegen jetzt beenden.« Der Untersuchungsführer blickte unverhohlen zum Ausgang. »Ich denke, Sie finden den Weg.«

Holland blieb nichts weiter übrig, als aufzustehen und das Büro zu verlassen. Als er die Tür ins Vorzimmer schon geöffnet hatte, schickte Paape hinterher: »Wenn Sie gehen, sagen Sie doch bitte Frau Dufke, sie möge einmal zu mir ins Büro kommen.«

In Hollands Ohren klang das wie eine Drohung.

24

Der Wind trieb dünne Nebelschwaden über die Havel, und die Luft fühlte sich kühl und feucht an. Die Vorboten des Herbstes ließen sich nicht mehr verleugnen.

In stoischem Gleichmaß lief Holland über die Aschenbahn des Polizeistadions. Jetzt, im gerade erwachenden Tageslicht, hatte er die Sportstätte neben dem Behördengelände für sich allein. Das separate Lauftraining war ein kleiner Luxus, den er sich regelmäßig gönnte, seit er seine Einheit leitete. Besonders dann, wenn er ungestört über etwas nachdenken wollte. Und das wollte er, seit er vor zwei Tagen Dr. Paapes Büro in der Militärstaatsanwaltschaft verlassen hatte.

Gestern war er zum Abendbrot bei seinen Eltern gewesen, und seine Mutter hatte bestens gelaunt über alle möglichen Banalitäten geplaudert. Offenbar war Liselotte Dufke noch nicht bei ihr gewesen, um sich über sein unschönes Gespräch mit ihrem Chef zu beklagen. Vielleicht war die Sache für die Freundin seiner Mutter glimpflich ausgegangen, oder sie hatte die Größe besessen, das Dilemma für sich zu behalten. Holland hoffte, dass die hilfsbereite Frau seinetwegen keinen allzu großen Ärger bekommen hatte.

Unzweifelhaft jedoch war die Wut, die er seit Paapes Abfuhr in seinen Eingeweiden verspürte. Die Mentalität dieses verbohrten Militärbürokraten regte ihn auf. Er hatte den Untersuchungsführer lediglich um eine geringfügige Information ersucht. Um einen kleinen Gefallen, damit er einem verzweifelten Neunzehnjährigen zweitausend Kilometer entfernt von dessen Heimat helfen konnte, seine Verwandte zu kontaktieren. Er war sich sicher, dass Paape ihn leicht hätte unterstützen können, wenn er nur gewollt hätte. Stattdessen war Holland hochkant hinausgeflogen.

Die Frage lautete nun, wie er mit dieser Niederlage umging. Er hatte es sich verkniffen, noch einmal mit Silvio über die Angelegenheit zu sprechen. Denn die Reaktion seines Freundes konnte er sich vorstellen: *Du hast es versucht. Hast gesehen, dass es nichts bringt. Das habe ich doch gleich gesagt. Lass endlich die Finger davon …*

Nein, das würde er nicht. Nun erst recht nicht!

Aber vielleicht hatte ja der sowjetische Regimentskommandeur Niroskins Schwester längst informiert. Immerhin lag die Verhaftung des Fahnenflüchtigen nun schon einige Wochen zurück. Doch die Art, wie Oberst Bolschakow den Gefangenen bei der Übernahme behandelt hatte, ließ daran erhebliche Zweifel zu. Und so panisch, wie Alexej Holland um Hilfe angefleht hatte, schien er sich diesbezüglich keinerlei Hoffnung zu machen.

Ich werde dem Jungen helfen! Egal, wie Dr. Paape oder Silvio die Sache sehen!

Holland zog die Geschwindigkeit an. Er war der Kommandeur der Diensteinheit IX. So leicht würde er sich nicht ins Bockshorn jagen lassen! Er wich einem schmächtigen Mann im blauen Arbeitsanzug aus, der gerade mit einem Kreidewagen auf die Aschenbahn bog und damit begann, die weißen Spurlinien nachzuziehen. Ohne von Holland Notiz zu nehmen, schob er das blecherne Vehikel vor sich her. Holland wischte sich im Laufen den Schweiß aus dem Gesicht und sah auf seine Uhr. Zwei oder drei Runden konnte er sich noch leisten.

Wenn er wirklich etwas für den jungen Soldaten tun wollte, musste er sich etwas einfallen lassen. Für einen Moment dachte er darüber nach, einfach einen Brief in Niroskins Heimatdorf Nerownaja Poljana zu schreiben. Aber dann erschien ihm solch ein Schuss ins Blaue zu heikel. Er wusste ja nicht einmal, ob Alexejs Schwester dort überhaupt lebte und ob sie noch ihren Mädchennamen trug. Es war nicht vorauszusehen, wo der Brief landen würde und wer ihn dann las. Im schlimmsten Fall war es der KGB, der seine Augen und Ohren überall hatte. Nein, bevor er aktiv wurde, musste er sich erst sicher sein, dass er diese Lina direkt erreichte.

Es blieb nur ein Weg, um an die Informationen zu gelangen, die er dafür benötigte. Und der führte nach Jüterbog, in die sowjetische Garnison. Doch dabei stellte sich ein Problem. Der

Militärstandort war riesig groß – eine abgeschlossene Welt, verborgen hinter kilometerlangen Mauern. Holland musste zuerst einmal herausbekommen, wo genau sich Niroskins Regiment befand. Wie zum Teufel sollte er das bewerkstelligen?

Gerade als er die letzte Runde beendete, kam ihm eine Idee. Es gab eine Chance, das Problem zu lösen. Und diese Chance böte sich bereits heute Nachmittag. Er musste sich nur geschickt genug anstellen und ein wenig Geduld aufbringen.

Als es an der Wohnungstür klingelte, traten Holland und Christiane gleichzeitig in den Flur. Aber sie waren zu langsam. Hinter ihnen ertönte ein hektisches Stoffrascheln, und im nächsten Augenblick flitzte Jenny an ihnen vorbei. In ihrem karminroten Kleid und mit den lockigen Wuschelhaaren sah ihre Tochter apart und frech zugleich aus. An der Tür wirbelte sie herum und fragte mit einem breiten Grinsen im Gesicht: »Darf ich aufmachen?«

Holland musste lachen. Das war wieder einmal typisch für die Neunjährige. Wenn sie im Haushalt helfen sollte, ließ sie sich zehnmal bitten. Aber sobald sie sich für etwas interessierte, dann war sie ganz vorn dabei. Und heute Nachmittag gab es etwas, das sie sehr interessierte.

»Na los, mach schon!«, antwortete er.

Jenny öffnete die Tür.

Das Erste, was sie sahen, war ein großer Strauß gelber Rosen. Gleich dahinter schälten sich die Gesichter von Sergej und Tatjana aus dem Halbdunkel des Treppenhauses.

»Guten Tag!«, riefen sie in fast akzentfreiem Deutsch.

Der sowjetische Offizier und seine Frau, denen Holland vor vielen Jahren bei dem Besuch des Jagdpiloten in Chrissis Schule zum ersten Mal begegnet war, gehörten mittlerweile zum festen Freundeskreis der Familie. Mit einer charmanten Verbeugung überreichte Sergej Christiane den Blumenstrauß, dann schüttelten sich alle die Hände.

Nur Jenny stand still an der Seite und fragte: »Wo ist denn nun der Klavierstimmer?«

»Oje!« Sergej zog eine schuldbewusste Miene. »Ich glaube, den haben wir vergessen.«

»W… was?«

Holland konnte sehen, wie die Schultern seiner Tochter enttäuscht herabsanken. Vor ein paar Wochen hatten seine Eltern Jenny das alte Piano aus ihrem Speisezimmer überlassen. Daraufhin hatte Sergej versprochen, bei dem heutigen Besuch einen Bekannten mitzubringen, der das Instrument neu stimmen würde. Aber anscheinend war der Plan schiefgegangen.

Gerade als Holland seiner Tochter ein paar aufmunternde Worte sagen wollte, legte Sergej den Kopf schräg und fragte: »Soll ich doch noch einmal nachschauen?«

Jenny nickte unsicher.

Der Offizier ging einen Schritt rückwärts, beugte sich ins Treppenhaus und rief mit gespieltem Erstaunen: »Das gibt's doch nicht. Da kommt ja tatsächlich noch einer!«

»Ach, Serjoscha, du immer mit deinen dummen Witzen. Schämen solltest du dich!«, ertönte eine keuchende Stimme auf Russisch. Kurz darauf erschien ein kleiner, schmächtiger Mann im Türrahmen. Er war mindestens achtzig Jahre alt. Sein zu einer großen Welle gekämmtes Haar leuchtete schlohweiß, und seine Augen blitzten freundlich. In der linken Hand hielt er einen einfachen Stoffbeutel.

»Darf ich vorstellen? Sawelij Wasilenko«, sagte Sergej. »Bei uns heißt er nur Onkel Sawa. Er wohnt auf unserem Stützpunkt, und es gibt kein Klavier in unseren Kultursälen und Offiziersclubs, was er nicht in- und auswendig kennt.«

Nachdem sie Wasilenko begrüßt hatten, bückte sich der Alte, zog seine Schuhe aus, fischte ein Paar ausgetretene Pantoffeln aus seinem Beutel und zog sie über. »So. Damit bin ich überall zu Hause«, murmelte er und zwinkerte ihnen zu.

»Jenny, dann zeig Herrn Wasilenko mal dein Klavier«, sagte Christiane.

Jenny, die nun wieder bester Stimmung war, marschierte schnurstracks in ihr Kinderzimmer, und die Erwachsenen folgten ihr wie eine Touristengruppe bei einer Museumsführung.

»Da ist es!«, verkündete sie mit unübersehbarem Stolz und wies dabei auf das angejahrte Piano, das an der Wand des schmalen Raumes stand.

»Ah, Gebrüder Zimmermann, Leipzig«, meinte Wasilenko und nickte langsam. »Ein schönes Instrument!«

»Meine Mutter hat es von ihrem Onkel geerbt«, raunte ihm Holland auf Russisch zu. »Ich glaube, es ist von 1928. Meine Eltern können nicht darauf spielen und ich genauso wenig. Solange ich denken kann, stand der Kasten bei uns zu Hause nur rum und hat Staub angezogen. Aber jetzt ...«

Wasilenko öffnete den Deckel und fuhr mit seinen faltigen Händen über die elfenbeinfarbenen Tasten. Versonnen schlug er hier und da einen Ton an, dann wandte er sich Jenny zu und lächelte verschmitzt. »Willst du uns nicht etwas vorspielen, junge Dame? Da kann ich deinem Piano schon einmal zuhören, und hinterher weiß ich, wie es ihm geht.«

Holland übersetzte Wasilenkos Worte für seine Tochter, und Jenny zögerte nicht einen Augenblick. Rasch setzte sie sich an das Instrument und ließ ihre Finger über die Tastenreihe hüpfen. Sie hatte sich für ein Herbstlied mit dem Titel »Bunt sind schon die Wälder« entschieden, von dem Holland wusste, dass es ihr neuestes Übungsstück war. Es besaß eine einfache Melodie, aber obwohl sich die Notenfolge Strophe für Strophe wiederholte, verlieh Jenny jedem Abschnitt eine eigene Stimmung, sodass das Zimmer abwechselnd von fröhlichem Wirbeln, neugierigem Schleichen oder melancholischer Besinnlichkeit erfüllt wurde.

Holland lehnte sich entspannt gegen die Wand und folgte der Musik. Die Unbeschwertheit, mit der seine Tochter vor ihren Besuchern spielte, rang ihm ehrliche Anerkennung ab. Auch die anderen schienen ihre Freude zu haben, denn als Jenny nach einem improvisierten Schussakkord aufstand und sich verneigte, erhielt sie einen kräftigen und langen Applaus.

Die Neunjährige strahlte und fragte: »Und, Onkel Sawa, wie geht es meinem Klavier?«

»Es geht ihm, glaube ich, sehr gut«, antwortete der Alte vergnügt, nachdem Holland die Frage übersetzt hatte. »Es klingt viel jünger, als es aussieht. Und wenn ich ihm noch ein wenig auf die Sprünge helfe, dann fühlt es sich wie neugeboren.«

»Dann lassen wir Herrn Wasilenko jetzt mal in Ruhe arbeiten«, schaltete sich Christiane ein. »Jenny, du kannst gern dabei zuschauen. Alle anderen – ab in die gute Stube!«

Während Sergej und Tatjana seiner Frau ins Wohnzimmer folgten, blieb Holland noch einen Moment im Türrahmen stehen. Fasziniert beobachtete er, wie Wasilenko mit geübten Handgriffen die Holzverkleidung vom Klavier löste und einen eindrucksvollen Mechanismus aus Leisten, Hämmern und Stahlsaiten freilegte. Bei seinem Tun entwickelte der greise Klavierstimmer einen geradezu jugendlichen Eifer, und seine Gesichtszüge strahlten voller Vorfreude.

»Holland?«, rief Christiane von nebenan.

»Komme schon!« Er riss sich los und ging ins Wohnzimmer.

Sergej und Tatjana hatten es sich auf der Couch bequem gemacht. Christiane schenkte ihnen gerade Kaffee aus der »guten Kanne« ein, einem Monstrum mit üppigem Blumenmuster, das nur bei besonderen Anlässen zum Einsatz kam.

Holland ließ sich in einen Polstersessel sinken.

»Nehmt euch schon mal ein Stück Kuchen«, meinte Christiane. »Ich bin sofort wieder da.« Sie brachte Wasilenko und Jenny ein Tablett mit Getränken ins Kinderzimmer, dann kam sie zurück und setzte sich in den Sessel neben Holland.

»Nun erzählt mal!«, meinte sie gut gelaunt und blickte zu Sergej und Tatjana. »Was gibt's Neues, was ihr mir am Telefon nicht sagen wolltet?«

»Wir ... Wir werden zurückkehren«, entgegnete Sergej verhalten. »Nach Leningrad.«

»Was?« Christiane richtete sich in ihrem Sessel auf.

Einen Moment lang herrschte Schweigen, während aus dem Kinderzimmer gedämpfte Klavieranschläge herüberklangen.

»Du erlaubst dir einen Spaß mit uns«, meinte sie dann.

»Nein, Christiane. Es ist unser Ernst. Die Entscheidung ist vor einer Woche gefallen. Im Oktober verlassen wir Potsdam.«

»Das ist schon im nächsten Monat.«

»Es war nur eine Frage der Zeit, dass es so kommt. Wir haben es eigentlich längst erwartet.« Sergej hob die Schultern. »Sieh mal, normalerweise werden unsere Offiziere nach sechs Jahren zurückversetzt. Ich hatte Glück. Mein Aufenthalt in Potsdam wurde zweimal verlängert.« Er lächelte. »Ich glaube, weil ich mit Institutionen wie deiner Schule so gut zusammengearbeitet habe. Wir verdanken unsere schöne Zeit in dieser Stadt also auch ein wenig deiner engagierten Arbeit.«

»Und wie soll ich ohne euch weitermachen?« Christiane sah abwechselnd zu Sergej und Tatjana.

»Jemand anderes wird das Verbindungsbüro übernehmen«, antwortete Sergej. »Ein neuer Politoffizier. Die Kooperation mit deiner Schule wird fortgesetzt, darum kümmere ich mich persönlich, bevor wir abreisen. Versprochen! Und ein wenig Zeit bleibt uns ja auch noch.«

Christiane nickte nur. Sie ist echt bedrückt, dachte Holland. Kein Wunder. Chrissi hatte in den vergangenen Jahren deutlich mehr Zeit mit dem Offizier und dessen Frau verbracht als er.

»Und ihr? Wie geht es in Leningrad für euch weiter?«, warf er ein.

»Wir ziehen zurück in unsere Wohnung in der Krasnoputilowsker Straße«, entgegnete Tatjana. »Wir freuen uns schon sehr darauf. Es ist ein guter Moment, um zurückzukehren. Larissa ist gerade mit der Schule fertig und wird zu Hause gleich mit ihrer Ausbildung am Technikum beginnen. Und Natascha ist ein richtiger Wirbelwind geworden. Jetzt, wo sie langsam ins Jugendalter kommt, kann sie in Leningrad natürlich viel mehr erleben als hier in der Garnison.« Sie sah zu ihrem Mann und legte ihm eine Hand auf die Schulter. »Mein Sergej bekommt eine gute Stelle an der Militärakademie, und ich gehe in die Verwaltung.«

»Besucht uns doch mal!«, schlug Sergej vor. »Leningrad ist eine wundervolle Stadt.«

»Das ist eine gute Idee. Wir haben für das kommende Jahr ohnehin eine Reise in die SU geplant«, gab Christiane erfreut zurück.

»Habe ich da etwas verpasst?« Holland warf seiner Frau einen verwunderten Blick zu. Von einer Reise in die Sowjetunion hörte er jetzt zum allerersten Mal.

»Doch kein Familienausflug.« Christiane winkte ab und schmunzelte nachsichtig. »Eine Studienreise für Russischlehrer. In den nächsten Sommerferien. Der Kreisschulrat hat das Projekt schon abgenickt.«

»Aha.«

»Wohin geht's denn genau?«, wollte Tatjana wissen.

»Moskau und Leningrad. Jeweils eine Woche.«

»Das hört sich doch gut an!« Sergej biss in ein Stück Apfelkuchen. »Mein Bruder arbeitet als Restaurator in der Ermitage. Er kann euch bestimmt eine Extraführung organisieren. Und Tatjana hat früher für das Tourismusbüro Stadtrundfahrten organisiert. Sie weiß genau, was sich anzuschauen lohnt.«

»Wirklich? Das ist klasse!«, rief Christiane. »Vielleicht können wir uns vor eurem Umzug noch einmal zusammensetzen und einen ersten groben Plan machen.«

»Also, für das Winterpalais braucht ihr mindestens einen Tag«, legte Tatjana sofort los. »Aber wir haben noch viel mehr Paläste, die hierzulande weniger bekannt sind. Der Stroganow-Palast, dann der Woronzow …«

Während sich zwischen Tatjana und Christiane ein angeregter Austausch über die Sehenswürdigkeiten von Leningrad entspann – und davon gab es offenbar unendlich viele –, rutschte Holland immer tiefer in seinen Sessel. Er wusste nicht viel von Sergejs und Tatjanas Heimatstadt. Aus seiner Schulzeit war nur noch die Erinnerung an den Panzerkreuzer Aurora hängen geblieben, der 1917 mit einem Kanonenschuss den Sturm auf das Winterpalais und damit die Oktoberrevolution eröffnet hatte. Für all die Museen, Paläste, Kirchen und Theater, die jetzt durch ihr Wohnzimmer schwirrten, konnte er kein rechtes Interesse aufbringen.

Tief im Inneren spürte er einen dumpfen Groll aufsteigen, weil Christiane es wieder einmal geschafft hatte, mit ihrem Sowjetfieber das ganze Gespräch an sich zu reißen. In solchen Situationen waren sie schon öfter aneinandergeraten, vor allem dann, wenn Chrissi ihn mit ihren Vorhaben einfach überrumpelte.

Holland nippte stumm an seiner Kaffeetasse. Er würde sich in Geduld fassen. Denn für das heutige Gespräch hatte er einen eigenen Plan. Aber dafür musste er unbedingt Sergej allein erwischen.

Die Gelegenheit ergab sich zwanzig Minuten später, als sich der Offizier erkundigte, ob er irgendwo eine Zigarette rauchen könne.

»Klar, kein Problem. Am besten draußen auf dem Balkon«, bot Holland an. »Ich komme mit raus.«

Die beiden traten hinaus an die frische Luft und lehnten sich nebeneinander gegen die Balustrade. Unter ihnen glänzten die beiden Flussarme der Havel, die sich wie vertraute Begleiter um die Parklandschaft der Freundschaftsinsel schmiegten. Der kühle Wind des Morgens hatte sich mittlerweile gänzlich gelegt, und es herrschte eine angenehm milde Temperatur.

»Wirklich ein schöner Blick«, sagte Sergej, während er eine Schachtel Papirossy aus der Brusttasche seines Hemdes fischte. »Du rauchst immer noch nicht, oder?«

»Ich versuche, standhaft zu bleiben«, entgegnete Holland.

»Auch gut.« Sergej zündete sich eine Zigarette an und nahm ein paar kräftige Züge. Eine Weile blickten sie wortlos in die Ferne. Durch das angekippte Fenster des Kinderzimmers tönten immer neue Klavieranschläge zu ihnen heraus. Der alte Wasilenko schien in seinem Element zu sein.

Holland schielte zu dem glimmenden Stäbchen in Sergejs Hand. Wenn er seinen Plan in die Tat umsetzen wollte, musste er jetzt damit anfangen. Die Raucherpause würde nicht ewig währen.

»Sergej, ich habe eine Frage an dich«, begann er. »Es ist etwas Dienstliches.«

»Dienstlich?« Sergej schlug etwas Asche von der Spitze seiner Zigarette. »Etwas Militärisches? Oder eine Angelegenheit der Polizei?«

»Beides. Es betrifft meine Arbeit, aber es hat auch mit deiner zu tun.«

»Aha. Was kann denn die Armee für ihre Freunde von der deutschen Miliz tun?«

»Es ist nur eine Routineangelegenheit. Keine große Sache. Aber vielleicht hast du ja einen Tipp für mich.«

»Lass hören.«

»Wir ermitteln wegen eines Diebstahls. Es gibt einen Verdacht gegen einen Angehörigen eurer Streitkräfte.« Holland staunte, wie leicht ihm die Lüge über die Lippen ging. Na ja, eigentlich ist es nicht einmal richtig gelogen, immerhin hat Niroskin eine Angelhütte aufgebrochen, sagte er sich stumm.

»Und der Soldat stammt aus meiner Potsdamer Garnison?«, fragte Sergej.

»Nein. Aus Jüterbog. Er soll zu einer Truppe gehören, die sich ›Zweites Sworodiner Garde-Panzerregiment‹ nennt. Aber der Standort da unten ist riesig. Ich habe keine Ahnung, wo ich dieses verdammte Regiment finden kann.« Holland blickte Sergej an. »Ich möchte wissen, an welche Tür ich klopfen muss, verstehst du? Kannst du mir helfen?«

»Jüterbog gehört nicht zu meinem Zuständigkeitsbereich. Ich kenne mich dort ebenso wenig aus wie du.«

»Kannst du nicht mal telefonieren? Du lässt es dir von deinen Leuten vor Ort erklären, und dann beschreibst du es mir.«

»Ich glaube nicht, dass das eine gute Idee ist.« Sergej lachte trocken auf. »Selbst wenn ich als Offizier dort anrufe, würde man mir keine Auskunft erteilen. Die Positionen der verschiedenen Kampfverbände sind streng geheim.« Er zog an seiner Zigarette. Dann setzte er hinzu: »Schon dass du mich danach gefragt hast, müsste ich eigentlich melden.«

»Tatsächlich?« Holland runzelte die Stirn.

»Keine Angst, Towarischtsch Holland. Ich werde niemandem etwas davon erzählen. Wir sind ja unter uns.«

»Vergiss am besten, was ich gesagt habe.«

Sergej nickte. »Ich würde mich wirklich gern für dich erkundigen. Aber an dieser Stelle sind mir die Hände gebunden. Es tut mir leid.«

»Mach dir deswegen keine Sorgen. Das ist nicht so schlimm.

Wie schon gesagt, es ist nur eine Routineangelegenheit.« Holland winkte ab. Die Geste sollte gleichgültig wirken, aber sie fiel frustriert aus. Er hatte wirklich geglaubt, Sergej könnte ihm weiterhelfen.

Schweigsame Sekunden verstrichen.

Aus dem Kinderzimmer hallte jetzt ein tiefer Klang heraus, der sich mehrmals wiederholte. Durch das Fenster konnte Holland sehen, wie sich der Klavierstimmer mit seinem ganzen Oberkörper über einen hebelförmigen Schlüssel beugte und ihn ein winziges Stück drehte, bevor er den Ton ein weiteres Mal anschlug und zufrieden nickte.

»Gebt ihr deutschen Polizisten eigentlich jedes Mal so schnell auf?«, ließ sich Sergej plötzlich vernehmen. Holland fuhr herum. Sein Gast grinste ihn breit an und meinte: »Wenn ich dir nicht helfen kann, dann heißt das noch lange nicht, dass es für dein Problem keine Lösung gibt.«

»Was?« Holland schüttelte verwirrt den Kopf. »Wie meinst du das?«

»Wie ich es sage – es gibt immer ein Türchen neben dem Tor. Eine zweite Möglichkeit, zum Ziel zu kommen.«

»Hilf mir auf die Sprünge.«

»Du hast ein Auto, stimmt's? Und ein Motorrad, soviel ich weiß.«

»Ja.«

»Wann bist du das letzte Mal mit dem Bus gefahren?«

»Keine Ahnung.« Holland zuckte verständnislos mit den Schultern. »Ist eine ganze Weile her.«

»Dann schlage ich vor, du machst mal eine schöne Fahrt mit dem Linienbus.« Sergej funkelte hintergründig. »Am besten direkt durch Jüterbog.«

»Warum sollte ich das tun?«

»Weil diesen Bus auch Menschen benutzen, die mit der Garnison zu tun haben. Offiziersfrauen auf Einkaufsbummel. Zivilangestellte. Verkäuferinnen, Handwerker …«

»Und die soll ich nach der Panzertruppe fragen? Offiziersfrauen und Handwerker?«

»Nein. Die Passagiere nicht. Aber den Busfahrer. Schließlich transportiert er die Leute jeden Tag hin und her. Der weiß ganz genau, an welchen Haltestellen die einzelnen Regimenter liegen.« Sergej hob die Hände. »Unsere schöne Geheimhaltung funktioniert nämlich nur so lange, bis der Alltagstrott beginnt.«

»Das ist doch verrückt!«

»Nein. Das ist das Wunder des Pragmatismus.« Sergej schlug Holland freundschaftlich gegen den Oberarm.

Holland lachte auf. Sollte es wirklich so einfach sein?

»*Spasibo,* Towarischtsch!«, sagte er und gab seinem Besucher den Klaps zurück.

»Danke wofür? Wir haben uns nur ein wenig über die Vorzüge von Busreisen unterhalten.« Sergej drückte seine Zigarette aus. »Komm, lass uns reingehen. Leisten wir Christiane und Tatjana wieder Gesellschaft. Ich denke, die Mädels haben etwas vorbereitet.«

Tatsächlich hatte sich der Wohnzimmertisch inzwischen verändert. Jetzt standen dort statt der Kaffeetassen kleine Gläser, und eine angebrochene Flasche Stolichnaya ließ keinen Zweifel daran, womit sie gefüllt waren. Holland vermutete, dass Tatjana den Wodka in ihrer Handtasche eingeschmuggelt hatte.

Als sie an den Tisch traten, standen auch ihre Ehefrauen auf. Unaufgefordert griffen alle nach den »Wässerchen«.

»Auf unsere Freundschaft, die auch nach unserer Rückkehr in die Heimat für alle Zeiten ungebrochen bleiben möge!«, rief Sergej mit herausgedrückter Brust und erhob dabei sein Glas.

Die anderen hielten ihre Gläser ebenfalls in die Höhe.

»Auf unsere Freundschaft!«, antworteten sie im Chor.

Dann tranken sie.

25

Unruhig schob sich die kleine Menschentraube vor dem Wartehäuschen hin und her. Zwei Jugendliche in blauen Schlosseranzügen sahen kurz nacheinander auf ihre Armbanduhren, und die Frauen neben ihnen reckten abwechselnd die Hälse. Der Fahrplan an dem Haltestellenmast war zerkratzt und unleserlich, aber alle hier schienen die Abfahrtszeiten zu kennen, und ihre Unruhe ließ darauf schließen, dass der Bus längst überfällig war.

Holland wedelte die Qualmwolke beiseite, die aus der Zigarre eines dickbäuchigen Rentners herüberzog. Den Mann schien die Verspätung als Einzigen völlig kaltzulassen; vielleicht war das ein Anflug von Altersweisheit, oder er genoss es einfach, dass er noch in Ruhe zu Ende rauchen konnte.

Vor zwanzig Minuten hatte Holland seinen Wartburg am Ortseingang von Jüterbog abgestellt und sich die nächstbeste Haltestelle gesucht. Nun stand er hier in Sportsakko und Lederbinder und wartete auf den Linienverkehr in die Garnisonsstadt.

Ein erleichtertes Raunen ging durch die Gruppe, als schließlich ein gelber Ikarus-Bus heranpreschte und vor ihnen anhielt. Im Pulk mit den anderen drängte sich Holland zur Tür und stieg ein. Jetzt würde sich zeigen, ob Sergejs Plan funktionierte.

»Entschuldigung, das Zweite Sworodiner Garde-Panzerregiment?«, erkundigte er sich bei dem schnauzbärtigen Fahrer, der mit mürrischem Gesicht hinter seinem Lenkrad saß.

»Ich sage Bescheid«, brummte der Mann. »Erst mal weiter durchtreten. Die anderen wollen auch noch rein.«

Holland kramte den Fahrschein heraus, den er sich schon in Potsdam gekauft hatte, und steckte ihn in die Entwertungsbox. Dann griff er zur Haltestange und zwängte sich hinter den Rücken der nachdrängenden Passagiere zu einem Stehplatz, der nicht allzu weit von der Kabine des Fahrers entfernt war. Unterdessen schlossen sich die Türen, und sie fuhren los.

Holland sah hinaus. An den Straßenrändern wechselten sich

Wohnhäuser und Läden mit langen Kasernenmauern ab, und es war unverkennbar, dass das Militär Jüterbog ganz und gar vereinnahmt hatte. Je weiter sie in die Ortschaft vordrangen, desto schlechter kamen sie voran. Immer wieder bogen dunkelgrüne Armeefahrzeuge vor ihnen auf die Straße, sodass der Bus mehrmals heftig bremsen musste. Ungeduldig trat Holland von einem Bein auf das andere. Die restlichen Passagiere schienen mit der Situation vertraut, denn sie glichen die ständigen Rucker wie automatisch mit ihren Körpern aus und warteten mit gleichmütigen Mienen darauf, dass der Bus ihre jeweilige Zielhaltestelle erreichte.

Die Zeit dehnte sich endlos, und Holland befürchtete schon, der Fahrer hätte ihn vergessen. Aber als sie wieder einmal stillstanden, beugte sich der Schnauzbärtige aus seiner Kabine und rief ihm zu: »He, Meister, zu deinen Panzern geht's an der nächsten Haltestelle raus! Einmal die Querstraße runter, dann das Tor auf der linken Seite. Kannste nicht verfehlen.«

»Danke!«, gab er zurück, doch da war der Fahrer schon wieder hinter der Trennwand verschwunden.

Während sie weiterfuhren, arbeitete sich Holland durch den dicht besetzten Gang nach hinten. Gerade als der Bus an der Haltestelle stoppte, erreichte er den Ausstieg. Drei große Schritte, dann war er draußen. Mit einem lauten Hydraulikschnaufen schob sich hinter ihm die Ziehharmonikatür zu, und der Ikarus fädelte sich wieder in den Verkehr.

Holland atmete tief durch. *Geschafft!* Der ausgekochte Sergej hatte recht behalten. Man musste nur an der richtigen Stelle fragen.

Mit ein paar Handgriffen strich Holland sein zerknittertes Sakko glatt, dann überquerte er die Fahrbahn und bog in die gepflasterte Seitenstraße ein. Beklommen blickte er sich um. Auf beiden Seiten der Straße zogen sich hohe Schutzmauern entlang. Dahinter ragten dunkelrote Backsteinkasernen auf. Er schätzte, dass sie um die hundert Jahre alt waren. Die monströsen Bauwerke strahlten etwas Düsteres aus.

Hier also hatte Alexej seinen Wehrdienst versehen. Und dann war er geflohen.

Bis zu dem Tor, das ihm der Busfahrer genannt hatte, blieben noch mindestens zweihundert Meter Fußweg. Während Holland die Strecke zurücklegte, überdachte er noch einmal die Strategie, die er sich für seinen Auftritt zurechtgelegt hatte.

Eine Begegnung mit dem herrschsüchtigen Oberst Bolschakow musste er unbedingt vermeiden. Deswegen würde er nach einem Untergebenen verlangen. Nach Bolschakows Adjutanten zum Beispiel, dem blassen Uniformierten, der den Regimentskommandeur im Unterspreewald begleitet hatte. Oder irgendeinem anderen Offizier der Einheit. Und er würde sein Anliegen klein halten. Wenn er bei seinem Gespräch mit Dr. Paape eines gelernt hatte, dann war es das Bild von der Balance, die erhalten bleiben musste. Was er hier vortrug, sollte keinesfalls nach neuen Ermittlungen klingen, sondern vielmehr nach deren Abschluss. Nach Ruhe und Vollendung. Am besten, er begann das Gespräch mit einem Dank. Er konnte die gute Zusammenarbeit zwischen den Kameraden der Sowjetarmee und den Genossen der Deutschen Volkspolizei bei der Fahndung hervorheben, konnte seiner Genugtuung Ausdruck verleihen, dass der Fall so schnell und erfolgreich zu einem Ende gekommen war. Und dann würde er anmerken, dass ihnen in Potsdam zum unwiderruflichen Schließen der Akte noch eine letzte, winzige Information fehlte. Etwas vollkommen Belangloses. Vielleicht die Seriennummer der Kalaschnikow, die der Soldat während seiner Flucht bei sich getragen hatte.

Ganz beiläufig und im Plauderton würde er sich nach Niroskin selbst erkundigen und schließlich nach dessen Schwester.

Es war ein guter Plan, fand er. Ein harmloser Freundschaftsbesuch. Zwanzig Minuten, höchstens dreißig. Länger würde die Sache nicht in Anspruch nehmen.

Der Kaserneneingang bestand aus einem doppelflügeligen Metalltor, das mit zwei Sowjetsternen verziert war. Links davon erhob sich ein Wachhäuschen mit verspiegelten Scheiben. Auf einer roten Tafel stand in goldenen kyrillischen Lettern: »KPP – *Kontrolno Propusknoi Punkt*«. Eine Kontrollstelle, wie es sie in den sowjetischen Garnisonen zu Dutzenden gab.

Noch bevor Holland rufen oder klopfen konnte, öffnete sich

die Tür des Wachhäuschens, und ein hochgewachsener Soldat mit Gewehr und Stahlhelm trat ihm in den Weg.

»*Stoi!*«, herrschte er und hob die Hand. »Passierschein?«

»Ich habe keinen Passierschein«, antwortete Holland auf Russisch. »Ich bin von der deutschen Polizei.«

Er hielt seinen Kripoausweis in die Höhe.

Der Posten warf einen misstrauischen Blick in das Klappkärtchen. »Was wollen Sie?«, fragte er dann.

»Ich möchte zum Zweiten Sworodiner Garde-Panzerregiment. Das liegt doch hier, oder?«

Der Wachsoldat gab keine Antwort. »Was wollen Sie?«, blaffte er stattdessen noch einmal.

»Ich habe eine Frage, die einen Soldaten dieses Regiments betrifft.«

»Worum handelt es sich dabei genau?« Die Züge des Uniformierten wurden noch abweisender.

»Es ist lediglich eine Routineanfrage.« Holland biss sich auf die Lippen. Was ging das diesen Wachposten eigentlich an? Er musste sich nicht vor einem unteren Dienstgrad rechtfertigen. »Ich möchte unverzüglich einen Vorgesetzten sprechen«, verlangte er laut. »Aus dem Stab des Regiments!«

Der Posten schnipste mit den Fingern, und Holland wollte ihm schon folgen, doch der Mann hielt ihn zurück. »Nur das Dokument. Nicht Sie!«

Zögernd übergab Holland seinen Kripoausweis, und der Soldat verschwand damit in seinem Wachhäuschen.

Mehrere Minuten vergingen. Hollands Geduld begann zu schwinden.

Hoch lebe der ewige Bruderbund mit der ruhmreichen Sowjetarmee, sinnierte er mit freudloser Ironie.

Schließlich öffnete sich die Tür ein weiteres Mal, und der Wachsoldat trat heraus. Wortlos gab er den Ausweis zurück.

»Mit wem kann ich sprechen?«, erkundigte sich Holland.

»Mit niemandem. Die Garnison ist militärischer Sperrbereich. Eine Betretungserlaubnis wird Ihnen nicht erteilt.«

Holland schnaufte. »Hören Sie, es handelt sich hier um eine

polizeiliche Ermittlung. Wenn der Bereich gesperrt ist, dann kann sicher ein Verantwortlicher heraus zur Torwache kommen.«

Der Soldat schüttelte den Kopf, und er gab sich dabei keinerlei Mühe, Bedauern zu zeigen. »Wir geben hier keine Auskünfte über sowjetische Militärangehörige«, erklärte er. »Bitte wenden Sie sich mit Ihrer Anfrage an die zuständige Verbindungsstelle. Das ist die deutsche Militärstaatsanwaltschaft in Potsdam.«

Na prima, dachte Holland. Damit landete er wieder bei Paape, und die Katze biss sich in den Schwanz.

»Bitte gehen Sie jetzt weiter!« Der Posten kam auf Holland zu und zwang ihn, einen Schritt rückwärts zu machen. »Verlassen Sie den Sicherheitsbereich!«

»Aber –«

Der Uniformierte legte die Hand über das Schloss seines Gewehrs. »Ich fordere Sie hiermit zum letzten Mal auf –«

»Schon gut, Towarischtsch!«, spie Holland aus. »Ich bin ja schon weg.« Er drehte sich um und ging los. Ohne sich noch einmal umzublicken, marschierte er wieder in Richtung Hauptstraße.

Ein ohnmächtiger Zorn stieg in ihm hoch. *Die haben mich abtreten lassen wie einen Schuljungen!*

Er hatte noch keine hundert Meter zurückgelegt, da hielt ein sandfarbener Lada neben ihm am Straßenrand. Die Beifahrertür schwang auf, und ein kurzhaariger, etwa dreißigjähriger Mann in Stoffhosen und beiger Sommerjacke schwang sich heraus. Mit einer schnellen Bewegung baute er sich vor Holland auf.

»Einen Moment mal!«, sagte der Fremde.

Holland wich zur Seite und versuchte, seinen Weg fortzusetzen. Aber der Mann hielt ihn am Oberarm fest und zischte: »Jetzt mal ganz langsam, Bürger!«

Holland unterdrückte den Impuls, sein Gegenüber mit ein paar schnellen Karateschlägen auf das Pflaster zu schicken. »Was wollen Sie von mir?«, raunzte er stattdessen.

»Personenkontrolle. Bitte weisen Sie sich aus!«

»Wieso sollte ich –«

»Sie haben wohl nicht verstanden, was ich gesagt habe? Ihren Personalausweis!«

»Wer sind Sie überhaupt?«

»Jetzt nicht noch frech werden, Freundchen!« Der Kurzhaarige zog eine grüne Klappkarte aus der Jackentasche und schob sie sofort wieder zurück. »Deutsche Volkspolizei.«

»Das trifft sich ja gut.« Holland holte den eigenen Dienstausweis hervor und hielt ihn seinem Gegenüber direkt vor das Gesicht. *»Kollege!«*

»Kripo Potsdam? Darf ich mal?« Der Zivilpolizist zog Holland das Kärtchen aus den Fingern und reichte es zu einem zweiten Mann ins Wageninnere. Dann lächelte er mokant. »Einen kleinen Moment bitte.«

Während er wartete, ließ Holland seinen Blick durch die triste Straße schweifen. Sie waren inzwischen nicht mehr allein. Auf dem gegenüberliegenden Bürgersteig stand ein schmächtiger Mann mit wirrem Haar und Vollbart und stierte ungeniert zu ihnen herüber.

Der Waldschrat soll endlich weiterziehen, dachte Holland genervt. Er hatte keine Lust, sich auch noch zum Gespött der Leute zu machen. Als hätte er seine Gedanken erraten, drehte sich der Bärtige um und spazierte langsam davon.

»Das Dokument ist in Ordnung«, brachte sich der kurzhaarige Zivilpolizist wieder in Erinnerung.

»Wie schön.« Holland nahm den Ausweis zurück und ließ ihn in seinem Sakko verschwinden. »Nachdem wir das jetzt geregelt haben, kann ich ja gehen.«

»Einen Augenblick, Genosse.«

»Wie? Was wollen Sie denn noch?«

»Sie schulden uns eine Erklärung.« Selbst jetzt behielt der Mann seinen arroganten Tonfall bei. »Was hatten Sie im Postenbereich der Kaserne zu suchen?«

»Ich hatte nichts ›zu suchen‹. Ich bin wegen einer kriminalpolizeilichen Ermittlung hier. Aber der zuständige Offizier der Sowjets war nicht da.«

»Worum handelt es sich bei dieser Ermittlung?«

»Das ist vertraulich.« Holland würde der Zivilstreife nicht auf die Nase binden, weswegen er wirklich gekommen war.

»Aha.«

»Ich bin nicht befugt, unbeteiligten Dienststellen Einblick in den Fall zu geben.«

Der Mann in der Sommerjacke zog ein strenges Gesicht und wartete. Aber Holland schwieg.

»Na gut«, meinte sein Gegenüber schließlich. »Dann wollen wir Ihnen das mal glauben. Sollten Sie in Zukunft noch einmal in diesem Bereich tätig werden, dann melden Sie sich vorher bei der örtlichen VP-Stelle an. Haben wir uns da verstanden?«

»Danke für den Hinweis. Und noch einen schönen Dienst!« Ohne eine Erwiderung abzuwarten, ging Holland los.

Hinter ihm blieb es still, und niemand folgte ihm. Offenbar hatte er den übereifrigen Kollegen endlich vom Hals.

Kurz darauf stand er wieder an der Hauptstraße. Eine Weile betrachtete er den zähen Verkehr. Mit der Wut, die in seinem Inneren tobte, wollte er sich keine weitere Fahrt in einem überfüllten Zuckelbus antun. Jedenfalls nicht sofort. Er brauchte Luft und Bewegung. Also wandte er sich nach rechts und lief in Richtung Ortsausgang.

Zwei Querstraßen weiter passierte er einen Kiesplatz, auf dem ein knappes Dutzend Stehtische verteilt waren. Dahinter schmiegte sich ein Getränkekiosk an die unverputzte Giebelwand einer Mietskaserne. Über dem Bedienfenster der Holzbude hatte jemand in knallig gelben Buchstaben die Worte »Bei Ingrid« aufgemalt.

Holland blieb stehen. Einige der Tische waren besetzt, aber es gab noch genügend freie Plätze, um einen Kaffee zu trinken. Und den konnte er jetzt wirklich gebrauchen.

Ohne lange zu überlegen, schlängelte er sich zwischen den Tischen hindurch und trat an die Durchreiche des Kiosks. Drinnen erschien eine stramme Rothaarige in einer pinkfarbenen Kittelschürze. Ingrid vermutlich. »Was soll's sein?«, fragte sie und ließ ihre Arme in Richtung Geschirregal wandern.

»Kaffee. Groß, wenn es geht.«

»Suchen Sie sich schon mal einen Platz. Ich bring ihn gleich raus.«

Es schepperte hell, als sie in das Regal griff.

»Danke.«

Holland wählte einen leeren Tisch ganz am Rand der Kiesfläche. Er wollte seine Ruhe haben.

Nur wenig später stellte die Kioskinhaberin einen dampfenden Kaffeepott vor ihm ab. »Milch und Zucker sind drüben auf dem Brett«, meinte sie. »Wenn noch etwas fehlt, einfach melden.«

Holland nickte stumm und sah zu, wie die Rothaarige wieder in ihrer windschiefen Bude verschwand.

Er griff nach dem Pott. Als er die ersten Schlucke getrunken hatte, wanderten seine Gedanken zurück zu dem, was er gerade am Kasernentor erlebt hatte. Er konnte es kaum fassen, dass man ihm kein Gespräch mit einem Verantwortlichen des Regiments zugestanden hatte. Nicht einmal draußen vor dem Tor. War das pure Arroganz? Eine Retourkutsche von Bolschakow persönlich? Oder wollten die Sowjets etwas verbergen?

Wieder sah er den verängstigten Alexej vor sich. Der arme Kerl saß vermutlich gerade in einer dunklen Arrestzelle und hoffte auf ein Wunder. Doch so wie es aussah, gab es für Holland keine Möglichkeit mehr, noch etwas für den Jungen zu tun.

Diese verdammten Betonköpfe!

Während er seinen frustrierenden Gedanken nachhing, hatte er plötzlich das Gefühl, beobachtet zu werden. Vorsichtig hob er den Blick und sah sich um. Tatsächlich. An einem der entfernteren Tische stand ein Mann und starrte ihm unverhohlen ins Gesicht. Es war der Bärtige, der ihm schon vor der Kaserne aufgefallen war.

Holland kniff die Augen zusammen und funkelte den Mann böse an. Doch der Typ dachte überhaupt nicht daran wegzusehen. Stattdessen fühlte er sich nun offenbar eingeladen. Er setzte ein schräges Grinsen auf, griff nach seinem halb leeren Bierglas und kam herübergeschlendert.

»Na, Großer, dich haben die Genossen ja vorhin ganz schön gepiesackt«, meinte er.

Holland stöhnte innerlich. Das hatte ihm gerade noch gefehlt.

Er verspürte nicht die geringste Lust, sich mit einem leutseligen Tunichtgut auseinanderzusetzen.

»Musst nicht so einen Flunsch ziehen«, plapperte der Bärtige ungeniert weiter und stellte sein Glas ab. »Das machen die Schlapphüte mit jedem, der ihnen komisch vorkommt. Du bist nicht von hier, was?«

Holland ging nicht auf die Frage ein. Aber was der Mann davor gesagt hatte, ließ ihn aufhorchen. »Die zwei im Lada waren nicht von der Polizei?«

»Nee. Die sind von ›Horch und Guck‹.«

»Staatssicherheit?«

»Klar.« Sein neuer Gesprächspartner nickte hintergründig. »Egal, was sie dir erzählt haben.«

»Wissen Sie das genau?«

»Glaub mir einfach, Großer. Das Auto kennt hier jeder.«

»Hmmm.« Holland schwieg eine Weile. Dass das MfS die Kasernen überwachen könnte, hatte er nicht bedacht.

»Und wer sind Sie?«, erkundigte er sich dann.

»Ben Gunn.« Der Mann reichte ihm grinsend seine schwielige Hand über den Tisch. »Kannst ruhig ›Du‹ sagen. Die meisten nennen mich einfach nur Ben.«

»Aha.« Unwillig drückte Holland die angebotene Hand, aber dann konnte er sich ein Lächeln nicht verkneifen. Mit seinem buschigen Vollbart, den zerzausten Haaren und dem faltigen Gesicht erinnerte sein Gegenüber tatsächlich an den sonderlichen Kauz aus Stevensons Roman »Die Schatzinsel«. Jedenfalls hatte sich Holland die Figur genau so vorgestellt, als er das Buch in seiner Kindheit gelesen hatte. Wer auch immer für diesen Spitznamen verantwortlich war, dem musste es ähnlich gegangen sein.

»Prost, Großer!« Der Mann setzte sein Bierglas an und trank die verbliebene Hälfte in wenigen Zügen aus.

»Ja. Wohlsein … Ben.« Holland nippte ein wenig an seinem Kaffee.

»Was hast du denn von den Russen gewollt?«, nahm Ben den Faden wieder auf. »Der Posten hat dich ja ziemlich grimmig angeguckt.«

»Nix weiter.«

»Für nix habt ihr aber ziemlich lange rumdiskutiert.« Ben kicherte in seinen Bart. »Es sah fast so aus, als wolltest du rein und durftest nicht.«

Holland seufzte. Offenbar hatte ihn der Mann schon länger beobachtet. »Ich habe nur nach ein paar Hilfskräften gefragt. Für das Karl-Marx-Werk in Potsdam. Bin Abteilungsleiter dort«, sagte er. Die Notlüge war ihm gerade noch rechtzeitig eingefallen. Von seinem Vater wusste er, dass in dessen Betrieb ab und zu sowjetische Soldaten in der Montage aushalfen. »Hat aber nicht geklappt. Die wollten nicht.«

»So funktioniert das auch nicht.« Jetzt kicherte der Bärtige noch lauter. »Das musst du ganz anders einfädeln, Großer. Niemals gleich mit der Tür ins Haus fallen. Zuerst sucht ihr euch ein Patenregiment, schließt einen Freundschaftsvertrag, vereinbart Kulturnachmittage, Sportveranstaltungen ... Und automatisch freundet ihr euch mit den Offizieren an. Eine Runde Wodka hier, eine Aufmerksamkeit da. Und am Ende verabredet ihr euren Handel. Ihr bekommt Soldaten für die Produktion, und dafür lasst ihr was rüberwachsen. Möbel vielleicht, Fernseher. Was dein Betrieb so auftreiben kann. Ihr werdet euch schon einig. So machen es alle.«

»Ich werde es mir merken.« Holland nickte Ben halbherzig zu.

»Und falls du privat mal was aus der Garnison brauchst, dann kommst du direkt zu mir!« Der Bärtige beugte sich vor, dann raunte er Holland verschwörerisch zu: »Kohlen, Bauholz, ein Spanferkel ... alles kein Problem. Auch Benzin. Zwanzig Liter für zwanzig Mark. Kanister ist mit dabei. Und wenn das nicht reicht – ich kann dir auch einen ganzen Tankwagen voll besorgen.«

»Von den Russen? Das glaube ich dir nicht.« Holland sah auf. »Wie willst du das anstellen?«

»Die Mauern sind nicht so undurchdringlich, wie du denkst. Die Garnison ist ein Moloch. Da gibt es immer Leute, die ein gutes Geschäft machen wollen. Und diese Leute wissen, dass man mit Ben Gunn gute Geschäfte machen kann.« Der Mann fuhr sich genüsslich über den Bart, und seine Augen blitzten listig.

»Ben, noch ein Pils?«, rief die rothaarige Bedienung aus ihrem Verkaufsschuppen.

»Ist recht, Ingrid!«, gab Ben mit krähender Stimme zurück.

Es entstand eine Pause. Holland dachte nach. Wenn der Mann an seinem Tisch tatsächlich solche besonderen Beziehungen zur Garnison unterhielt – und Holland zweifelte nicht daran, dass dem so war –, dann konnte er ihm vielleicht auch in seiner Angelegenheit behilflich sein.

Er wartete ab, bis Ingrid das neue Bier gebracht hatte, dann meinte er: »Ben, ich hätte tatsächlich etwas, was du mir besorgen könntest.«

»Ach ja?« Der Bärtige trank einen Schluck, dann stellte er das Glas zur Seite und musterte Holland mit wachem Blick. »Was brauchst du denn?«

»Eine Information.«

»Nur eine Information?«

»Eine, die nicht einfach zu beschaffen ist.«

»Jetzt machst du mich aber wirklich neugierig, Großer.«

»Es geht um einen Soldaten, der vor einiger Zeit aus seiner Einheit abgehauen ist.«

»Du meinst ... ein Deserteur?«

Holland hatte den Eindruck, dass Bens Miene mit einem Mal ein wenig argwöhnischer geworden war.

»Ja. Ein armes Schwein, das sie ziemlich hart angefasst haben. Vor seiner Flucht und als sie ihn wiederhatten, auch.«

»Damit ist bei denen nicht zu spaßen. Wer aus der Reihe ausschert, hat keine Gnade zu erwarten«, erklärte Ben mit gesenkter Stimme. »Die Offiziere haben Angst, dass ihnen die Soldaten auf der Nase herumtanzen, wenn sie keine Exempel statuieren. Dass sie ihnen massenweise davonrennen. Oder dass sie gewalttätig werden.«

»Der Junge, von dem ich spreche, ist nicht gewalttätig.«

»Sicher? Andere sind es schon. Ich meine nicht nur Deserteure. Erst im August hat es hier einen ziemlichen Aufruhr gegeben.

Ein paar Soldaten aus der Garnison sind nachts in eine Landgaststätte eingebrochen. ›Brodins Klause‹, gleich hinter der Stadt. Der Wirt ist wach geworden und hat sie gestört. Da haben sie ihn niedergestochen und sind mit seinem Zaster verschwunden. Zum Glück hat der Mann überlebt. Er kannte die Burschen, hat vorher mit ihnen Geschäfte gemacht. Dadurch konnte er ihre Namen nennen.« Ben schickte einen Blick in Richtung der entfernten Kasernen. »Glaub mir, Großer: Die hatten danach bestimmt nicht mehr viel zu lachen.«

»Mag sein.« Holland sah sein Gegenüber an. »Mein Fall liegt etwas anders.«

»Wenn du das sagst.« In Bens Augen kehrte ein geschäftstüchtiges Leuchten zurück. »Du willst also eine Information. Welche?«

»Eigentlich ist sie nicht für mich, sondern für einen Bekannten. Er ist dem Soldaten begegnet, als der auf der Flucht war. Und nun will er –«

»Aaaah, verstehe!« Ein anzügliches Grienen schob sich auf Bens Gesicht. »Dein Bekannter ist nicht zufällig *eine Bekannte*?«

»Wie?« Holland wusste für einen Moment nicht, was sein Gegenüber meinte, aber nur Sekunden später fiel der Groschen. *Was für ein günstiges Missverständnis!* Jetzt musste er improvisieren.

»Ertappt.« Er hoffte, dass ihm ein verlegener Ausdruck gelang. »Es ist eine gute Freundin von mir. Sie hat sich in den Kerl verliebt, und sie will ihn unbedingt wiedersehen.«

»Muss ja ein toller Hecht sein, wenn das Mäuschen nicht von ihm lassen kann. Jetzt, wo er wahrscheinlich für Jahre in den Bau wandert.«

»Genau das ist das Problem. Nachdem sie ihn verhaftet haben, hat sie nichts mehr von ihm gehört. Aber meine Bekannte will den Kontakt nicht verlieren. Er hat ihr gesagt, er hätte eine Schwester. Nur weiß sie nicht, wie sie die erreichen kann.«

»Ist das die Information, die ich dir besorgen soll?«

»Ja.« Holland nickte. »Die Adresse der Schwester. Und vielleicht kannst du auch noch in Erfahrung bringen, wie es dem Jungen jetzt geht.«

»Wie heißt der Soldat?«

»Alexej Niroskin. Er gehört zum Zweiten Sworodiner Garde-Panzerregiment. Von der Schwester weiß ich nur den Vornamen: Lina.«

»Das Regiment kenne ich.« Ben kramte aus den Taschen seiner verschlissenen Cordhose einen Kugelschreiber und einen zerbrochenen Bierdeckel hervor und notierte sich die Namen. Dann ließ er Pappe und Stift wieder verschwinden.

»Wenn du Erfolg hast – was kostet mich das?«, fragte Holland.

»Zweihundert Mark«, antwortete Ben, ohne nachzudenken. »Hundert für mich. Und hundert brauche ich für meine Kontaktleute drinnen.«

»Okay. Geht in Ordnung. Dann sind wir im Geschäft?«

»Ich sehe, was ich für dich tun kann, Großer.« Ben reichte noch einmal seine Hand über den Tisch, und Holland schlug ein.

»Wann kann ich damit rechnen?«

»Gib mir drei Tage. Wir treffen uns Samstag um zwölf. Hier bei Ingrid.«

»Ich werde pünktlich sein.« Holland sah seinen neuen Bekannten an. »Danke, dass du mir hilfst!«

»Wen die Schlapphüte nicht mögen, der ist mir sympathisch.« Der Bärtige trank sein Glas leer, dann zwinkerte er Holland zu. »Das Bier geht auf dich.«

Damit drehte er sich um. Mit emsigen Schritten verschwand der Mann, der sich Ben Gunn nannte, um die nächste Häuserecke.

Holland schüttelte ungläubig den Kopf. Wie das Leben manchmal so spielte. Da war er nun schon fast mit seinem Latein am Ende gewesen, und dann hatte ihm der Zufall diesen schrägen Vogel an den Kaffeetisch gespült. Und mit ihm die mögliche Lösung seines Problems.

Zügig schluckte er den kalten Rest seines Kaffees hinunter. Dann ging er zu Ingrid und bezahlte die Getränke.

Nun brauchte er nur noch ein wenig Geduld.

Drei Tage. Dann würde er mehr wissen.

26

Lina, geliebte Schwester,

mit Schwermut denke ich an Dich und an die unbeschwerten Zeiten zu Hause, die mir gerade so fern scheinen wie an keinem Tag zuvor. Gestern Abend war ich in unserer Panzerwerkstatt, um mich heimlich mit Bogdan Kuzmin zu treffen, so, wie er es am Morgen von mir verlangt hatte. Leider muss ich Dir sagen, dass meine bösen Vorahnungen alle begründet waren. Nun weiß ich Bescheid, und es ist noch viel schlimmer, als ich gedacht hatte.

Schon auf dem Weg in die Werkstatt begleitete mich ein unwohles Gefühl, auch deshalb, weil ich dort um diese Stunde nichts mehr zu suchen hatte. Das Gelände mit den Panzergaragen ist ein ganzes Stück von den Kasernenblocks entfernt. Es kann immer passieren, dass man unterwegs von einem Offizier angesprochen wird. Ich habe deswegen einen Besen mitgenommen und bin zügig und zielstrebig gegangen, so als wäre ich zum Saubermachen geschickt worden. Eine Arbeit zu verrichten ist die beste Form, sich vor den misstrauischen Augen der Vorgesetzten unsichtbar zu machen.

Die Idee war gut. Niemand hat mich angehalten und Fragen gestellt. Als ich dann vor dem Tor der Werkstatt stand, da wollte ich am liebsten wieder umkehren, aber tief im Inneren wusste ich doch, dass es vor meinem Peiniger kein Entrinnen gab, und so habe ich Mut gefasst und bin eingetreten.

Es war vollkommen dunkel in der Halle, und kein Geräusch war zu hören. Die Stille erfüllte mich mit einer großen Erleichterung, denn das konnte nur heißen, dass Bogdan nicht gekommen war. Doch gerade als ich wieder hinausgehen wollte, hörte ich dicht neben mir eine Stimme. Sie raunte meinen Namen, dann kicherte sie. Es war Bogdans Stimme. Eine Taschenlampe flammte auf und leuchtete mir ins Gesicht.

Bogdan war allein. Seine drei Kumpane hatte er in der Kaserne gelassen. Er führte mich in die hinterste Ecke der Halle. Auf einer Werkbank war ein Tuch ausgebreitet, darauf lagen dicke Brotscheiben und Schinkenspeck. Auf einem Brettchen standen zwei Becher mit Wodka. Ich war überrascht, und Bogdan erklärte, das sei heute ein Feiertag, denn er habe mich für eine wichtige Mission ausgewählt. Als ich fragte, was für eine, da setzte er eine geheimnisvolle Miene auf und sagte, ich solle mich erst einmal satt essen. Nur den Wodka hielt er zurück, denn der sei dafür vorbehalten, unser Bündnis am Ende zu besiegeln.

Dann ließ Bogdan die Katze aus dem Sack. Er erzählte von einem Deutschen namens Heinrich Brodin, der in der Nähe der Garnison eine Gastwirtschaft betreibt. Brodin habe sehr viel Geld, dank seiner gut laufenden Wirtschaft, aber auch wegen schwarzer Geschäfte. Bogdan und seine drei Kumpels wüssten das genau, schließlich hätten sie bei dem Wirt schon öfter Sachen aus unserem Lager gegen Schnaps eingetauscht. Aber jetzt, meinte Bogdan, wollten sie richtig absahnen. Mit einem Einbruch in Brodins Gaststätte.

Du kannst dir vorstellen, Lina, wie entsetzt ich war. Er hatte mir den Plan für ein Verbrechen verraten! Das konnte nur eines bedeuten: Er wollte, dass ich mich daran beteilige.

Und in der Tat. Alles ist schon bis ins Kleinste geplant. Der Einbruch soll nachts stattfinden, wenn Brodin und seine Frau schlafen. Ihre Wohnung befindet sich direkt über der Wirtschaft. Bogdan verlangt, dass ich vor der Tür der beiden aufpasse, während er und seine Kumpane unten die Gaststätte ausräumen. Und dass ich Brodin aufhalte, falls er aufwacht und herauskommt. Egal wie, hat Bogdan gemeint und böse gegrinst.

Lina, ich will da nicht mitmachen! Ich kann diesen Mann nicht bestehlen. Und ich will nicht vor seiner Wohnungstür Wache halten. Was mache ich, wenn er den Einbruch wirklich bemerkt? Wenn er auf einmal vor mir steht? Oder seine Frau? Wie soll ich sie dann aufhalten außer mit Gewalt?

Ich habe Bogdan gesagt, dass ich das nicht kann. Dass ich keiner von ihnen bin. Da hat er genickt. Eine Weile war er ganz still. Stand einfach nur da. Fast schien es, als würde er mich gehen lassen. Aber plötzlich hat er ausgeholt und mir mit aller Kraft ins Gesicht geschlagen. Dann hat er mir erklärt, dass ich keine Wahl habe. Dass sie mich als Aufpasser brauchen, weil ich der Einzige bin, den der Wirt nicht kennt. Und dass sie mich totschlagen, wenn ich es wagen sollte, ihr Vorhaben beim Regimentsstab anzuzeigen.

Was soll ich nur tun? Gegen die Großväter habe ich keine Chance. Man munkelt, dass sie Freunde unter den Vorgesetzten haben. Offiziere, die mit ihnen unter einer Decke stecken. Es gibt niemanden, dem ich trauen kann. Niemanden, an den ich mich wenden könnte. Es bleibt mir nur eine einzige Hoffnung, und das ist die Zeit. Der Einbruch ist nur während einer Feldübung möglich. Nur von dort können wir uns abends für eine Weile davonschleichen, ohne dass es jemand bemerkt. Und es muss ein Tag sein, an dem das Gasthaus geschlossen ist, damit die Wirtsfamilie früh genug zu Bett geht. So hat es mir Bogdan jedenfalls erklärt. Und dann hat er mir einen Becher Wodka in die Hand gedrückt, und ich musste mit ihm zusammen auf den Plan trinken, während mein Gesicht noch von seinem Schlag schmerzte.

Lina, geliebte Schwester, ich bin jetzt Teil einer Bande, die vielleicht bald ein schlimmes Unrecht begehen wird. Mein Herz ist ganz eng, und in meinem Kopf überschlagen sich die Gedanken. Ich wünsche so sehnlich, das alles wäre nur ein böser Traum. Aber es ist keiner. Irgendwann wird Bogdan vor mir stehen und meinen Dienst einfordern.

Nun flehe ich still, dass der Tag nie kommt.

Dein Bruder Alexej

27

Verlorenwasser, 2005

Wann waren die da draußen endlich so weit? Seit mehr als einer Stunde hatte Silvio kein Lichtsignal mehr gegeben. Und auch sonst konnte Holland beim Blick durch das Fenster nirgendwo eine Bewegung ausmachen. Das Campgelände lag schwer im roten Sonnenlicht. Der herannahende Abend ließ die zugewucherten Bauten noch einsamer wirken als zuvor. Nichts wies auf die Anwesenheit eines Befreiungskommandos hin. Immer wieder hatte Holland nach verräterischen Anzeichen Ausschau gehalten, die eine bevorstehende Erstürmung ankündigten. Ein wackelndes Grasbüschel. Eine Spiegelung in einer Barackenschreibe. Ein unnatürlicher Schatten ... Aber da war nichts gewesen. Absolut nichts.

Nur Wald und Gras und Sonnenschein.

Wollten sie warten, bis es vollkommen dunkel war? Das konnte an diesem wolkenlosen Augusttag noch Stunden dauern. Würden sie ihn wirklich so lange zappeln lassen?

Oder war es noch schlimmer? Hatte er sich getäuscht? Waren die Lichtblitze, die er für Silvios Morsebotschaften gehalten hatte, seiner Einbildung entsprungen? Ein harmloser Reflex, falsch gelesen und überinterpretiert. War er inzwischen schon so erschöpft, dass ihm sein Hirn Trugbilder vorgaukelte?

Er fuhr sich mit dem nass geschwitzten Ärmel über die Stirn. Die Hitze in der Baracke war kaum noch zu ertragen.

Auch Alina hatte sich schon mehrmals mit einem Tuch das Gesicht abgetrocknet. Trotzdem schien ihre Aufmerksamkeit ungebrochen. Mit wachen Augen war sie all seinen Ausführungen gefolgt. Aber Holland hatte eine Beobachtung gemacht, die er noch nicht so richtig deuten konnte. In der Art, wie sie ihn ansah, gab es eine Veränderung. Als Holland von seiner Begegnung mit dem schmächtigen Mann namens Ben Gunn erzählt hatte, war

Alina unbewusst ein Stück zurückgewichen. Beinahe so, als hätte sie sich vor etwas erschrocken.

Jetzt wirkte sie nervös.

Nach einem kurzen Moment des Schweigens fragte sie: »Wie hieß die Gaststätte noch mal?«

»›Bei Ingrid‹. Das war aber keine Gaststätte, sondern nur eine kleine Imbissbude.«

»Nicht der Imbiss. Ich meine den Landgasthof. Der von den Soldaten aus der Garnison ausgeraubt worden ist.«

»›Brodins Klause‹. So hat ihn dieser Ben jedenfalls genannt, wenn ich mich richtig entsinne.«

»Und der Inhaber, war das … Heinrich Brodin?«

»Das weiß ich nicht. Den Namen des Wirtes hat der Bärtige nicht erwähnt. Aber bei der Bezeichnung der Kneipe liegt das zumindest nahe.« Holland zog die Augenbrauen zusammen. »Woher haben Sie den Namen?«

»Aus einem Brief von Alexej. Einem von denen, die ich erst nach seinem Tod erhielt.«

»Ach so?« Er erinnerte sich, was ihm der junge Soldat in seinem Verhör erzählt hatte. Dass ihn die Dienstälteren schikaniert hatten und dass sie ihn zu etwas Unrechtem nötigen wollten. Etwas, worüber er nicht reden dürfe. Und Alina hatte gesagt, dass er bei einem Einbruch hatte mitmachen sollen – bei Deutschen. »War das etwa der Plan von Alexejs Kameraden?«, erkundigte er sich. »In diese Gaststätte einzubrechen? Stand das in dem Brief?«

»Ja.« Alina nickte. »Das war der Einbruch, zu dem ihn die Clique aus seiner Werkstatt zwingen wollte. Der Anführer war ein gewisser Bogdan Kuzmin. Alexej sollte den Gastwirt aufhalten, für den Fall, er käme ihnen in die Quere.« Sie atmete hörbar aus. »Ich habe nicht gewusst, dass der Raub tatsächlich stattgefunden hat und der Besitzer dabei verletzt wurde.«

»So hat Ben es mir berichtet. Eigentlich war es nur eine Episode am Rande. Er wollte damit zum Ausdruck bringen, dass es unter den Soldaten auch gewalttätige Verbrecher gegeben hat.«

Alina lehnte sich mit dem Rücken gegen die Wand des Ganges und strich sich fahrig über die Haare.

Holland musterte seine Kidnapperin. »Denken Sie, Alexej könnte an der Sache beteiligt gewesen sein? Dass er erst *nach* dem Einbruch desertiert ist? Als er ...«, er suchte nach den richtigen Worten. »Als die Angelegenheit aus dem Ruder gelaufen war?«

»Nein. Auf keinen Fall!«, erwiderte Alina heftig. »Deswegen ist Alexej ja überhaupt weggelaufen – damit er keine Schuld auf sich lädt! In seinem letzten Brief hat er seinen Entschluss so begründet. Warum sollte er eine Lüge aufschreiben?«

»Ich weiß es nicht.« Holland hob die Schultern. »Menschen lügen aus den unterschiedlichsten Gründen. Aber ich fürchte, wir werden das hier nicht klären können. Ich kenne das genaue Datum nicht, an dem der Einbruch in ›Brodins Klause‹ stattgefunden hat. Im August, meinte Ben. Das kann vor oder auch nach Alexejs Flucht gewesen sein.«

»Alexej hat da nicht mitgemacht.«

»Es ehrt Sie, dass Sie Ihren Bruder –«

»Lassen Sie es gut sein! Ich vertraue ihm. Mehr ist dazu nicht zu sagen.« Alina stieß sich von der Wand ab und begann, rastlos auf und ab zu gehen.

Holland dachte über ihr merkwürdiges Gebaren nach. Sie schien von Alexejs Unschuld überzeugt. Trotzdem war sie extrem aufgewühlt, seit Holland die Gaststätte erwähnt hatte.

Warum? War Alexejs mögliche Beteiligung an der Tat gar nicht der Grund für Alinas Unruhe? Gab es da noch etwas anderes?

Dann schoss ihm die wirkliche Bedeutung der Episode mit einem Mal ins Bewusstsein. Er ließ noch ein paar Sekunden verstreichen, dann trat er ganz nahe an das Gitter und fragte: »Warum sind Sie so verdammt aufgeregt?«

Alina blieb stehen.

»Sie täuschen sich! Ich bin nicht aufgeregt«, entgegnete sie, aber es gelang ihr nicht, das Beben in ihrer Stimme zu unterdrücken.

Holland fixierte seine Kidnapperin. »Sie wissen es jetzt, nicht wahr? Als ich Ben Gunns Bericht über den Einbruch in ›Brodins

Klause‹ erwähnt habe und als Sie sich dann an diesen Heinrich Brodin aus Alexejs Brief erinnerten und den Plan, ihn auszurauben, da ist es Ihnen plötzlich klar geworden.«

»Was soll mir klar geworden sein?«

»Die Übereinstimmung. Dass ich mir das alles nicht ausgedacht habe. Und dass ich damals wirklich auf der Suche nach Ihnen war.«

»Ja, und?«

»Diese Fahrt nach Jüterbog hätte ich niemals unternommen, wenn ich Alexej bei der Festnahme erschossen hätte.« Er legte seine Hände auf das Türgitter. »Das ist es, was Sie gerade begriffen haben, Alina. Dass ich nicht der Mörder Ihres Bruders bin. Und dass alles, was Sie hier tun, auf einem riesigen Irrtum beruht.«

»Nein … Nein, ich habe mich nicht geirrt!«

»Doch, das haben Sie. Mit Alexejs Briefen, den Auskünften aus Moskau und den Informationen aus der Berliner Ausstellung haben Sie sich Ihre eigene Geschichte zusammengestrickt. Für Sie mag sie durchaus plausibel klingen. Nur stimmt sie nicht. Etwas daran ist faul.«

»Das kann nicht sein!«

»In Ihrem Inneren wissen Sie längst, dass es so sein muss. Sie wollen sich nur nicht eingestehen, dass Ihr großer Rachefeldzug gescheitert ist. Sie halten mich hier völlig ohne Grund fest.«

»Seien Sie still!«, brüllte Alina. »Das ist doch nur ein hinterhältiger Trick! Eine neue Lüge. Keine Ahnung, woher Sie von dem Einbruch in die verdammte Kneipe wissen. Sie waren bei der Polizei. Vielleicht haben Sie damals auf anderem Wege davon erfahren. Und dabei ist Alexejs Name gefallen.«

»Alina, überlegen Sie doch mal – wie wahrscheinlich ist das?«

»Es ist möglich.« Sie warf Holland einen trotzigen Blick zu. »Sogar sehr gut möglich. Und jetzt versuchen Sie, mich damit einzuwickeln …«

Holland schüttelte behutsam den Kopf.

Seine Kidnapperin begann wieder, im Gang hin und her zu laufen. Sie zog die Jarygin aus ihrem Hosenbund und drehte sie in der Hand, beinahe so, als könnte ihr die Pistole die Gewissheit geben, dass der ganze Entführungsplan seine Richtigkeit hatte.

Holland wich ein Stück ins Innere der Waffenkammer zurück und schwieg. Instinktiv wusste er, dass er jetzt nicht noch mehr in Alina dringen durfte. In ihrem aufgebrachten Zustand war sie für rationale Argumente nicht empfänglich. Er musste Alexejs Schwester Zeit geben, ihre Gedanken zu ordnen.

Und hoffen, dass sie nicht vorher die Nerven verlor.

Holland wusste aus eigener Erfahrung, welch zermürbende Kräfte das Denken entfalten konnte, wenn es von Zweifeln bestürmt wurde. Er war überzeugt, dass Alina gerade einen harten Kampf mit sich selbst ausfocht. Einen Kampf, um den er sie nicht beneidete.

Er sah hinüber in den gegenüberliegenden Raum, wo seine Kidnapperin ihre Vorräte gelagert hatte. All diese Vorbereitungen … Sie musste sich ihrer Sache absolut sicher gewesen sein.

Wie würde das Ganze jetzt weitergehen?

Eher zufällig streifte sein Blick das Fenster. Und da bemerkte er es.

Die Lichtsignale waren wieder da!

Gespannt folgte er der Reihung aus kurzen und langen Zeichen und setzte die daraus resultierenden Buchstaben im Kopf zusammen. Schließlich hatte er die neue Botschaft entschlüsselt:

ZP zum Fenster.

Er schluckte. Das war eine Anweisung. »ZP« war die Zielperson. Die Täterin. Die Gefahrenquelle.

Alina.

Und er sollte dafür sorgen, dass sie zu dem Fenster in ihrem Raum ging. Er hatte sich also nicht getäuscht. Das SEK wartete da draußen, und offenbar war es den Zugriffstrupps bereits gelungen, sich unbemerkt an die Baracke anzuschleichen. Sonst hätten sie ihm nicht diese Nachricht geschickt. Wenn Alina die von ihnen gewünschte Position erreicht hatte, schlugen sie los.

Holland überlegte, wie sie vorgehen würden.

Sobald seine Kidnapperin am Fenster erschien, wäre es ohne

Weiteres möglich, sie mit einem sofortigen Kopfschuss zu töten. Garantiert lauerten in der Dämmerung mehrere Präzisionsschützen. Holland wusste, dass sie da waren, auch wenn er sie nicht sah. Es gehörte zu ihrem Handwerk, unsichtbar zu bleiben. Mit ihren Hochleistungsgewehren trafen sie zentimetergenau. Alina hätte keine Möglichkeit mehr zu reagieren. Oder auch nur zu realisieren, was mit ihr geschah.

Aber Holland bezweifelte, dass das wirklich der Plan war. So schnell fand sich die Polizei normalerweise nicht bereit, jemanden gezielt zu erschießen. Nicht, solange es irgendeinen anderen Weg gab, die Sache zu beenden.

Wahrscheinlich würden sie die Baracke auf die eine oder andere Weise stürmen und dabei das Überraschungsmoment nutzen. Wenn sie gut vorbereitet waren – und die Zeit dafür hatten sie gehabt –, dann wären sie nach dem Zugriffsbefehl in wenigen Sekunden bei ihnen im Gebäude. Das Problem war nur – wenige Sekunden konnten verdammt lang sein. Ausreichend Gelegenheit für Alina, ihrer Geisel im letzten Moment noch etwas anzutun.

Würden sie das riskieren?

Womöglich war das der Grund für die Morsenachricht. Dass sie vor der Erstürmung möglichst viel Distanz zwischen ihn und seine Geiselnehmerin bringen wollten. Sie aus dem gut geschützten Mittelgang zur gegenüberliegenden Seite der Baracke locken. Und wenn Alina dann am Fenster stand, würde draußen etwas Unerwartetes auftreten. Ein lauter Knall vielleicht. Oder ein Förster, der trällernd über das Gelände spazierte. Für einige Sekunden wäre Alina abgelenkt. Diese Zeit reichte ihnen aus, um hereinzukommen und sie zu überwältigen. Wenn alles glattlief …

Wie sie sich entschieden hatten, konnte Holland nicht wissen. Er wusste nur, dass es jetzt auf ihn ankam. Die Morsezeichen waren sein Startsignal gewesen. Alle standen bereit. Die Situation war scharf.

Sollte er die Sache noch etwas hinauszögern? Alina eine Chance geben, zur Besinnung zu kommen? Vielleicht würde sie ihr Vorhaben über kurz oder lang von selbst aufgeben.

Er schielte zu ihr hinüber. Verfolgte ihre unsteten Bewegungen. Den rastlosen Blick. Das Herumhantieren mit der Waffe.

Sie ist vollkommen durch den Wind!

Holland schätzte den Weg, den Alina bis zum Fenster zurücklegen musste. Drei Schritte aus dem Flur hinaus. Sieben Schritte durch den Raum. Zehn verdammte Schritte. Dann wäre seine Tortur beendet.

»Alina?«, meinte er. »Ich habe eine Frage.«

Sie sah auf und kam vor die Gittertür.

»Was für eine?«

»Eigentlich ist es eine Bitte.« Holland nestelte an seinem durchgeschwitzten Hemdkragen herum. »Die Hitze ... Ich habe einen wahnsinnigen Durst. Meine Wasserflasche ist schon lange leer. Es wäre wirklich nett, wenn Sie mir eine neue geben könnten.«

Er hob den Arm und zeigte in den Raum gegenüber. Dorthin, wo direkt unter dem Fenster zwei Sixpacks mit großen Mineralwasserflaschen standen.

»Da drüben sind ja genug. Wenn Sie die schon extra angeschleppt haben ... Ich wäre Ihnen wirklich sehr dankbar!«

»In Ordnung.« Alina nickte. Dann wandte sie sich um und ging hinüber zur Tür des Zimmers.

Zwei Schritte.

Hollands atmete ganz langsam ein und aus. Behutsam schob er sich zur Seite, um im entscheidenden Moment hinter der Wand neben dem Türgatter in Deckung zu gehen.

Drei Schritte.

Plötzlich fuhr Alina auf dem Absatz herum und sah ihn an.

Er erstarrte.

»Es tut mir leid«, meinte sie stockend. »Das habe ich nicht gesehen. Dass Sie kein Wasser mehr haben.«

Die sporadische Gefühlsregung verunsicherte Holland. Er rang sich ein Lächeln ab. »Das ist nicht so schlimm. Jetzt bringen Sie mir ja welches, und alles ist gut.«

Sie sah einige Sekunden zu ihm herüber. »Ja«, entgegnete sie schließlich, drehte sich wieder um und betrat den Raum.

Vier Schritte.

Fünf Schritte.

Holland spannte seine Muskeln an.

Alina stoppte neben dem Campingtisch.

Geh weiter!

Aber sie setzte ihren Weg nicht fort. Stattdessen griff sie in die Kühlbox, aus der sie am Nachmittag ihre eingeschweißten Sandwiches geholt hatte, und zog eine gefüllte Wasserflasche heraus. Dann kehrte sie zügig zu Holland zurück.

»Nehmen Sie die hier. Die aus der Box sind nicht so warm.« Sie schob ihm die Flasche durch das Gitter.

Scheiße!

Ein gekühltes Getränk. Ausgerechnet jetzt hatte sie ihm diesen kleinen Gefallen tun wollen. Weil sich ihr schlechtes Gewissen meldete?

»Danke«, murmelte Holland, drehte den Deckel auf und nahm ein paar Züge.

Die Chance für den Zugriff war vertan. Ob und wann sich noch einmal eine so günstige Gelegenheit ergeben würde, lag im Dunkeln.

»Alina, lassen Sie mich frei!«, sagte er spontan. »Wir vergessen die Sache einfach.«

»Was sagen Sie da?«

»Es ist doch eigentlich nicht viel passiert. Ein Scheißsonntag im Wald. Wir können das hier und jetzt beenden, und jeder geht seiner Wege.«

»Ich kann Sie nicht laufen lassen.« Alina schüttelte heftig den Kopf. »Ich bin nicht so weit gegangen, um dann einfach aufzugeben.«

»Ihre ganze Aktion hat doch keinen Sinn mehr! Sie haben einen riesigen Irrtum begangen. Soll ich dafür büßen? Wollen Sie mich am Ende umbringen, bloß weil ich jemandem verraten könnte, was Sie hier abgezogen haben?«

»Darum geht es doch überhaupt nicht!« Alina schlug mit der flachen Hand gegen die Flurwand. »Ich muss wissen, was damals mit Alexej passiert ist. Nur deshalb sind wir hier. Sie sagen, Ihre

Geschichte ist wahr. Ich bin davon längst nicht überzeugt. Sie sind sehr geschickt, alles klingt stimmig. Aber genau das macht mich misstrauisch.«

»Haben Sie jetzt schon ein Problem, nur weil etwas stimmig ist? Ich wollte Ihrem Bruder helfen! Warum glauben Sie denn, bin ich –«

»Ich weiß nicht mehr, was ich glauben soll!«, fiel ihm Alina ins Wort. »Die Ausstellung in Berlin war echt, und mein Mann würde mich nie anlügen. Es muss etwas geben, was Sie mir verschweigen. Es *muss* einfach so sein. Und ich werde diesen Ort erst verlassen, wenn ich weiß, was das ist.«

Wie zur Ermahnung, dass sie es nach wie vor ernst meinte, hob sie ihre Pistole neben sich in die Höhe. Aber auf Holland wirkte die Geste diesmal eher verzweifelt, fast hilflos.

Nur nützte ihm das nichts.

»Alina, ich bin nicht Ihr Feind. Es ist wichtig, dass Sie erst einmal tief durchatmen. Dann können wir gemeinsam überlegen, wie wir aus dieser Situation herauskommen.«

Sie senkte den Arm mit der Waffe. »Sie haben noch nicht zu Ende erzählt«, sagte sie, und ihre Stimme klang plötzlich kraftlos. »Wie ist die Sache damals weitergegangen? Nach drei Tagen wollten Sie wieder zu diesem Ben Gunn nach Jüterbog fahren. Waren Sie tatsächlich noch einmal da?«

»Ja, das war ich.«

»Und?« Alinas Blick bekam fast etwas Flehendes. »Was hat der Mann für Sie herausgefunden?«

28

Jüterbog, 1986

Diesmal hatte er sich die Busfahrt durch die Garnisonsstadt erspart. Holland setzte den Blinker und bog mit seinem Wartburg in die holprige Nebenstraße ein. Zwischen einem grauen Pritschen-Barkas und einem Trabant fand er einen Parkplatz. Zufrieden sah er auf die Uhr. Es war kurz vor zwölf Uhr. *Perfekt.*

Er schloss den Wagen ab, lief zurück zur Hauptstraße und betrat den Kiesplatz, auf dem sich Ingrids Imbissbude befand. Etwa die Hälfte der Stehtische waren besetzt. Er glaubte, einige der Gesichter von seinem letzten Besuch wiederzuerkennen. Aber der bärtige Ben war noch nicht da. Also steuerte er zuerst die Kiosktheke an. Ingrid stand hinter dem Schankfenster und trocknete Biergläser ab.

»Großer Kaffee?«, erkundigte sie sich, noch bevor Holland etwas sagen konnte.

»Ja, gern.«

»Kommt gleich.«

Er wählte denselben Tisch wie vor drei Tagen, und auch jetzt dauerte es nicht lange, bis Ingrid ihm den dampfenden Kaffeepott vorsetzte.

»Danke«, sagte er, nahm einen Schluck und stützte sich mit den Ellbogen auf die Tischplatte. Er hatte diesmal auf Jackett und Binder verzichtet, stattdessen trug er eine ausgewaschene Jeans und seine geliebte alte Lederjacke. In dieser Umgebung war das zweifellos unauffälliger, und außerdem fühlte er sich in dem legeren Aufzug deutlich wohler. Immerhin musste er heute niemandem vorspielen, er wäre dienstlich hier.

Am Abend zuvor hatte er kurz darüber nachgedacht, das Treffen mit Ben einfach zu schwänzen und diese Spur nicht weiterzuverfolgen, was daran lag, dass ihm nach seiner ersten Euphorie einige Gewissensbisse gekommen waren. Immerhin hatte er einen

Kleinkriminellen mit einem Spitzeldienst in einem Militärobjekt beauftragt. Aber dann war seine Neugier zu stark gewesen und auch der Wunsch, den Korinthenkackern von Garnison und Militärstaatsanwaltschaft ein Schnippchen zu schlagen. Außerdem hatte er das Geschäft nun einmal eingerührt. Zweihundert Mark und die Sache war erledigt. Hoffentlich kam der Bärtige bald.

Eine Zeit lang beobachtete Holland die Autokolonnen auf der Hauptstraße, ohne dafür wirkliches Interesse zu entwickeln. Es war ein bisschen wie Schäfchenzählen. Genauso langweilig und genauso sinnlos.

Schließlich sah er wieder auf seine Armbanduhr. *Schon halb eins!* Er blickte sich suchend um. Ben Gunn war immer noch nicht da. Langsam kam Holland der Verdacht, dass ihn sein neuer Bekannter versetzt haben könnte. Allerdings waren die zwei Scheine Belohnung ein Argument dagegen. Hatte der Mann den Tag verwechselt? Oder spielte die Uhr in seiner Branche nur eine untergeordnete Rolle?

Holland seufzte. Zehn Minuten gab er sich noch, dann würde er hier seine Zelte abbrechen.

Er verbrachte die Frist mit dem Rest seines Kaffees, ohne dass der Bärtige auftauchte. »Hornochse!«, murmelte Holland in den lauen Wind, dann trug er seine leere Tasse zum Kiosk.

Die Rothaarige putzte noch immer an ihren Gläsern herum.

»Ich bezahle«, brachte er hervor.

»Eins achtundfuffzig die große Tasse. Wie gehabt.«

»Drei.«

»Oh, danke!« Ingrid strich die Geldstücke ein und griente Holland an.

»Ich habe eine Frage«, gab er zurück. »War Ben heute schon hier?«

»Nee. Ich hab mich auch schon gewundert. Sonst guckt er jeden Tag bei mir vorbei und trinkt sein Bierchen, aber seit vorgestern hat er sich nicht mehr blicken lassen. Brauchen Sie was von ihm?«

»Ich wollte ihn etwas fragen. Wir waren für um zwölf verabredet, aber offenbar hat er es vergessen.«

»Das sieht ihm gar nicht ähnlich.« Ingrid zuckte mit den Schultern. »Sind Sie mit dem Auto da?«

»Ja.«

»Dann fahren Sie doch schnell mal bei ihm vorbei. Gralowstraße fünfzehn. Dritte Kreuzung rechts und dann ganz nach hinten durch. Eine kleine Siedlung. Bens Grundstück ist das mit dem meisten Gerümpel. Können Sie nicht verfehlen.«

»Danke. Machen Sie's gut.«

Holland ging zurück zu seinem Wartburg, startete den Motor und folgte der Wegbeschreibung der Kioskbesitzerin. Es dauerte nur wenige Minuten, da hatte er die Siedlung erreicht. Die Gralowstraße entpuppte sich als einfacher Sandweg. Links und rechts reihten sich Gartengrundstücke mit kleinen Einfamilienhäusern aneinander.

Holland fuhr im Schritttempo weiter und suchte nach der Nummer fünfzehn, konnte aber nirgends ein entsprechendes Schild ausmachen. Also zählte er die Häuser mit. Dort, wo die gesuchte Nummer folgen musste, befand sich ein heruntergekommenes Anwesen mit einem einstöckigen Wohngebäude, das sich zwischen wuchernden Büschen und windschiefen Schuppen versteckte.

Voilà.

Laut Ingrids Beschreibung war er hier genau richtig. Er stellte das Auto ab und trat an den Gartenzaun. Jetzt entdeckte er auch die blassrote Fünfzehn, die auf einen halb eingewachsenen Blechkübel gemalt war. Er hatte Ben Gunns Reich gefunden.

Die Gartentür stand offen. Ohne zu zögern, betrat er das Grundstück und ging hinüber zum Haus. Das Domizil des Bärtigen hatte seine besten Jahre lange hinter sich. Der mausgraue Putz blätterte von den Wänden, und auch die Wohnungstür konnte einen neuen Anstrich vertragen.

Unter dem Klingelknopf klemmte ein vergilbtes Namensschild. »Bernhard Schulze«.

So hieß Ben Gunn also in Wirklichkeit. Nicht ganz so spannend, dachte Holland und lächelte in sich hinein.

Er drückte den Knopf. Drinnen schepperte eine Klingel los.

Aber niemand öffnete. Holland versuchte es noch einmal. Das Ergebnis war das gleiche.

Nachdem er noch einen Moment abgewartet hatte, trat er zwei Meter zurück und ließ seinen Blick über die Fenster wandern. Die Gardinen waren zugezogen, sodass er nirgendwo hineinsehen konnte. Also umrundete er das Haus. Vielleicht werkelte Ben ja irgendwo auf seinem Grundstück herum. Hinter dem Gebäude duckten sich zwei torlose Garagen aneinander, in denen sich ausgebeulte Autotüren und Kotflügel übereinandertürmten. Daneben stand ein großes schwarzes Fass, das nach Benzin stank. Holland schüttelte den Kopf. Er wollte gar nicht wissen, welche Geschäfte Ben noch so betrieb.

Den Bärtigen sah er nirgends.

Als er sich umdrehte, um zum Haus zurückzukehren, registrierte er in einem der Fenster plötzlich eine Bewegung. Ein ruckartiges Wackeln der Gardine. Ganz kurz nur, dann hing der Stoff wieder reglos im Rahmen. Aber Holland war sich sicher, dass er sich nicht getäuscht hatte. Jemand beobachtete ihn.

Er ging noch einmal zur Eingangstür und presste seinen Daumen auf den Klingelknopf. Danach schlug er mit der Faust gegen das Holz. »Ben? Mach auf!«, rief er. »Ich habe gesehen, dass du da bist.«

Keine Reaktion.

Warum versteckt sich der Typ?

Wieder hämmerte er gegen die Tür. »Ben? Mach endlich auf! Du weißt doch, wer ich bin. Wir waren vor einer Stunde verabredet.« Holland grunzte ärgerlich. »Ich gehe nicht wieder weg«, setzte er nach.

Einige Sekunden lang herrschte Stille. Dann ertönte ein Schließgeräusch, gefolgt vom Schaben eines Riegels. Die Tür öffnete sich einen Spaltbreit, und hinter einer gespannten Sicherheitskette kam das blasse Gesicht von Ben Gunn zum Vorschein. Sein Bart wirkte noch wirrer als bei ihrer letzten Begegnung, und die Augen lagen tief und finster in den Höhlen. Holland war sich nicht sicher, ob er darin Feindseligkeit oder Angst lesen sollte. Vielleicht war es beides.

»Hau ab!«, fauchte ihm der Mann entgegen.

Schon setzte er an, die Tür wieder zu schließen, aber Holland drückte mit seiner flachen Hand dagegen.

»Jetzt warte doch!«, sagte er. »Können wir uns mal vernünftig unterhalten?«

»Mit dir rede ich nicht mehr!«

»Mensch, Ben, was ist denn auf einmal los?«

»Du hast mich in die Scheiße geritten, das ist los! Ich habe einen Haufen Ärger gekriegt, und das nur wegen deinem verfluchten Russen.«

»Hast du was rausgefunden?«

»Nein!« Ben stemmte sich von innen gegen das Türblatt. »Es hat gereicht, dass ich gefragt habe. Ich weiß nicht, in was du mich da reingezogen hast, und ich will es auch nicht wissen. Die sind fuchsteufelswild geworden. Ich habe es gerade noch geschafft, die Kurve zu kratzen. Meine Geschäfte kann ich für eine Weile in den Wind schreiben.«

»Aber wieso –«

»Jetzt lass mich in Ruhe!«

»Ben …«

»Hau endlich ab, du Arsch! Sonst brülle ich die Nachbarschaft zusammen.«

Holland hob die Hände und wich gleichzeitig einen Schritt vom Hauseingang zurück.

»Schon gut, Mann. Ich wollte dir keine Schwierigkeiten machen. Bleib ruhig!«

Aber sein Gegenüber hörte ihm schon nicht mehr zu. Mit einem lauten Knall fiel die Tür ins Schloss, und das Schnappen des Riegels besiegelte das Ende des Besuchs.

Konsterniert ging Holland zurück zu seinem Auto.

Ein ungemütliches Rauschen fuhr durch die Bäume des Babelsberger Parks. Am Mittag hatte der Wind noch einmal aufgefrischt und war seitdem nicht mehr zur Ruhe gekommen. In flirrenden Wolken stoben die gelbbraunen Blätter aus den Baumkronen und rieselten taumelnd herab. Holland schlug den Kragen seiner

Jacke nach oben. Dann beschleunigte er seine Schritte. Er wollte pünktlich sein.

Die letzte Stunde hatte er bei seinen Eltern zugebracht. Wie an jedem Freitagnachmittag, an dem er es einrichten konnte, war er auf eine Tasse Kaffee bei ihnen vorbeigefahren, und wie jedes Mal hatte ihn seine Mutter mit einer Liste von Aufgaben empfangen. Heute waren es die schweren Pflanzenkübel gewesen, die er mit Vaters Hilfe von der Terrasse ins Haus bugsieren sollte; außerdem mussten die beiden großen Regentonnen vor dem ersten Frost geleert und auf den Kopf gestellt werden.

Das Arbeiten im Garten hatte ihm trotz des miesen Wetters gutgetan und ein wenig Ablenkung verschafft. Die letzten Tage im Kommando waren anstrengend gewesen, mit einem dichten Ausbildungsprogramm und einer Menge Papierkram. Außerdem hatte er sich nach seinem zweiten Besuch in Jüterbog wieder und wieder das Hirn zermartert, was er noch für Alexej Niroskin tun könnte. Wenn der gewiefte Ben Gunn schon auf eine harmlose Erkundigung hin so massiven Ärger mit seinen sowjetischen Freunden bekommen hatte, dass er sich ängstlich in seinem Häuschen verkroch, dann ließ das nichts Gutes vermuten. Irgendetwas war da oberfaul, und er würde allzu gern herausfinden, was. Aber im Moment hatte er keine Idee, auf welche Weise er noch an Informationen über den inhaftierten Soldaten herankommen sollte.

Holland folgte dem laubbedeckten Weg, der am Rande des Parks zum unteren Ausgangstor führte. In fünf Minuten war er mit Silvio verabredet. Sein Freund hatte ihn am Mittag überraschend um ein vertrauliches Gespräch gebeten, und dazu wollten sie sich in der »Ecke« treffen. Die kleine Kneipe hatte Holland vorgeschlagen. Sie lag nicht weit vom Haus seiner Eltern entfernt und versprach die nötige Ruhe. Nun war er gespannt, was sein Freund auf dem Herzen hatte.

Eine heftige Windbö rüttelte an den geöffneten Flügeln des Parktors und ließ die Scharniere quietschen. Holland trat hinaus auf die Pflasterstraße und wandte sich nach rechts. Nach einhundertfünfzig Metern erreichte er die Wirtschaft und schlüpfte durch die Tür.

Im Schankraum befanden sich nur wenige Gäste. Gleich am ersten Tisch saß ein etwa dreißigjähriges Paar. Die beiden turtelten kichernd miteinander und nippten dabei an dampfenden Groggläsern.

Einen Tisch weiter las ein älterer Mann in einem Buch. Er trug ein Jackett aus abgenutztem braunen Cord und eine Fliege. Die Lektüre schien ihn stark zu fesseln, denn das volle Bier, das vor ihm stand, hatte längst seinen Schaum verloren.

Der einzige weitere Gast war Silvio. Er hatte sich einen Platz in der hintersten Ecke ausgesucht. Holland hängte seine Jacke an die Garderobenleiste und durchquerte den Raum. »Hallo«, sagte er und setzte sich zu seinem Freund an den Tisch.

Silvio nickte ihm lächelnd zu, aber der Ausdruck wirkte bemüht. Noch vor wenigen Stunden hatten sie sich in ihrer Dienststelle gewohnt flapsig verabschiedet, doch jetzt spürte Holland einen merkwürdigen Stimmungswandel. Eine ungewohnte Art von Distanz.

»Alter, sag, was du auf dem Herzen hast«, meinte Holland und sah seinen Freund an.

»Bestell dir erst mal was«, entgegnete Silvio und schwieg.

Als hätte er zugehört, rauschte ein fülliger Kellner heran.

»Schon einen Wunsch?«, fragte er.

Holland warf einen Blick auf Silvios Getränk. Irgendein Fruchtsaft.

»Ein Bitter Tonic«, sagte er. Gern hätte er sich jetzt ein Bier bestellt, aber bei seinen Eltern stand sein Auto, mit dem er nachher noch nach Hause wollte.

»Die Karte auch?«

»Im Moment nicht. Danke.«

Der Kellner nickte und steuerte den Tresen an.

»Wo kommst du gerade her?«, fragte Holland, um die entstehende Pause zu überbrücken.

»Hab noch ein paar Sachen fürs Wochenende eingekauft. Da muss Heike heute nicht noch mal raus.«

»Gute Idee. Christiane ist wahrscheinlich noch in der Schule.«

»Hmmm.«

Wieder Schweigen.

Holland fiel keine Belanglosigkeit mehr ein. Er wollte endlich wissen, was los war.

»Einmal Tonic.« Der Kellner beugte sich über den Tisch und stellte das Glas auf einen Bierdeckel. »Zum Wohl!« Schon war er wieder weg.

»Na dann ...« Holland ergriff das Glas und prostete Silvio zu. Er trank einen Schluck, dann sagte er: »Also, raus damit. Worum geht es? Was ist so wichtig?«

»Du.« Silvio sah Holland mit ernstem Gesicht an. »Es geht um dich.«

»Um mich?«

»Um dein Verhalten im Kommando.«

»Aha.«

»Irgendwas ist nicht in Ordnung mit dir. Du hast dich verändert. Seit einiger Zeit bist du extrem launisch. Und ungerecht.«

»Was soll das denn jetzt? Ich bin ganz normal.«

»Das stimmt nicht, und das weißt du selbst.«

Holland war perplex. »Was ist dir denn für eine Laus über die Leber gelaufen?«

»Holland, das ist nicht nur mein Eindruck. Die anderen sagen das auch.«

»Welche anderen?«

»Die Jungs.« Silvio senkte den Blick.

»Ach!« Holland wollte aufspringen, bekam sich aber gerade noch in den Griff. »Heißt das, du bist gar nicht als mein Freund gekommen? Haben die Kollegen dich vorgeschickt?«

»Holland, ich bin dein Freund, das weißt du. Aber die Jungs machen sich Sorgen. Du triffst unfaire Entscheidungen. Das Klima in der Truppe wird jeden Tag beschissener. Und das liegt nicht an uns.«

»An *uns*?« Holland hob den Kopf. »Gibt es da jetzt plötzlich einen Graben? Auf der einen Seite ich und auf der anderen ihr?«

»Du bist nun mal der Leiter.«

»Das hat aber bisher keine Rolle gespielt. Nicht zwischen dir und mir.«

»Deswegen sitzen wir jetzt auch hier in der Kneipe und nicht in der Dienststelle.«

»Da muss ich wohl noch froh sein«, fuhr Holland auf.

»Nicht so laut!« Silvios nickte unauffällig in den Gastraum. Das Paar am ersten Tisch schaute zu ihnen herüber, wandte sich aber sofort wieder den Groggläsern zu, als Holland böse zurückstarrte.

Der ältere Herr las unbeeindruckt in seinem Buch.

»Launisch und ungerecht bin ich also«, nahm Holland das Gespräch wieder auf. »Dann sag doch mal ein Beispiel. Ganz konkret.«

»Gestern hast du Ferchow vor der ganzen Truppe zum Idioten gemacht, bloß weil er dich nach dem Handbuch für die neuen Gewehre gefragt hat.«

»Und? Wir haben eine ausführliche Einweisung gemacht. Er war dabei. Hat keine Fragen gestellt. Meinte, er hätte alles verstanden. Immer ganz der Lockere.« Holland schüttelte den Kopf. »Und wenn es zum Testschießen geht, kommt er an und fragt nach der Bedienungsanleitung?«

»Du weißt, dass es ihm um die ballistischen Tabellen ging. Die kannst du auch nicht auswendig. Der Ausraster war völlig unnötig.«

»Pfff.« Holland schluckte eine Erwiderung hinunter. »Noch was?«

»Vorgestern im Stadion. Andi Gerber. Den hast du die dreitausend Meter zweimal laufen lassen, nur weil beim ersten Durchgang deine Stoppuhr nicht lief.«

»Wenn der Trottel losrennt, ohne vorher einen Mucks zu sagen …«

»Das ist überhaupt nicht wahr! Außerdem hast du ständig was an ihm auszusetzen.« Silvio schnaufte. »Du hattest Andi doch von Anfang an auf dem Kieker, erinnere dich an die Aktion beim Abseiltraining in Verlorenwasser.«

»Der ist wohl echt dein Spezi, was?« Holland ärgerte sich. Gerber hatte seine Schwierigkeiten beim Abseilen und Klettern dank Silvios Hilfe überwunden. Trotzdem konnte Holland den emsigen Parteigänger nach wie vor nicht ausstehen. Aber er war sich nicht bewusst gewesen, dass er ihn deswegen ungerecht behandelte.

Hatte sein Freund recht mit dem, was er ihm vorwarf?

Baust du gerade Scheiße, Holland?

»Hast du noch mehr?«, fragte er.

»Willst du 'ne Liste?« Silvio versuchte ein Lächeln. »Holland, alles, was ich dir hier sage, ist gut gemeint. Deine dauernden Ausraster fallen mittlerweile jedem im Kommando auf. Es ist doch besser, wir tragen das unter uns aus, als wenn es irgendwann Zoff von oben gibt.«

»Okay. Habe ich verstanden. Ich schätze meine Arbeit nicht so kritisch ein wie du, aber ich werde versuchen, deine Worte zu beherzigen.« Holland lehnte sich zurück und sah zu den anderen Gästen hinüber. Niemand nahm mehr Notiz von ihnen. Die Frau schaufelte ein Schnitzel in sich hinein, als hätte sie seit einer Woche nichts mehr zu essen erhalten, und ihr Begleiter bekam gerade den nächsten Grog vorgesetzt. Der Herr mit Fliege hing nach wie vor an seinem Buch fest, aber immerhin hatte er inzwischen knapp die Hälfte seines Biers geschafft.

Holland nahm einen Schluck von seinem Tonic. Dann fragte er: »War es das jetzt? Können wir wieder normal reden?«

»Wir reden normal.« Silvio beugte sich langsam nach vorn. »Eine Frage habe ich noch.«

»Hat die auch mit deiner Beschwerde zu tun?«

»Das weiß ich noch nicht. Möglich.«

»Dann tue dir keinen Zwang an.«

»Was ist aus der Sache mit dem Russen geworden?« Silvio blickte Holland herausfordernd an.

»Was?«

»Die Verhaftung im Spreewald. Niroskin.«

»Wie kommst du jetzt auf den?« Holland versteifte sich.

»Das Medaillon, weißt du noch? In deinem Büro. Die hirnrissige Vorstellung, du müsstest seine Schwester finden. Danach hat es nämlich angefangen mit deinen komischen Launen.«

»Das hat doch überhaupt nichts miteinander zu tun!« Holland winkte barsch ab. Aber in seinem Inneren fühlte er sich getroffen. Silvio hatte den Finger mitten in die Wunde gelegt. Seit Holland losgezogen war, um etwas für den jungen Deserteur zu tun, hatte er eine Klatsche nach der anderen kassiert. Erst der Rauswurf bei Paape. Dann die herabsetzende Abweisung am Tor des Regiments. Und am Ende der Reinfall mit Ben Gunn. Er war vollkommen machtlos, und diese Erkenntnis ließ ihn wütend werden, wann immer er daran dachte.

War er gerade dabei, sich zu verrennen? Er hatte schon viel mehr unternommen, als er in seiner Position gedurft hätte. Und all das ohne das Wissen seiner Vorgesetzten. Ging es ihm wirklich noch um den jungen Soldaten? Oder wollte er nur die Schmach nicht akzeptieren, dass er an seine Grenzen gekommen war?

»Holland?«, brachte sich Silvio in Erinnerung.

»Ich höre dir zu.«

»Du hast doch hoffentlich nicht wirklich versucht, die Schwester des Soldaten aufzutreiben?«

»Nein! Natürlich nicht.« Holland schüttelte den Kopf. Dann zwang er sich zu einem burschikosen Grinsen. »Kumpel, das hätte ich dir doch erzählt.«

»Sicher? Damals in deinem Büro hatte ich so ein komisches Gefühl.«

»Blödsinn! Da ist nix. Die Sache ist längst vergessen.«

»Okay. Dann bin ich beruhigt. Denn wenn du dich in so eine Geschichte einmischst, kannst du nur verlieren.«

»Stimmt. Und wir sind die Gewinner.«

»So ist es. Prost!« Silvio hob sein Glas.

»Prost!«

Sie tranken ihre Gläser leer.

Holland verlangte die Rechnung und atmete durch. Er hoffte, dass Silvio ihm seine Lüge abgekauft hatte.

29

Es war schon dunkel, als Holland das Auto am Ende seines Wohnblocks parkte. Er stieg aus und schwenkte auf den Fußweg ein, der zum Hauseingang führte. Die umstehenden Straßenlaternen schwankten im Wind und ließen die Schatten der kahlen Ziersträucher wie wirre Netze über die Betonfassade zappeln.

Obwohl es noch nicht besonders spät war, musste Holland gegen eine dumpfe Müdigkeit ankämpfen. Das Gespräch mit Silvio hatte ihn Kraft gekostet, und die Anschuldigungen seines Freundes rumorten noch immer in seinem Kopf. Ihm war nicht bewusst gewesen, dass sich unter seinen Kollegen eine derartige Missstimmung breitgemacht hatte. Er musste sich unbedingt wieder einkriegen. Insofern hatten Silvios offene Worte durchaus ihren Sinn gehabt, auch wenn sich Holland davon ziemlich gekränkt fühlte.

Er betrat das Haus, stieg die Treppe nach oben und erreichte die Wohnungstür. Die dumpfen Bässe, die aus der Etage über ihm ins Treppenhaus pulsierten, nervten ihn heute mehr als gewöhnlich, aber er hatte keine Lust, seinen Nachbarn deswegen herauszuklingeln und sich zu beschweren. Nur nicht ärgern. Ihm stand ein angenehmer Feierabend mit Christiane bevor, und den konnte ihm niemand vermiesen.

Holland schloss die Tür auf und trat in den Flur. Aus der Küche drang ein warmer Lichtschein, ansonsten war die Wohnung dunkel. Er hängte seine Jacke über einen Garderobenbügel, dann bog er in den erleuchteten Raum. Seine Frau saß am Küchentisch. Vor ihr stand ein halb leeres Glas Rotwein.

»Hallo, Chrissi, meine Liebste«, sagte er und lächelte breit.

»Hallo«, erwiderte Christiane knapp. Ihre Stimme klang farblos, und ihr Gesichtsausdruck war starr.

Holland war sofort alarmiert.

»Ist was mit Jenny?«, fragte er erschrocken.

»Jenny geht es gut. Sie liegt schon im Bett.«

»Was ist denn dann los? Du bist total blass!«

»Sag du es mir!« Christiane hob den Kopf und musterte Holland mit einem frostigen Blick.

»Ich habe keine Ahnung, was du meinst. Chrissi, Mensch, jetzt rück schon raus mit der Sprache!«

»Ich hatte heute Besuch. In der Schule.«

»Ja und?«

»Wegen dir.«

»Wieso wegen mir? Wer kam denn?«

»Zwei Herren von der Stasi.«

»Wie bitte? Staatssicherheit?« Hollands Mund wurde trocken. »Was wollten die?«

»Sie haben Fragen gestellt. Worüber du zu Hause so sprichst. Was du nach dem Dienst machst. Wie du dich mir gegenüber verhältst.« Christiane seufzte verächtlich. »Alles wollten die wissen. Und vor allem, ob du in letzter Zeit politisch fragwürdige Auffassungen geäußert hast. Zweifel an dem moralischen Vorbild der sowjetischen Streitkräfte zum Beispiel.«

Holland fröstelte. Wenn sie explizit nach seiner Haltung zur sowjetischen Armee gefragt hatten, handelte es sich nicht um eine Routineüberprüfung. Dann konnte es nur um Niroskin gehen. Das war gar nicht gut.

»Was hast du den Leuten vom MfS gesagt?«, erkundigte er sich.

»Nichts Schlechtes, keine Angst. Ich habe ihnen mit Engelszungen erklärt, was für ein zuverlässiger Genosse du bist und welch harmonische Ehe wir führen. Dass wir lediglich im Moment ein bisschen wenig Zeit miteinander verbringen wegen der ganzen Arbeit.« Sie lachte bitter auf. »Das ist ja nicht mal gelogen.«

»Gut.«

»Reiner Selbstschutz. Dein Ruf ist mein Ruf.«

»Und wie haben die ihre Fragerei begründet?«

»Dazu wollten sie nicht viel sagen. Nur, dass es in letzter Zeit bestimmte Beobachtungen gebe. Sachverhalte, denen nachgegangen werden müsse. Das sei eine reine Vorsichtsmaßnahme, haben sie gemeint. Weil du in deiner Position eine Gefahr für die Sicherheit darstellst, wenn sie sich nicht zu einhundert Prozent auf dich verlassen könnten.«

»Ich fasse es nicht!«

»Holland, was steckt da dahinter?« Christiane fixierte ihn. »Muss ich mir Sorgen machen?«

»Blödsinn. Das kann nur ein Missverständnis sein. Wer waren die beiden? Hast du die Namen?«

»Die haben sie mir nicht verraten. Sie wollten auch, dass ich dir ihren Besuch verschweige. Aber da pfeife ich drauf!«

»Kannst du sie beschreiben?«

»Ein schlanker Blonder um die vierzig. Der andere war jünger. Braune Haare und Schnauzer.«

»Tänzer und Hellfritsch«, murmelte Holland.

»Was?«

»Egal.«

»Kennst du die?«

»Ja. Das ist was rein Dienstliches«, versuchte er zu beschwichtigen. »Überhaupt kein Problem.«

»Aber für mich ist es ein Problem!«, stieß Christiane hervor. »Was meinst du, was das heute in der Schule für einen Eindruck gemacht hat? Die Stasi bei Frau Holland, mit ein paar ernsten Fragen. Das Getuschel im Sekretariat kannst du dir sicher vorstellen. Und was das für meine berufliche Entwicklung bedeutet, auch. Ich möchte im nächsten Jahr Direktorin werden. Ich habe die Zustimmung vom Kreisschulrat und von der ganzen Parteigruppe. Wenn jetzt Zweifel an meiner Loyalität aufkommen, dann kann ich die Ernennung vergessen!« Sie schnaubte wütend.

Holland schwieg ein paar Sekunden. Dann meinte er: »Mach dir keine Sorgen. So arbeiten die vom MfS halt. Die sind von Berufs wegen neugierig. Es geht ihnen nicht um mich oder dich persönlich. Wie gesagt, das ist eine ganz normale Dienstangelegen–«

»Lüg mich nicht auch noch an! Dazu haben die viel zu viele private Sachen gefragt. Was soll daran dienstlich sein?«

»Ich weiß, worum es geht. Glaub mir einfach. Es hat mit einem Einsatz zu tun. Ich darf nicht darüber reden.«

»Eure Geheimniskrämerei kotzt mich an!«, brüllte Christiane und sprang von ihrem Stuhl auf.

»Mama?«, drang plötzlich Jennys Stimme vom Kinderzimmer herüber.

»Alles in Ordnung, mein Schatz! Schlaf jetzt. Ich schaue gleich noch mal nach dir«, rief Christiane mit schlecht gespielter Nettigkeit in den Flur.

»Chrissi, das war einfach ein blöder Tag heute«, sagte Holland. »Lass uns zusammen hinsetzen, und dann erzählst du mir die Sache noch einmal ganz von Anfang an. Und gleich am Montag kümmere ich mich darum.«

»Ich glaube nicht, dass es da noch viel zu kümmern gibt«, erwiderte Christiane leise. »Ich gehe jetzt ins Bett.« Und damit verschwand sie aus der Küche.

Holland widerstand dem Impuls hinterherzugehen. Er wusste, damit würde er alles nur noch schlimmer machen. Ihre Schule war Chrissis großes Lebensprojekt. Wenn sie nun seinetwegen Nachteile in ihrer Karriere bekam, dann würde sie ihm das nie verzeihen.

Wie betäubt schlich er zum Kühlschrank und holte sich ein Bier. Dann sank er auf einen Küchenstuhl. Er liebte Chrissi, das wurde ihm jetzt wieder einmal bewusst. Ihr Zorn und ihre Enttäuschung versetzten ihm einen Stich ins Herz.

Holland erinnerte sich an den Abend, an dem sie ein Paar geworden waren. Ein Oktobertag wie heute. 1970. Sie hatten sich erst wenige Wochen gekannt und zuvor nur ein paarmal brav zusammen Kaffee getrunken. Sie, die Studentin aus der Pädagogischen Hochschule, und er, der Polizeischüler. Dann war Christiane vorgeprescht und hatte Holland kurzum zu einem Discoabend eingeladen. Verrückterweise an einem Dienstag, mitten in der Woche.

Der Ort, den sie ausgewählt hatte, hieß »Bratpfanne« und war der Studentenclub der Babelsberger Filmhochschule. Eine legendäre Lokalität, wie Christiane meinte. Offenbar stimmte das, denn als sie ankamen, drängte sich vor dem Eingang der maroden grauen Villa eine riesige Traube junger Leute. Wie es aussah, hatte niemand von ihnen eine Chance, noch eingelassen zu werden. »Wir sind voll!«, tönte ein barscher Ruf hinter der belagerten Tür hervor, und Holland wollte schon den Rückzug antreten. Aber Christiane legte den Finger auf ihre Lippen und bedeutete ihm, ihr unauffällig zu folgen. Sie schlichen zur Rückseite des Gebäudes. Dort schlängelte sich seine Begleiterin zwischen einem rostigen Bottich und einem Stapel zerbröselnder Ziegel hindurch bis zur Hauswand und klopfte an eines der Kellerfenster, hinter denen dumpfer Kneipenlärm toste. Nach einigen Versuchen öffnete sich ein Fensterflügel, und Christiane wurde von kräftigen Armen ins Gebäude gezogen. Offensichtlich war sie hier bestens bekannt. Kurz darauf tauchte sie wieder im Rahmen auf, winkte Holland heran, und nun kletterte auch er über die niedrige Fensterbank.

Im Club tobte eine Party auf zwei Etagen, überall brandeten Stimmen und laute Musik, und die Räume quollen von Menschen über. Zwischen den Körpern blitzten Wandbilder auf, halb nackte Frauen, die mit obszönem Blick auf sie herablächelten und deren Brüste grell und prall nachgezeichnet waren. Christiane nahm Holland kurz entschlossen bei der Hand und dirigierte ihn durch das Gedränge bis ins erste Stockwerk. Er wunderte sich immer noch, auf welch wundersame Weise sie hier hineingelangt waren, und als seine Führerin sein erstauntes Gesicht bemerkte, raunte sie ihm unternehmungslustig zu: »Für uns Mädels von der Pädagogischen Hochschule drücken sie immer ein Auge zu. Und du hast einen doppelten Klaren gekostet.«

Im ersten Stock befand sich die Disco, und auf einer Tanzfläche wogte ein kleines Meer von langhaarigen Studenten zu Rock-'n'-Roll-Klängen hin und her. An den Zimmerwänden hingen unzählige alte Bratpfannen, die mit skurrilen Bildern versehen waren. Für Polizeischüler Holland war solch eine Umgebung völlig fremd, aber seine Begleiterin zog ihn entschlossen in die tanzende Menge, und bald hatte er nur noch Augen für sie.

Der Abend war stark und verwirrend. So taumelte er förmlich in Christianes Bann.

Am nächsten Morgen hatte Holland zum allerersten Mal seinen Unterricht an der Polizeischule verpasst, sich aber stattdessen von einem überwältigenden Gefühl der Verliebtheit beflügelt gefühlt, und das war ein guter Tausch. Ja, mit dieser Frau wollte er immer zusammen sein!

Jetzt kehrten Hollands Gedanken in die Gegenwart zurück. Sechzehn Jahre waren seit dieser Nacht vergangen. Verrücktheit und Übermut hatten längst keinen Platz mehr in ihrem Familienleben. Aber sein Wunsch von damals galt immer noch. Auch wenn sie, wie er sich bitter eingestehen musste, immer öfter in Streit gerieten.

Und nun mischte auch noch die Stasi mit. Die ersten Auswirkungen hatte Christiane zu spüren bekommen. Aber dabei würde es nicht bleiben. Wenn Tänzer und Hellfritsch hinter seinem Rücken herumspionierten, dann würde bald noch mehr folgen. Und das konnte nur eines bedeuten – seine Nachfragen über den sowjetischen Deserteur mussten irgendwo Staub aufgewirbelt haben.

Der Anruf kam eine knappe Woche später. Holland saß in seinem Büro und arbeitete sich gerade durch die Munitionsbestellung für das kommende Jahr, als ihn Malycha mit harschen Worten in die Chefetage befahl. Holland schwante sofort, dass sein Engagement für Niroskin dahintersteckte. Es war nur noch nicht klar, wie viel sie wussten und was genau sie ihm vorwarfen.

Schicksalsergeben schlug er den Ordner mit den Bestelllisten zu und schloss sie in den Metallschrank neben seinem Schreibtisch ein. Dann zog er sein Jackett über und verließ den Sperrbereich der Diensteinheit. Er überquerte den Hof und betrat den Gebäudeblock, in dem sich das Büro des Behördenchefs befand. Im leichten Laufschritt trippelte er die Treppen nach oben, bog in den Flur und stand nur wenige Sekunden später vor der Tür zu dem Besprechungsraum, in den Malycha ihn bestellt hatte.

In seinem Bauch rumorte es, und er hoffte, dass man ihm

seine Aufregung nicht allzu stark anmerken würde. Vielleicht war die Sache ja harmloser, als er dachte. Er durfte sich nur nicht ins Bockshorn jagen lassen.

Selbstbewusst klopfte er an.

»Bitte!«, drang eine gedämpfte Stimme von innen heraus.

Er öffnete die Tür und trat in das Zimmer.

Drei Uniformierte blickten ihm mit ausdruckslosen Mienen entgegen. Generalleutnant Herbert Möbius, der Behördenchef. Oberst Ulrich Malycha, der Leiter der Politischen Abteilung. Und Karl Zacharias, Hollands früherer Chef in der Diensteinheit IX, der inzwischen zum Oberstleutnant und Leiter der Kriminalpolizei aufgestiegen war. Wie ein Tribunal saßen sie am Kopfende des großen Besprechungstisches.

Holland salutierte.

Malycha deutete auf einen einzelnen Stuhl auf der anderen Seite des Tisches. »Nehmen Sie Platz!«

Ohne zu zögern, setzte er sich.

»Genosse Holland, können Sie sich vorstellen, warum wir Sie heute zu uns gebeten haben?«, begann der Politoffizier.

»Nein, Genosse Oberst«, antwortete Holland und versuchte dabei so selbstsicher wie möglich zu klingen. Er wollte nicht ohne Not etwas preisgeben. Sollten sie selbst kommen.

Es dauerte keine fünf Sekunden.

»Dann will ich es Ihnen sagen.« Malycha richtete seinen Oberkörper auf. »Sie haben in den letzten Wochen einige ›Aktivitäten‹ entwickelt, die uns, sagen wir es mal so, sehr stark verwundern. Diese Aktivitäten betreffen den von Ihnen verhafteten Fahnenflüchtigen Alexej Niroskin. Ich denke, dass Sie wissen, was ich meine.«

»Ja, Genosse Oberst.«

»Es liegt uns eine Beschwerde der Militärstaatsanwaltschaft Potsdam vor. Demnach haben Sie dort ohne dienstliche Befugnis Auskunft über die Schwester des Täters verlangt. Außerdem konnte der betroffene Mitarbeiter Ihren Äußerungen klar entnehmen, dass Sie die Vorgehensweise bei der Überstellung des Soldaten an sein Regiment missbilligen. Äußern Sie sich dazu!«

»Mit Verlaub, ich habe nichts missbilligt. Ich wollte lediglich zum Ausdruck bringen, dass mich die schnelle Einstellung unserer eigenen Ermittlungen verwundert hat.«

»Inwiefern?«

»Soweit ich die Gesetze kenne, ist eindeutig geregelt, dass Straftaten sowjetischer Soldaten außerhalb ihrer Kasernen einzig und allein in die Zuständigkeit der Volkspolizei fallen. Niroskin hat auf seiner Flucht mindestens einen Einbruch verübt und den Fährtenhund des Genossen Ehlert erschossen –«

»Sind Sie in die Staatsanwaltschaft eingeritten, um einen Hund zu rächen?«, plauzte Möbius los.

»Nein, Genosse Generalleutnant. Ich war nur der Auffassung, dass wir den Gefangenen durchaus noch eine Weile in unserem Gewahrsam hätten belassen können, um die Ermittlungen ordnungsgemäß abzuschließen.«

»Seit wann haben Sie das zu beurteilen?«

Holland schwieg. Es hatte keinen Sinn, sich auf einen Streit mit dem General einzulassen. Er würde auf jeden Fall den Kürzeren ziehen, egal, was er sagte oder wie zutreffend seine Argumente waren.

»Kommen wir zurück zu der Schwester«, nahm Malycha den Faden wieder auf. »Sie wollten die Adresse. Warum noch mal genau?«

»Der Gefangene hatte mich am Ende der Vernehmung gebeten, sie über seine Festnahme zu informieren«, erklärte Holland.

»Und wenn der das so sagt, dann springen Sie, als wären Sie sein Lakai?«

»Der Junge war verzweifelt. Ich hatte Mitleid mit ihm.«

»Ach! Jetzt ist es plötzlich ein Junge. Wie niedlich! Dieses Bübchen ist ja nur vier Tage lang mit einer Kalaschnikow durch die Gegend gelaufen und hat ein paar hundert Einsatzkräfte beschäftigt.«

»Ich hielt es für meine Pflicht, die nächste Angehörige zu kontaktieren.« Holland spürte, wie der Zorn in ihm hochstieg. »Ich hatte nicht den Eindruck, dass dem Verhafteten vonseiten seines Vorgesetzten eine angemessene Behandlung zukommt.

Oberst Bolschakow hat den Mann vor meinen Augen zusammengebrüllt und auf den Lkw werfen lassen wie –«

»Warum sind Sie mit der ganzen Sache nicht zu mir gekommen?«, fuhr Zacharias schneidend dazwischen. »Als Leiter der Kriminalpolizei wäre ich Ihr erster Ansprechpartner gewesen. War Ihnen der Weg zu viel?«

Holland wollte schon aufbrausen, als ihm bewusst wurde, dass Zacharias ihn in voller Absicht unterbrochen hatte. Um ein Haar hätte er sich vor dem General und dem Politchef zu einer flammenden Wutrede gegen den sowjetischen Befehlshaber hinreißen lassen.

Wie es aussah, war sein früherer Kommandeur als Einziger hier im Raum auf seiner Seite. Auch wenn er ihn neuerdings siezte.

»Sie haben recht. Das hätte ich tun sollen«, antwortete er deshalb, und er bemühte sich, dabei ruhig und demütig zu klingen. »Ich hielt die Angelegenheit für nebensächlich und wollte sie auf dem kurzen Dienstweg selbst erledigen. Aber das war ein Fehler.«

»Das bringt uns zum nächsten Punkt.« Malycha schlug eine graue Mappe auf, die vor ihm auf dem Tisch lag, und sah kurz hinein. »Sie sind am Mittwoch, dem 1. Oktober, um zehn Uhr dreißig von einer Zivilstreife kontrolliert worden, nachdem Sie versucht haben, Kontakt zur sowjetischen Garnison in Jüterbog aufzunehmen. Was wollten Sie da?«

Holland begann zu schwitzen. Anscheinend besaß Malycha die Information von den Männern des MfS, die ihn vor der Kaserne erwischt hatten. Jetzt musste er eine geschickte Formulierung finden.

»Ich wollte mich mit Niroskins Regimentsstab abstimmen, ob sie nicht an meiner Stelle die Schwester des Inhaftierten informieren können«, sagte er vorsichtig. »Nachdem ich in der Militärstaatsanwaltschaft erfahren hatte, dass der Fall komplett an die sowjetische Seite abgegeben wurde, hielt ich das für die beste Idee.«

»Aha.«

»Zum Zeitpunkt meiner Nachfrage war leider niemand von

den Verantwortlichen zu sprechen. Ich habe meine Bemühungen daraufhin eingestellt.«

»Tatsächlich?« Malycha hob den Kopf und sah ihn durchdringend an.

Fieberhaft dachte Holland nach. Konnten sie auch von Ben Gunn wissen? Aber das war eigentlich nicht möglich. Der windige Geschäftemacher hatte sich sicherlich nicht von selbst an die Behörden gewandt. Und er kannte Hollands Namen nicht, hielt ihn für einen Produktionsleiter des Karl-Marx-Werks. Es gab keinerlei Verbindung zu ihm.

Es sei denn, das MfS hätte ihn gezielt und für längere Zeit observiert. War das denkbar?

Du musst pokern!

»Was ich sagte, ist korrekt. Ich habe in der Sache keine weiteren Schritte unternommen«, erklärte Holland laut.

Malycha ließ noch drei Sekunden verstreichen, dann schlug er die Aktenmappe zu.

»In Ordnung«, sagte der Oberst. Dann räusperte er sich. »Hören Sie, Genosse Holland, Sie sind sich hoffentlich darüber im Klaren, dass Sie sich über einige elementare Dienstvorschriften hinweggesetzt haben. Auch wenn das alles vielleicht aus gutem Willen geschehen ist. Aber bei uns gilt eine klare Trennung von Zuständigkeiten. Ihre Aufgabe ist es, gefährliche Straftäter zu bekämpfen. Darüber hinaus gehende Aktivitäten werden von Ihnen weder erwartet, noch werden sie geduldet. Haben Sie das verstanden?«

»Jawohl, Genosse Oberst.«

»Sie haben Glück, dass Sie bei Ihren fragwürdigen Bemühungen lediglich Kontakt mit Stellen aufgenommen haben, die ohnehin über die Angelegenheit informiert waren.« Er schenkte Holland ein bedrohliches Lächeln. »Anderenfalls hätten Sie sich nämlich des Geheimnisverrats schuldig gemacht. Dann säßen Sie jetzt ganz woanders, glauben Sie mir!«

»Das ist mir bewusst.« Holland lief es eiskalt den Rücken hinunter. Sie wussten also wirklich nichts von seinem versuchten Geschäft mit Ben Gunn.

Wenn sie davon erfahren hätten …

»Eine Sache noch«, übernahm Generalleutnant Möbius das Wort. »Als ich Ihnen vor nicht mal zwei Monaten in diesem Raum die Verdienstmedaille in Gold überreicht habe, bin ich davon ausgegangen, dass Sie in Ihrer Haltung fest an der Seite unserer sowjetischen Bruderarmee stehen. Und dass Sie ebenso wie all die ehrenhaften Soldaten, die dort jeden Tag ihren Dienst leisten, die Verräter in ihren Reihen ächten. Ihre Sympathie für diesen Fahnenflüchtigen aus Jüterbog, oder Ihr ›Mitleid‹, wie Sie es genannt haben, lässt mich an dieser klaren Haltung zweifeln. Wie wollen Sie im nächsten Fahndungseinsatz bestehen, wenn Sie sich von Ihren Gefühlen leiten lassen? Dass ich es heute bei einer bloßen Verwarnung belasse, dafür können Sie sich bei Ihrem ehemaligen Leiter bedanken.« Möbius deutete auf Karl Zacharias. »Er hat sich für Ihre Zuverlässigkeit verbürgt und auch dafür, dass das ein einmaliger Ausrutscher war.«

Holland sah zu Zacharias und nickte ihm unmerklich zu. Die Miene des Kripochefs blieb reglos und ernst.

»Haben Sie noch etwas zu sagen?«, fragte Möbius.

»Ich möchte mich für Ihr Vertrauen bedanken«, meinte Holland in einem fast zeremoniellen Tonfall. »Ich sehe meinen Fehler ein und verspreche, dass ich meine ganze Kraft einsetzen werde, um mich dieses Vertrauens als würdig zu erweisen. Die Verdienste der ruhmreichen Sowjetarmee habe ich selbstverständlich zu keiner Zeit in Zweifel gezogen.«

Holland verachtete sich selbst für seine Worte. Aber er musste diesen Bückling machen, auch wenn es ihm innerlich schwerfiel.

Wie es aussah, war er gerade noch einmal mit einem blauen Auge davongekommen. Immerhin hatten sie ihn nicht als Leiter der Diensteinheit IX abgesetzt. Das hier hätte für ihn auch ganz anders ausgehen können.

»Wie ich sehe, haben Sie die richtigen Schlüsse gezogen«, sagte Malycha. Er nahm die graue Mappe vom Tisch und ließ sie in seiner Aktentasche verschwinden. »Ich werde das Ergebnis dieser Unterredung auch an die Genossen der befreundeten Organe weitergeben. An anderer Stelle macht man sich nämlich auch schon Sorgen um Sie.« Er schmunzelte hintergründig.

Holland war klar, wer mit der »anderen Stelle« gemeint war: Tänzer und Hellfritsch. Ein kleiner Fingerzeig, dass das MfS nicht schlief. Und dass man ihn ab jetzt im Blick behalten würde.

»Nachdem wir nun alles geklärt haben, können Sie Ihre Kräfte wieder voll und ganz auf die Führung der Einheit konzentrieren«, verkündete Möbius. »Was ich so gehört habe, liegt da ja auch einiges im Argen. Ungerechte Entscheidungen, Launenhaftigkeit … Ich weiß, dass Untergebene gern einmal rumnörgeln, deshalb möchte ich dem jetzt nicht unnötig viel Gewicht beimessen. Aber ein Fünkchen Wahrheit steckt immer drin. Arbeiten Sie an Ihrem Stil und halten Sie die Truppe ordentlich zusammen! Ich möchte in der nächsten Zeit keine Beschwerden mehr über Sie hören, verstanden?«

Holland biss sich auf die Lippen. Woher kam dieser Wink mit dem Zaunpfahl?

Hat Silvio etwa …

»Jawohl, Genosse Generalleutnant!«, brachte er heraus.

»Die Unterredung ist beendet!«, erklärte Möbius.

Holland stand auf und salutierte. Die anderen blieben sitzen. Zügig ging er zur Tür. Gerade als seine Hand die Klinke berührte, ließ sich Malycha noch einmal vernehmen. »Ach, Genosse Holland, ehe ich es vergesse – eine Kleinigkeit wäre da noch.«

Holland erstarrte.

»Kommen Sie doch noch einmal kurz an den Tisch!«, setzte der Oberst in einem leichten Singsang nach.

Holland drehte sich um und ging zurück.

Der Politoffizier hob den Kopf und sagte: »Wie uns zugetragen wurde, sind Sie im Besitz eines Gegenstandes, den Ihnen dieser Niroskin kurz vor der Überstellung an die sowjetischen Genossen übergeben hat. Ist das richtig?«

»Ja.«

Woher wissen die das?

»Ein Medaillon, nicht wahr? Befindet sich das Beweisstück noch in Ihrem Besitz?«

»Ja.«

Holland spürte, wie eine Welle der Enttäuschung in ihm aufbrandete. Es gab nur eine Erklärung. Silvio musste ihnen das verraten haben!

Mein bester Freund.

»Tragen Sie es jetzt zufällig bei sich?« Der Oberst hielt den Kopf schräg.

Ohne zu antworten, zog Holland sein Portemonnaie hervor und fischte das blecherne Amulett heraus. »Hier ist es.«

Malycha nahm das kleine Oval entgegen. Ohne einen Blick darauf zu werfen, reichte er es an Karl Zacharias weiter. »Oberstleutnant, geben Sie das Stück bitte in die Asservatenkammer.«

»Jawohl.« Zacharias steckte das Medaillon in seine Uniformtasche.

Malycha wandte sich wieder Holland zu. »Jetzt können Sie sich entfernen, Genosse«, verkündete er und wies mit dem Arm zur Tür.

Wie betäubt verließ Holland den Raum.

Als er die Unterkunft der Einheit erreichte, hatte sich Hollands Enttäuschung in kalte Wut verwandelt. Er fand Silvio im Gemeinschaftsraum.

»Unterleutnant Fröhlich, in mein Dienstzimmer!«, blaffte er.

Ohne auf seinen Freund zu warten, ging er in sein Büro und setzte sich hinter seinen Schreibtisch. Nur wenige Augenblicke später erschien Silvio im Türrahmen. In seinem Gesicht zeichnete sich ein belustigtes Grienen ab. »›Unterleutnant Fröhlich‹? So hast du mich noch nie genannt.«

»Schließ die Tür«, verlangte Holland kühl.

Silvio tat wie ihm geheißen. Seine Miene wechselte jetzt zwischen Verwunderung und Ernst. »Was ist denn los? Habe ich etwas verpasst?«

»Jawohl, das hast du. Eine nette kleine Plauderstunde beim General.«

»Hmmm.« Silvio hob fragend die Hände. »Und worum ging es?«

»Um dieses und jenes. Einen Teil davon verdanke ich dir.«

»Mir? Keine Ahnung, was du meinst.«

»Kannst du dir das wirklich nicht vorstellen?«

»Nee. Aber du wirst mich sicher gleich aufklären.«

»Der Alte hat mir brühwarm aufs Brot geschmiert, was du mir letzten Freitag in der Kneipe vorgejammert hast. Ich würde ›ungerechte Entscheidungen‹ treffen. So war doch dein Wortlaut, oder erinnere ich mich da falsch? Worum hattest du noch mal gebeten? Um ein ›vertrauliches Gespräch‹?«

»Das *war* ein vertrauliches Gespräch!«

»Und warum höre ich jetzt dieselbe Scheiße von Möbius? Wo hat der das her?«

»Weiß ich doch nicht«, gab Silvio gereizt zurück. »Wir sind sechzehn Mann in der Gruppe. Du weißt genau, dass das nicht von mir kommen muss.«

»Apropos ›von dir kommen‹.« Holland legte Daumen und Zeigefinger zusammen und bewegte sie in der Luft hin und her, so, als würde er eine kleine Kette pendeln lassen. »Danke, dass du Malycha über das Medaillon informiert hast. Ich selbst hätte es glatt vergessen. Du hast mir ja damals schon nahegelegt, dass ich es abgeben soll«, sagte er in beißend zynischem Ton. »Das ist nun mit deiner Hilfe erfolgt. Schön, dass dir wenigstens die Chefetage vertrauen kann. Ich tue das nämlich seit heute nicht mehr!«

»Was soll denn das jetzt?«, rief Silvio und wich einen Schritt zurück. »Spinnst du jetzt völlig? Glaubst du etwa im Ernst, ich würde dich –«

»Ich glaube überhaupt nichts. Ich registriere nur. Und ich ziehe meine Schlüsse.« Holland stand auf, holte den Ordner mit den Munitionsbestellungen aus dem Blechschrank und setzte sich damit wieder an den Schreibtisch. »Das war's, Genosse. Du kannst gehen. Ich muss arbeiten.« Er schlug den Ordner auf und studierte demonstrativ die mit Verbrauchsberechnungen gefüllten Listen.

Silvio sah ihm eine Weile schweigend zu, dann zuckte er mit den Schultern und verließ das Büro. Rasselnd fiel die Tür hinter ihm ins Schloss.

Holland starrte auf die Zahlenkolonnen, ohne sie wirklich wahrzunehmen. Seine Schläfen kribbelten. Die Erkenntnis, dass ihn sein Freund verraten hatte, setzte ihm schwer zu. Außerdem lastete nach wie vor das Gespräch mit den Chefs auf seinem Gemüt.

Langsam fuhr er sich mit den Händen über das Gesicht. Er musste sich beruhigen. Immerhin hatte er es geschafft, seinen Kopf aus der Schlinge zu ziehen. Von nun an war es seine wichtigste Aufgabe, unauffällig zu bleiben und zuverlässige Arbeit abzuliefern.

Die Eskapaden für diesen Niroskin waren endgültig vorüber.

30

Verlorenwasser, 2005

Ohne dass es ihm gleich bewusst war, strich sich Holland mit beiden Händen über das Gesicht. Wie damals vor neunzehn Jahren, wie er sich im nächsten Moment erinnerte. Beinahe so, als befände er sich wieder in seinem alten Büro. Einige Sekunden lang hing er seinen Erinnerungen noch nach, dann hob er den Kopf und sah Alina an. »So ist das alles gewesen«, sagte er. »Von diesem Tag an habe ich nicht mehr nach Ihnen gesucht. Und auch von Ihrem Bruder habe ich nichts mehr gehört. Das ist das Ende der Geschichte.«

Alina stand verloren im Flur der Baracke und senkte den Kopf. »Es kann nicht das Ende sein!« Ihre Stimme zitterte vor stiller Verzweiflung. »Mein Bruder ist in einem Sarg nach Hause gekommen. Wenn es stimmt, was Sie mir erzählt haben – was ist dann mit ihm geschehen?«

»Ich weiß es nicht.«

»Das sowjetische Militär … Kam denn von denen gar nichts mehr? Die Polizei hat doch sicher öfter mit ihnen zusammengearbeitet.«

»Meines Wissens hat sich die Garnison niemals zum Fall Niroskin geäußert. Die Sowjets haben sich ja nicht einmal über meinen Versuch beschwert, Alexejs Regiment aufzusuchen. Es herrschte absolute Funkstille. Als hätte es Ihren Bruder dort nie gegeben.«

»Und dieser Ben Gunn … Vielleicht hat er ja mehr gewusst, als er Ihnen gesagt hat. Haben Sie ihn nicht noch einmal wiedergetroffen?«

»Nein. Ich habe keinen Schimmer, was aus ihm geworden ist.« Holland atmete tief aus. »Alina, ich verstehe Ihren Schmerz und auch die quälende Ungewissheit, was Alexejs Tod betrifft. Ich sehe ein, dass Sie sich an jeden Strohhalm klammern, und ich würde Ihnen gern etwas Konkreteres sagen. Aber mehr, als ich Ihnen erzählt habe, weiß ich nicht. Und daran kann ich auch beim besten Willen nichts ändern.«

Alina nickte abwesend.

Einen Moment herrschte Schweigen.

»Ja«, sagte sie schließlich. »Entschuldigen Sie. Sie haben eine Menge getan, um Alexej zu helfen. Sie haben Ihren Job für ihn riskiert. Das war mutig.«

»Eher dumm.« Holland lächelte unbeholfen. »Ihr Bruder tat mir wirklich leid. Nach allem, was ich früher miterlebt hatte, besonders bei meinem ersten Einsatz, da wollte ich einfach etwas Gutes für ihn tun. Ihm eine kleine Gefälligkeit erweisen. Mehr war es ja eigentlich nicht. Aber, um ehrlich zu sein – wenn ich vorher gewusst hätte, was daraus wird, hätte ich es gar nicht erst versucht.«

»Warum?« Alina sah auf. »Am Ende konnten Sie Ihre Stellung doch behalten.«

»Meine Freundschaft zu Silvio ist dabei zu Bruch gegangen. Und meine Ehe hat den entscheidenden Knacks bekommen.«

»Hat sich denn nichts von alledem wieder einrenken lassen?«

»Ich hätte es mir gewünscht. Christiane hat keine Nachteile gehabt. Die Stasi hat sie in Ruhe gelassen. Im Jahr darauf ist sie tatsächlich Schuldirektorin geworden, und ihre Reise in die Sowjetunion hat sie auch angetreten. Aber sie und ich, wir beide, wir konnten nicht mehr richtig zueinanderfinden. Ein paar wenige Jahre haben wir es noch versucht, schon wegen Jenny, aber die alte Vertrautheit ist nicht zurückgekehrt. 1989 haben wir in gegenseitigem Einvernehmen die Scheidung eingereicht.« Holland stockte. Für einen kurzen Moment blitzten Bilder aus den glücklichen Tagen auf, als er mit seiner Frau und seiner Tochter noch ganz unbeschwert und selbstverständlich zusammengelebt hatte. Chrissis strahlendes Lächeln. Jennys Klavierspiel, das sie zu einer echten Leidenschaft entwickelt hatte. Die Wochenendbummel zu dritt. Noch einmal wurde ihm bitter bewusst, wie sehr er diese Gemeinsamkeit bis heute vermisste. Und dass er die Zeit nicht zurückdrehen konnte.

»Das mit Ihrer Familie tut mir leid«, sagte Alina. Eine Weile blieb es still. Dann fragte sie: »Und Silvio?«

»Wir kannten uns seit unserer frühesten Kindheit. Dass er die Sache mit dem Medaillon an den Politoffizier verraten hatte, das konnte ich einfach nicht begreifen. Nicht nach dieser langen Freundschaft. Ich weiß bis heute nicht, warum er das getan hat. Vielleicht hätte ich damals auf ihn zugehen sollen, mir anhören, was da gelaufen ist. Aber meine Enttäuschung war einfach zu groß.«

»Wie konnten Sie dann noch miteinander arbeiten?«

»Wir haben uns, so gut es ging, am Riemen gerissen. Disziplin war ja sozusagen unser Geschäft. Doch alles Persönliche fiel weg. Lange mussten wir es ohnehin nicht mehr zusammen aushalten.«

»Wie meinen Sie das? Hat Silvio die Einheit verlassen?«

»Nein, das hat er nicht.« Holland seufzte. »Es gab eine kleine Überraschung. Nach der Standpauke in der Chefetage habe ich penibel darauf geachtet, mir nichts mehr zuschulden kommen zu lassen. Die nächsten Monate vergingen im Wesentlichen mit Ausbildung. Einsätze gab es kaum, nur einen Routinebesuch zum Schutz der Leipziger Frühjahrsmesse 1987. Alles lief unauffällig und tadellos, und alle waren zufrieden. Schließlich teilte man mir mit, dass ich endlich die Beförderung zum Major erhalten sollte, der Rang, der für den Leiter der Diensteinheit IX ursprünglich vorgesehen war. Ich habe mich riesig gefreut, denn das konnte nur bedeuten, dass ich das Vertrauen der Chefetage endgültig zurückerlangt hatte. Am 1. Juli, dem Tag der Volkspolizei, bin ich mit stolzgeschwellter Brust auf die Bühne unseres Festsaales gestiegen, und Generalleutnant Möbius hat mir die Beförderungsurkunde überreicht.« Holland setzte ein sarkastisches Grienen auf. »Und dann hat er mich angelächelt und mich zu meiner neuen Stelle als Leiter der Versorgungsdienste beglückwünscht.«

»Man hat Sie versetzt?«

»›Weggelobt‹, wie man damals sagte. Subtil abserviert.«

»Warum? Man hatte Ihnen doch Ihr Engagement für meinen Bruder vergeben.«

»Anscheinend nicht. Ich denke, Möbius hat seitdem an meiner

Zuverlässigkeit gezweifelt. Er brauchte jemanden, der bedingungslos funktionierte. Nicht auszudenken, wenn ich es bei der nächsten Fahndung nach einem Fahnenflüchtigen an der nötigen Härte hätte vermissen lassen. Also haben sie sich etwas einfallen lassen, um mich geräuschlos aus dem Spiel zu nehmen.«

»Hätten Sie es denn?«

»Was?«

»Es an der nötigen Härte vermissen lassen?«

»Nein. Ich stand zu meiner Verantwortung. Die Arbeit im Kommando war mein Leben. Ich hätte jeden Einsatz genauso durchgezogen, wie wir es trainiert haben. Am System habe ich niemals gezweifelt. Nur hat mir das am Ende nicht geholfen.«

Alina schwieg.

Holland trank ein paar Schlucke aus seiner Wasserflasche. Dann lehnte er sich an die Wand neben dem Türgitter und schloss die Augen. Er fühlte sich kraftlos. Mit ihrem Verhör hatte ihn Alina in sein altes Leben zurückgezwungen. Hatte Wunden aufgerissen, die sorgfältig verdeckt, aber nicht geheilt waren. Die Bilanz erfüllte ihn mit Leere. Genau wie damals.

Für einen kurzen Moment dachte er daran, dass Silvio draußen wahrscheinlich alles mitgehört hatte. Aber das war ihm egal.

Aus dem Gang drang das stille Auf und Ab von Alinas Atemzügen herein. Jetzt lag eine große Mattigkeit darin. Am Ende hatte sie ihm seine Geschichte geglaubt. Vielleicht spürte sie jetzt die gleiche Leere wie er. Das Rätsel um das Schicksal ihres Bruders war in der Vergangenheit verborgen geblieben. Ihr Plan war gescheitert.

Würde sie ihn nun freilassen?

Viel Zeit zum Nachdenken blieb ihr vermutlich nicht mehr. Die Männer vom SEK waren garantiert nicht untätig geblieben, hatten eine neue Strategie ausgetüftelt. Sie würden die Sache beenden, auch wenn Alina nicht am Fenster erschien.

Holland versuchte, ein wenig abzuschalten. Sein ganzer Körper fühlte sich schwer an. Die aufgeheizte Luft wirkte betäubend.

»Ich hätte Ihnen so gern Glauben geschenkt.«

Alinas Stimme. Ganz leise.

Holland schreckte hoch. Er schlug die Augen auf und sah hinaus in den Gang. Seine Kidnapperin stand zwei Meter von der Gittertür entfernt. Sie hatte ihm den Rücken zugewandt, sodass er ihr Gesicht nicht sehen konnte.

Hatte sie wirklich gerade etwas gesagt? Oder hatte er sich getäuscht? War er für einen Moment eingeschlafen?

Da hörte er sie wieder sprechen, diesmal etwas lauter.

»Ich meine es wirklich ehrlich. Ich würde mir wünschen, Ihre Geschichte wäre die Wahrheit gewesen. Vieles klang so vertraut. So sehr nach meinem Bruder. So ehrlich und emotional. Und trotzdem war alles ein böses Spiel.«

»Wie bitte?«, fragte Holland ungläubig.

»Sie haben viel über sich erzählt. Über Ihr Kommando. Über Ihren Freund. Ihre Familie. Aber eine Sache haben Sie verschwiegen. Eine spezielle Fähigkeit.«

»Was meinen Sie damit?«

»Sie sind ausgebildet, Menschen zu täuschen. Komplexe Lügengebäude zu errichten. Kausale Trugbilder in das Hirn Ihres Gegenübers zu pflanzen. Und genau das ist es, was Sie heute mit mir getan haben.«

»Alina, was erzählen Sie da für einen Unsinn?«

»Es gibt nur ein Problem. Bei mir funktioniert das nicht. Ich habe ein Gegenmittel. Nämlich die schlichte, ungeschönte Wahrheit. Und zwar schwarz auf weiß.«

Holland spannte sich und kämpfte gleichzeitig gegen seine Verwirrung an. Was Alina da sagte, ließ auf eine dramatische Wendung der Situation schließen. Aber gleichzeitig war ihr Tonfall tastend, fast vorsichtig. Nicht andeutungsweise so vorwurfsvoll wie noch vor wenigen Stunden. Was zog sie da gerade aus dem Hut?

»Alina, schauen Sie mich an!«, rief er.

Aber seine Kidnapperin hörte nicht auf ihn.

»Erinnern Sie sich an den Aktenkoffer, den ich heute Vormittag mitgebracht habe?«, fragte sie stattdessen.

Ohne eine Antwort abzuwarten, ging sie in den gegenüberliegenden Raum und hob den schmalen schwarzen Koffer, der die ganze Zeit unbeachtet neben dem Campingtisch gestanden hatte, auf die Tischplatte. Für einen Moment verharrte sie reglos, als wäre sie sich unsicher, ob sie das Behältnis wirklich öffnen solle. Dann griff sie nach dem Verschluss und ließ ihn aufschnappen. Die beiden Kofferhälften klappten auseinander. Zum Vorschein kam ein einzelner dicker Aktenordner. Seine grau marmorierten Pappdeckel waren abgewetzt, und der Ordnerrücken trug eine gestempelte Archivnummer. Darüber konnte Holland zwei Wörter lesen: »MORDFALL NIROSKIN«.

Alina stellte den Ordner aufrecht auf den Tisch. Dann drehte sie sich langsam zu Holland um. »Hier drin steht alles, was damals wirklich passiert ist«, sagte sie tonlos. »Es ist eine Archivakte der Staatssicherheit. Ich gebe Ihnen noch eine allerletzte Chance. Geben Sie zu, was Sie getan haben! Erleichtern Sie Ihr Gewissen und retten Sie damit Ihr Leben.«

»Ich soll –«

Weiter kam Holland nicht.

»Alina, nein! Tu jetzt nichts Schlimmes!«, brüllte draußen plötzlich eine Stimme auf Russisch.

Fast gleichzeitig brach ein Durcheinander hektischer Rufe los. Holland riss den Kopf herum. Er konnte nur Satzfetzen verstehen.

»*Stoi!* … Kommen Sie zurück! … Achtung, Vorsicht! … Stehen bleiben! … Abbruch!«

Am Ende der Baracke knallte zweimal etwas gegen die Wand. Offenbar war dort ein heftiger Tumult zugange.

»Alina … Hier ist überall Polizei!«, schrie der erste Rufer, wieder auf Russisch. Diesmal klang seine Stimme gequält, als müsse er sich mit äußerster Kraft gegen irgendetwas wehren.

Holland sah zu Alina hinüber. Für einen Moment stand sie wie versteinert da, aber dann machte sie einen Satz und zerrte Hollands Jackett vom Stuhl hinter dem Campingtisch. Mit einem lauten Poltern segelte der Aktenordner zu Boden, während sie bereits zurück in den Mittelgang stürmte und ihre Pistole aus dem Hosenbund zog.

»Holland, in die Ecke und hinsetzen!«, brüllte sie und zielte auf seinen Kopf.

Hastig wich er zurück und ließ sich in der linken hinteren Ecke auf den Fußboden rutschen. Er hatte keine Ahnung, was sich außerhalb der Baracke abspielte, aber irgendetwas lief da gerade furchtbar schief.

Mit einer schnellen Bewegung schloss Alina das Türgitter auf, zwängte sich in seinen Raum und arretierte das Gatter hinter sich.

»Sitzen bleiben und nicht bewegen!«, zischte sie, die Jarygin weiter auf sein Gesicht gerichtet. Ihr Ausdruck ließ keinen Zweifel, dass sie augenblicklich abdrücken würde, sollte er ihre Anweisung ignorieren.

Sie stürmte zum Fenster und warf sein Jackett über die obere Rahmenleiste, sodass die Glasscheibe fast vollständig abgedeckt war. Zitternd fingerte sie Hollands eigene Pistole aus der Jacketttasche, in der sie bisher gesteckt hatte, und richtete sie mit der linken Hand in Richtung Gittertür. Ihr Kopf schnellte ein paarmal zwischen der Türöffnung und Holland hin und her, dann hockte sie sich ihm gegenüber in die zweite hintere Ecke.

»Still!«, presste sie hervor.

Alinas Atem ging stoßweise, und ihr Gesicht war vor Panik rot angelaufen.

Holland wagte es nicht, sich zu rühren. Er konnte regelrecht spüren, wie sich seine Kidnapperin mit Gewalt zur Ruhe zwingen musste. Sie reckte den Kopf in die Höhe und lauschte, und auch er nutzte die Gelegenheit, um auf Geräusche von außerhalb zu achten.

Aber da gab es nichts mehr. Die Stimmen waren verstummt.

»Ihr da draußen – haut ab!«, brüllte Alina aus voller Kehle.

Holland fing ihren Blick auf. Angst las er darin, aber auch eine unendliche Fassungslosigkeit. Als wäre sie von mehr überrascht worden als nur von der Polizei.

»Behalten Sie jetzt die Nerven, bitte!«, beschwor er sie, wobei er versuchte, seine eigene Aufregung zu unterdrücken. »Was auch immer da gerade passiert ist.«

»Grigorij …« Alinas Oberkörper bebte. »Da draußen ist Grigorij. Er war es, der nach mir gerufen hat!«

»Grigorij – Ihr Mann?«, fragte Holland erstaunt.

»Ja. Aber das kann überhaupt nicht sein!«

»Sind Sie sich denn sicher?«

»Das war er. Ich kenne doch seine Stimme.« Alinas Augen flackerten nervös. »Und dann noch die Polizei. Was machen die hier?«

Holland drückte seinen Rücken gegen die Zimmerwand. Er spürte, wie ihm ein Schweißtropfen über die Schläfe rann.

Nur nicht bewegen!

Alina wirkte vollkommen konfus. Ihr Kopf wirbelte immer wieder hin und her, und ihre Hände krampften sich zitternd um die Griffe der beiden Pistolen. Jeden Moment konnte sich ein Schuss lösen.

Die Sekunden dehnten sich.

»Frau Janowa?«, ertönte plötzlich eine ruhige und klare Stimme. »Mein Name ist Robert. Ich bin von der Polizei. Ist bei Ihnen dadrinnen alles in Ordnung?«

Holland drehte vorsichtig seinen Kopf nach links. Der Sprecher musste sich ganz dicht hinter der Außenwand befinden, ein Stück entfernt von ihrem Fenster.

Alina kauerte sich noch tiefer in ihre Ecke. »Hier ist überhaupt nichts in Ordnung!«, schrie sie mit sich überschlagender Stimme. »Verschwindet!«

Eine Weile herrschte Stille.

»Frau Janowa, bitte beruhigen Sie sich erst einmal«, begann die Stimme dann erneut. »Ich möchte nur mit Ihnen reden. Weiter nichts. Niemand unternimmt etwas, wenn Sie es nicht möchten. Wir wollen nur –«

»Weg!« Alina zuckte mit ihrem linken Arm in die Höhe und richtete Hollands Glock zur Decke. Dann drückte sie zweimal schnell nacheinander ab. Die Schläge der Schüsse hallten durch den Raum.

»Achtung!«, brüllte draußen jemand.

Holland hob seine Hände und streckte sie Alina beschwichtigend entgegen. »Nicht! Reißen Sie sich zusammen! Bitte! Die kommen sonst rein!«

Alina funkelte ihn unruhig an.

»Bitte«, wiederholte Holland, und dann betonte er jedes Wort einzeln: »Tun. Sie. Jetzt. Nichts!«

Langsam schwenkte sie die Glock wieder nach unten.

»Die sollen weggehen!«

Holland sah ihr fest in die Augen. »Alina, ich werde Ihnen helfen. Wir kriegen das hin. Aber Sie müssen mir vertrauen. Nur dieses eine Mal. Okay?«

Seine Kidnapperin presste die Lippen aufeinander.

»Alina?«

Endlich nickte sie.

»Es ist nichts passiert!«, rief Holland zum Fenster gewandt. »Niemand verletzt. Hier drin ist alles okay! Hören Sie mich?«

»Ich höre Sie«, kam es zurück. Es war wieder der Mann, der sich als Robert vorgestellt hatte. »Können wir etwas für Sie tun?«

»Wir brauchen Zeit. Zum Runterkommen und zum Nachdenken. Dann finden wir einen Weg. Dafür garantiere ich.« Holland bemühte sich um einen festen und überzeugenden Ton. Natürlich war er als Geisel in einer machtlosen Position, aber die Männer da draußen wussten von Silvio auch, dass er früher einmal ihr Geschäft betrieben hatte. »Geben Sie uns einfach etwas Ruhe und Zeit. Nichts weiter. Wir werden hier ganz besonnen miteinander reden, und dann melden wir uns. Ganz sicher.«

»In Ordnung«, antwortete der Polizist hinter dem Fenster. »Das habe ich verstanden. Sie melden sich. Kein Problem. Sie können uns jederzeit kontaktieren.«

Holland sah zu Alina. »Wir haben eine Verschnaufpause«, sagte er.

Sie nickte mechanisch. »Und jetzt?«

»Jetzt ruhen Sie sich ein wenig aus. Und wenn Sie mir einen Gefallen tun wollen, dann fuchteln Sie nicht mehr so sehr mit den Pistolen herum.«

Alina ließ die Glock sinken und steckte sie in ihren Hosenbund. Die Jarygin hielt sie weiter auf ihn gerichtet. »Ich kann das einfach nicht verstehen«, brachte sie hervor. »Die Polizei. Mein Mann. Wie sind die hierhergekommen?«

»Ich habe keine Ahnung.« Holland durfte Alina keinesfalls offenbaren, dass er seit Stunden von der Belagerung durch das SEK wusste. Dann wäre seine Glaubwürdigkeit verspielt. Und wieso der stellvertretende Militärattaché Grigorij Janow plötzlich im brandenburgischen Wald herumgeisterte, war auch für ihn ein Mysterium.

»Wollen Sie nicht versuchen, mit Ihrem Mann zu sprechen?«, schlug er vor. »Wenn er da draußen ist, kann ihn die Polizei sicher herbringen.«

»Nein!«, stieß Alina abrupt hervor. »Ich möchte nicht mit ihm reden! Auf keinen Fall!«

»Warum nicht?« Holland wunderte sich, mit welcher Heftigkeit sie reagierte.

»Ich … ich möchte nicht, dass Grigorij mich so erlebt.«

»Aber er ist Ihr Ehemann.«

»Ich kann jetzt nicht mit ihm reden!« Alina schüttelte heftig den Kopf. »Es geht nicht. Bitte!«

»Ich wollte Sie nicht bedrängen. Es war nur eine Idee.«

»Lassen Sie mich einfach.« Alina lehnte sich zurück. Das Beben ihres Körpers ebbte langsam ab. Für einen Moment schien sie sich zu beruhigen.

Holland fuhr sich über die schweißnasse Stirn. Dann wanderte sein Blick hinaus in den Flur. Der gesamte Boden war mit Papier übersät. Er waren die Seiten aus Alinas Aktenordner. Beim Herunterfallen vom Campingtisch war die Heftung der Mappe zersprungen, und die Bögen hatten sich überall verteilt. Einige waren sogar bis herein in seine Zelle gerutscht.

Die geheimnisvolle Akte hatte Holland in der Dramatik der letzten Minuten völlig vergessen. Jetzt betrachtete er die losen Seiten umso neugieriger.

Plötzlich stutzte er. Die Blätter waren leer. Nirgendwo konnte er auch nur eine einzige Zeile entdecken.

»Es gibt keine Stasiakte über Alexejs Tod«, sagte Alina kaum vernehmbar.

Verwundert sah er zu ihr hinüber und bemerkte, dass sie seinen Blicken gefolgt war.

»Ich habe den Ordner mit unbenutztem Papier aus unserem Kopierer gefüllt«, fuhr sie fort. »Ein einfacher Bluff. Er war meine Rückversicherung. Ein abschließender Test, ob Sie mir die Wahrheit gesagt haben. Den Trick habe ich mal in einem Film gesehen.«

»Komplexe Lügengebäude, kausale Trugbilder …« Holland lachte erschöpft auf.

»Die Begriffe sind aus demselben Film. Ich fand, sie klangen beeindruckend.«

»In der Tat.«

»Leider war das jetzt alles umsonst.«

»Ich hätte nicht einen Satz von dem, was ich gesagt habe, zurückgenommen. Trotz dieser Akte.«

»Ja. Vermutlich …« Alina sah Holland an. Von der Selbstsicherheit seiner Kidnapperin war nichts mehr zu spüren. Aber Holland wusste, dass sie das nicht weniger gefährlich machte. Auch Enttäuschung und Verzweiflung konnten verhängnisvolle Entscheidungen provozieren.

Er musste Alina überzeugen, ihren Feldzug zu beenden, und er war zuversichtlich, dass er das auch schaffen konnte. Mit etwas mehr Zeit – und mit einem kleinen Wagnis.

»Alina«, begann er zaghaft, »was ich Ihnen vorhin gesagt habe – dass die Geschichte zu Ende ist –, das stimmt nicht ganz. Es gibt da doch noch etwas. Ein allerletztes Kapitel. Nur eine kleine Begebenheit, aber sie hat mich einmal sehr berührt.«

»Was soll das sein?«, erkundigte sie sich verwundert.

»Ich werde es Ihnen erzählen. Aber dazu brauche ich etwas aus meiner Jacketttasche.«

»Aus diesem Jackett?« Alina sah zu dem verhängten Fenster und zog die Stirn kraus. »Was brauchen Sie denn?«

»Meine Brieftasche.«

»Wozu das?«

»Bitte.«

»In Ordnung. Holen Sie sie sich.« Alina hob die Pistole und

zielte wieder genau auf seine Stirn. »Aber versuchen Sie keine Tricks!«

Ganz langsam drückte sich Holland an der Wand in die Höhe. Dann streckte er seinen linken Arm aus und schob sich zwei Schritte nach vorn, bis er das Fenster erreicht hatte. Alina ließ ihn nicht aus den Augen. Behutsam griff er mit zwei Fingern in die Innentasche des aufgespannten Jacketts und angelte das Lederetui hervor, in dem er Geld und Ausweise verwahrte. Dann zog er sich ebenso langsam wieder in seine Ecke zurück und setzte sich auf den Boden.

»Hat die Geschichte, die Sie mir erzählen wollen, etwas mit meinem Bruder zu tun?«, fragte Alina.

»Ja.« Holland legte das Mäppchen behutsam neben sich auf dem Boden ab. »Gewissermaßen.«

31

Potsdam, 1990

Holland schob den Rollwagen neben den langen Arbeitstisch in seinem Büro und wuchtete die letzten Karteikästen auf die Tischplatte. Penibel hakte er ihre Registriernummern auf einer Liste ab, dann legte er den Kugelschreiber beiseite und streckte den Rücken. Die Sonne, die durch die Fensterfront hereinfiel, wärmte sein Gesicht, und für einen Moment verlor sich sein Blick in dem strahlend blauen Augusthimmel.

Seinen Jahresurlaub hatte er diesmal schon im Juni genommen. Der war wesentlich kühler und unwirtlicher ausgefallen, aber das hatte Holland nicht gestört. Er war ohnehin fast die ganze Zeit damit beschäftigt gewesen, die heruntergekommene Altbauwohnung zu renovieren, die er seit der Trennung von Christiane bewohnte. Die neue Unterkunft hatte ihm ein Kollege unter der Hand besorgt. Sie war viel weiter entfernt von seinem Arbeitsplatz als ihre Wohnung an der Havel, und es gab dort auch keinen Telefonanschluss, aber das spielte jetzt, da er bei den Versorgungsdiensten arbeitete, keine Rolle mehr. Die ständige Rufbereitschaft, die früher Hollands Leben geprägt hatte, gab es nicht mehr. Er musste nur noch zu den normalen Bürozeiten erreichbar sein.

Sein erzwungenes Ausscheiden aus der Diensteinheit IX lag inzwischen drei Jahre zurück. Er hatte den Abschied genauso wenig überwunden wie die Trennung von seiner Familie, und als ob das nicht gereicht hätte, war im letzten Herbst dieser politische Erdrutsch über das Land hereingebrochen und hatte den Rest seiner gewohnten Welt zum Einsturz gebracht. Nun kam er jeden Morgen pünktlich in sein Behördenzimmer und versuchte, die lähmenden Gedanken, die sich in seinem Kopf eingenistet hatten, so gut wie möglich mit Alltagsaufgaben in Schach zu halten.

Ein lautes Klopfen ließ ihn aufschrecken.

»Ja, bitte!«, rief er und drehte sich um.

Die Tür öffnete sich, und Karl Zacharias trat in den Raum. In seiner ausgewaschenen Jeans und dem hellen Sakko hätte Holland den ersten Kommandeur der Diensteinheit IX und jetzigen Kripochef fast nicht erkannt. »Hallo«, sagte Zacharias schlicht und streckte seine Hand aus.

Holland zögerte. Der Besuch überraschte ihn. Seit seinem Wechsel zur Versorgungsabteilung hatte er mit dem Mann kaum noch zu tun gehabt. »Lange nicht gesehen«, sagte er schließlich und schlug ein. »Wie geht es Ihnen?«

»Komm, lass das alberne Siezen!« Zacharias winkte ab. »Wir kennen uns lange genug.«

»In Ordnung.« Holland zuckte mit den Schultern. »Was bringt dich in mein Büro?«

»Ich möchte mich verabschieden. Hab bei deinen Kollegen nebenan gerade meine Dienstwaffe abgegeben.«

»Bist du versetzt worden?«

»Ich habe gekündigt.«

»Oh.«

»Ich wollte nicht gehen, ohne wenigstens noch einmal kurz bei dir vorbeizuschauen.«

»Warum hörst du auf?«

»Du weißt ja, seit Möbius und Malycha von ihren Ämtern zurückgetreten sind, weht im Haus ein anderer Wind. Die da oben sprechen jetzt von Transparenz, Bürgerbeteiligung, Sicherheitspartnerschaften. Ist wahrscheinlich auch gut so. Aber für Leute wie mich wird es hier bald keinen Platz mehr geben. Als ich noch Leiter der Diensteinheit war, habe ich regelmäßig mit dem MfS zu tun gehabt. Ging ja kaum anders, kennst ja das Spiel. Irgendwann wird jemand kommen und mir das um die Ohren hauen.« Zacharias schüttelte den Kopf. »So lange warte ich nicht, Holland, das tue ich mir nicht an. Lieber gehe ich von selbst. Ich habe mich schon mal umgehört. Im Westen gibt's 'ne Menge Privatfirmen, die ›Security Services‹ anbieten, wie das jetzt heißt. Da findet sich garantiert was für mich.«

»Bestimmt, Karl. Du findest was.«

Security Services ... Schöne neue Zeit, dachte Holland. Er musste schlucken, als ihm bewusst wurde, dass auch er während seiner Jahre als Kommandeur der Anti-Terror-Einheit mit der Staatssicherheit zusammengearbeitet hatte. Obwohl Tänzer und Hellfrisch beileibe nicht seine Freunde gewesen waren, hatte er ihnen doch regelmäßig Dienstberichte abgeliefert. Diese Kooperation war zweifelsohne irgendwo dokumentiert.

Schnell schob er den Gedanken weg.

»Meine Güte, du bist ja gut mit Arbeit eingedeckt«, meinte Zacharias, während er seinen Blick über die Karteikästen und Aktenstapel schweifen ließ, die überall im Büro aufragten wie eine skurrile Berglandschaft.

»Wir machen gerade Generalrevision. Liegenschaften, Kraftfahrzeuge, Uniformen, Waffen – das Vermächtnis der VP für die neue Polizei. Wie auch immer die aussehen wird.« Holland hob resignierend die Hände. »Keine Ahnung, wann wir damit durch sind. Im Moment schieben alle Überstunden.«

»Nicht gerade ein Traumjob, was?« Zacharias schmunzelte verlegen.

»Ich habe mich arrangiert.«

»Es tut mir leid, dass sie dich damals abgesägt haben. Ich war dafür, dass du im Kommando bleibst, das weißt du. Aber der General hatte seinen eigenen Kopf.«

»Jetzt ist er ja weg.«

»Ja.«

»Und ich stehe immer noch hier. Toll, was?«

Einen Moment lang sagte keiner ein Wort.

»Hast du noch Kontakt zu den Jungs von der IX?«, unterbrach Zacharias schließlich das Schweigen.

»Nein. Gar keinen.« Holland seufzte. »Der Abschied war nicht so einfach für mich. Ich musste einen Schlussstrich ziehen. Etwas Halbes wollte ich nicht.«

»Verstehe ich.«

»Und du?«

»Bis vor Kurzem hatte ich noch regelmäßig mit dem neuen

Leiter zu tun. Jürgen Lutz. Ein patenter Kerl. Hat die Truppe gut im Griff. Man munkelt, es sei ihm zu verdanken, dass die Einheit überhaupt noch existiert. Angeblich habe er persönlich dafür gesorgt, dass die Jungs im letzten Herbst nicht gegen Demonstranten eingesetzt wurden.«

»Und? Stimmt das?«

»Dass sie nicht gegen die Demos vorgegangen sind, ja.« Zacharias wiegte den Kopf. »Aber ob sie das wirklich der Intervention ihres Kommandeurs verdanken oder einfach nur Glück hatten, dass man sie nicht alarmiert hat – da fragst du mich zu viel. Jedenfalls sind sie jetzt ein durch und durch demokratischer Haufen.« Der ehemalige Kripochef griente. »Und gar nicht mehr geheim. Haben schon kurz nach dem Mauerfall mit dem Westberliner SEK Fußball gespielt. Und im Frühjahr waren sie zum Freundschaftsbesuch bei der GSG 9 in Sankt Augustin. Muss ziemlich lustig gewesen sein. Die hatten dort drüben absolut keine Ahnung, dass es in der DDR ihresgleichen gab. Also fast ihresgleichen. Am Ende des Treffens sollen sie sich jedenfalls ganz gut verstanden haben, die ehemaligen Klassenfeinde. Ist ja auch irgendwie beruhigend. Früher hätten sie sich gegenseitig die Köpfe eingeschlagen.«

»Da habe ich wohl einiges verpasst«, bemerkte Holland, und er konnte nicht verhindern, dass in seiner Stimme eine gewisse Bitterkeit mitschwang. »Na ja. Hauptsache, die Kollegen haben eine Perspektive.«

»Leicht wird es jedenfalls nicht.« Zacharias blies die Luft aus. »Es ist schon verrückt. Seit die Mauer gefallen ist, haben die Ganoven den Osten für sich entdeckt. Plötzlich gibt es Erpressungen, Waffenschieberei, Banküberfälle. Jetzt kriegen unsere Jungs richtig zu tun. Aber nach wie vor weiß keiner, ob die Truppe am Ende wirklich übernommen wird. Entsprechend ist die Stimmung. Sechzehn harte Kerle, die man auf alles vorbereitet hat. Nur nicht auf diese Unsicherheit.«

»Dann hoffen wir das Beste.«

Holland ging zu seinem Arbeitstisch und hob den Deckel von einem der hölzernen Karteikästen herunter. Er wollte jetzt nichts mehr von seiner alten Diensteinheit hören, zu nahe gingen ihm die damit verbundenen Erinnerungen. »Du, Karl, es tut mir leid. Aber ich muss jetzt hier weitermachen«, sagte er, während er betont geschäftig herumhantierte. »Nett, dass du noch mal vorbeigekommen bist. Für deinen neuen Job wünsche ich dir alles Gute.«

Zacharias schwieg und bewegte sich nicht.

Nach ein paar Sekunden drehte sich Holland um und sah seinen Gast verwundert an. »Was ist los?«, fragte er.

»Ich wollte nicht nur Tschüss sagen. Mein Besuch hat noch einen anderen Grund«, verkündete der Kripomann.

»Was für einen?«

Zacharias trat zwei Schritte auf Holland zu und blieb direkt vor ihm stehen. »Es gibt etwas, was ich dir gern zurückgeben möchte. Ich trage es schon ein paar Tage mit mir herum.« Er griff in die Seitentasche seines Sakkos. Dann hob er seine Hand und öffnete sie.

Holland stutzte.

Das kann doch nicht …

In der Handfläche seines Gegenübers lag ein kleines Amulett. Über das Aluminiumblech, aus dem es gefertigt war, hatte sich eine schwärzliche Patina gelegt. Trotzdem erkannte er das Schmuckstück sofort wieder. Es war das Medaillon, das ihm Alexej Niroskin nach seiner Verhaftung anvertraut hatte. Und das von Malycha konfisziert worden war.

»Ich habe es damals nicht übers Herz gebracht, das Ding in die Asservatenkammer zu schaffen«, erklärte Zacharias. »Stattdessen ist es in meinem Schreibtisch gelandet. Hätte jemand danach gefragt, wäre mir schon eine Ausrede eingefallen.«

»Du hast es die ganze Zeit aufgehoben? Warum?«

»Ich habe dein Gesicht beobachtet, als du es abgeben musstest. Du konntest deine Enttäuschung nicht verbergen, und irgendwie hatte ich das Gefühl, dass es dir etwas bedeutet. Da dachte ich, dass es nicht einfach so verschwinden sollte. Und als ich jetzt mein Dienstzimmer ausgeräumt habe, da ist es mir wieder untergekommen.« Zacharias ließ das Medaillon ihn Hollands Hand gleiten. »Vielleicht behältst du es ja als Erinnerung. Auch wenn die Sache seinerzeit nicht besonders gut für dich ausgegangen ist.«

Holland betrachtete das schwärzliche Oval für eine Weile, dann sagte er: »Ich wollte dem Soldaten wirklich helfen.«

»Ich weiß. Das war eine unglaublich große Dummheit von dir.« Zacharias hob die Augenbrauen und ließ einige Sekunden verstreichen. Dann fügte er hinzu: »Aber als ich damals davon erfuhr, da wusste ich, dass ich einen guten Polizisten ausgebildet hatte.« Zacharias nickte Holland knapp zu. Dann zog er sein Sakko stramm, drehte sich um und verließ ohne ein weiteres Wort den Raum.

Holland war so perplex, dass ihm nichts zu sagen einfiel. Als er endlich ein »Danke« hervorbrachte, waren die Schritte seines ehemaligen Vorgesetzten bereits verklungen.

32

Verlorenwasser, 2005

Die fortschreitende Dämmerung ließ das Licht mehr und mehr aus dem Inneren der Baracke zurückweichen und färbte die Schatten und Winkel mit einem schwärzlichen Blau. Nur dort, wo Hollands Jackett die Fensterscheibe nicht vollständig bedeckte, drang ein Rest von fahler Helligkeit in die ehemalige Waffenkammer.

Alina saß mit angezogenen Beinen in ihrer Ecke und schwieg. Den Arm mit der Pistole hatte sie auf ihren Knien abgestützt, und ihr Kopf ruhte an der fleckigen Wand. Einzig ihre Augen leuchteten wach und aufmerksam.

Holland zuckte mit den Schultern. »Ein Dreivierteljahr nachdem mich Karl Zacharias in meinem Büro aufgesucht hatte, war es dann auch bei mir so weit. Ich habe es nicht durch die interne Überprüfung geschafft. Meine Tätigkeit für die Spezialeinheit war kein Problem. Die Berichte für Tänzer und Hellfritsch schon. Ich musste die Polizei verlassen. So bin ich Privatermittler geworden.« Er schmunzelte müde. »Und eines Tages stand dann eine schöne Russin vor meiner Tür und suchte einen Leibwächter …«

Alina nickte schwach. Dann wanderte ihr Blick zu dem kleinen Lederetui, das neben Holland auf dem Boden lag.

»Sie vermuten richtig«, meinte er und sah nach unten. Er nahm das Mäppchen in die Hand, klappte es auf und schob einige zusammengefaltete Geldscheine beiseite. Dann zog er das Kettchen mit dem Medaillon hervor. »Ich habe es damals eingesteckt und seitdem immer bei mir getragen. Fragen Sie mich nicht, warum. Vielleicht war es eine sentimentale Marotte. Vielleicht hatte ich aber auch nur Skrupel, es einfach wegzuwerfen. Wenigstens kann ich Alexej jetzt einen Teil seines Wunsches erfüllen. Wenn auch neunzehn Jahre zu spät.«

Er legte das Medaillon wieder in das Etui und ließ das Mäppchen auf dem Boden zu seiner Kidnapperin hinüberschlittern.

Alina fischte das schwärzliche Oval behutsam heraus, verbarg es zwischen ihren Fingern und drückte die Hand fest an ihre Wange. Plötzlich wirkte sie so zerbrechlich wie ein kleines Mädchen.

Holland schloss die Augen und lehnte sich zurück. Er würde ihr diesen privaten Moment lassen, ihr Zeit geben, um ihrem Bruder auf diese Weise wiederzubegegnen.

Für eine Weile dachte er darüber nach, welch verschlungene Wege das kleine Stückchen Blech gegangen war und wie es am Ende doch noch zu Alexejs Schwester gefunden hatte. Mit der Übergabe war er zweifellos ein Risiko eingegangen, denn er konnte nicht vorhersehen, auf welche Weise sie darauf reagieren würde. Aber er war überzeugt, dass es eines emotionalen Anreizes bedurfte, wenn er sich und Alina aus dem verfahrenen Patt mit der Polizei herausbringen wollte. Und das war ihm das Wagnis wert.

Er wusste nicht, wie lange er so dagesessen hatte. Als er schließlich wieder zu ihr hinübersah, hielt Alina das Medaillon geöffnet vor sich und betrachtete die beiden Schwarz-Weiß-Fotos in seinem Inneren. Ihre Augen waren feucht, und ihr Atem ging flach.

Als hätte sie seinen Blick gespürt, sah sie auf und zog die Schultern zusammen. »Der Anhänger war ein Geschenk von mir«, sagte sie leise, und in ihrer Stimme lag eine tiefe Traurigkeit. »Ich habe ihn Alexej an dem Tag gegeben, an dem er fast im Sumpf ertrunken wäre. Ich hatte nicht richtig aufgepasst. Als große Schwester trug ich die Verantwortung. Sein Tod wäre allein meine Schuld gewesen.« Eine Träne lief ihr über das Gesicht. »Da habe ich ihm etwas versprochen. Ich habe ihm gesagt, dass ich von nun an immer auf ihn aufpassen werde, egal, was passiert. Und dass dieses Versprechen mit dem Medaillon verbunden ist. Alexej hat mich danach so glücklich angeschaut. So stolz. Und so beruhigt.« Sie klappte das Oval zu und umschloss es wieder mit ihrer Hand. »Und dann habe ich ihn im Stich gelassen.«

Holland schwieg eine Weile. Dann sagte er: »Sie waren Kinder. Sie konnten die Tragweite Ihrer Worte nicht ermessen.«

»Das spielt keine Rolle. Es war ein Versprechen. Und ich habe es nicht gehalten.«

»Sie hätten ihn nicht ein Leben lang beschützen können. Spätestens als man ihn zum Militär geholt hat, waren Sie nicht mehr für ihn verantwortlich.«

»Doch, das war ich. Wir waren immer noch Geschwister.«

»Wie sollten Sie ahnen, was Ihrem Bruder in der DDR widerfährt, mehr als zweitausend Kilometer von Ihnen entfernt? Die Briefe, in denen er seine Verzweiflung schildert, hat er nie abgeschickt. Er wusste ganz genau, dass Sie ihm in seiner Lage nicht beistehen konnten.«

»Aber als er geflohen war, hätte er mich gebraucht. Er hat Sie angefleht, mich zu finden. Und er hat Ihnen das Medaillon gegeben. Warum wohl? Der Anhänger war die Erinnerung an mein Versprechen. Er muss fest daran geglaubt haben, dass ich ihn da irgendwie raushole. Aber ich bin nicht gekommen.«

»Wir haben Alexej vielleicht beide enttäuscht.« Holland nahm Alina fest in den Blick. »Aber wir tragen keine Schuld an dem, was ihm geschehen ist! Wir wissen ja nicht einmal, wie er starb. Und das werden wir auch nicht herausbekommen, wenn wir uns hier gegenübersitzen und uns Selbstvorwürfe machen. Glauben Sie mir, Alina – die Antworten, die Sie suchen, liegen nicht in dieser Baracke.«

Für einen Moment herrschte Schweigen. Die Hitze ließ die Holzdecke von Zeit zu Zeit spitz knacken, aber ansonsten drangen keinerlei Geräusche an ihre Ohren.

»Die Polizisten da draußen – die werden nicht verschwinden, nicht wahr? Egal, was ich tue oder verlange«, unterbrach Alina die Stille.

»Nein«, antwortete Holland. »Aber sie werden Sie vernünftig behandeln, wenn Sie sich entschließen, Ihre Waffe wegzulegen und dieses Gebäude zu verlassen.«

Alina sagte nichts. Holland glaubte, ein unmerkliches Kopfschütteln bemerkt zu haben, aber die Geste war zu flüchtig gewesen, als dass er sie hätte genau deuten können. Nun saß seine Kidnapperin wieder unbewegt und gedankenversunken in ihrer Ecke.

»Was bedeutet eigentlich ›Verlorenwasser‹?«, fragte sie auf einmal.

»Wie bitte?« Holland hob den Kopf.

»Der Name des Baches, nach dem dieses Camp benannt ist. Wo kommt der her?«

»Er hat mit einer Besonderheit seines Verlaufes zu tun. Der Chef des Truppenübungsplatzes hat es mir einmal erzählt. In früherer Zeit gab es eine Eigentümlichkeit, die sich niemand erklären konnte. Hinter der Quelle floss der Bach eine Weile ganz normal durch den Wald. Aber dann verschwand er plötzlich, ohne eine Spur zu hinterlassen. Als hätte es ihn nie gegeben. Erst eine ganze Strecke weiter tauchte er wieder auf, und von da an strömte er ungestört voran. So wie er es heute noch tut.«

»Das klingt wie in einem Märchen.«

»Ja.« Holland sah zu dem verhängten Fenster, durch das jetzt kaum noch Licht drang. Die blaue Düsternis verwischte bereits die Konturen.

»Alexej hat Märchen geliebt«, sagte Alina leise. »Großmutter Polina ist jeden Abend vor dem Einschlafen noch einmal zu uns ans Bett gekommen und hat uns eine Geschichte erzählt. Von der Baba Jaga, von den Waldgeistern und auch über die Plutowka, unseren großen Fluss. Mein kleiner Bruder konnte gar nicht genug davon bekommen.« Auf Alinas Antlitz schimmerte ein fernes Lächeln. »Und jetzt wäre er achtunddreißig, ein richtiger Mann. Wahrscheinlich würde er in der landwirtschaftlichen Genossenschaft von Nerownaja Poljana arbeiten. Wäre der Herr über ein Heer von Traktoren und Mähdreschern, hätte eine liebenswerte Frau, zwei oder drei Kinder, ein kleines Holzhaus mit bunt bemalten Fensterläden, und alle Nachbarn würden nur gute Worte für ihn finden. So hat er es sich jedenfalls immer erträumt. Als wir noch klein waren, sind wir oft zusammen durchs Dorf spaziert und haben uns vorgestellt, wie unsere Zukunft aussehen würde.« Ihr Ton bekam eine bittere Färbung. »Und nun gibt es nicht mal mehr einen Weg für mich herauszufinden, warum ihm das alles verwehrt geblieben ist.«

»Doch, Alina, es gibt einen Weg.« Holland stützte seine Arme auf die Knie. »Und ich bin sicher, Sie kennen ihn inzwischen.«

»Da täuschen Sie sich.«

»Ich habe Sie beobachtet. Vorhin, als ich Sie gefragt habe, ob Sie nicht Ihren Mann sprechen wollen. Sie waren so vehement dagegen, dass mich das stutzig gemacht hat.«

»Ich habe Ihnen gesagt, warum. Ich möchte nicht, dass er mich in dieser Situation erlebt.«

»Das tut er längst.« Holland schüttelte den Kopf. »Nein, Alina. Der Grund ist ein anderer. Soll ich Ihnen sagen, was ich glaube?«

Sie antwortete nicht.

»Ich glaube, dass Sie Angst bekommen haben. Angst vor dem, was er Ihnen offenbaren könnte. Denn nach allem, was Sie und ich uns heute hier erzählt haben, bei all den Fakten, die dabei auf den Tisch gekommen sind, gibt es nur noch eine unbekannte Größe. Und das ist die Akte aus dem Moskauer Militärarchiv.«

»Ich habe Ihnen gesagt, was drinsteht«, entfuhr es Alina fast trotzig. »Dass die deutsche Polizei meinen Bruder erschossen hat.«

»Haben Sie die Akte mit eigenen Augen gesehen?«

»Nein. Aber –«

»Alina, ich bin überzeugt, dass in diesen Papieren der Schlüssel zu Alexejs wahrem Schicksal verborgen liegt. Und dass Ihr Mann genau darüber Bescheid weiß.«

Alina stand auf und ging einige Male hin und her, wobei sie immer darauf achtete, ihre Pistole auf Holland gerichtet zu lassen. Seine Worte schienen sie stark zu beschäftigen, und er hatte den Eindruck, dass sie gerade dabei war, ihre verbliebenen Kräfte zu mobilisieren. Etwas geriet in Bewegung.

»In Ordnung. Ich werde Grigorij anhören«, meinte sie dann, und ihre Stimme klang wieder fest. »Aber ich werde Sie weder gehen lassen, noch verlasse ich die Baracke. Ich führe dieses Gespräch, und dann entscheide ich, wie es weitergeht!«

»Dann sollten wir Robert Bescheid geben, dass er Ihren Mann zu sich holt.«

»Ich möchte Grigorij aber direkt sprechen. Von Angesicht zu Angesicht.«

»Das wird die Polizei kaum erlauben.«

»So oder gar nicht! Wenn die wollen, dass wir hier vorankommen, müssen sie nach meinen Regeln spielen.«

»Dann lassen Sie mich mit ihnen reden. Ich werde versuchen, sie zu überzeugen. Hoffen wir, dass sie sich darauf einlassen.«

»Sie haben selbst vorgeschlagen, dass ich mit meinem Mann sprechen soll. Jetzt sorgen Sie auch dafür, dass ich es kann.«

Alinas wachsende Gereiztheit beunruhigte Holland. Gleichzeitig war er überzeugt, dass endlich etwas passieren musste. Also drehte er sich zum Fenster und rief laut: »Robert, können Sie mich hören?«

Der Polizist schien die ganze Zeit in Bereitschaft gestanden zu haben, denn unverzüglich gab er zurück: »Ja, ich höre Sie.«

»Frau Janowa verlangt, ihren Mann Grigorij zu sprechen.«

»Okay, verstanden. Ich denke, das können wir einrichten. Wir holen ihn her, dann kann er von hier aus mit seiner Frau reden.«

»Sie will ihn dabei sehen. Kann er nicht direkt ans Fenster kommen?«

»Das halte ich für schwierig. Wir können Herrn Janow keiner Gefahr aussetzen.«

»Er ist ihr Ehemann. Sie wird nicht auf ihn schießen.«

»Das ändert die Sachlage nicht. Ich schlage vor, dass Herr Janow von meiner Position aus spricht, wie ich es gerade angeboten habe. Die beiden können sich gut hören und sich frei miteinander unterhalten.«

»Robert, es tut mir leid. Das ist keine Option. Frau Janowa besteht auf dem direkten Kontakt, *face to face*.«

»Wir haben Vorschriften …«

»Ich verspreche mir von der Unterhaltung zwischen den beiden wirkliche Fortschritte für unsere derzeitige Situation. Daher kann ich Sie nur bitten, die Sache noch einmal zu überdenken.

Vielleicht findet sich ja doch ein Weg.« Holland wusste, dass die Polizei die Begegnung zwischen Geiselnehmern und Unbeteiligten in der Regel zu vermeiden suchte. Dabei ging es nicht nur um Fragen der Sicherheit. Bei einem direkten Kontakt gab es auch wenig Möglichkeiten, die Unterhaltung zu kontrollieren und eine mögliche Eskalation zu verhindern. Dennoch hoffte Holland, dass Silvio, der garantiert mithörte, die Chancen einer Aussprache zwischen Alina und ihrem Mann erkannte. Und dass er seinen Einfluss geltend machte, um die zwei irgendwie zusammenzubringen.

»Hören Sie?«, ließ sich der Polizist wieder vernehmen. »Ich werde Ihr Anliegen mit der Einsatzleitung besprechen. Lassen Sie mir aber bitte ein bisschen Zeit dafür.«

»Wir laufen nicht weg«, gab Holland zurück und lächelte Alina zu, aber ihre Anspannung war mittlerweile so groß, dass sie seinen freundlich gemeinten Scherz ignorierte. Stattdessen flüsterte sie aufgeregt: »Was meinen Sie? Werden sie darauf eingehen? Oder versuchen die irgendwelche Tricks?«

»Ich weiß es nicht«, antwortete er, und das war nicht gelogen. Er hatte keine Ahnung, was sich das SEK ausdenken würde.

Während sie auf eine Antwort warteten, hing jeder von ihnen seinen Gedanken nach. Alina ging weiterhin unruhig auf und ab, und Holland veränderte hin und wieder seine Sitzposition, um die zunehmende Verspannung seines Körpers wenigstens etwas abzumildern.

Als ungefähr zwanzig Minuten verstrichen waren, ertönte vor dem Fenster erneut die Stimme des Polizisten. »Hallo, hier ist Robert. Frau Janowa?«

»Ja?« Alina presste sich gegen die Wand und schob sich zurück in ihre Ecke.

»Wir sind einverstanden. Sie können Ihren Mann jetzt sprechen.«

Das Schnappen des Sperrriegels dröhnte laut durch den Raum, als Alina die Gittertür aufschloss. Dann ließ sie das Gatter zur Seite schwingen, wich einige Meter zurück und winkte Holland fordernd mit ihrer Pistole. »Aufstehen und langsam bis zur Tür! Dort anhalten!«, befahl sie.

Holland richtete sich auf. Dann bewegte er sich mit kleinen Schritten bis zu der bezeichneten Stelle und blieb stehen. Er lauschte. Noch war von draußen nichts zu hören. Aber es konnte nicht mehr lange dauern, bis sich das änderte.

Die Polizei hatte einen Kompromiss vorgeschlagen. Demnach würde Grigorij Janow bis zum Eingang der Baracke kommen, und Alina sollte vom Flur aus mit ihm sprechen. In deutscher Sprache und mit Abstand. Holland hatte gehofft, dass er dabei in der Waffenkammer zurückbleiben könnte, aber offenbar wollte ihn Alina als Deckung nutzen, um einem Angriff des Polizeikommandos vorzubeugen.

»In den Flur treten und dann stopp!«, sagte sie.

Er befolgte ihre Anweisung. Danach drehte er sich nach rechts und wartete. Es dauerte nicht lange, da öffnete sich am Ende des Ganges die Barackentür, und das fahle Licht der Dämmerung drang herein. Vorsichtig schoben sich vier Kommandopolizisten in den Türrahmen. Sie trugen Panzerhelme und klobige Schutzwesten und duckten sich hinter zwei große kugelsichere Schilde. Ihre Waffen zielten genau in seine Richtung.

Zaghaft hob er die Hände. »Ich bin's, Werner Holland«, rief er laut.

Der Block aus SEK-Männern verharrte stumm und bedrohlich am Eingang.

»Vier Schritte nach vorn«, zischte Alina hinter ihm.

Wie in Zeitlupe ging Holland die geforderte Strecke auf die Beamten zu, dann blieb er erneut stehen. Seine Hände hielt er weiter in Schulterhöhe.

»Genau dort bleiben!«, kam es gepresst von seiner Kidnapperin. Sie befand sich jetzt vermutlich an der Türkante der ehemaligen Waffenkammer. Für sie eine sichere Position. Aus dem vergitterten Raum musste sie keinen Zugriff der Polizei befürchten, und in Richtung der Barackentür schirmte er sie unfreiwillig mit seinem Körper ab.

Hollands Rücken begann zu kribbeln. Auch wenn er sie nicht

sehen konnte, so war ihm doch klar, dass Alina die ganze Zeit mit ihrer Pistole auf ihn zielte. Für einen kurzen Moment überlegte er, ob er sich mit einem Sprung in den Schutz eines anderen Raumes retten sollte, aber sogleich verwarf er die Idee. Die nächsten Türen waren drei bis vier Meter entfernt. Unerreichbar, wenn Alinas Finger schon am Abzug lag.

»Wo ist Grigorij?«, hallte ihr Ruf auf einmal durch den Gang.

»Ihr Mann ist hier bei uns«, kam es von irgendwo draußen zurück. »Er kommt jetzt zum Eingang.«

Holland sah, wie sich hinter den SEK-Männern und ihren Schilden etwas bewegte. Zwischen zwei gepanzerten Helmen tauchte ein blasses Gesicht auf.

»Alina, ich bin da«, sagte der Mann. Obwohl er wegen der Entfernung laut sprechen musste, war sein Tonfall brüchig.

»Grigorij … Wieso bist du hier in Verlorenwasser? Wie kommst du an diesen Ort?«, fragte Alina.

»Die Polizei hat mich geholt, als sie wussten, wer du bist. Sie haben mir gesagt, dass du einen Mann mit einer Waffe bedrohst.« Er ließ eine Pause. Holland hatte den Eindruck, dass Janow dieser Auftritt unglaublich schwerfiel. »Alina, was tust du nur? Du musst damit aufhören, jetzt gleich. Leg die Pistole weg und komm raus, bitte! Dann wird alles wieder gut.«

»Dafür ist es zu spät, Grigorij, und das weißt du genau.«

»Wir können immer eine Lösung finden. Lass die Sache endlich sein. Du musst dir nichts beweisen.«

»Ich tue das alles nicht für mich, sondern für Alexej.«

»Das ist doch egal! Die ganze Polizei hier … Alina, ich will nicht, dass dir etwas passiert!«

»Egal?«, schrie Alina. »Mein Bruder ist *nicht* egal!«

»Aber der Mann dadrin – du musst ihn freilassen! Er hat dir nichts getan. Und er hat auch Alexej nicht getötet.«

»Wie kannst du das wissen?«, fragte Alina mit plötzlichem Misstrauen.

»Ich habe mitbekommen, worüber ihr euch unterhalten habt. Die Polizei hat euch zugehört.« Janow wurde etwas leiser. »Der Mann hat recht. Er hat dir die Wahrheit gesagt.«

»Das beantwortet meine Frage nicht. Woher weißt *du* es? Warum kannst du so sicher behaupten, dass er unschuldig ist?«

»Damals sind in der Armee einige unschöne Dinge passiert. Dinge, die auch deinen Bruder betrafen. Ich habe sie dir nicht erzählt, weil ich dich schonen wollte. Das war ein Fehler, das sehe ich jetzt ein. Ich werde es nachholen. Später, in Ruhe. Aber jetzt kommt es vor allen Dingen darauf an, das hier zu beenden, ohne dass jemand verletzt wird.«

»Nein!«, donnerte Alina. »Du hast nichts von dem verstanden, was ich hier mache! Ich werde keinen Meter von der Stelle weichen, bis ich erfahren habe, was damals mit Alexej passiert ist. Wenn dir mein Leben so am Herzen liegt, dann rede! Sage mir endlich, was in dieser Moskauer Akte wirklich gestanden hat.«

Einige Sekunden lang entgegnete Janow nichts. Holland versuchte, in der Miene des Mannes zu lesen, aber die Entfernung und das abnehmende Licht machten es ihm schwer, einzelne Regungen erkennen.

»Das wird nicht notwendig sein«, sagte Janow schließlich.

»Wie bitte?« Alina schnaufte vernehmlich.

»Es ist nicht nötig, dass ich über diese Akte spreche. Viel steht ohnehin nicht darin. Ich kann dir die Ereignisse ebenso gut aus meiner Erinnerung erzählen.«

»Was soll das heißen?«

»Ich habe dir damals in Moskau gesagt, dass auch ich früher einmal in der DDR stationiert war. In Alexejs Garnison, aber nicht zu seiner Zeit. Nun, das ist nicht ganz korrekt. Als dein Bruder in Jüterbog seinen Grundwehrdienst versehen hat, war ich ebenfalls dort. Als Stellvertreter von Oberst Bolschakow, seinem Regimentskommandeur.«

»Du hast Alexej gekannt?«

»Ja. Nicht besonders gut. Aber ich war dabei, als Bolschakow deinen Bruder nach seiner Flucht von der deutschen Polizei abgeholt hat.« Er nickte in Hollands Richtung. »Der Mann, den du gerade mit der Waffe bedrohst, hat ihn uns übergeben.«

Holland traute seinen Ohren nicht. War Grigorij Janow etwa der dünne Begleiter des sowjetischen Befehlshabers gewesen?

Der Offizier, den er damals für Bolschakows Adjutanten gehalten hatte? Ja, da gab es eine Ähnlichkeit. Aber ohne Janows Bekenntnis hätte er ihn niemals wiedererkannt.

»Ihr habt Alexej zurück in die Kaserne gebracht.« Alinas Stimme zitterte vor Anspannung. »Und dann?«

»Er kam in unser Arrestgebäude.« Janow rieb sich mit den Händen über das Gesicht. »Dort hat man ihn nicht gut empfangen. Du musst wissen, dass Deserteure von allen verachtet wurden. Sie galten als Verräter, als Ehrlose, und selbst im Gefängnis stand jeder Verbrecher hoch über ihnen.«

»Dann wurde er schlecht behandelt?«

»Es kam schlimmer. In seinem Panzerbataillon gab es diese kriminelle Clique. Ihr Anführer hieß Bogdan Kuzmin. Ein ganz übler Kerl. Du hast mir ja damals in Moskau die Briefe von deinem Bruder gezeigt. Es war die Bande, die ihn zwingen wollte, zusammen mit ihnen in die deutsche Gaststätte einzubrechen.«

»›Brodins Klause‹.« Alina zögerte. Dann sagte sie: »Hat Alexej etwa doch mitgemacht?«

»Nein. Er ist am Morgen vor dem geplanten Raubzug desertiert. Aber die Kerle haben ihr Unterfangen trotzdem durchgezogen. Und als sie der Wirt überrascht hat, haben sie ihn brutal niedergestochen. Doch der schwer verletzte Mann konnte sie identifizieren. Hatte vorher mit ihnen ausgiebig Schwarzhandel betrieben. So wurden sie schon am Tag nach der Tat in ihrer Kaserne verhaftet und in den Arrest gesteckt.« Janow atmete tief aus. »Und das war Alexejs Verhängnis.«

»Sie sind sich dort wiederbegegnet? Er und dieser Bogdan ...« Alina stockte.

»Ja. Drei Tage nach der Bande wurde dein Bruder gefasst. Er kam in denselben Gefangenentrakt wie Kuzmin und seine Handlanger. Was dann passiert ist, kann niemand genau sagen. Vermutlich haben sie ihn dafür verantwortlich gemacht, dass man sie erwischt hatte. Denn eigentlich sollte er bei dem Einbruch Schmiere stehen, weil ihn der Wirt als Einzigen nicht kannte. Jedenfalls hat man Alexej am Abend erschlagen im Waschraum des Arresthauses gefunden.«

»Aber da waren Wärter. Die müssten das doch mitbekommen haben!«

»Kuzmin hatte viele gute Beziehungen, vermutlich auch zu einigen Wachsoldaten. Ich denke, sie haben einfach weggeschaut und ihn gewähren lassen. Wie ich gesagt habe – Deserteure galten als Abschaum. Sie waren vogelfrei.«

Niemand sagte ein Wort.

Janow verschwand noch etwas mehr hinter den Rücken der SEK-Männer. Die Waffen der Polizisten zielten unbewegt herüber. Holland konnte hinter sich Alinas Schluchzen hören. Sie weinte bitterlich. Er hätte sich gern zu ihr umgedreht, ihr irgendetwas Tröstendes gesagt, aber er wagte es nicht.

So war die Sache damals also ausgegangen. Der junge Soldat, der ihn nach seiner Verhaftung so verzweifelt um Hilfe angefleht hatte, war noch am selben Tag umgebracht worden. Als sich Holland aufgemacht hatte, um Alinas Adresse herauszufinden, war ihr Bruder schon lange nicht mehr am Leben gewesen.

»Und du, Grigorij?«, ließ sich Alina jetzt vernehmen. »Warum hast du nichts getan, um Alexej zu beschützen? Du warst doch einer seiner Vorgesetzten.«

»Man hat uns erst am nächsten Morgen informiert, was vorgefallen war.« Janow sprach zaghaft, als würde er seine Worte am liebsten zurückhalten. »Wir konnten nichts mehr für ihn tun. Ich habe dann seine Überführung in die Heimat veranlasst.«

»Aber wieso wurde Alexej ein Herzinfarkt attestiert? Ein Zusammenbruch beim Sport?«

»Das war die übliche Vorgehensweise. Dein Bruder war kein Einzelfall. Gewaltsame Todesumstände durften nicht publik werden. Es hätte dem Ruf der Streitkräfte geschadet. Unser Garnisonskommando hat bei solchen Vorkommnissen die Militärklinik beauftragt, einen abgeänderten Totenschein auszustellen. So würden die Angehörigen keine unangenehmen Fragen stellen.«

»Und du hast bei diesem Betrug mitgemacht?«

»Ich musste mitspielen. Ich war ein Befehlsempfänger wie alle anderen. Du kennst das Militär.«

»Nicht so ein Militär!«

»Das war die Zeit.«

»Aber später. In Moskau. Da hättest du mir die Wahrheit sagen müssen! Du warst doch von der Gorbatschow-Kommission extra beauftragt, die Todesumstände von sowjetischen Soldaten aufzuklären. Stattdessen hast du mich wieder getäuscht!«

»Alina, es tut mir so unendlich leid ...«

»Es tut dir leid? Weiter nichts? Weißt du, warum ich jetzt hier stehe? Im Wald, in dieser elenden Baracke? Mit lauter Polizisten drum herum, die ihre Waffen auf mich richten? Weil du mir damals in Moskau eine erbärmliche Lüge aufgetischt hast!«

»Ich war in dich verliebt!«, brüllte Janow plötzlich, und die Verzweiflung ließ seinen Ausruf laut von den Flurwänden widerhallen. »Gleich als du das erste Mal mein Büro betreten hast, wusste ich, dass du etwas Besonderes bist. Du warst wunderschön, aber du hattest auch diese unermüdliche Energie. Diese Kraft. Du warst von so weit angereist, um das Schicksal deines Bruders aufzuklären. Als wolltest du selbst nach seinem Tode noch eine gute Schwester für ihn sein. Das hat mich beeindruckt.« Er hielt kurz inne, bevor er in trockenem Tonfall fortfuhr: »Und dann hast du mir plötzlich Alexejs Fall geschildert. Mir seine Briefe zu lesen gegeben und in den wärmsten Worten von ihm erzählt. Da habe ich mich sofort an diesen unglücklichen Jungen erinnert, der in Jüterbog von seinen eigenen Kameraden erschlagen worden war. Und daran, wie ich selbst bei der Vertuschung seines Todes mitgeholfen hatte. Mir war sofort klar, dass du mich hassen würdest, wenn ich dir die Wahrheit erzähle. Also habe ich zu einer Notlüge gegriffen und der deutschen Polizei die Schuld zugeschoben. Wem schadete es schon? Deutschland war weit weg, und die politische Landkarte hatte sich längst verändert. Niemand würde sich beschweren. Du konntest deinen Frieden finden. Und ich meine große Liebe.« Janow verstummte. Ein paar Sekunden sagte er nichts, dann fügte er mit matter Stimme hinzu: »Und nun stehen wir hier, Alina. Ich kann nicht verlangen, dass du mir vergibst. Das weiß ich jetzt.«

Alinas Mann verharrte noch einen Moment, dann senkte er den Blick und ging hinter den Rücken der Polizisten weg.

Im Inneren der Baracke machte sich Stille breit.

Die vier SEK-Männer blieben an ihrem Platz. Unverrückbar füllten sie den Rahmen der Gebäudetür aus. Die stählerne Wand ihrer beiden Schutzschilde ragte auf wie der Wall einer Festung. Intuitiv wusste Holland, dass Janow nicht zurückkehren würde. Dass er keine Kraft mehr hatte. Oder keine Worte. Die Begegnung war vorüber.

Würde es gleich irgendwo knallen? Ging ein Regen aus Glas und Holz in den Räumen nieder? Ein Stakkato aus gebrüllten Kommandos? Würden sie Alina jetzt holen kommen?

Langsam drehte sich Holland um. Erst nach einigen Sekunden hatten sich seine Augen an die Dunkelheit gewöhnt. Alina stand im Eingang der Waffenkammer. Ihre Gestalt wirkte klein, und ihr tränennasses Gesicht leuchtete schwach. Die Jarygin hielt sie noch immer nach vorn gerichtet, aber nun hatte es den Anschein, als trüge sie eine tonnenschwere Last.

Behutsam streckte ihr Holland seine Hand entgegen. Eine Weile blickte Alina ihn stumm an. Dann erschien ein schmerzvolles Lächeln auf ihren Zügen. »Beschützen Sie mich?«, fragte sie still.

»Ja. Ein paar Schritte weit. Mehr kann ich nicht für Sie tun.«

Alina nickte. »Ich weiß.«

Sie reichte Holland ihre Pistole, dann zog sie auch die Glock aus ihrem Hosenbund und übergab sie ihm ebenfalls. Er nahm die Magazine aus den Waffen und steckte sie weg. Danach trat er neben Alina. »Sind Sie bereit?«

»Ja.«

»Wir kommen jetzt raus«, rief er in Richtung Ausgang. »Nicht schießen! Frau Janowa ist unbewaffnet.«

»In Ordnung. Dann langsam bis vor die Tür kommen! Die Frau voran, die Hände nach oben!«, rief einer der Polizisten. Die SEK-Männer wichen ein Stück nach hinten und gaben den Ausgang frei, behielten sie aber im Visier.

Holland sah Alina an. Für einen kurzen Moment erwiderte sie seinen Blick. Sie holte tief Luft, als wolle sie noch ein letztes Mal Kraft schöpfen. Dann wischte sie sich die Tränen aus dem

Gesicht, nickte ihm zu und hob die Hände. Vorsichtig setzten sie sich in Bewegung. Die ersten vier oder fünf Meter gingen sie gemeinsam. Kurz vor dem Ende des Flures blieb Holland zurück. Alina lief langsam weiter. Sie passierte den Ausgang und trat hinaus ins Freie.

»Jetzt stehen bleiben!«, brüllte ein SEK-Mann. »Auf die Knie! Die Hände bleiben oben!«

Ergeben ließ sie sich auf den Boden sinken.

Von links und rechts sprangen zwei kräftige Kommandopolizisten auf Alina zu, drückten sie nieder und fesselten ihre Hände mit einem Kabelbinder auf dem Rücken. Danach zogen sie sie auf die Beine und führten sie weg.

Holland stützte sich gegen die Wand des Barackenganges und schloss die Augen.

Es war vorbei.

Müde streifte Holland durch die kniehohen Ranken, die das Gelände des ehemaligen Ausbildungscamps überzogen. Im letzten Licht des Tages ragten die Baracken wie unförmige schwarze Blöcke zwischen den Bäumen und Büschen hervor. Überall um ihn herum liefen die Männer des SEK in ihren Einsatzkombis und Tarnanzügen herum und beräumten ihre Schützenstellungen. Nicht mehr lange und das Areal würde wieder in Stille und Vergessenheit zurücksinken.

Holland wünschte sich, er könnte diesen Frieden ebenso schnell wiederfinden. Aber er wusste, dass die Ereignisse dieses Tages noch lange in ihm arbeiten würden. Wie schon früher nach seinen Einsätzen versuchte er, die Gedanken daran erst einmal möglichst weit wegzuschieben.

Als er die Toreinfahrt des Ausbildungscamps erreichte, nahm er plötzlich eine Gestalt wahr, die bewegungslos zwischen zwei Kiefern stand.

»Hallo, Holland«, sagte die Person im Dunkel.

Er erkannte die Stimme sofort. »Hallo, Silvio«, gab er zurück.

Sein ehemaliger Freund trat heran. Einen Moment lang standen sie sich unschlüssig gegenüber. Früher hätten sie sich längst in den Armen gelegen, aber diese Zeiten waren vergangen, und so beließen sie es bei einem Händedruck.

»Schön, dich gesund zu sehen. Hast uns einen ganz schönen Schreck eingejagt mit deiner Aktion hier«, meinte Silvio.

»War nicht so geplant.« Holland zuckte etwas unbeholfen mit den Schultern. »Danke, dass ihr mich rausgehauen habt.«

»Na ja. Das hast du ja eigentlich selbst geschafft.«

»Ist 'ne verflucht schwierige Kiste gewesen.«

»Komm, lass uns zusammen zu den Autos laufen. Da haben wir noch ein paar Minuten Ruhe.« Silvio deutete auf die alte Forststraße, die zwischen den Bäumen entlangführte.

Sie ließen das Barackencamp hinter sich und folgten dem sandigen Fahrweg. Eine ganze Weile gingen sie schweigend nebeneinanderher.

Dann unterbrach Silvio auf einmal die Stille. »Holland, ich war das nicht«, sagte er mit ernster Stimme.

»Was meinst du?«

»Das Medaillon. Bei Malycha. Ich habe dich nicht verraten.«

»Lass es, Silvio. Das ist lange her. Wir sollten das nicht noch mal aufwärmen.«

»Du glaubst mir nicht, ich weiß. Aber es stimmt. Hannes Ferchow hat die Sache damals nach oben gemeldet. Die Beschwerden aus der Gruppe. Und auch, dass du Niroskins Anhänger besitzt.«

»Ferchow? Welchen Grund sollte er dafür gehabt haben?«

»Er hat dir übel genommen, dass du ihn ein paarmal vor dem versammelten Kommando abgekanzelt hast. Außerdem war er Zuträger für die Stasi. ›IM Lucas‹. Er hat es mir ein paar Jahre nach der Wende einmal gebeichtet. Ich habe ihm gesagt, er soll damit direkt zu dir gehen. Aber das hat er sich wohl nicht getraut.«

»Nein. Offenbar nicht.« Holland schüttelte unmerklich den Kopf. »Und woher wusste er von dem Medaillon?«

»Erinnerst du dich an Niroskins Verhör in diesem Forstheim? Als wir den Jungen am Ende hinausgeführt haben? Er hat sich losgerissen, ist zu dir zurückgerannt und hat dich gebeten, seine Schwester zu suchen. Und dabei hat er dir das Medaillon in die

Hand gegeben. Wir waren beide dabei, Ferchow und ich. Jeder von uns konnte es sehen.«

Holland blieb stehen. »Und was machen wir jetzt?«

»Das kann ich dir nicht sagen. Ich wollte nur, dass du es weißt.« Silvio hob den Kopf. »Lass uns die Sache einfach vertagen. Wir können später noch einmal darüber reden. Vielleicht bei einem Bier, falls du magst.«

»Ja, das sollten wir tun. Wenn das alles hier ein wenig zurückliegt.« Holland holte tief Luft, und sie gingen weiter. Ein Windstoß ließ die Kronen der Bäume über ihnen düster rauschen, und ringsum fuhr ein Knacken und Ächzen durch die Stämme. Die beginnende Nacht bemächtigte sich des Waldes.

»Was glaubst du – hätte Alina dich am Ende erschossen?«, erkundigte sich Silvio unvermittelt. »Ich meine, wenn wir nicht gekommen wären. Und wenn du sie nicht von deiner Unschuld hättest überzeugen können.«

»Darauf kann ich dir keine Antwort geben.« Holland sann einen Moment darüber nach. Dann fügte er hinzu: »Ich denke, nachdem man sie mit dem angeblichen Herzinfarkt Alexejs schon einmal belogen hatte, wollte sie endlich die ganze Wahrheit ans Licht bringen. Wenn sie ihr Versprechen aus Kindertagen schon nicht halten konnte, dann sollte ihrem Bruder auf diese Weise wenigstens eine Art späte Gerechtigkeit zuteilwerden. Ob sie den Schuldigen dann auch töten wollte? Vielleicht wusste sie das nicht einmal selbst.«

»Irgendwie kann sie einem leidtun. Sie ist losgezogen, um einen vermeintlichen Mörder zu stellen. Und dann ist es ihr eigener Mann, der hinter der Sache steckt.«

»Immerhin hat er den Jungen nicht umgebracht.«

»Nein. Nur geflissentlich alles vertuscht. Bis heute der große Knall kam.«

»Warum habt ihr ihn überhaupt hergeholt?«

»Reine Routine. Nach deinem dezenten Hinweis, dass Alinas Gatte stellvertretender Militärattaché an der russischen Botschaft ist, hat sich der Chef entschieden, den Mann umgehend zu informieren. Zwei Stunden später stand Janow hier auf der Matte.

Am Anfang wollte er uns noch rumkommandieren, was wir zu tun und zu lassen hätten. Aber als er gesehen hat, dass wir einen Zugriff vorbereiten, wurde ihm plötzlich bange.«

»Und was ist dann schiefgegangen?«

»Nachdem du Alina nicht zum Fenster lotsen konntest, mussten wir etwas anderes vorbereiten, um die Baracke zu stürmen. Wir waren noch nicht ganz fertig, da droht die Frau auf einmal mit dieser ominösen Akte aus ihrem Koffer. Wir dachten, jetzt macht sie kurzen Prozess mit dir. In dem Moment haben wir uns entschlossen, sofort reinzugehen.« Silvio lächelte gequält. »Als Janow das geschnallt hat, ist er völlig durchgedreht. Ist aus unserer mobilen Führungsstelle gesprungen, durch den Wald gerannt und schreiend zu eurer Baracke gelaufen. Er hatte panische Angst um seine Liebste. Wir konnten ihn gerade noch abfangen, aber Alina war gewarnt und der Überraschungseffekt zum Teufel. Den Rest kennst du.«

»Ja.«

»Apropos Führungsstelle – wir sind da.« Silvio verharrte und zeigte auf eine Lichtung neben der Forststraße, auf der mehr als ein Dutzend Einsatzfahrzeuge geparkt waren. Ganz vorn stand ein langer Bus mit abgedunkelten Fenstern. Holland wusste, dass sich darin der bewegliche Befehlsposten des Spezialeinsatzkommandos verbarg.

Auf der anderen Seite der Fahrstraße entdeckte er eine große schwarze Limousine mit Diplomatenkennzeichen. An den Türen lehnten zwei Männer in dunklen Anzügen.

»Von der Botschaft?«, fragte Holland.

»Ja. Janows Leute.«

»So etwas wie heute erleben die auch nicht alle Tage.«

»Nein. Der Herr Attaché wird in Berlin einiges erklären müssen.«

Holland ließ seinen Blick noch einen Moment auf der schweren Karosse ruhen. »Und was passiert jetzt mit Alina?«, fragte er.

»Nichts.«

»Was heißt das, ›nichts‹?«

»Wir dürfen sie nicht festhalten. Als Botschaftsangehörige besitzt sie Immunität gegen Strafverfolgung. Jedenfalls für die deutsche Justiz.« Silvio hob kapitulierend die Arme. »Janow kann sie einfach mitnehmen. Was weiter mit ihr geschieht, liegt in den Händen ihrer Landsleute. Wir sind aus dem Spiel.«

Holland nickte langsam und schwieg. Er fuhr sich mit den Händen über die Schläfen. Jetzt spürte er die volle Wucht der Erschöpfung, und auf einmal sehnte er sich nur noch danach, in sein ruhiges Haus am Babelsberger Park zurückzukehren.

»Ich nehme dich mit nach Potsdam«, erklärte Silvio, als hätte er Hollands Gedanken erraten. »Ich muss nur noch kurz mit den Kollegen sprechen.« Er deutete auf die Leitstelle. »Willst du mit reinkommen?«

»Nein, lass mal. Ich warte hier draußen.«

»Dann bis gleich.« Damit drehte sich Silvio um und ging zu dem improvisierten Parkplatz. Kurz darauf war er in dem langen Bus verschwunden.

Holland blickte in die Kronen der Bäume und lauschte dem Spiel des Windes. Die frische Luft ließ ihn allmählich den schweren Geruch nach Staub und Linoleum vergessen, der in seinem Barackenverlies geherrscht hatte. Er atmete tief und langsam, und er genoss jeden Atemzug.

Es waren erst ein paar Minuten vergangen, als er mit einem Mal entfernte Schritte vernahm. Hinter den Einsatzfahrzeugen schälte sich eine Gruppe von Personen aus dem Dunkel. Zuerst waren sie nur schwer zu erkennen, aber dann konnte Holland zwischen einem halben Dutzend Polizisten die zierliche Gestalt von Alina ausmachen und ein Stück weiter die von Grigorij Janow. Die beiden sahen einander nicht an, und sie wechselten kein einziges Wort.

Am Rand des Forstweges zogen sich sämtliche Uniformierten wie auf ein stummes Kommando zurück. Die Männer in den schwarzen Anzügen öffneten die Türen der Botschaftskarosse und schoben Alina auf die Rückbank. Während einer von ihnen mit starrem Gesicht den Platz neben ihr einnahm, glitt der zweite hinter das Steuer. Grigorij Janow umrundete den Wagen und verschwand auf dem Beifahrersitz. Fast gleichzeitig schlugen die Türen zu, und ohne jeden weiteren Verzug setzte sich das Fahrzeug in Bewegung.

Holland stand regungslos am Rand des Sandweges und blickte der Limousine nach. Mit jeder Sekunde verschmolz der Wagen mehr mit der Dunkelheit, und es dauerte nicht lange, da hatte sich auch das sanfte Schaukeln der Rücklichter in der Ferne verloren.

EPILOG

Lina, geliebte Schwester,

ich hatte so sehr auf eine gute Fügung gehofft, darauf, dass das Unglück mich übersehen möge, aber nun weiß ich, dass mein stilles Bitten vergeblich war. Gestern nach dem Abendappell hat mich Bogdan Kuzmin zu sich rufen lassen. Schon bevor ihm auch nur eine einzige Silbe über die Lippen kam, konnte ich in seinen Augen lesen, was er mir mitteilen würde. Die Gier und der Spaß, die darin lagen, kündigten die Worte an, vor denen ich mich die ganze Zeit gefürchtet hatte: »Es ist so weit.« Als Bogdan sie schließlich aussprach, da schnürte es mir fast den Atem ab, denn nach seinem Willen werde ich nun schon bald ein Verbrecher sein.

Der Regimentsstab hat eine mehrtägige Geländeübung angekündigt, die auch ein ganzes Wochenende einschließt. Das Feldlager für unser Bataillon wird dabei nicht weit von »Brodins Klause« entfernt liegen, der Gaststätte, auf die es die Großväter abgesehen haben. Sonntags ist die Wirtschaft immer geschlossen, das hat Bogdan schon ausgekundschaftet. Somit sind alle Bedingungen erfüllt, die er sich für den Einbruch gewünscht hat. Nach seinem Plan werden wir diese Gelegenheit nutzen, um Heinrich Brodin all sein Geld zu rauben, wenn nicht gar Schlimmeres zu tun.

Lina, liebste Schwester, die ganze Nacht konnte ich keinen Schlaf finden. Immer und immer wieder habe ich mir im Geiste bei dieser hinterhältigen Tat zugesehen. Es war, als würde ich in einen Spiegel blicken und mich selbst darin nicht mehr erkennen. Nach schrecklichen Stunden des Grübelns ist mir nun klar geworden, dass es für mich nur einen Ausweg gibt. Und das ist die Flucht. Das Schändlichste, was ein Soldat tun kann. Schon für den Gedanken daran schäme ich mich.

Heute Morgen beim Revierreinigen bin ich für eine kurze Weile in Ilja Schirjajews Ehrenzimmer gegangen. Sein helden-

haftes Vorbild ist mir immer ein Ansporn gewesen. Ich habe versucht, mir vorzustellen, wie er wohl jetzt an meiner Stelle handeln würde. Aber sosehr ich mir auch den Kopf zerbrach, mir ist keine Antwort eingefallen, außer mein Regiment ohne Ehre zu verlassen. Es ist der einzige Weg, nicht noch schwerere Schuld auf mich zu laden.

Ganze vier Tage bleiben noch, bis wir zu der Feldübung ausrücken. Das ist nicht viel, aber vielleicht gelingt es mir in dieser Zeit, eine Landkarte zu zeichnen und etwas Proviant beiseitezuschaffen. Danach muss ich warten, bis sich ein günstiger Moment für meinen Aufbruch ergibt.

Lina, Schwesterherz, wenigstens werden wir uns nun bald wiedersehen, und dann kann ich endlich auch Großmutter Polina und Großvater Timofej in meine Arme schließen. Der Weg nach Hause mag eine Weile dauern, und er wird auch ziemlich beschwerlich sein, daran besteht kein Zweifel. Aber die Vorfreude auf Dich und unser Dorf macht mir das Herz jetzt schon leichter, und sie lässt mich ganz sicher jede Strapaze überstehen. Hab nur ein wenig Geduld mit mir.

Dein Bruder Alexej

Nachwort und Danksagung

Die Handlung und die Personen dieses Romans sind gänzlich fiktiv. Die Diensteinheit IX jedoch hat es wirklich gegeben, und ihre Entstehung geht tatsächlich auf das Münchner Olympiaattentat von 1972 zurück. Die Geiselnahme und der gescheiterte Befreiungsversuch der Polizei auf dem Fliegerhorst Fürstenfeldbruck hatten in beiden deutschen Staaten einen Schock ausgelöst. Und es war auf tragische Weise sichtbar geworden, dass die vorhandenen Sicherheitskräfte über keinerlei Ausbildung verfügten, solcherart terroristischen Bedrohungen zu begegnen.

In Westdeutschland wurde als Reaktion auf die Ereignisse noch im September 1972 die GSG 9 gegründet. Aber auch in Ostberlin machte man sich Gedanken: Was, wenn es hier zu einem Terrorangriff käme? Mit den Weltfestspielen der Jugend und Studenten stand schon im Sommer 1973 eine gigantische Massenveranstaltung ins Haus, zu der unzählige ausländische Gäste erwartet wurden. Dabei wollten die Behörden auf alle Eventualitäten vorbereitet sein. Eilig wurde eine provisorische Spezialeinheit aufgestellt – eine dreißigköpfige Brigade, die anderthalb Monate lang intensiv trainierte und während der Festspiele für den Ernstfall bereitstand.

Unterdessen arbeitete man im Innenministerium der DDR an einer dauerhaften Lösung für ein Anti-Terror-Kommando. Im Juli 1974 erließ Polizeiminister Friedrich Dickel den Befehl zur Gründung der »Referate IX« der Deutschen Volkspolizei. In den meisten Bezirken der DDR wurden kleine, zunächst fünfköpfige Einsatzgruppen geschaffen. Dazu kam eine zentrale Einheit in Berlin. Die Existenz der speziell ausgebildeten und mit besonderer Bewaffnung ausgestatteten Trupps war streng geheim und auch innerhalb der eigenen Behörde nur einem eng begrenzten Personenkreis bekannt. Nicht lange nach der Gründung setzte sich der endgültige Name »Diensteinheit IX« durch.

Während die Kommandopolizisten stetig und hart das Einschreiten gegen Geiselnehmer und Attentäter trainierten und bedeutsame Großveranstaltungen verdeckt absicherten, kam es in der DDR nie zu einer terroristischen Bedrohung. Aber die Einsatzgruppen wurden öfter alarmiert, um sich an der Fahndung nach desertierten Soldaten der sowjetischen Armee zu beteiligen. Die Gründe für die Fahnenfluchten waren vielfältig: Quälereien durch dienstältere Kameraden, Angst vor Bestrafungen, Heimweh und in manchen Fällen auch der Plan, über die Grenze in den Westen zu gelangen.

Flohen die Soldaten mit ihrer Waffe, dann herrschte Großalarm, und Hunderte Einsatzkräfte von Volkspolizei, Staatssicherheit und Sowjetarmee rückten aus. Das regelmäßige Ignorieren von Fahndungsabsprachen seitens der sowjetischen Militärs und deren rigoroses Vorgehen gegenüber den Fahnenflüchtigen führte dabei nicht selten zu Konflikten. Immer wieder versuchten Vertreter der DDR bis hinauf in die Ministerebene, bei ihren sowjetischen Partnern eine Verbesserung der Zusammenarbeit anzumahnen, ohne dabei die Freundschaft zwischen den Ländern in Frage zu stellen. Der praktische Effekt dieser Konsultationen war jedoch sehr begrenzt.

Zu Beginn der achtziger Jahre erhielt die Diensteinheit IX im Waldgebiet nördlich des Dorfes Verlorenwasser ein eigenes Trainingsobjekt. Das Kommando besaß hier sogar eine gesonderte Sturmbahn mit Schießanlage und einem verzweigten Tunnelsystem. Außerdem nutzten die Einsatztrupps die Anlagen auf dem Truppenübungsplatz des Innenministeriums. Das Barackencamp bei Verlorenwasser entspricht der Schilderung im Roman, ich habe es lediglich ein wenig tiefer in den Forst verlegt.

Mit dem Ende der DDR nahte auch das Ende der Diensteinheit IX. Für die Mitarbeiter begann eine aufreibende Zeit. Die sprunghaft zunehmende Schwerkriminalität nach dem Mauerfall stand der unklaren beruflichen Perspektive der Einsatzkräfte gegenüber. Schließlich wurden die meisten von ihnen in die neu strukturierte Polizei übernommen. Sie bildeten in verschiedenen ostdeutschen Bundesländern den personellen Grundstock für deren Spezialeinsatzkommandos (SEK). Mitglieder der Diensteinheit, die mit der Staatssicherheit zusammengearbeitet hatten, mussten den Polizeidienst verlassen.

Viele der Orte und Landstriche, die im Buch vorkommen, sind authentisch beschrieben. Ein paar Örtlichkeiten habe ich ein wenig verändert, um den Romanhelden den passenden Raum für ihr Handeln zu geben. Manche Dörfer hingegen sind auf der Landkarte nicht zu finden. Dazu gehören Klein Merserow und Zeselin, ebenso das ferne Nerownaja Poljana mit dem Fluss Plutowka. Das Forstheim im Spreewald habe ich mir gleichermaßen ausgedacht. Und auch das Zweite Sworodiner Garde-Panzerregiment und das Bataillon »Ilja Schirjajew« mitsamt seinem Namensgeber sind ein Produkt der Phantasie.

Durch die Arbeit an diesem Buch schließt sich für mich ein Kreis. 2003 hatte ich als Filmautor eine Fernsehdokumentation über die bis dahin kaum bekannte Diensteinheit IX realisiert. Schon damals entstand die Idee, das Kommando auch einmal zum Thema eines Romans zu machen. Ich freue mich, dass dieses Vorhaben nun Wirklichkeit geworden ist.

Die Recherchen zu »Verlorenwasser. Das Schattenkommando« und die anschließende Zeit des Schreibens waren ein Prozess, der sich über mehrere Jahre erstreckt hat – und es war ein Weg, auf dem ich eine Menge Unterstützung erfahren habe. Dafür schulde ich vielen Menschen meinen aufrichtigen und herzlichen Dank.

Zunächst richtet sich dieser an die ehemaligen Mitglieder der Diensteinheit IX, die meine Fragen zu ihrem Einsatzkommando offen und ausführlich beantwortet haben. Ebenso möchte ich mich bei den zahlreichen Zeitzeugen bedanken, die mich an ihren Erinnerungen an die Fahndungen nach sowjetischen Fahnenflüchtigen teilhaben ließen, aber auch von unterschiedlichsten Facetten der Nachbarschaft mit den Soldaten der sowjetischen Armee berichteten.

Große Unterstützung erfuhr ich von den Mitarbeiterinnen und Mitarbeitern der Stasi-Unterlagen-Behörde BStU (jetzt eingegliedert ins Bundesarchiv), die meine beiden langjährigen Recherche- und Forschungsprojekte zur Diensteinheit IX und zu den Fahndungen nach sowjetischen Militärangehörigen mit großer fachlicher Kompetenz und viel Engagement begleitet haben.

Einen anschaulichen Eindruck vom Lebensalltag der ehemals hier stationierten GSSD-Soldaten vermittelte mir die Dauerausstellung »Roter Stern« im Garnisonsmuseum Wünsdorf mit ihren unzähligen Originalexponaten und den vielen ergänzenden Informationsangeboten. Sehr umfassende historische Einblicke in das Thema der sowjetischen Streitkräfte in der DDR lieferten die Bücher »Besatzer – ›Die Russen‹ in Deutschland 1945–1994« von Silke Satjukow, »Jammerbock IV – Sowjetarmee, deutsche Streitkräfte und Konversion (1945–2014)« von Henrik Schulze und »Sowjetische Truppen in Deutschland und ihr Hauptquartier in Wünsdorf 1945–1994« von Hans-Albert Hoffmann und Siegfried Stoof.

Bedanken möchte ich mich ebenso bei einigen Menschen, die mir bei besonderen Einzelthemen weitergeholfen haben. Der Potsdamer Historiker Thomas Wernicke konnte meine Fragen zum früheren Standort der Militärstaatsanwaltschaft klären. Ralf Rumschüßel, ehemaliger Mitarbeiter der Kriminalpolizei, fand den alten, fast vergessenen Original-Funkrufnamen der Diensteinheit IX heraus. Und Manfred Rupprecht begleitete mich auf tagelangen Feldrecherchen für die fiktiven Fluchtrouten, die im Roman beschrieben sind.

Ausdrückliche Anerkennung gebührt den kreativen Köpfen des Emons Verlags in Köln, die das Projekt in allen Phasen umfassend und tatkräftig betreut haben. Besonders möchte ich mich bei Lothar Strüh, dem Lektor des Buches, für seine genaue und dabei immer auf die Intention des Textes gerichtete Arbeit bedanken.

Mein größter Dank jedoch gilt meiner Familie, die mich auch bei diesem Roman wieder mit Elan, Geduld, Neugier und guter Laune unterstützt und beflügelt hat.

Rolf Sakulowski

Rolf Sakulowski

DIE GLORIOSA-VERSCHWÖRUNG

Broschur, 416 Seiten

ISBN 978-3-7408-0424-4

Unter dem Erfurter Domberg wird bei Bauarbeiten eine verborgene Grotte entdeckt. Um eine steinerne Tafel sitzen zwölf Mumien in jahrhundertealten Roben, die alle ein mysteriöses Zeichen tragen: eine Glocke, aus der sich eine Schlange windet. Und noch etwas ist äußerst rätselhaft: Eine der Leichen befindet sich erst seit Kurzem in der Grotte. Historiker Jonas Wiesenburg wird vom LKA als Fachberater verpflichtet. Er ahnt nicht, dass er einem gefährlichen Geheimnis um die berühmte Glocke Gloriosa und einem perfiden Racheplan auf die Spur kommen wird …

»Wenn er schreibt, dann ist Spannung garantiert.« Potsdam TV

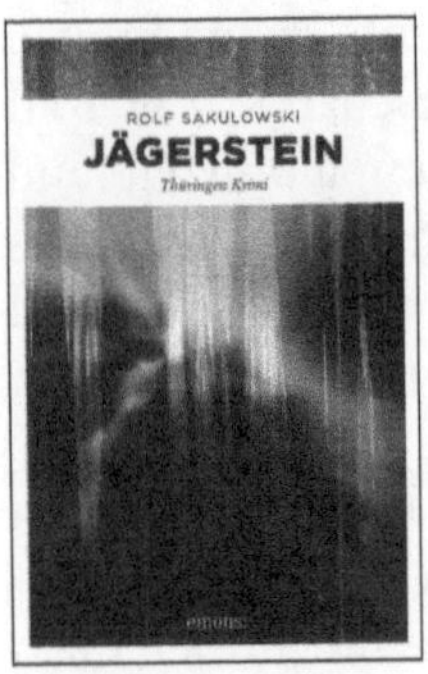

Rolf Sakulowski

JÄGERSTEIN

Broschur, 448 Seiten

ISBN 978-3-7408-0817-4

Im Thüringer Wald wird ein Erfurter Investor Opfer eines Heckenschützen. Als sich herausstellt, dass die tödliche Kugel aus dem Blei eines gestohlenen Kirchenkreuzes gegossen wurde, ist der junge Historiker Jonas Wiesenburg gefragt. Denn die Indizien erinnern an die jahrhundertealte Legende von den sogenannten Freikugeln, die um Mitternacht im Pakt mit dem Teufel gegossen werden und die ihr Ziel niemals verfehlen. Doch die Zeit drängt: Der Täter schlägt erneut zu, und schnell wird klar, dass niemand vor ihm sicher ist …

»Geschickt und lehrreich verknüpft Rolf Sakulowski Geschichte und Gegenwart zu einem anspruchsvollen Roman.« MDR Thüringen

www.emons-verlag.de